Ein Darkover-Roman

»Weit entfernt in der Galaxis
ungefähr 4000 Jahre in der Zukunft
gibt es einen Planeten
mit einer großen roten Sonne
und vier Monden.
Willst Du nicht mitkommen
und ihn mit mir erforschen?«

Marion Zimmer Bradley

Über die Autorin:

Marion Zimmer Bradley, 1930 in den USA geboren, publizierte anfangs vor allem in Zeitschriften und Anthologien. Der Durchbruch gelang ihr 1962 mit *The Planet Savers – Retter des Planeten*. Mit dieser Geschichte war der Grundstein für die Romane um den Planeten *Darkover* gelegt, die innerhalb weniger Jahre zu einem der beliebtesten Fantasy-Zyklen einer riesigen Fangemeinde avancieren sollten. Seit 1962 hat Marion Zimmer Bradley über zwanzig *Darkover*-Romane und unzählige Kurzgeschichten geschrieben sowie eine Reihe Anthologien herausgegeben. 1983 wurde Marion Zimmer Bradley mit ihrem Roman *Die Nebel von Avalon* schließlich weltberühmt.
Sie starb im September 1999 in ihrer Heimatstadt Berkeley, Kalifornien.

Marion Zimmer Bradley

Die Freien Amazonen

Ein Darkover-Lesebuch

Aus dem Amerikanischen von
Rosemarie Hundertmarck

Knaur

Die amerikanische Originalausgabe erschien 1985 unter dem Titel
Free Amazons of Darkover bei DAW Books, New York.

Dieses Buch erschien bereits unter dem Titel
Freie Amazonen von Darkover

Besuchen Sie uns im Internet:
www.droemer-weltbild.de

Vollständige Taschenbuchausgabe 2000
Droemersche Verlagsanstalt Th. Knaur, Nachf., München
Copyright © 1985 by Marion Zimmer Bradley
Copyright © 2000 der deutschsprachigen Ausgabe bei
Droemersche Verlagsanstalt Th. Knaur Nachf., München
Alle Rechte vorbehalten. Das Werk darf – auch teilweise –
nur mit Genehmigung des Verlages wiedergegeben werden.
Umschlaggestaltung: ZERO Werbeagentur, München
Satz: Ventura Publisher im Verlag
Druck und Bindung: Nørhaven A/S
Printed in Denmark
ISBN 3-426-60974-6

2 4 5 3 1

Inhalt

Einführung:
Über Amazonen

Als ich, einem Traum folgend, die Freien Amazonen von Darkover schuf, hatte ich keine Ahnung, dass sie die attraktivsten und umstrittensten meiner Personen werden und mehr Fan-Post auf sich ziehen würden als alle anderen Themen zusammen. Heute gibt es nicht nur verschiedene Amazonen-Mitteilungsblätter unter den weiblichen Fans, sondern auch mindestens ein Dutzend Frauen, von denen ich weiß (nicht mitgezählt jene, von denen ich nicht weiß), die ihren Namen amtlich in eine dem Amazonenbrauch entsprechende Form geändert haben. Außerdem sind in mehreren Städten Gildenhäuser entstanden, wo Frauen versuchen, nach einer Version des Amazonen-Eides (beziehungsweise des Eides der Entsagenden) zu leben.

Seit aus meinem Traum um das Jahr 1962 herum die Freie Amazone Kyla als Bergführerin in »Expedition der Bittsteller« (Moewig 3506, *Science Fiction Almanach 1981*) entstand, haben sich die Freien Amazonen wesentlich verändert. Ich selbst erkenne in Kyla n'ha Rainéach kaum noch die Person wieder, mit der alles angefangen hat.

In der Einführung der Gregg-Ausgabe meiner Darkover-Bücher sagte ich dazu Folgendes:

»Ich bin oft gefragt worden, wie die so traditionsverhaftete und patriarchalische Gesellschaft auf Darkover die Freien Amazonen hat hervorbringen können. Die Antwort ist, dass sie sie nicht hervorgebracht hat. Als ich ›Expedition der Bittsteller‹ schrieb, hatte ich keine Ahnung, dass ich eine darkovanische Gesellschaft schuf; ich wollte dem Helden der Geschichte nur einen glaubwürdigen Hintergrund und eine Aufgabe geben. Ein Grundprinzip bei jeder guten Erzählung ist, dass die Hauptperson Gelegenheit bekommt, zu wachsen und sich zu verändern. Ich musste Jay/Jason vor ein Problem stellen. War Jason fähig, eine Frau als Anführerin einer Expedition zu akzeptieren? Und wenn ja, würde seine unterdrückte zweite Persönlichkeit Jay Allison, Frauenfeind und dazu wahrscheinlich noch homosexuell, es fertig bringen, sie anzuerkennen und mit ihr zusammenzuarbeiten? Kyla spazierte aus meinem Unterbewusstsein als ein Problem für Jason, eine Herausforderung für seinen Anspruch auf Führerschaft, nicht mehr.«

(Dieses Problem ist nicht auf die Zeit vor der Frauenbefreiungsbewegung um 1960 beschränkt. Arlene Blum geht in ihrem ausgezeichneten Buch über eine nur aus Frauen bestehende Himalaja-Expedition *Anapurna: A Woman's Place,* das den Hintergrund für meinen späteren Amazonen-Roman *Die schwarze Schwesternschaft* bilden sollte, auf die männlichchauvinistische Haltung der Bergsteiger ein. Ich rate denen, die glauben, dass ich übertreibe, Arlene Blums Buch zu lesen. Einer Frau, die gern an einer Expedition teilnehmen wollte, wurde gesagt – und das im Jahr 1977! –, sie dürfe nur mitmachen, wenn sie bereit sei, mit sämtlichen männlichen Teilnehmern zu schlafen, und bei einer Everest-Besteigung bekamen Bewerberinnen den Bescheid, sie könnten als Köchinnen und Lagerhelferinnen mitkommen, aber es würde ihnen nicht gestattet, weiter als bis zum Basis-Camp aufzusteigen. Die Torheit dieser Einstellung wurde offenbar, als die erste japanische Everest-Expedition eine fünf Fuß große Frau auf das Dach der Welt stellte, und wiederum, als vier Mitglieder von Arlene Blums Anapurna-Expedition diesen Achttausender erklommen, obwohl zwei von ihnen nicht zurückkehrten.)

Die Erste der Freien Amazonen Darkovers wird von Jason, dem Erzähler der Geschichte, wie folgt beschrieben:

»Für ein darkovanisches Mädchen war sie ziemlich klein und schmal gebaut. Ihren Körper konnte man beinahe jungenhaft oder kindlich nennen; er wirkte auf den ersten Blick ganz sicher nicht weiblich. Ihr sonnenverbranntes Gesicht wurde von kurz geschnittenen, blauschwarzen Locken umrahmt, und ihre Wimpern waren derart dicht und lang, dass es unmöglich war, die Farbe ihrer Augen auszumachen. Ihre kleine Stupsnase hätte komisch aussehen können, wirkte stattdessen aber arrogant. Ihr Mund war breit, und sie hatte ein rundes Kinn.

Mit ausgestreckter Hand sagte sie fast mürrisch: ›Kyla Rainéach; Freie Amazone und geprüfte Führerin.‹

Die Gilde der Freien Amazonen war in nahezu jeden Beruf vorgedrungen, aber der eines Bergführers war sogar für sie ungewöhnlich. Sie machte einen drahtigen und katzenhaften Eindruck, und unter der schweren, deckenähnlichen Kleidung war ihr Körper beinahe ebenso schmalhüftig und flachbrüstig wie der meine ...«

Kyla führt Jason und seine Gruppe erfolgreich und verliebt sich in ihn, was möglicherweise (wenigstens laut einem bestimmten Kritiker des Romans) vorhersehbar ist. Ich hatte nie die Absicht, die Gilde der Freien Amazonen noch einmal auftreten zu lassen, aber vielleicht bedeutete mir die Erfindung mehr, als ich selbst damals glaubte, denn in dem sechsten der Darkover-Romane *Die Weltenzerstörer,* der ursprünglich der letzte dieser Serie sein sollte (mein moralisches Gegenstück zu Conan Doyle, der Sherlock Holmes die Reichenbach-Fälle hinunterwarf), erschienen zwei Freie Amazonen. Sie wurden als Freipartnerinnen beschrieben (wahrscheinlich, wenn auch nicht ausdrücklich erwähnt, Lesbierinnen, um ein Gegengewicht zu der Sexualidentitätskrise der männlichen handelnden Personen zu schaffen).

Zu der Zeit hatte ich versucht, die Sexualität einer fremden

Gesellschaft genau zu porträtieren. Ich fühlte mich verpflichtet, mich diesem Problem zu stellen, weil Studien zeigen, dass noch keine Gesellschaft im Stande war, die Homosexualität auszumerzen. Die schrecklichsten Strafen des Mittelalters einschließlich der Todesstrafe hatten keinen Erfolg, und in toleranten Gesellschaften ist sie so gut wie universell. (Sogar in Rotchina, wage ich zu behaupten, kommt sie vor, obwohl die chinesischen Kommunisten behaupten, es gebe in ihrem ganzen Land keinen einzigen Homosexuellen.)

»Beide waren Mitglieder der Gilde Freier Amazonen und trugen die übliche Tracht: kurze Stiefel aus weichem, ungefärbtem Leder, pelzbesetzte Reithosen, Pelzjacken und schwere bestickte Lederjacken mit Kapuzen. Eine hatte rötliches Haar, das eingeflochten, tief im Nacken aufgesteckt und unter der Kapuze verborgen war, die andere kurz geschnittene dunkle Locken. Beide hatten das etwas harte, knabenhafte Aussehen von Frauen, die im Widerspruch zu allen Regeln einer patriarchalischen Gesellschaft Männerarbeit tun und sich die Männern zustehende Freiheit nehmen.«

Ich bin gefragt worden, woher diese Beschreibung stammt. Soweit ich mich erinnern kann, war mein Modell für die meisten der Freien Amazonen eine Farmersfrau, die in der Nähe des Hauses meiner Eltern wohnte. Ihr Vater war alt und bettlägerig, ihr Mann in der Armee, und sie leitete zwei Farmen ebenso gut – oder besser – als jeder Mann, den ich kennen gelernt habe. Sie war in meinem Leben die erste Frau, die ständig Hosen trug, und das war 1945 etwas ganz anderes als in den Achtzigern, wo Bluejeans zur universellen Kleidung für beide Geschlechter geworden sind. Die Männer in meiner Familie und viele Frauen in unserer ländlichen Gemeinde waren nicht mit ihr einverstanden. Ich hielt sie für wunderbar, obwohl sie Kinder nicht mochte und ich wohl kein dutzend Mal mit ihr gesprochen habe, außer wenn ich auf Geheiß meines

Vaters zu ihr ging, um die Genehmigung einzuholen, ein offenes Feuer zu machen – denn sie war auch der Branddirektor des Countys. Ich selbst habe bis in die sechziger Jahre hinein selten auch nur Damen-Freizeithosen getragen, bis ich voller Begeisterung entdeckte, welche Bequemlichkeit und welche Freiheit einem das Tragen von Hosen gibt … Ich kann mir immer noch nicht vorstellen, warum irgendwer einen Rock anzieht, solange er nicht muss. Übrigens, mein Bruder empfindet umgekehrt Hosen als lästig und trägt am liebsten einen Kilt! Der Geschmack ist verschieden, und wie eine Person in einem anderen unserer Bücher gern sagt: »Ich erfreue mich an der Mannigfaltigkeit der Schöpfung.«

Die Darkover-Serie endete dann doch nicht mit den *Weltenzerstörern*. Als Don Wollheim DAW Books gründete und mich aufforderte, einen Roman für ihn zu schreiben, schlug er ein weiteres Darkover-Buch vor, weil es eine »bekannte Serie« sei und die Buchhändler sie liebten. Ich schrieb *Landung auf Darkover* und griff darin die Probleme des Überlebens auf, und erst in *Die gesprengte Kette (1976)* machte ich Freie Amazonen zu Hauptpersonen eines Buches. Kindra n'ha Mhari, Freie Amazone, Entsagende, sollte eigentlich die Hauptrolle spielen. Doch Lady Rohana spazierte aus meinem Unterbewusstsein und übernahm sie selbst.

Feministischen Schriftstellerinnen hat *Die gesprengte Kette* nicht gefallen. Mindestens eine nannte mich »der Herausforderung, eine rein weibliche Gesellschaft zu schildern, nicht gewachsen«. Da es nie eine rein weibliche Gesellschaft gegeben hat und nicht anzunehmen ist, dass es je eine geben wird (und falls doch, würde sie sich im Verlauf einer Generation selbst auslöschen), halte ich persönlich es für witzlos, eine Gesellschaft zu erfinden, in der alle Y-Chromosomen bequemerweise verschwunden oder ausgestorben sind. (Allerdings erhielt ich ein Manuskript von einer Frau, die ernsthaft eine

Theorie aufstellt, es sei heutzutage bereits technisch möglich, dass Frauen parthenogenetische Töchter bekommen, doch das Wissen werde von Männern unterdrückt, damit die Frauen nicht in die Lage versetzt werden, nicht einmal mehr zur Fortpflanzung Männer zu benötigen). Ich kann mir nicht vorstellen, warum eine eingeschlechtliche Gesellschaft jemandem reizvoll erscheinen könnte – reine Paranoia. Ich persönlich halte zwei Geschlechter für eine *ausgezeichnete* Idee. Eine Welt, auf der alle gleich sind, wäre noch schlimmer als die vom Großen Bruder beherrschte Gesellschaft.

Ein paar Jahre später gab ich Kindra eine eigene Geschichte und schuf damit einen Hintergrund für Camilla n'ha Kyria, die allseits so beliebte *emmasca* aus der *Kette*. *Um den Eid zu wahren* (1979) befasst sich mit den Beschränkungen, die den Freien Amazonen in der darkovanischen Gesellschaft beim Anwerben neuer Kandidatinnen auferlegt sind – eine das Individuum einengende Gesellschaft besteht länger, wenn sie ehrenhafte Alternativen toleriert, und ich betrachtete die Amazonen als eine solche.

Nach *Die gesprengte Kette* sahen viele Darkover-Fans in den Amazonen den interessantesten Teil der Serie. Die Freunde Darkovers erhielten mehr Briefe und Amateur-Geschichten über die Amazonen als über jedes andere Thema. Einige Frauen legten sogar eine Version des Eides ab und versuchten, danach zu leben, und manche änderten ihre Namen zu Amazonen-Namen um. Eine Gruppe der SCA (Society for Creative Anachronism = Gesellschaft für kreativen Anachronismus, die sich der Wiederbelebung mittelalterlicher Eigentümlichkeiten widmet) holte die Erlaubnis ein, sich als Gildenhaus statt als Königreich zu organisieren, und auch ein paar Frauenkommunen haben die Form von Gildenhäusern angenommen. Das setzt sich bis zum heutigen Tag fort; es findet selten ein SF-Con statt, bei dem mich keine Teilnehmerin bittet, ihr den Amazonen-Eid abzunehmen. Für gewöhnlich befrage ich die Frauen eingehend, um festzustellen, ob sie sich der Vielzahl von Einschränkungen bewusst sind, die dies mit sich bringt, und wenn ich den Eindruck gewinne, dass sie es ernst meinen, nehme ich ihren Eid entgegen. Ich finde, das richtet zumindest auch nicht mehr Schaden an als das »Adoptieren« von Stoffpuppen.

Viele Leser wollten mehr über das tägliche Leben in einem Amazonen-Gildenhaus wissen, und so entstand, beinahe durch ein Volksbegehren, *Gildenhaus Thendara*. Es setzt die Geschichte von Magdalen Lorne und Jaelle fort, die ihre Plätze im Imperium tauschten. Natürlich wachsen dabei beide über die Grenzen ihrer früheren Persönlichkeiten hinaus.

Nach *Gildenhaus Thendara* überprüfte eine meiner Amazonen-Pflegetöchter den Wortlaut des Eides und schuf eine Version, nach der eine Frau in einer technisch hoch entwickelten Gesellschaft leben *kann*. Die Existenz dieser Version des Eides (abgedruckt am Ende des Buches) brachte den Gedanken an die Brückengesellschaft, die der Mittelpunkt des letzten Amazonen-Romans *Die schwarze Schwesternschaft* ist, und Personen wie Vanessa ryn Erin hervor.

Seit *Die gesprengte Kette* haben viele Frauen über die Freien Amazonen schreiben wollen. Eine Zeit lang erhielten wir mehr Geschichten über dieses Thema als über alle anderen zusammengenommen. In dem ersten Band der Darkover-Kurzgeschichten waren zwei, die mir am besten gefielen, »Die Rettung« von Linda MacKendrick, eine humorvolle Auseinandersetzung mit einem ernsten Problem (Wer steht dem Geist des Eides näher – ein Mann, der die Unabhängigkeit einer Frau respektiert, oder eine Frau, die es nicht tut?) und »Es gibt immer eine Alternative« von Patricia Mathews, eine bittere Darstellung der Verzweiflung, die Frauen zur Flucht aus der Gesellschaft treiben kann.

Patricia Mathews schuf in einem Darkover-Roman, den sie als Fan schrieb und später zu einer eigenen Welt umarbeitete, die Schwesternschaft vom Schwert. Mir gefiel die Idee, und Pat gab mir die Erlaubnis, die Schwesternschaft zu benutzen. Deshalb kommt sie in dem Roman *Die Zeit der hundert Königreiche* zusammen mit einem anderen »Hauptstrom« ehrenhafter Alternativen für Frauen vor. Sogar im Mittelalter hier auf Terra wurde Frauen, die sich nicht in die Gesellschaft einfügen wollten, erlaubt, in ein Kloster zu gehen, und jede Kultur scheint ohne Ausnahme Schamaninnen oder Schwesternschaften von Heilerinnen gehabt zu haben. Deshalb schuf ich als Gegengewicht die Schwesternschaft Avarras, und diese beiden beginnen am Ende der *Zeit der hundert Königreiche* miteinander zu verschmelzen. Später, in *Herrin der Falken,* tritt die Heldin Romilly in die Schwesternschaft vom Schwert ein. Die Amazonen blieben die beliebteste Facette Darkovers; als wir den »Darkover Newsletter« und ein Fanzine mit dem Titel *Starstone* veröffentlichten, verkauften sich am besten die beiden Anthologien *Geschichten von den Freien Amazonen* und der Folgeband *Weitere Geschichten.* Wir konnten einfach nicht nachliefern, obwohl sie kommerziell in lokalen Frauen-Buchhandlungen verkauft wurden. Doch eine völlig unrealistische Preispolitik zwang uns, sie von der Veröffentlichung zurückzuziehen. Als es möglich wurde, eine dritte Anthologie der Freunde Darkovers herauszugeben, entschlossen wir uns, die besten Titel der beiden Bücher nachzudrucken und ein paar professioneller geschriebene Geschichten beizufügen.

Alle paar Monate erhalte ich einen Brief von einem (für gewöhnlich männlichen) Fan, der sich beschwert, ich verlöre den Kontakt mit dem »realen« Darkover und schriebe nur noch über Themen, die Frauen angehen. Diese Briefe deprimieren mich ein paar Minuten lang, bis ich mir klarmache, dass auf jeden von ihnen zehn oder zwölf von Frauen kommen, die sich von Herzen freuen, dass ich für sie, über *ihre* Probleme und *ihr* Leben geschrieben habe. Es werden so viele Science-Fiction-Bücher ausschließlich für Männer verfasst, dass ich leider für diese männlichen Fans nicht viel Mitgefühl aufbringe. Ich empfehle ihnen sämtliche Autoren von Anderson bis Zelazny.

Ich kann meiner ersten Freien Amazone Kyla gerade ins Gesicht sehen und zu ihr sagen: »Du bist einen weiten Weg gegangen, Geisteskind.« Und von ihr geführt, ich auch, wie ich meine.

Marion Zimmer Bradley

Über Walter Breen und den Eid der Freien Amazonen

Als *Die gesprengte Kette* erschien, schrieb ein desillusionierter ehemaliger Darkover-Fan darüber eine Kritik mit der Überschrift »Der gesprengte Traum«. Seine gute Meinung über die darkovanische Gesellschaft, so hieß es darin, sei durch den »radikalen Feminismus« und den »Männerhass« *Die gesprengte Kette* zerstört worden. Außerdem behauptete er, kein Mann könne diese Art von Beziehung zu einer Frau akzeptieren. Als Vergeltung lege ich eine Analyse des Eides vor, geschrieben von meinem eigenen Mann, der mir auch bei der Formulierung des Eides geholfen hat.

Walter Breen ist Sachbuchautor zum Thema »Seltene Münzen«, ein professioneller Numismatiker, der sich in der wenig beneidenswerten Lage befindet, mehr über Darkover zu wissen als ich selbst – er erinnert sich an alles, was ich vergessen habe. Wir sind seit 1964 verheiratet und haben zwei Kinder, beide jetzt im College.   MZB

Der Eid der Comhi-letzii oder des »Ordens der Entsagenden«,

*im Allgemeinen
die »Freien Amazonen« genannt,
mit Erläuterungen*

Von diesem Tag an (so schwöre ich):

Men dia pre' z'biuro *(rituelle Formel)*

entsage ich dem Recht zu heiraten,

Da die Heiraten von den Familien arrangiert wurden, stellt dies eine Loslösung von allen familiären Bindungen und Verpflichtungen dar, einschließlich der zwischen der Amazone und ihren Eltern, wozu auch der Verzicht auf das Erbe gehört.

außer als Freipartnerin.

Mit dieser Ausnahme behält sich die Amazone das Recht vor, sich im Rahmen einer Freipartnerschaft – also der Bindung durch ein gegenseitiges Versprechen – einen Bettpartner oder Liebhaber zu nehmen. Freipartner teilen das Eigentum und die Verantwortung für das Aufziehen ihrer Kinder.

Kein Mann soll mich *di cate-nas* binden,

Damit entsagt die Amazone den Privilegien, der Morgengabe, der Überschreibung von Landbesitz und anderem Eigentum auf die Ehefrau, den Titeln, dem Erbanspruch für sich selbst und für ihre Kinder und anderen Rechten, die der Ehefrau bei dieser ältesten Form der Eheschließung übertragen werden. Es ergibt sich daraus, dass sie die Autorität eines Domänenlords (auch des Hastur-Lords), der normalerweise die catenas *als Zeichen für das* Comyn-Einverständnis *mit der Heirat um die Handgelenke der Parteien schließt, nicht anerkennt und nicht auf seinen Schutz reflektiert.*

und ich werde in keines Mannes Haushalt als *barragana* leben.

Von der höchsten bis zur (außer der Prostitution) niedrigsten Form werden alle Verbindungen abgelehnt. Die beiden Bestimmungen sind auf casta *genau gegeneinander abgewogen.*

Ich schwöre, dass
ich bereit bin, mich mit Gewalt zu verteidigen, wenn

Zwei weitere gegeneinander abgewogene Bestimmungen. Der Sinn ist, dass die Ama-

18

man mich mit Gewalt angreift,

zone dem Schutz entsagt, den eine Frau normalerweise vom Vater oder Ehemann erwarten kann, und gleichzeitig versichert, dass sie lernen kann und muss, ohne diesen Schutz zu überleben.

und dass ich keinen Mann um Schutz bitten werde.

Verzicht auf jeden weiteren Anspruch an die Familie, selbst wenn es um den lebensnotwendigen Bedarf geht. Von jetzt an ist ihr Heim nicht mehr das Haus ihres Vaters, sondern das Gildenhaus.

Ich schwöre, dass ich von diesem Tag an

nie mehr den Namen eines Mannes führen werde, sei er Vater, Vormund, Liebhaber oder Gatte, und allein als

Verzicht auf jede Identifizierung mit der Kaste, dem Clan, der Familie, in der sie geboren wurde, wie jeder Familie, in die sie durch Heirat aufgenommen werden könnte.

(Vorname) *nikhya mic* (Vorname der Mutter) bekannt sein werde.

Z. B. Margali, Tochter Ysabets. Die ultimate biologische Verbindung zwischen Mutter und Tochter wird in diesem begrenzten Ausmaß anerkannt.

Ich schwöre, dass ich mich von diesem Tag an

einem Mann nur hingebe, wenn ich den Zeitpunkt bestimmen kann und es mein eigener freier Wille ist.

Hier wird den sozialen Beziehungen entsagt, die durch eine Ehe entstehen, nicht dem Geschlechtsverkehr oder gar der Liebe. Die Amazone erhebt Anspruch auf das Eigentumsrecht an ihrem Körper, den sie verschenken kann, wenn sie es wünscht, aber nicht auf Befehl eines Mannes zur Verfügung stellen muss.

Ich werde niemals mein Brot als das Objekt der Lust eines Mannes verdienen.

Nicht nur die Prostitution wird abgelehnt, nicht nur der Status einer barragana, nicht nur der Beruf einer Künstlerin, deren Einkommen davon abhängt, dass sie Männern ein hübsches Gesicht und eine gute Figur zeigt, sondern auch jede andere Beschäftigung, bei der die Amazone prinzipiell oder ausschließlich als Sexobjekt auftreten muss, z. B., indem sie sich auf terranische Art kleidet.

Ich schwöre, dass ich
ein Kind nur dann gebären
will, wenn es mein Wunsch
ist, das Kind von diesem
Mann und zu diesem Zeit-
punkt zu empfangen.

Ablehnung des Hauptgrun-
des für alle Formen der Ehe
auf Darkover.

Weder die Familie noch der
Clan des Mannes, weder Fragen der Erbfolge noch sein
Stolz oder sein Wunsch nach
Nachkommenschaft sollen
dabei Einfluss auf mich haben.

Parallele zu den Bestimmun-
gen im vorhergehenden Ab-
satz.

Ich schwöre, dass ich
allein bestimmen werde, wie
und wo ein von mir gebore-
nes Kind aufgezogen werden
soll, ohne Rücksicht auf die
Stellung oder den Stolz eines
Mannes.

Damit wird ihre Nachkom-
menschaft den Ansprüchen
entzogen, die die Familie, der
Clan und unter Umständen
die Comyn andernfalls stel-
len könnten. Es gibt prak-
tisch keine Vorschriften
darüber, wer dazu ausge-
wählt werden kann, das Kind
einer Amazone aufzuziehen.
Töchter werden normaler-
weise im Gildenhaus erzo-
gen. Söhne im Alter von fünf
Jahren (nicht der geeignetste
Zeitpunkt für eine Tren-
nung!) an einen Pflegeplatz
fortgeschickt, den die Mutter

| | *bestimmt, doch kann dies auch früher geschehen.* |

Von diesem Tag an (so schwöre ich)

Verzicht auf jede Form von Schutz, die diese Institutionen gewähren.

enden für mich alle Verpflichtungen,

die ich gegenüber Familie, Clan, Haushalt, Regent oder Lehnsherr hatte.

Hinweis darauf, dass auch der Wille Hasturs nicht das Gesetz des Landes ist.

Achtung schulde ich, wie jeder freie Bürger, nur den Gesetzen des Landes,

Versicherung, dass die Amazone keine Gesetzlose ist. »Freier Bürger« bedeutet normalerweise ein Mann.

dem Königtum, der Krone und den Göttern.

Dies ist eine aufsteigende Reihenfolge: Das soziale System, sein Herrscher und die vier Götter stellen jeweils höhere Autoritäten über ihren eigenen Willen dar.

Ich werde an keinen Mann Rechtsansprüche stellen, dass er mich beschütze, mich ernähre oder mir helfe.

Normalerweise hat eine Frau auf Darkover gesetzlichen Anspruch auf Schutz entweder durch die Familie, der sie entstammt oder in die sie eingeheiratet hat. Diesem Recht entsagt die Amazone;

im folgenden Absatz wird dargelegt, an welche Stelle sie sich stattdessen zu wenden hat.

Eine Treuepflicht habe ich nur gegenüber meiner Eidesmutter, meinen Schwestern in der Gilde und meinem Arbeitgeber, solange ich bei ihm beschäftigt bin.

Eidesmutter ist die Frau, die der neuen Amazone den Eid abgenommen hat. Mit »Schwestern« sind zunächst jene in ihrem Gildenhaus gemeint, doch erstreckt sich die Bezeichnung auch auf alle anderen Amazonen. Die Erwähnung des Arbeitgebers schließt an die alte Tradition an, dass das freiwillige Eingehen eines Beschäftigungsverhältnisses zum Zweck des Broterwerbs einen Vertrag bedeutet, sei er schriftlich, mündlich oder stillschweigend geschlossen, nach dem beide Parteien verpflichtet sind, die gegenseitigen Interessen zu wahren.

Und weiter schwöre ich, dass jedes einzelne Mitglied der Gilde Freier Amazonen für mich sein soll wie meine Mutter, meine Schwester oder meine Tochter, geboren aus einem Blut mit mir,

Eine erwählte Familie, aber mit den gleichen Verpflichtungen, die normalerweise die Mitglieder einer durch Blutsbande verknüpften Familie gegeneinander haben.

und dass sich keine Frau, die der Gilde durch ihren Eid angehört, vergeblich um Hilfe an mich wenden soll.

Setzt die Verpflichtung zum Schutz voraus, die normalerweise zwischen Vater und Tochter oder Ehemann und Ehefrau besteht.

Ich schwöre, dass ich von diesem Augenblick an

Intensivierung der rituellen Formel.

den Gesetzen der Gilde Freier Amazonen und

Parallele zum vorherigen Abschnitt: Rechte ziehen Pflichten nach sich.

jedem rechtmäßigen Befehl

Das Schlüsselwort hier ist rechtmäßig.

meiner Eidesmutter, der Gildenmütter und meiner gewählten Anführerin gehorchen werde.

Nur in Situationen, wo Gründe dafür bestehen, dass diese Personen Befehle geben.

Und wenn ich ein Geheimnis der Gilde verrate, oder meinen Eid breche,

dann werde ich mich der Strafe unterwerfen, die die Gildenmütter über mich verhängen.

Und wenn ich das nicht tue,

D. h., die vorhergehende Bestimmung nicht erfülle, also nicht in den Amazonen-Status zurückkehre.

dann möge sich die Hand jeder Frau gegen mich erheben.

Sie sollen mich erschlagen dürfen wie ein Tier und meinen Körper unbeerdigt der Verwesung und meine Seele

Anders als bei einer gesetzlichen Hinrichtung. Tiere werden normalerweise nicht beerdigt.

der Gnade der Göttin überlassen.

Jeder Darkovaner versteht, dass hier Avarra gemeint ist.

Über die Legende von Lady Bruna

Lange bevor ich irgendwo ausführlicher über die Freien Amazonen geschrieben habe, erzählte ich von Bruna Leynier, die, als ihr Bruder ums Leben kam und sein Sohn noch ungeboren war, Anspruch auf das Schwert und die erbliche Position eines Befehlshabers der *Comyn*-Garde erhob. Diese Geschichte wird kurz im *Verbotenen Turm* erwähnt, aber in meinen Darkover-Notizen taucht sie schon 1955 auf. Die folgende Version des »Mythos« wurde für *Gildenhaus Thendara* geschrieben, aber als irrelevant für die Identitätskrisen von Magda und Jaelle aus der endgültigen Fassung des Buches herausgenommen. Sie erschien dann als Teil der umfangreichen Unterlagen über Mythen und Volkssagen Darkovers in einem Büchlein mit dem Titel *Legenden von Hastur und Cassilda*. Mehrere Darkover-Fans haben über Lady Bruna geschrieben, darunter auch Joan Marie Verba, deren Story »Dieses eine Mal« sich weiter hinten in dem vorliegenden Buch findet. Mir kam der Gedanke, dass eine Legende dieser Art bestimmt bei den Frauen des Gildenhauses beliebt ist, da sie den Prototyp einer unabhängigen Frau schildert und den Entsagenden ein Rollenmodell gibt. Deshalb schließe ich sie hier ein.   MBZ

Die Legende von Lady Bruna

von Marion Zimmer Bradley

Janetta *brachte ein altes Buch, gebunden in schweres, rot gefärbtes Leder, und legte es Mutter Lauria in den Schoß.*

»Nun, Töchter«, fragte die alte Frau nachsichtig, »was soll ich euch denn vorlesen?«

»Von Lady Bruna«, sagte Cloris. »Von Lady Bruna Leynier, die das Schwert ergriff und die Garde befehligte ...«

»Ja, ja«, fiel Rafaella ein. »Wir haben jetzt eine Margali im Haus, die soll die Geschichte ihrer Namensschwester hören.«

Mutter Lauria sah über den Rand des schweren Buches zu Magda hin. »Hast du deinen Namen nach dieser alten Legende bekommen, Margali?«

»Ich weiß es nicht«, sagte Magda. »Ich habe die Geschichte nie gehört, und ich weiß nicht, ob meine Mutter sie kannte.« Allerdings, so überlegte sie, hatte Elizabeth Lorne buchstäblich jede Erzählung und Ballade der Kilghardberge und der Hellers gekannt. Mutter Lauria öffnete das Buch und begann zu lesen ...

In alter Zeit gab es in der Alton-Domäne, oben in den Kilghardbergen, drei edle Familien. Lange lebten sie in Frieden, aber irgendwie geschah es, dass eine Blutrache zwischen ihnen entstand. Und, wie jeder weiß, wenn Brüder streiten, kommen Feinde und erweitern den Riss. So tobte die Fehde viele Jahre zwischen der Lanart-Sippe und den Leyniers von Armida und ihren Verwandten, den Lindirs, und dann, unter der Herrschaft von König Alaric, als die Hasturs Könige in Thendara waren, trafen diese drei Familien zusammen, um zu bestimmen, was geschehen müsse, damit die großen Häuser der Alton-Domäne nicht für immer ausstürben. Damals war Dom Kennard Leynier Oberhaupt des Clans, und er war ein junger Mann, denn sein Vater und sein Großvater waren gefallen, und Cathal Leynier, sein Urgroßvater, war zu alt für dieses Amt. Und so wurde Kennard mit Margali Lanart verheiratet, und nach der Hochzeit, als das Paar zusammengegeben und zu Bett gebracht worden war, wie es Brauch war in den Bergen, kam Domenic Lindir, ein Vetter Margalis (denn ihre Mutter stammte aus der Lindir-Sippe) zu Dom Kennard und verlangte Lady Bruna Leynier, Kennards Schwester, zur Frau.

»Denn dann«, sagte er, »werden unsere drei Häuser mit doppelten Banden gebunden und wir alle Freunde sein.«

Es sah so aus, als werde das der Alton-Domäne Frieden bringen, und so wurde die Heirat unter dem Mannsvolk abgesprochen. Doch als der Hochzeitstag kam, sagte Lady Bruna Leynier: »Dies wird nicht geschehen; ich werde für keinen Mann der Welt Armbänder tragen, und ganz bestimmt nicht für einen Mann aus der Lindir-Sippe, dessen Hände rot sind vom Blut meiner Verwandten.« Und so verließ Domenic Lindir das Haus von Leynier sehr zornig, und die Fehde brach von neuem aus und tobte, heftiger als je zuvor, ein weiteres Jahr. Sie kämpften, bis kein erwachsener Mann der Lanarts und der Leyniers mehr am Leben war, sondern nur noch ein paar kleine Jungen. Und in dieser Zeit fiel auch Kennard Leynier und wurde zu dem Beerdigungsplatz bei Hali getragen, und an seinem Grab enthüllte Margali, dass sie ein Kind trug und dass dieser Erbe Kennards in einem halben Jahr geboren werden würde.

Und als Kennard in der Erde lag, kam Domenic Lindir wieder nach Armida und sagte zu dem alten Cathal Leynier, der die Regentschaft über die Domäne für Margali übernommen hatte, obwohl er an die hundert Jahre alt war und die Garde nicht befehligen konnte, wie die Leyniers von Armida es zu jener Zeit taten: »Ich will Lady Bruna heiraten, wenn sie mich jetzt haben will. Und ich will schwören, dass ihr ältester Sohn Erbe von Armida in der Alton-Domäne sein und die Garde befehligen soll, wenn er zum Mann herangewachsen ist, aber in der Zwischenzeit werde ich die Garde befehligen und Regent der Alton-Domäne sein.«

Lady Bruna sah Domenic nicht an, nur den alten Cathal, und sagte zu ihm: »Ich habe einen Eid geschworen, dass ich die *catenas* für keinen Mann der Welt tragen will. Und ich wundere mich über dich, Onkel, dass du daran denkst, in unsere Sippe einen Mann zu bringen, dessen Hände befleckt sind von dem Blut all unserer Verwandten und von meines Bruders Kennard Blut.«

Domenic Lindir sagte, den Blick auf Bruna gerichtet: »Nicht einmal für die Herrschaft über Alton möchte ich dieses bösmäulige, scharfzüngige Mannweib heiraten, das sich herausnimmt, in der Anwesenheit von Männern zu sprechen. Soll sie, was mich angeht, doch als Jungfrau leben und sterben.«

»Das Schicksal will ich gern auf mich nehmen«, sagte Lady Bruna, und sie hielt die Hand in das Feuer von Hali und beschwor es.

Domenic Lindir sagte: »Da Kennards Schwester geschworen hat, nicht zu heiraten, und deshalb keinen Mann haben wird, der Anspruch auf die Herrschaft über Alton erhebt, will ich Kennards Witwe zur Frau nehmen. Ich schwöre, dass ihr Sohn, wenn er geboren ist, aufgezogen werden soll wie mein eigener, und er soll die Garde befehligen, wenn er erwachsen ist, und mein ältester Sohn soll immer an zweiter Stelle nach ihm kommen.«

»Das scheint mir ein ehrlicher Handel zu sein«, sagte der alte Cathal und besiegelte den Vertrag. Aber die Frauen sprachen insgeheim miteinander, und als Margali vor Domenic gebracht wurde und mit ihm verheiratet werden sollte, sagte sie: »Du bist schnell bereit zum Heiraten, wenn Armida die Mitgift ist, aber ich will keinen Mann heiraten, an dessen Händen das Lebensblut meines Gatten klebt. Willst du, Domenic, deine Hand ins Feuer von Hali halten und mir schwören, dass du in Rat und Tat keinen Teil am Tod meines Gatten und dem Vater des Sohnes hattest, den du so gern aufziehen möchtest?«

Domenic blickte zornig und fragte den alten Cathal: »Willst du dein Haus von diesen Frauen regieren lassen? Denn wenn das auch die Stimme Margalis ist, sind es doch die Worte Lady Brunas, und ich werde mich ihrem Willen nicht unterwerfen!«

Cathal fragte ihn: »Dann willst du nicht schwören, dass du weder in Rat noch in Tat keinen Teil am Tod meines Urenkels hattest und unbefleckt bist von seinem Blut?«

»Ich bin nicht hergekommen, um erzwungene Eide zu schwören«, sagte Domenic, »sondern um ein ehrliches Angebot zu machen, das dieser Fehde ein Ende setzen wird. Ich werde keinen Eid auf das Geheiß irgendeiner Frau schwören.«

»Aber du wirst ihn auf mein Geheiß schwören«, sagte Cathal Leynier, »oder du wirst Lady Margali nicht heiraten, weder heute noch an einem anderen Tag.«

Domenic lachte und zog den alten Mann am Bart. »Willst du mich aufhalten, alter Mann? Und du, Domna Margali, wenn du mich nicht heiraten willst, dann werde ich dich einem meiner Brüder geben, und da du dich geweigert hast, Kennards Sohn als meinen aufwachsen zu lassen, damit er später die Garde befehligen kann, soll er beiseite gesetzt werden, und mein ältester Sohn soll die Garde an seiner Stelle befehligen.«

»Das kann nicht sein«, sagte Cathal Leynier, »denn Kennards Sohn ist Kommandant der Garde und Erbe von Alton schon im Mutterleib.«

Und Domenic Lindir lachte und zog den alten Mann wieder am Bart und spuckte ihm ins Gesicht und warf den weinenden alten Mann auf den Boden und sagte: »Wie willst du die Domäne für ihn halten, Graubart? Will er mich aus dem Mutterleib herausfordern, oder will eine von diesen ungebärdigen Frauen die Herrschaft für ihn ausüben?« Lachend ging er weg. Und als er gegangen war, kamen Margali und Bruna und hoben Cathal auf und wischten ihm das Gesicht ab und trockneten seine Tränen und trösteten ihn und sagten: »Großvater, wir werden uns an diesem Mann rächen.«

»Und wie wollt ihr das machen, die ihr zwei Frauen seid, eine davon schwer mit einem Kind? Wollt ihr beiden, dass die Herrschaft über die Alton-Domäne in die Hände der Lindir-Sippe übergeht? Ich flehe dich an, Margali, versöhne dich mit Domenic und heirate ihn, zum Besten der Domäne und um Kennards Sohn willen.«

»Um Kennards Sohn willen«, antwortete Margali, »werde ich keinen Mann heiraten, der auf das graue Haar seines ehrwürdigen Vorfahren gespieen hat.«

»Es gibt keine Ehre im Grab«, sagte Cathal, »und ich werde bald darin liegen. Ich bitte euch Frauen nur, irgendwie dafür zu sorgen, dass Kennards Sohn nicht neben mir liegen wird. Und da ist keiner, der die Garde befehligen kann, bis er zum Mann herangewachsen sein wird.«

»Sag nicht, da sei keiner, der die Garde befehligen kann«, fiel Bruna ein, »denn ich selbst will das Schwert nehmen und sie anstelle meines Bruders befehligen, bis Kennards Sohn, den Margali unter dem Herzen trägt, zum Mann herangewachsen sein wird. Und wenn der Tag gekommen ist, werde ich den Befehl über die Garde an ihn abtreten, und er soll das Schwert seines Vaters aus meinen Händen empfangen und aus keinen anderen.«

Und Cathal antwortete weinend: »So soll es sein, Bruna,

denn du bist so stark und tapfer wie jeder Mann aus unserem Clan.«

Und mit eigenen Händen gürtete er sie mit Kennards Schwert.

»Jetzt müssen wir nur noch«, sagte er, »Margali mit einem Verwandten verheiraten, der sie und ihren Sohn beschützen kann, und da sie Domenic Lindir nicht haben will, müssen wir anderswo suchen, und zwar schnell, und wir können keine Zeit auf eine sorgfältige Auswahl verschwenden, weil Margali, solange sie nicht verheiratet ist und keinen Ehemann zu ihrem Schutz hat, Domenics Gnade ausgeliefert ist.«

Margali sah Bruna an, die das Schwert ihres Gatten trug, warf sich weinend in ihre Arme und sagte: »Erspare mir dieses Schicksal, Schwester, du, die du Regentin von Alton bist und das Recht hast, Ja oder Nein zu Heiraten innerhalb des Clans zu sagen!«

»Gern«, antwortete Bruna, »aber du bist jung, und wenn du jetzt auch um Kennard weinst, wird doch ein Tag kommen, an dem du dich wieder nach einem Liebhaber oder Gatten umsehen wirst, und dann wirst du dich mit ihm verschwören, um mir die Domäne aus den Händen zu nehmen.«

»Das soll niemals geschehen«, sagte Margali, »und ich will es dir beschwören, dass kein Mann auf der Welt unsere Eide trennen soll.«

»Ist das so? Dann soll es geschehen, wie du willst«, antwortete Bruna, und zusammen reisten sie nach Hali, bevor irgendjemand sie daran hindern konnte, und dort banden sie sich an der heiligen Stätte vor den heiligen Gegenständen mit ihren Eiden. Margali schwor, sie werde keinen Mann zum Gatten nehmen, der nicht Lady Bruna als seinen Lord und den Regenten seiner Domäne anerkenne. »Denn ich weiß wohl«, sagte sie, »dass kein Mann der Welt auf diese Bedingung eingehen wird. Wenn ich schwöre, dass ich überhaupt nicht wieder heiraten will, kann man meinen Eid als den einer Witwe in Trauer für ungültig erklären, aber wenn ich schwöre, dass ich nur einen Mann heiraten will, der meine Bedingungen erfüllt, dann ist dieser Eid gesetzmäßig, und ich kann ihn bis zum Tod halten.«

Und sie schwor. Und Bruna wiederum schwor, sie nehme Margali nach den Gebräuchen einer Freipartnerschaft unter ihren Schutz und werde Margalis Sohn als Erben von Alton aufziehen.

Aber als bekannt wurde, dass Lady Bruna die Witwe ihres Bruders zur Freipartnerin genommen hatte, sagten sämtliche Angehörigen der Hastur-Sippe zu Thendara: »Es ist ein Skandal, dass zwei Frauen sich gegenseitig Eide leisten, als heirateten sie einander. Sollen wir uns von Frauen beherrschen lassen, die nicht die treuen Untertanen ihrer Ehemänner sind? Denn wenn wir diesen Eid zulassen, welche Frau wird dann noch heiraten wollen?«

Und so brachten sie die Frauen vor den Hastur zu Thendara und baten ihn um sein Urteil.

Lady Bruna sagte: »Ich bin Regent von Alton, und deshalb stelle ich mich der gesetzmäßigen Herausforderung. Und du, Margali, möchtest du frei sein von deinem Eid?«

»Ich werde sie davon befreien, ob sie will oder nicht«, erklärte Domenic Lindir. »Sie hat sich geweigert, mich zu heiraten, aber ich sage, dass nur eine Wahnsinnige einen solchen Eid zusammen mit einer anderen Frau ablegen kann, und der Eid einer Wahnsinnigen gilt nichts.«

»Mir scheint«, entgegnete Margali, »dass es keinen Wahnsinn erfordert, eine Ehe von der Art abzulehnen, wie du sie mir zu bieten hattest. Wer anders als eine Wahnsinnige würde den Mörder ihres Gatten heiraten?«

Da wurde Domenic zornig und wollte sie schlagen, aber Bruna, die Kennards Schwert trug, trat zwischen die beiden und sagte: »Ich bin Regent von Alton; wenn du etwas mit einer Alton-Frau zu regeln hast, wende dich an mich.«

»Ich verhandele nicht mit Frauen, ob geistig krank oder gesund«, sagte Domenic. »Wenn ein Mann von der Alton-Domäne da ist, der als Regent wirken kann, werde ich mit ihm sprechen, aber nicht mir dir.«

»Ich bin kein Mann«, sagte Bruna, »aber ich bin eine Alton, und wenn ich beweisen muss, dass ich ein besserer Mann bin als die Mörder meines Bruders, werde ich es tun.« Damit zog sie ihr Schwert und rief Domenic die Worte der Herausforderung zu. Sie kämpften, und nach kurzer Zeit hatte sie ihn erschlagen. Dann verlangte sie von seinen Brüdern, dass sie beschworen, den Frieden zu wahren, und sie taten es, denn sie sagten: »Diese Frau ist ein ebenso guter Schwertkämpfer wie jeder Mann.« Und von dem Tag an sind die Lindirs die Friedensmänner und Diener der Altons.

Und die ganze Hastur-Sippe erklärte, Lady Bruna habe sich das Recht erworben, die Garde zu befehligen und als Regent von Alton zu regieren und den Sohn Kennards aufzuziehen.

»Aber was fangen wir mit diesen Frauen an?«, fragten die Hastur-Männer. »Denn es steht nicht im Gesetz, dass zwei Frauen miteinander eine Ehe eingehen können.«

»Warum nicht?«, fragte Lady Bruna. »Denn was ist eine Ehe anderes, als dass ich Margali mit meinem Schwert beschützen und für ihr Wohlergehen sorgen und jede andere Heirat verhindern kann, die man ihr aus politischen Gründen oder wegen Familien- und Erbschaftsangelegenheiten aufzwingen möchte? Ich kann ihr keine Kinder geben, aber sie hat bereits den Sohn Kennards empfangen, und wer weiß, ob sich nicht die eine oder die andere von uns eines Tages dazu entschließt, der Domäne ein Kind aus Alton-Blut zu gebären? Ich fragte sie jetzt im Angesicht Hasturs und der Götter: Willst du frei sein von deinem Eid, meine Schwester?«

»Das will ich nicht«, antwortete Margali. »Niemand als du, meine Schwester, soll das Kind meines Leibes aufziehen, dieses oder ein anderes.«

Und dann standen Bruna und Margali vor dem Rat zu Thendara und beschworen, dass sie sich ihr ganzes Leben lang wie Cassilda und Camilla lieben würden, dass keine von beiden jemals heiraten werde und dass jede die Kinder der anderen wie ihre eigenen behandeln wolle. Sie steckten die Hand ins Feuer und zogen sie unverbrannt wieder heraus, und so ließ Hastur den Eid als gesetzmäßig zu.

Zwanzig Jahre lang befehligte Lady Bruna die Garde, und als Margalis Sohn zum Mann herangewachsen war, trat sie das Schwert Kennards an ihn ab. Aber Regentin von Alton blieb sie bis zu ihrem Tod. Und als Kennards Sohn fünfundzwanzig war, fiel Bruna im Kampf gegen die Trockenstädter. Margali blieb allein auf Armida zurück und betrauerte ihre Schwester ihr Leben lang. Sie nahm keinen Mann zum Gatten, und sie war eine alte Frau, als sie starb. Und all das geschah im Reich Gabriels des Zweiten zu der Zeit, als die Hastur-Könige zu Elhalyn wohnten.

Mutter Lauria schloss das Buch. »Wie gefällt dir deine Namensschwester, Margali?«, fragte sie.

Magda war die Geschichte zu Herzen gegangen; sie dachte daran, wie sie den Räuber, der Jaelle bedrohte, niedergeschlagen hatte. »Ist das eine wahre Geschichte oder nur eine Legende?«, erkundigte sie sich.

»Das weiß ich nicht«, sagte Mutter Lauria, »aber es ist wahr, dass es unter der Herrschaft Alarics, dem sein Sohn Gabriel der Zweite folgte, eine Lady Bruna Leynier gegeben hat, der nach dem Tod ihres Bruders erlaubt wurde, die Garde zu befehligen, und dass sie drei Männer erschlug, die sie um dieses Recht zum Zweikampf forderten. Und es ist wahr, dass die

Hasturs ihr erlaubten, die Witwe ihres Bruders unter ihren Schutz zu nehmen, bis sein Sohn zum Mann herangewachsen sei, so dass der Frau keine andere Ehe aufgezwungen werden konnte. Ob es mit Bruna und Margali so gegangen ist, wie die Geschichte behauptet, kann niemand sagen. Sie sind schon so lange tot, dass sogar ihre Knochen zu Staub zerfallen sind, und was ihnen in ihrem Leben widerfuhr, ist nur noch ein Thema für Vermutungen und Legenden. Ich stelle mir gern vor, dass sie sich liebten, wie die Geschichte erzählt. Aber das wird man erst wissen, wenn die Zeit endet und die Ewigkeit beginnt, und dann wird es nicht mehr darauf ankommen.«

Über Margaret Silvestri und »Werft eure Ketten ab«

Von Anfang an sind die beiden Extreme der darkovanischen Gesellschaft die Freien Amazonen einerseits und die von ihren Ehemännern buchstäblich als »Besitz« in Ketten gelegten Trockenstädterinnen andererseits gewesen. Es sind über das Thema »Trockenstädterin versus Amazone« mehrere Geschichten geschrieben worden, aber diese fand den meisten Anklang und wurde in Geschichten von den *Freien Amazonen* veröffentlicht.

Margaret Silvestri ist staatlich geprüfte Krankenschwester und geschieden. Sie hat eine kleine Tochter. Ihre wichtigste Verbindung mit der Science-Fiction besteht zu den Spellbinders, einer lokalen Organisation, die SF-Cons zu Wohltätigkeitszwecken veranstaltet. Außerdem pflegt Margaret Silvestri die Volksmusik und schreibt Lieder, »wenn die Inspiration mich packt, was nicht so oft geschieht, wie ich möchte«.   MZB

Werft eure Ketten ab

von Margaret Silvestri

Ich möchte die Wüste sehen.«
Man hatte diesen Wunsch im Gildenhaus merkwürdig gefunden, aber andererseits hatte Gilda n'ha Camilla gehört, alle diese *Terranan* seien merkwürdig. Wie abwegig die Idee auch sein mochte, die Frau hatte die offizielle Genehmigung sowohl von der terranischen als auch von der darkovanischen Regierung, und ihr großzügiges finanzielles Angebot hatte jede weitere Nachfrage im Keim erstickt. Aber nach dem langen Ritt über die Berge und zwei Tagen in der Wüste kehrten die bohrenden Fragen zurück.

Gilda n'ha Camilla streifte die Terranerin mit einem verstohlenen Blick. Sie hatte die Kleidung einer Freien Amazone angelegt, aber ihre unbewussten Gewohnheiten straften sie Lügen. Glücklicherweise waren sie niemandem begegnet, der die Freien Amazonen gut genug kannte, um die Täuschung zu durchschauen, denn das abergläubische Bergvolk mochte die Terraner nicht. Gilda ging in Gedanken das wenige durch, was sie von ihrer Arbeitgeberin wusste. Ihr Name war Marissa Del Gado. Obwohl sie Terranerin war, hätte sie sich mit ihren dunklen Farben leicht als Darkovanerin ausgeben können. Da sich das Raumhafenpersonal meistens nicht die Mühe machte, die Sprache zu erlernen, war Gilda überrascht gewesen, dass Marissa fließend *cahuenga* und etwas *casta* sprach. Offenbar hatte sie einiges Interesse an der Welt, auf der sie vorübergehend stationiert war.

Marissa hatte auch bisher nicht viel geredet, aber jetzt zog sie sich noch mehr in sich selbst zurück. Unablässig suchten ihre Augen das öde Land ab, bis sich Gildas Verdacht zu konkreten Fragen kristallisierte. Dann schlugen sie das Lager auf, und Gilda war entschlossen, ein paar Antworten zu erhalten, bevor sie weiterritten.

Die Amazonen-Führerin stellte das Zelt auf. Marissa sattelte die Pferde ab, rieb sie trocken und ließ sie das brackige Wasser aus dem kleinen Tümpel trinken. Fasziniert beobachtete sie, wie die Amazone mit einem Minimum von Bewegungen arbeitete. Sie hatte Glück gehabt, dass sie Gilda als Führerin bekommen hatte. Die Pferde waren versorgt und sicher angebunden, und nun schöpfte Marissa Wasser für sich selbst. Es war warm und schmeckte faulig, aber es war das einzige Wasser, das es weit und breit gab.

Innerhalb des Zeltes zog sich Marissa bis zur Taille aus und wischte sich mit einem angefeuchteten Tuch ihre schweißverklebte Haut ab. Obwohl es, was die Sauberkeit betraf, nur einen geringen Unterschied bedeutete, belebte es sie doch. Die Amazone kam herein, und verlegen bedeckte Marissa ihre kleinen Brüste. Aber als Gilda keine Notiz davon nahm, wusch sie sich schnell fertig und zog eine frische Jacke an. Also waren auch die Nacktheittabus hier anders. Sie würde diese Kultur nie verstehen.

»Möchtet Ihr noch weiter in die Wüste eindringen?«, wollte Gilda wissen.

Die Frage erschreckte Marissa. Sie hob den Kopf und sah in durchdringende graue Augen. »Ja ... Warum fragt Ihr?«

»Ihr sagtet, Ihr wolltet die Wüste sehen. Gesehen haben wir sie jetzt zwei Tage lang. Sie verändert sich nicht viel. Wenn das Euer wahrer Grund für diese Reise war, sehe ich keinen Sinn darin, sie fortzusetzen.«

»Wie kommt Ihr auf den Gedanken, ich hätte andere Gründe?«

»Ihr sucht den Horizont ab, als hieltet Ihr nach etwas Ausschau. Ihr wollt weiterreiten, obwohl Euer Wunsch erfüllt ist.«

Die Amazone sah sie streng an. »Wenn ich die Reise fortsetzen soll, muss ich wissen, warum.«

Marissa dachte über die Situation nach und trommelte dabei nervös auf das Messer, das ihr am Gürtel hing. Sie konnte es sich nicht leisten, die Führerin zu verlieren. »Nun gut, ich will es Euch sagen. Ich suche nach meiner Schwester Teri. Sie hat in einem kleinen Trockenstadt-Dorf soziologische Studien gemacht, und ich habe den Kontakt mit ihr verloren. Teri schrieb mir regelmäßig Briefe, in denen sie von ihrer Arbeit berichtete ... und vor zwei Monaten hörten sie auf. Seitdem habe ich nichts mehr von ihr gehört, und das beunruhigt mich.«

»Zwei Monate ist keine lange Zeit, wenn man bedenkt, welche Gegend das hier ist. Die Karawanen kommen im günstigsten Fall unregelmäßig ... und dann gibt es Räuber, Überfälle ... Ihr werdet doch diese lange Reise nicht nur deswegen unternommen haben.« Gilda war immer noch skeptisch.

»Nein, ich habe mir keine Sorgen gemacht, bis die Träume begannen. Träume, meine Schwester sei in Schwierigkeiten ... Ich konnte nicht erkennen, was es war, ich spürte nur, dass sie Hilfe brauchte. Bevor ich ins Gildenhaus kam, wurden sie schlimmer ... Meiner Schwester nahte der Tod. Das hört sich wahrscheinlich verrückt an, aber ich weiß, sie ist in Gefahr.«

»Seid Ihr eine *leronis*?«

Marissa übersetzte *leronis* im Geist mit Zauberin und runzelte die Stirn. Diese Welt war wirklich voll von Aberglauben – jetzt hielt die Amazone sie für eine Hexe. Sie konnte doch nicht jemandem, der an Hexen glaubte, das Konzept des Vorherwissens und der außersinnlichen Wahrnehmung erklären! »Nein, aber sie ist nicht nur meine Schwester ... Wir sind Zwillinge, und manchmal spüre ich ihre Gedanken.«

Die Amazone nickte, aber Marissa bezweifelte, dass sie es

wirklich verstand. Darauf kam es nicht an; es kam allein auf ihre Mission an.

»Wollt Ihr mich weiterhin führen?«

»Warum sollte ich es nicht tun?«

»Ich habe Euch belogen. Ich könnte es Euch nicht verübeln, wenn Ihr sofort zurückreiten würdet.«

Jetzt war Gilda an der Reihe, sich über die Seltsamkeit der Terranerin zu wundern. Würde ein Terraner tatsächlich einen anderen Terraner mitten in der Wüste im Stich lassen? Vielleicht hatte Hastur Recht, wenn er den Einfluss des Imperiums auf Darkover in Grenzen hielt. »Es wäre besser gewesen, wenn Ihr mir die Wahrheit gesagt hättet, aber ich habe mich einverstanden erklärt, Euch zu führen. Selbst wenn ich unsere Vereinbarung brechen wollte, könnte ich es nicht. Es würde dem Gildenhaus viel Ärger bereiten, hätte ich eine verrückte *Terranan* allein in der Wüste zurückgelassen.«

Marissa nahm das Attribut schweigend hin. Mit ihrem Gerede über Träume kam sie der Darkovanerin sicher wie eine Irre vor, aber solange Gilda als ihre Führerin bei ihr blieb, sollte sie von ihr denken, was ihr beliebte. Die Amazone betrachtete die Diskussion anscheinend als beendet, denn sie schnitt ein anderes Thema an.

»Von hier an werden wir bei Nacht reisen und während der Hitze des Tages schlafen. In welcher Richtung geht es weiter?«, fragte sie.

Marissa war sich nicht sicher. »In der gleichen wie bisher. Ich kann nicht sagen, wo sie ist ... nur dass wir ihr näher kommen.«

Die beiden Frauen drangen weiter in die Wüste vor. Sie ritten bei Mondschein, und ihre einzige Landmarke war ein vages Gefühl. Sie sahen nichts als Sand und Gewürzbüsche und gelegentlich ein Reptil. Die verstohlenen Blicke, mit denen

Gilda sie musterte, vermittelten Marissa den Eindruck, dass die Amazone sie jetzt tatsächlich für eine Wahnsinnige hielt.

Ob es nun Glück war oder ob irgendeine unbegreifliche innere Stimme sie leitete, am vierten Tag kam ein kleines Dorf in Sicht. Zwanzig oder dreißig Häuser standen im Kreis um eine Anordnung von Brunnen, und Flecken in Grünschattierungen zeigten, wo Gärten sorgfältig gepflegt wurden. Die beiden Frauen ritten auf den Dorfplatz, und neugierige Augen folgten ihnen. Marissa sah zur Seite und entdeckte mehrere Kinder, die aufgeregt aus einem Eingang lugten, aber unter ihrem Blick zogen sie sich scheu zurück. Gilda stieg am Brunnen ab, und Marissa beeilte sich, zu ihr aufzuholen und die Pferde zu tränken.

Die Terranerin wunderte sich über die verlassenen Straßen. »Wo stecken die Leute alle?«

»Wir sind Fremde«, erklärte Gilda. »In den Trockenstädten ist jeder Fremde verdächtig. Sie werden sich zeigen, wenn sie sich überzeugt haben, dass wir harmlos sind.«

»Ja, du hast Recht ... da kommt schon einer.« Marissa wies auf einen graubärtigen Mann, der über den Platz auf sie zukam.

»Seid gegrüßt, Fremde. Ich bin Drocar, und ich biete euch die Gastfreundschaft unseres armen Dorfes an.«

Gilda verbeugte sich ehrerbietig vor dem alten Mann. »Wir danken Euch für Eure Gastfreundschaft und wünschen Euch für Eure Großzügigkeit zu entschädigen.«

»Nein, das können wir nicht annehmen«, wehrte Drocar ab. Die Amazone bestand höflich auf Bezahlung. Nach mehreren Minuten eines Wettstreits in Edelmut nahm der Dorfälteste die Münzen an, womit Gilda von vornherein gerechnet hatte. »Wir wissen Eure Großzügigkeit zu würdigen. Wollt Ihr uns jetzt sagen, wie wir Euch zu Diensten sein können, *domna*?«

Gilda verstummte und überließ es Marissa, zu sprechen.

»Wir suchen nach meiner Schwester Teresa. Ich dachte, sie könne vielleicht hier sein. Sie ist klein und dunkelhaarig.«

»Ja, ja ... Die Lady Teresa. Sie weilt im Haus Arturins. Bitte, kommt.« Der alte Mann trabte in einem Tempo los, das man ihm nicht zugetraut hätte.

Er führte sie zu einem großen Schlammziegelhaus in der Nähe des Platzes und sprach dort in einem Marissa unbekannten Dialekt mit einer dicken Frau. Während sie ihm ins Innere folgte, blieb Marissa wenig Zeit, ihre Umgebung zu betrachten, aber was sie sah, war einfach, beinahe dürftig. Sie gingen durch mehrere Räume und Korridore, bis die Dienerin leise an eine Tür klopfte. Sie musste eine Antwort erhalten haben, denn sie ließ Marissa eintreten und zog sich mit Drocar zurück.

Ein riesiges Bett beherrschte das Zimmer und ließ die weiß gekleidete Gestalt, die auf Kissen gestützt darin lag, winzig erscheinen. Langes dunkelbraunes Haar fiel über schmale Schultern. Noch bevor sie das Gesicht sah, wusste Marissa, dass sie ihre Schwester gefunden hatte.

»Teri ...«

»Mari?«, fragte das Mädchen und wandte sich ungläubig der Stimme zu. Ihre Wangen und ihre Stirn hatten graue Flecken von halb abgeheilten Verletzungen. »Bist du es wirklich, Marissa? Ich träume nicht?«

»Es ist kein Traum, Teri ... obwohl ein Traum mich hergeführt hat.« Marissa beschrieb ihre Reise.

Gilda war unauffällig eingetreten. Jetzt bemerkte Marissa die Anwesenheit der Amazone und winkte sie näher.

»Das ist meine Schwester Teresa ... Gilda war meine Führerin. Ohne sie hätte ich nicht kommen können.«

»Uns sind hier Zimmer angeboten worden«, berichtete die Amazone. »Die Pferde stehen bereits im Stall.«

Marissa nickte nachdenklich. »Jetzt erzähle mir alles, was

dir zugestoßen ist, Teri. Die Träume zeigten mir nur, dass du in Gefahr warst.«

»Das Dorf, in dem ich mich aufhielt, wurde von Trockenstadt-Räubern überfallen. Man hat mir erzählt, dass so etwas ziemlich häufig geschieht. Ich wurde dabei zusammen mit mehreren anderen jungen Frauen gefangen genommen. Man brachte uns nach Punjar und verkaufte uns als Sklavinnen. Ich wurde einem Räuber namens Ulric übergeben ... als Konkubine.«

Marissa biss sich auf die Unterlippe. »Bist du vergewaltigt worden?«

Das blasse Mädchen lachte kurz und bitter auf. »Zu diesen Verletzungen bin ich nicht durch große Liebe gekommen.«

»Ich hätte einem solchen Schwein nicht erlaubt, mich zu missbrauchen.« Die Stimme der Amazone klang verächtlich.

Teresas dunkle Augen maßen sich mit denen Gildas. »Man hat mir keine Wahl gelassen.«

»Hattet Ihr kein Messer?«

»Sie hatten es mir weggenommen.«

Jetzt zeigte die Amazone ihre Verachtung offen. »Ich hätte die Klinge gegen mich selbst gerichtet, bevor ich dem Geschmeiß erlaubt hätte, mich zu berühren.«

»Wirklich, Amazone? Dann ist es nur gut, dass ich nicht Ihr bin. Warum sollte ich für das Verbrechen eines Räubers bestraft werden?« Die Terranerin war unerbittlich. »Welchen Nutzen hätte mein Tod gehabt? Er hätte Ulric nichts bedeutet, abgesehen von der kleinen Unbequemlichkeit, dass er sich eine neue Sklavin hätte kaufen müssen. Indem ich abwartete, gelang es mir, zu entfliehen, und jetzt habe ich ein Leben lang Zeit, meine Rache zu planen.«

»Ist das die terranische Art?«

»Das weiß ich nicht. Es ist *meine* Art.«

Marissa hatte ihren Schock überwunden und wollte von

Teresas Flucht hören, nicht aber eine philosophische Diskussion. »Und wie bist du entkommen?«

»Punjar ist nicht so gut bewacht wie manche andere Stadt. Ich spielte die Bereitwillige und gewann mir so genug Freiheit, dass ich in die Wüste entwischen konnte.« Teresa hielt nachdenklich inne. »Die Wüste war ein ärgerer Feind als die Trockenstädter. Ich wurde nicht verfolgt. Die Aufgabe der Jäger übernahm die Sonne. Ich wäre umgekommen, hätten diese Dorfbewohner mich nicht gerettet. Eine Gruppe ihrer Männer fand mich und brachte mich her. Arturins Frau Alana hat mich gesund gepflegt.«

»Geht es dir gut genug, dass du reisen kannst?«

»Ja. Alana ist nur übervorsichtig.«

»Gut. Dann werden wir sofort nach Thendara zurückkehren. Ich will gehen und die Vorbereitungen treffen.«

»Nein!« Der heftig hervorgestoßene Befehl ließ Marissa verblüfft verstummen. »Ich kehre nicht zum Raumhafen zurück. Ich gehöre hierher.«

»Hierher? Nach allem, was geschehen ist, willst du hier bleiben und riskieren, dass es sich wiederholt? Warum?«, fragte Marissa zornig.

»Weil jemand sich dieser Frauen annehmen muss, und ich habe einen Plan entwickelt, wie ich ihnen zur Flucht verhelfen kann.«

»Zur Flucht! Diese Frauen wollen gar nicht fliehen. Es gefällt ihnen in ihrem Gefängnis«, höhnte Gilda. »Ich bezweifle, ob sie gehen würden, wenn man ihnen das Tor weit öffnete und sie hinausjagte!«

»Vielleicht gilt das für viele von ihnen, aber andere wurden gefangen genommen wie ich, aus Heimat und Familie weggerissen. Sie hatten keine Wahl. Ich will ihnen die Wahl geben.«

»Aber wie? Die Städte werden bewacht.«

»Viele der Städte sind in ihrem Luxus lasch geworden. Es

müsste leicht sein, hinein- und hinauszugelangen.« Mit leuchtenden Augen legte Teresa ihnen ihre Gedanken dar. »Mein Plan ist, diejenigen ausfindig zu machen, die sich die Freiheit wünschen ... immer einer oder zweien hinauszuhelfen ... nie so vielen, dass deswegen Alarm gegeben würde ... und sie unauffällig aus den Trockenstädten verschwinden zu lassen.«

»Wie die alte Untergrundbewegung auf Terra, die Negersklaven zur Flucht verhalf.« Marissa begriff, was ihre Schwester vorhatte, aber sie runzelte die Stirn.

»Genau. Für den Augenblick wird das meine Rache an Ulric sein ... dass ich den Frauen, die von Männern seiner Sorte versklavt werden, das Leben zurückgebe.«

Marissa erkannte die Begeisterung in den Augen ihrer Schwester, doch ihr machte der Gedanke Angst. »Das ist gefährlich. Warum musst du es tun? Wenn diese Frauen fliehen wollten, würden sie fliehen. Du hast es auch getan – und dies ist nicht einmal deine Heimatwelt! Sie sind hier geboren. Warum können sie nicht aus eigener Kraft fliehen?«

»Fliehen wohin? In die Wüstensonne? Ich habe das nur aus Unwissenheit getan!«, flammte Teresa auf. »Ich wäre beinahe gestorben. Wenn sie entkommen, haben sie nichts zu erwarten als Sonne und Sand und Durst ... und wenn sie so viel Glück haben, eine andere Stadt zu erreichen, werden sie dort wieder in Ketten gelegt und bekommen vielleicht einen Herrn, der schlimmer ist als der vorherige!«

Auf diesen Ausbruch reagierte Marissa mit der Frage: »Aber warum du? Warum musst du dein Leben für sie aufs Spiel setzen?«

Teresa warf die Beine über den Bettrand und lüpfte das umfangreiche Leinengewand, damit sie gehen konnte. Sie öffnete eine grob zusammengezimmerte Truhe, kramte unter ordentlich zusammengefalteter Kleidung herum und zog ein Bündel heraus. Sie öffnete die Verschnürung des Nachthemds und trat aus ihm heraus. Marissa erschrak darüber, wie mager ihre Zwillingsschwester geworden war.

»Was tust du?«

»Du hast mich gefragt, warum. Ich will es dir zeigen.« Teresa zog ihre Reitkleidung an. »Es bedeutet zwei Tage im Sattel ... für eine Reise nach Punjar.«

»Ihr wollt, dass ich eine Trockenstadt betrete?«, fragte Gilda scharf. »Das tue ich nicht.«

»Dann bleibt hier, Amazone. Ich kenne den Weg. Und Euch brauche ich nichts zu beweisen.« Teresas Stimme klang weder feindlich noch freundlich; sie stellte lediglich eine Tatsache fest.

In Gildas Blick lag Anerkennung. »Ich werde mit Euch bis an den Rand der Stadt ziehen. Dort will ich warten. Amazonen werden in den Trockenstädten nicht freundlich empfangen.«

»Gut. Sattelt die Pferde. Heute Nacht liefern die Monde gutes Licht. Ich will Lady Alana von unserem Entschluss benachrichtigen.« Teresa ging, um die sonstigen Reisevorbereitungen zu treffen.

Die Pferde trugen nur leichte Lasten, denn nach Punjar war es nicht weit, und wenig Gepäck bedeutete mehr Sicherheit.

Sie sahen nichts, was sie hätte beunruhigen können, aber als sie sich Punjar näherten, war ihnen allen ängstlich zu Mute, und sie ritten schweigend dahin. In der zweiten Nacht erhob sich die Stadt vor ihnen, und Gilda wählte einen Lagerplatz auf Fels, der durch den Sand zu Tage trat. Sie teilte Dörrfleisch und Brot aus; Feuer durften sie so nahe an der Stadt nicht machen.

»Und was hast du jetzt vor?«, fragte Marissa ihre Schwester in einem Ton, der andeutete, dass sie nur ihren Launen nachgab.

Teresa antwortete leise: »Ich will dir zeigen, warum ich

mein Leben aufs Spiel setzen muss. Hier, zieh das an.« Sie drückte Marissa ein Kleiderbündel in die Hände.

Marissa schüttelte die Sachen aus und wunderte sich über eine vergoldete Kette, die an zwei breiten Armbändern befestigt war. »Was ist das?«

»Das Symbol einer unterworfenen Frau. Ohne die Kette würdest du in Punjar nicht lange am Leben bleiben. Lege sie so an.« Teresa zeigte es ihr mit einem identischen Stück. »Wir werden in die Stadt schlüpfen, solange es noch dunkel ist, und uns später unter die Frauen am Brunnen mischen. Sie wechseln dauernd, deshalb bleiben zwei neue Gesichter in der Menge sicher unbemerkt. Und dann werde ich dir deine Frage nach dem Warum beantworten.«

Gilda kehrte von den Pferden zurück und betrachtete die Ketten mit unverhüllter Abscheu. »Ihr solltet jetzt gehen. Es wird bald hell werden.«

Teresa nickte, gab aber noch einen letzten Befehl. »Wenn wir bei Mondaufgang nicht wieder da sind, kehrt in Eure Heimat zurück ... und Gott sei mit Euch.«

Punjar war eine ausgedehnte Stadt, die früher einmal von festen Steinmauern umschlossen gewesen war, aber durch das schnelle Wachstum war man gezwungen gewesen, außerhalb der Tore zu bauen. Hier schlichen sich die beiden Frauen an. Sie glitten vorsichtig durch die Schatten und hielten ihre Ketten fest, damit die klirrenden Glieder sie nicht verrieten. Bis sie sicher innerhalb des Ringes von Häusern waren, signalisierte Teresa Schweigen. Dann wies sie auf mehrere große Steingutkrüge vor einem Haus.

»Wasserkrüge ... unser Ausweis innerhalb der Stadtmauern.« Teresa nahm sich einen und ging weiter, den Krug geschickt auf der Hüfte balancierend. Marissa machte es ihrem Zwilling nach, aber es war eine klägliche Imitation.

»Teri, wenn du nun erkannt wirst?«

»Dafür habe ich vorgesorgt.« Teri zog einen dünnen Schleier über die untere Hälfte ihres Gesichts und wickelte ihn sich um den Hals. »Viele Frauen gehen verschleiert.«

Jetzt entdeckte Teresa mehrere Frauen und beschleunigte den Schritt, um sich ihnen anzuschließen, als sie das Stadttor passierten. Die Wachen warfen ihnen lüsterne Blicke zu, blieben aber unbeweglich auf ihren Posten stehen.

Teresa rückte dicht an ihre Schwester heran und forderte sie mit hartem Flüstern auf: »Beobachte genau, welche Rolle den Frauen in den Trockenstädten zufällt.«

Marissa folgte ihr dichtauf durch die staubigen Straßen. Immer lauter wurde das metallische Klirren, wenn sich weitere Frauen dem Zug zu den Brunnen anschlossen. Marissas dunkle Augen beobachteten sie vorsichtig und wurden groß vor Staunen beim Anblick von zwei noch sehr jungen Mädchen, die, in Ketten wie ihre älteren Gefährtinnen, mit ihnen gingen.

»Die Mädchen da – das sind doch noch Kinder!«

»Zwölf ... alt genug, um in Ketten gelegt und verheiratet zu werden«, zischte Teresa.

Sie stellten sich am Brunnen an, und Marissa zerrte nervös an den goldenen Armbändern. Die Dinger rieben ihre Handgelenke wund und vermittelten ihr ein Gefühl der Angst, obwohl sie wusste, dass sie nicht verschlossen waren und jederzeit entfernt werden konnten. Sie spürte brennende Blicke auf sich, senkte den Kopf und stellte fest, von wo sie kamen. Im Schatten der Gebäude saßen Bettler in schmutziger Kleidung und starrten die Frauen mit unverhüllter Gier an. Marissa erschauerte, so widerlich fand sie das. Sie hatte eine Gänsehaut, als krabbelten Insekten über ihren Körper. Heiße Scham durchflutete sie. Schnell durchforschte sie die Gesichter der Frauen in ihrer Nähe und fragte sich, wie sie eine solche Demütigung ertragen konnten.

»Komm!« Teris Befehl riss sie aus ihren Gedanken. Sie folgte ihr gehorsam und versuchte, den schweren, wassergefüllten Krug zu balancieren. Nachdem Teresa durch mehrere enge Gassen gegangen war, blieb sie stehen und setzte ihre Bürde ab. Dankbar tat Marissa es ihr nach; ihr Arm war gefühllos und ihre Hüfte wund von dem Gewicht.

»Was nun? Gehen wir wieder?«

Teri schüttelte den Kopf. »Du hast noch gar nichts gesehen! Gestern ist eine Karawane eingetroffen, deshalb wird eine Menge Volk auf dem Markt sein. Dort können wir uns unter die Favoritinnen des Herrn mischen.«

»Können wir nicht gleich gehen?«, drängte Marissa. Sie hasste diese Maskerade.

»Was ist denn? Sagt dir die Rolle einer Trockenstadt-Konkubine nicht zu?«, fragte Teri sarkastisch. »Du musst mehr sehen.«

Der Marktplatz war ein freier Raum zwischen den Häuserreihen, wo Wanderhändler ihre Stände und Zelte aufgebaut hatten. Hier priesen knopfäugige Kaufleute mit lautem Geschrei ihre Spezialitäten an, und da saßen andere gleichgültig zwischen ihren Waren und täuschten mit schläfrigen Gesichtern darüber hinweg, dass sie listig zu feilschen verstanden. Die Schwestern schlenderten an den Ständen entlang, und Marissa sah sich dabei die anderen Besucherinnen des Marktes an. Sie waren gut gekleidet, ihre Körper waren gepudert und parfümiert, und sie lachten aufgeregt über das Angebot wie alle anderen Frauen.

»Gib gut Acht. Das ist das Beste, was eine Trockenstädterin erwarten kann.«

Marissa setzte ihre Beobachtungen fort. Das war das Beste? Die Frauen glitten mit klingelnden Ketten vorbei; sie wirkten glücklich, aber sie erinnerten Marissa an das Schoßtier eines reichen Mannes, parfümiert und gekämmt, sicher an seiner

Leine, um nach der Laune des Herrn gehätschelt oder getötet zu werden.

»Tarisa ...« Der mit fremdartigem Akzent ausgesprochene Name erklang so dicht neben ihnen, dass Marissa erschrak und den Kopf herumriss. Sie sah ein Mädchen mit bronzener Haut, schimmerndem schwarzem Haar und großen blauen Augen.

Offensichtlich kannte Teri sie. Ihre Hand schloss sich fest um den Unterarm des Mädchens. »Komm mit uns, Elys.«

Ihrer Schwester erklärte Teri: »Elys ist aus dem Dorf, in dem ich gelebt habe. Sie wurde mit mir gefangen genommen.«

»Tarisa ... ich hatte gehört, du seist entflohen ... Es tut mir sehr Leid, dass das nicht stimmt.«

Teresa warf schnelle Blicke nach allen Seiten, aber niemand war in Hörweite. »Ich bin tatsächlich entflohen, Elys.«

Die blauen Augen weiteten sich entsetzt. »Bist du wieder eingefangen worden?«

»Nein. Ich bin immer noch frei. Ich bin heute aus freiem Willen vor Sonnenaufgang zurückgekommen, und ich werde beim Dunkelwerden wieder gehen.«

»Gehen? Wie? Und warum bist du zurückgekehrt?«

Teri fürchtete, die heftigen Fragen des Mädchens würden unerwünschte Aufmerksamkeit auf sie lenken. Sie musste sie beruhigen. »Ich möchte anderen zur Flucht verhelfen. Wie ist es dir ergangen, Elys?«

Das Mädchen sah in den Schmutz, scharrte mit einem Fuß, nagte aufgeregt an der Unterlippe. »Ich bin an das Haus Kantols verkauft worden.«

Marissa hörte ihre Zwillingsschwester scharf Atem holen und bemerkte das Mitleid in ihrem Gesicht. In einer stummen Frage hob sie die Augenbrauen.

Teri erklärte leise: »Ulric ist ein Prinz im Vergleich mit Kantol. Von Kantol sagt man, er habe das Herz eines Banshees.«

»Hat er dich schlimm verletzt?«

Elys schämte sich. Sie sprach mit erstickter Stimme. »Ich habe mich mit meinem Schicksal abgefunden ... Ich habe gelernt, mich willig zu zeigen, und so lässt man mir ein paar kleine Freiheiten. Es ist besser, als geschlagen zu werden.«

Teri berührte sanft die Schulter des Mädchens. Ihre Stimme war voller Mitgefühl. »Ich verstehe deinen Entschluss. Auch ich habe ... mich willig gezeigt ..., um ein bisschen Freiheit zu erhalten.«

»Aber du hast dein bisschen Freiheit benutzt, um ganz frei zu werden«, sagte Elys bewundernd. Ein Fünkchen Hoffnung glomm in ihr auf. »Ihr wollt heute Abend fort? Ihr beide?« Die Worte sprudelten aus ihr hervor: »Nehmt mich mit! Bitte, nehmt mich mit. Ich kann schnell reisen. Wenn ihr mir nicht helfen könnt – dann tötet mich! Mit dem Gedanken, dass die Freiheit in meiner Reichweite gewesen ist, ertrage ich dieses Leben nicht mehr!«

Das Mädchen stand am Rand der Hysterie. Teresa zog sie schnell aus dem Hauptstrom des Menschengewimmels und versuchte, sie zu beruhigen. »Wir nehmen dich mit ... hörst du? Aber es muss heute Abend sein. Wird man dich vermissen?« Teri drang sofort zum Kern des Problems vor.

»Ich habe einen freien Tag erhalten, damit ich mir die Karawane ansehen kann. Und Kantol ruft mich nicht oft, so dass ich wohl nicht vermisst werde ... und wenn, dann erst spät.«

»Bis dahin werden wir meilenweit fort sein.« Im Geist ergänzte Teri diese Behauptung: *Wenn wir eine Menge Glück haben.*

Draußen vor der Stadt sah die wartende Gilda zur Sonne hin. Sie stand jetzt niedrig über dem Horizont, und die langen Schatten der Abenddämmerung machten die Amazone unruhig. Es gefiel ihr nicht, so nahe an der Trockenstadt zu lagern. Nervös kroch sie an den Rand des Felsens vor und hielt nach einem Zeichen von den *Terranan* Ausschau. Die beiden hatten sich etwas Unmögliches vorgenommen und würden wahrscheinlich angekettet in einem Trockenstadt-Bordell enden. Bald mussten die Monde aufgehen, aber Gilda wäre es sehr unangenehm gewesen, die Terranerinnen zurückzulassen. Das würde große Schwierigkeiten über das Gildenhaus heraufbeschwören.

In dieser Nacht entging den Ohren der Amazone nicht einmal das Geräusch eines rieselnden Sandkorns, und obwohl die drei Frauen gemeint hatten, sich lautlos zu bewegen, stand Gilda schon bereit, als sie hinter die Felsen schlüpften. Der Anblick der Amazone mit dem Messer in der Hand ängstigte Elys, aber sie passte sich den neuen Bedingungen schnell an. Die Terranerinnen stiegen bereits in ihre Reitkleidung. Teresa stopfte ihre Ketten in ihr Bündel und sah mit stiller Belustigung zu, wie Marissa sich die Armbänder von den Handgelenken riss und wütend auf den Boden warf. Sie hatte Mari überzeugt; die Schlacht war zur Hälfte gewonnen.

»Heb die Ketten auf. Ich brauche sie, wenn ich diesen Trick das nächste Mal anwende.« Teri sagte es ohne Vorwurf. Sie verstand Marissas Widerwillen.

Währenddessen standen Elys und die Amazone wie festgewurzelt da und starrten einander schweigend an. Schließlich ging Gilda zu den Pferden und lud ihnen die Bündel auf.

»Die Pferde sind bereit. Wer ist sie?« Gilda betrachtete Elys kritisch. Diese Reise war sorgfältig geplant worden, um das Risiko so klein wie möglich zu halten, und jetzt brachten die *Terranan* sie alle in Gefahr, indem sie in der Trockenstadt ein hergelaufenes Mädchen aufsammelten.

»Unser erster Flüchtling. Sie wird das Packpferd reiten. Machen wir, dass wir von hier wegkommen.« Teresa schwang sich auf ihr Reittier und lenkte es in langsamem Schritt weg von der Stadt.

Gilda setzte sich an die Spitze und führte sie, ob mit Hilfe eines unbeirrbaren Instinkts oder erworbener Fähigkeiten, wusste Marissa nicht, aber sie hatte die Amazone oft genug die richtige Entscheidung treffen sehen, um ihren Anweisungen bei diesem Ritt durch die Wüste zu folgen. Sie ritten schweigend, nur darauf bedacht, die Entfernung zwischen sich und Punjar zu vergrößern. Erst ein paar Stunden später mäßigten sie ihr Tempo. Aber auch dann waren sie noch vorsichtig, blickten ständig über die Schulter zurück und hielten nach irgendwelchen Zeichen von Verfolgern Ausschau.

Als die Sonne sich blutig rot über den Sand erhob, gab Gilda das Zeichen zur Rast. Ein Gewürzbusch lieferte den einzigen Schatten. Die Amazone meinte, hier sollten sie während der Hitze des Tages ausruhen. Der stechende Gewürzgeruch füllte die Luft und ihre Lungen. Nachdem sie die Pferde versorgt hatte, teilte Gilda die Essensrationen aus, und ihre Augen wanderten immer wieder zu Elys. Teresa hockte neben dem Mädchen und bastelte geduldig an den Armbändern herum, bis die Schlösser aufsprangen und die Ketten zu Boden fielen.

Marissa sah stumm zu, wie das Mädchen sich die Handgelenke rieb und dann die Arme hob, froh über deren neue Leichtigkeit. Diesen herzergreifenden Augenblick, als Elys sich der wiedergewonnenen Freiheit bewusst wurde, störte Marissa ungern, aber ihr war plötzlich ein Gedanke gekommen.

»Teri ... was geschieht jetzt mit Elys?«

»Daran habe ich noch gar nicht gedacht. Es war ein so plötzlicher Entschluss ..., da habe ich nicht überlegt, was aus den geflohenen Frauen werden soll.« Beunruhigt sah Teresa zu Elys hinüber.

»Kann sie nicht zu ihrer Familie zurückkehren?«, fragte Marissa. Das schien die nächstliegende Lösung zu sein.

»Ich habe keine.« Elys brachte es nicht fertig, den Blick vom Boden loszureißen. »Und wenn ich eine hätte, könnte ich nicht zurückkehren ... entehrt, wie ich bin. Ich wäre eine Schande für meine Familie. Dann wäre es für mich besser, als Sklavin zu sterben.«

»Nein«, erklärte Teresa mit fester Stimme. Sie konnte Elys jetzt nicht im Stich lassen, nachdem sie einen Vorgeschmack der Freiheit gehabt hatte. »Es muss einen Ort geben, wohin du gehen kannst, wo deine Vergangenheit keine Rolle spielt ... wo du die Möglichkeit hast, ein neues Leben anzufangen.«

Ein unbehagliches Schweigen folgte auf Teris Worte. Nur die Schritte der Amazone waren zu hören, die nach den Pferden gesehen hatte, jetzt zurückkam und sich hinsetzte. Elys betrachtete sie, und plötzlich erleuchtete ein Hoffnungsstrahl ihr Gesicht.

»Ich habe von den Freien Amazonen gehört, die ohne Ketten zwischen Männern umhergehen ..., die sich ihr Brot selbst verdienen. Nehmt mich mit Euch zu den Amazonen!«

»Dich?« Gilda sah das Mädchen ungläubig an. »Du meinst, du könntest eine Entsagende werden? Bei der ersten Schwierigkeit würdest du deinen Eid brechen, indem du einen Mann um Hilfe bätest.«

»Nein!«, protestierte Elys scharf. »Habe ich hier die Hilfe eines Mannes erbeten? Sind es nicht diese Frauen gewesen, die mich aus der Sklaverei befreit haben? Ich habe keine Familie, zu der ich mich flüchten könnte. Ich habe mein Brot von Kindheit an als Magd verdient, und harte Arbeit ist mir nicht fremd. Wollt Ihr mich in die Sklaverei zurückschicken? Dann legt die Ketten selbst an!« Sie warf sie der Amazone vor die Füße. »Wollt Ihr, die Ihr die Freiheit so sehr schätzt, sie mir verweigern?«

Gilda lächelte anerkennend. Das war der Geist einer echten Amazone! »Ich werde dich ins Gildenhaus mitnehmen, aber du musst Unterricht erhalten und dann, wenn du es immer noch wünschst, einen Eid ablegen. Das darf man nicht leichtfertig und ohne volles Verständnis tun.«

Elys' Blick unendlicher Erleichterung und Dankbarkeit trieb Marissa Tränen in die Augen. Teresa hatte Recht. Dies war das Risiko wert.

»Das ist es! Das ist die Lösung!« Teris Ausruf erschreckte die anderen, die sich der aufgeregten Terranerin zuwandten. »Versteht ihr nicht? Wir brauchten einen Ort, an den wir die Frauen schicken können ... einen Ort, wo sie ein neues Leben anfangen können, wo die Vergangenheit keine Rolle spielt. Würden die Amazonen sie alle aufnehmen?«

»Die Amazonen nehmen jede Frau auf, die bereit ist, den Eid zu leisten.« Gilda dachte über den Vorschlag der Terranerin nach.

Bevor Teri etwas sagen konnte, fiel Elys ein: »Viele würden den Eid gern ablegen, wenn ihnen das die Möglichkeit zu ehrlicher Arbeit gibt. Ohne Hilfe bliebe ihnen keine andere Wahl, als sich von neuem zu verkaufen. Wenn die Amazonen uns die Chance bieten, werden wir mit Freuden arbeiten.« Elys strahlte, und ihre Augen funkelten. Dabei hatte sie gemeint, nie mehr Freude empfinden zu können.

Marissa beobachtete die drei anderen, und sie sah den Traum wachsen und zwischen ihnen feste Form annehmen. Sie waren so verschieden voneinander – eine Terranerin, eine befreite Trockenstadt-Sklavin und eine Amazone –, doch der Traum band sie zusammen. Ein Traum von Freiheit, und sie hatte ihn Wirklichkeit werden sehen. Teri würde die Frauen aus der ihnen so schrecklichen Sklaverei befreien, und die Amazonen würden ihnen helfen, innerhalb der eng verbundenen Familie des Gildenhauses ein neues Leben aufzubauen.

Das würde bestimmt ein langer, langsamer Prozess, aber vielleicht brachten die kommenden Jahre den Frauen der Trockenstädte wahre Freiheit, und es kam eine Zeit, da sie alle ihre Ketten für immer abwerfen würden.

Über Sherry Kramer und »Das Banshee«

Sherry Kramer ist ein hiesiger Darkover-Fan und benutzt einen Amazonen-Namen. Mit zwei Freundinnen, die das Gildenhaus von Valle d'Oro darstellen, hat sie ein Amazonen-Mitteilungsblatt herausgegeben. Sie lebt auf einer Ranch nördlich von Sacramento »mit einer beunruhigend großen Zahl von Tieren – wir haben hier 110 Lebewesen, und nur zwei davon sind menschlich«. Sie zählt sie auf als »7 Hunde, 3 Katzen, 8 Ziegen, 2 Pferde, 26 Hühner, 22 Enten, 2 Gänse, 7 Goldfische, 22 tropische Fische, 7 Mäuse, 1 Leguan und 1 Kornschlange«. Ob einen das nun mit Neid oder Entsetzen erfüllt (zwei Reaktionen, die ich miterlebt habe), wir finden die Aussage beinahe unglaublich: »Neben dem Vorführen der Hunde bei Tauglichkeitsprüfungen, dem Melken der Ziegen, dem Abreiten der Ranch und dem Versorgen all der anderen Geschöpfe finde ich ab und zu doch noch Zeit zum Schreiben.« Soviel wir wissen, gibt es auf der Ranch keine Banshees oder tauben Hunde. »Das Banshee« erschien zuerst in Geschichten von den *Freien Amazonen* und verpasste um Haaresbreite die Chance, in den ersten Band mit Werken der Freunde Darkovers *Der Preis des Bewahrers* aufgenommen zu werden. Tatsächlich glaubte ich, es sei aufgenommen worden, und drückte Sherry mein Bedauern darüber aus, dass wir es nicht mit in diesen Band, für den es noch besser passe, hineinnehmen könnten. Sherry machte mich darauf aufmerksam, dass es im *Preis des Bewahrers* nicht enthalten sei; ich sah im Inhaltsverzeichnis jener Anthologie nach, und sie hatte Recht. Offenbar hatte ich es mit Linda McKendricks Geschichte »Die Rettung« durcheinander gebracht, eine der besseren Amazonen-Geschichten in dem früheren Band. Ich freue mich, diese Unterlassung wieder gutmachen und »Das Banshee« hier präsentieren zu können.

MZB

Das Banshee

von Sherry Kramer

Wer den Winter nur preist am warmen Kamin, der mag ihn wohl lieben, doch kennt er ihn?

So lautet das darkovanische Sprichwort. Nach fast einem Jahr auf Darkover hatte ich kein Bedürfnis mehr, den Winter kennen zu lernen. Ich hörte ihn deutlich genug, wie er um die gedrungene Stein-*forst* kreischte und stöhnte. Wenn der Sturm sich gelegt hatte, wollten wir vom Berg absteigen und nach Thendara zurückkehren. Der Winter war mein Gefängniswärter. Ich hätte Wochen früher aufbrechen sollen. Den Winter pries ich nicht, und ich wollte überhaupt nicht mehr von ihm reden. Ich hatte vom Winter ebenso genug wie von Darkover.

Ich hörte das leise Scharren von Darlas Stiefeln auf dem Steinfußboden und drehte mich zu ihr um. »Wie ist das Wetter?«, fragte ich. »Was meinst du, wird es bald umschlagen?« Die Freie Amazone war meine Führerin gewesen, und ich hatte gelernt, ihre Wettervorhersagen ernst zu nehmen.

»Es hat aufgehört zu schneien«, antwortete sie, »aber das ist nur eine Pause. Solange der Wind so bläst, wird es bestimmt wieder anfangen.« Sie nahm einen irdenen Becher vom Tisch und füllte ihn aus dem Krug, den Mhari vor ein paar Augenblicken gebracht hatte. »Wir haben Glück gehabt, dass wir die *forst* erreicht haben. Sie ist viel gemütlicher als eine Reiseunterkunft. Und besser mit Vorräten ausgerüstet. Wenn es sein muss, können wir den ganzen Winter hier abwarten.«

»Vorausgesetzt, Eduin und Mhari sind damit einverstanden.«

Darla sah mich überrascht an. »Glaubst du im Ernst, irgendein Gastgeber würde seine Gäste bei diesem Wetter hinauswerfen? Das wäre gleichbedeutend mit Mord. Schätzt du unsere Bergbevölkerung so gering ein?«

»Nein, natürlich nicht. Allerdings hat ein Philosoph einmal gesagt: ›Gäste und Fische beginnen nach drei Tagen zu stinken.‹«

»Das war zweifellos ein terranischer Philosoph«, meinte Darla. »Hier in den Bergen ist Gesellschaft zu selten, als dass sie unangenehm werden könnte.«

»Und es ist zu kalt, als dass Fische stinken könnten«, murmelte ich. »Trotzdem, ich muss zur Basis zurück. Die Muster ...«

»Denen passiert nichts. Notfalls würden sie, gefroren in dieser Schneewehe, den ganzen Winter überstehen. Ich werde dich nach Thendara zurückbringen. Lebend. Wie ich mich vertraglich verpflichtet habe. Aber nicht heute oder morgen. Wahrscheinlich diese ganze Woche nicht mehr.«

»Ich habe mich bereits verspätet. Wir hätten schon vor zwei Tagen wieder in Thendara sein sollen.«

Sie spreizte die Hände. »Nicht einmal der Comyn-Rat kann dem Wetter befehlen.«

»Noch ein Sprichwort?«

»Eine Tatsache.« Sie nahm einen Schluck aus ihrem Becher. »Das ist ausgezeichnet. Hast du es schon probiert?«

»Eine Art Wein, nicht wahr? Nein, ich habe noch nicht davon getrunken.«

Sie goss mir etwas ein. »Winterwein. Gegorene Dornenpflaumen, die man im Schnee frieren lässt. Dies ist der Teil, der nicht gefroren ist.«

Ich kostete. Es war ein herbes Getränk mit einem leicht harzigen Nachgeschmack.

Darla ließ sich am Feuer nieder. Sie hatte, als sie hereingekommen war, die hohen Stiefel, in die sie ihre geliebten weiten Hosen stecken konnte, mit pelzgefütterten, knöchelhohen »Hausstiefeln« vertauscht und das nasse Schuhwerk und ihren Umhang in der Eingangshalle gelassen.

»Du bist heute Abend nicht glücklich, *Terranan*.« Darla gehörte zu den wenigen Darkovanern, die dieses Wort aussprechen konnten, ohne dass es wie eine Verwünschung klang.

»Wie du weißt, stamme ich nicht von Terra«, sagte ich. »Ich bin auf Meadow geboren.«

»Ja, ich weiß. Aber *terranan* bist du trotzdem.« Sie lächelte. »Ist noch irgendeine Arbeit zu erledigen, bevor du aufbrichst? Sag es mir, Janna ... Janet ..., und vielleicht könnten wir noch ...«

»Nein, nichts. Du bist mir eine unschätzbare Hilfe gewesen. Ich habe genug Muster, um unsere Leute, die die Analysen vornehmen, eine Weile beschäftigt zu halten. Die Forschungen sind natürlich nie abgeschlossen. Wir sind noch längst nicht so weit, dass wir die Ökologie Darkovers verstehen, aber wir haben einen Anfang gemacht.« Auf seine Weise stellte Darkover wegen des gemeinsamen Vorkommens von terranischen und einheimischen Pflanzen und Tieren ein komplexeres Problem dar als Terra.

»Was macht dir denn dann Sorge?«

»Vermutlich habe ich nur zu viel Zeit zum Nachdenken.« Ich goss mir noch einmal von dem Wein ein. »Ich habe überlegt, wohin ich wohl das nächste Mal geschickt werde.«

»Warum bleibst du nicht auf Darkover? Du sagst doch selbst, dass es noch mehr zu tun gibt.«

»Nein!« Es kam schärfer heraus, als es in meiner Absicht gelegen hatte. Um es abzumildern, fuhr ich fort: »Das Weggehen tut mir immer gut. Das Dableiben macht mich fertig. Zweifellos ist das ein Charakterfehler. Weißt du, ich habe immer geglaubt, es gebe etwas zwischen dem Großwerden und dem Altwerden. Eine Zeit der Gnade zwischen Akne und Runzeln. Aber es gibt sie nicht. Ich bin nicht mehr jung. Ich habe nichts, was ich mein Eigen nennen könnte. Kein Heim, keine Familie, keine … Kinder … Gott, wie könnte ich Kinder haben? Ich bin ja selbst immer noch ein Kind.« Ich trank noch einmal von dem Wein. »Ich hasse Menschen, die rührselig werden, wenn sie betrunken sind! Jedenfalls wollte ich – was war das?«

Der Schrei umgab uns, kam wieder und wieder, holte sein eigenes Echo ein, schnitt durch den Wind und durchdrang die Steinmauern.

»Das ist ein Banshee, Janna. Es ist nicht damit zu spaßen, wenn man im Freien ist, aber hier sind wir sicher.«

Wieder kam ein Schrei, und diesmal war es nicht das Banshee. »Die Pferde!«, rief ich und rannte zur Tür.

Darla hielt mich zurück. »Sie sind nicht in Gefahr. Eduins Stallknecht wird nach ihnen sehen. Es ist ja nicht ohne Grund, dass er im Stall schläft. Und für alle Fälle gibt es einen Verbindungsgang, erinnerst du dich? Du wirst nicht nach draußen gehen.«

»Entschuldige«, sagte ich. »Das hatte ich wohl vergessen. Dieses Ding hat mich in Panik versetzt.«

»Genau das ist seine Absicht.«

»Absicht? Erzähl mir bloß nicht, es wisse, dass wir hier drin sind.«

»Nein, das weiß es natürlich nicht. Wahrscheinlich hat es sich nur nach hier unten verirrt.«

»Unten? Du meinst, es gibt einen Ort, von dem aus dieser hier ›unten‹ ist?«

Darla lachte auf. »Sicher. Wir sind erst in den Ausläufern der Hellers. Banshees leben hoch oben, ein gutes Stück jenseits der Schneegrenze. Früher hat man sie bei der Verfolgung von Menschen eingesetzt, aber ich glaube nicht, dass je eines domestiziert worden ist. Man hat sie nur auf die Fährte dessen gesetzt, den man nicht leiden konnte, und es ihn töten lassen. Wenn sie wieder hungrig wurden, pflegten sie an die Stelle zu kommen, wo sie gefüttert wurden. Natürlich ist das schon seit Jahren gesetzlich verboten.«

»Ich erinnere mich, einen Bericht über so etwas gelesen zu haben.« Ich zögerte. »Gibt es eine Möglichkeit, dass ich einen Blick auf das Tier werfen könnte? Wir haben in den Unterlagen der Basis Beschreibungen von Banshees, aber sonst nichts. Nicht einmal eine Fotografie.« Ich musste das terranische Wort benutzen, denn ein darkovanisches gab es nicht. Ich vermutete jedoch, dass bald eins geprägt werden würde. Kameras gehörten zu den wenigen Artikeln, an deren Besitz der Comyn-Rat Interesse zeigte.

Ich spähte durch das winzige Dachbodenfenster und konnte die Umrisse des Banshees durch den Schnee erkennen. Von allen hässlichen Tieren sind die Banshees beileibe nicht die hässlichsten. Ich habe auf anderen Planeten viel schlimmere gesehen, einige harmlos und andere nicht. Das sagte ich auch Darla: Es gibt hässlichere. Aber nicht auf Darkover.

»Wie gern hätte ich eine scharfe Fotografie von ihm«, sagte ich.

»Wie würde es dir gefallen, etwas Besseres als eine Fotografie zu bekommen?«, fragte Darla.

»Was meinst du?«

»Wie würde es dir gefallen, ein Musterexemplar zu bekommen?« Wir hatten die Fensterläden geschlossen und wollten in die Wärme des unteren Stockwerks zurückkehren. Das Fackellicht ließ ihr kupferfarbenes Haar aufleuchten, und ich sah das koboldhafte Funkeln in ihren Augen.

»Bist du wahnsinnig? Ohne vernünftige Waffen wäre das Selbstmord.«

»Unsinn. Wir jagen Banshees seit hunderten von Jahren. In manchen Gebirgsgegenden gilt das als Sport. Außerdem sieht es mir ganz danach aus, als habe dieses Banshee sich für den Winter hier häuslich niedergelassen. Wir hätten höllische Schwierigkeiten, an ihm vorbei nach Thendara zu gelangen. Deshalb können wir es auch gleich erledigen. Damit täten wir unsern Gastgebern einen Gefallen. Ganz zu schweigen davon, dass es deine Aufgabe war, Muster des örtlichen Tierlebens zu sammeln, *ni var*?«

»Ja. Aber wie du sehr wohl weißt, sollte das der Untersuchung dienen, ob es Tiere terranischen Ursprungs gibt und wenn ja, welche. Du kannst mir nicht erzählen, dass dieses Ungeheuer jemals von Terra gekommen ist.« Ich überlegte. »Aber damit hast du Recht, dass es schwierig sein wird, an ihm vorbeizukommen. Janet Rhodes: Zoologin, Ökologin, Banshee-Jägerin. Wie wird sich das in meiner Personalakte ausnehmen? Na gut, was brauchen wir? Abgesehen von zwei Hochleistungs-Lasern.«

Sie grinste, und der Kobold kam näher als je zuvor an die Oberfläche. »Morgen werde ich Eduin fragen, ob er immer noch eine Meute hält.«

Am Morgen hatte sich der Wind fast ganz gelegt. Eduin reagierte auf Darlas Vorschlag, das Banshee zu erlegen, mit Begeisterung. Er fand nichts dagegen einzuwenden, dass die Freie Amazone an der Jagd teilnahm, aber ich hatte das Gefühl, er hätte es entschieden für besser gehalten, wenn die *Terranan* davon ausgeschlossen worden wäre. Darla musste ihm erst erzählen, alle terranischen Frauen seien sozusagen *Com'hi-letzii*, und ich sei vertraglich verpflichtet, genau diese Art von Arbeit zu tun. Ich war mir nicht sicher, ob ich mich über ihren Erfolg freuen sollte oder nicht.

Gleich nach dem Frühstück gingen wir, uns seine Meute

anzusehen. Es waren hochschultrige, dünne Tiere mit rauem, zottigem Fell, meistens weiß mit rötlichen Flecken. Ihre Schnauzen waren kurz und breit, ihre Augen klein und tiefliegend. Sie sahen wie das Ergebnis einer dreifachen Kreuzung zwischen einem Bullterrier, einem Bernhardiner und einem irischen Wolfshund aus. Eduin sagte schnell etwas auf *cahuenga*, aber er sprach einen Dialekt, dem ich nur mit Mühe folgen konnte.

»Er sagt«, übersetzte Darla, »er habe keine Fänger – wahrscheinlich meint er Sharra-Terrier –, aber mit diesen Hunden, die Verfolger sind, müssten wir auch zurechtkommen. Sie bellen nämlich auf der Fährte, das verringert die Gefahr, sie zu verlieren. Verfolger, die nicht bellen, können das Banshee einholen und von ihm getötet werden, bevor die Jäger sie finden, falls keine Fänger dabei sind, die es stellen und beschäftigt halten. Diese Hunde sind schnell genug, das Banshee zu fangen, aber zu langsam, ihm zu entwischen, wenn es sich umdreht.«

»Wir müssen also immer dicht hinter ihnen bleiben. Übrigens ist das eine der schönsten Meuten tauber Hunde, die du je zu sehen bekommen wirst.«

»Taube Hunde?«

»Ja. Sie sind auf Taubheit gezüchtet, damit das Banshee sie mit seinem Schrei nicht in Panik versetzen kann.«

»Ich verstehe«, sagte ich. »Und was hindert es daran, uns in Panik zu versetzen?«

»Ah«, lächelte Darla, »das ist ja gerade der Sport!«

»Hmm. Nun, ich möchte kein Spielverderber sein ..., aber angenommen, die Hunde stellen dieses Ding, und wir kommen heran, bevor es sie zerreißt ...«

»Ja?«

»Was machen wir dann mit ihm?«

Darla sah mich schelmisch an. »Wir *könnten* es bitten, zum

Mittwinterfest zu bleiben. Ich schlage jedoch vor, dass wir versuchen, es zu töten.«

»Womit?«

»Oh!« Sie lachte und sagte etwas zu Eduin. Es musste auch ihm komisch vorkommen, denn er lachte vor sich hin, als er davoneilte.

»Ich weiß nicht, was daran lustig ist«, bemerkte ich verdrießlich. »Das Banshee wird nicht so freundlich sein, in eine Falle zu treten, und man würde eine riesige Schlinge brauchen, um es festzuhalten. Wie ich bemerkt habe, ist es ein bisschen größer als ein Rabbithorn. Ich bin es nicht gewöhnt, Tiere zu jagen, die ebenso gut Jagd auf mich machen können.«

Eduin kam zurück, mehrere lange Speere in der Hand. Er gab jeder von uns einen und benutzte seinen eigenen, um uns eine besondere Drehbewegung zu zeigen.

»Ihr *Terranan* redet zu viel«, stellte Darla fest. »Bleib einfach bei der Gruppe, klar?«

»Ich werde so dicht dabeibleiben, dass du dich fragen wirst, wer von uns beiden du bist«, sagte ich.

Ich hatte geglaubt, ziemlich fit zu sein. Schließlich war ich monatelang über Felsen geklettert, hatte Klippen erstiegen, um Vogeleier und Muster von Pflanzen zu holen, war geritten, wo Pferde gehen konnten, und gegangen, wo sie es nicht konnten.

Nachdem ich mich eine halbe Stunde lang bemüht hatte, das Laufen mit Schneeschuhen zu lernen, schwitzte ich in der frostigen Kälte. Meine Beine, meine Arme, mein Rücken, alles tat mir weh. Ich weiß nicht, ob es der Wunsch war, den Ruf der Terraner aufrechtzuerhalten, der mich weitergehen ließ, oder nur das Wissen, dass ich wahrscheinlich erfrieren würde, wenn ich stehen blieb.

Nach einer Weile ging es ein bisschen leichter, aber da war

ich schon völlig erschöpft. Die Hunde hatten eine Fährte gefunden, und Eduin und seine Männer beeilten sich, um dicht hinter ihnen zu bleiben. Eduin sah, dass ich zurückblieb, und rief den Männern etwas zu, aber Darla unterbrach ihn und winkte ihnen weiterzugehen. Sie wartete auf mich und nahm meinen Arm.

»Komm hier herüber«, sagte sie und führte mich zu einem geschützten Platz zwischen zwei Felsblöcken, die irgendwie frei von Schnee geblieben waren. »Nun setz dich.« Sie sammelte lose Stücke von trockenen Flechten und Ästen und zündete ein Feuer an.

»Es tut mir Leid«, sagte ich.

»Das ist nicht deine Schuld, sondern meine. Jaelle, meine Eidesmutter, hat mich immer tollkühn genannt. Zu impulsiv. Du hättest sie kennen lernen müssen. Alles, was *sie* sagte, war zu impulsiv – Evanda und Avarra! Was bin ich für eine Idiotin, dass ich eine *Terranan* ..., nein, irgendeine Tiefländerin hier heraufbringe! Und dann erwarte ich von ihr, dass sie Schritt hält mit Leuten, die in den Bergen geboren sind.«

»Ich habe den Trick mit den Schneeschuhen jetzt heraus. Ich kann die anderen einholen.«

»Nein, das kannst du nicht«, stellte Darla sachlich fest. »Das könnte nicht einmal der Hastur selbst, wenn er unvorbereitet in die Berge käme. Steh auf und gehe ein bisschen umher, sonst wirst du steif. In kurzer Zeit werde ich ein Feuer in Gang gebracht haben.«

»Was wird Eduin bloß von mir denken!« Ich trampelte gehorsam im Kreis herum. »Nach all der Mühe, die es uns gekostet hat, ihn zu überreden, dass er mich mitgehen ließ ...«

»Du bist nicht der erste Tiefländer, der erfahren muss, dass die Hellers ihren Namen zu Recht tragen, und du wirst nicht der letzte sein. Eduin wird darum nicht geringer von dir denken, aber es wird ihm neuen Grund geben, mit seinen Bergen zu prahlen. Für die Leute hier sind sie wie die Pferde von Armida – schöne, starke Tiere, die man unmöglich vergessen kann ... und für den Unachtsamen ein kleines bisschen gefährlich! Außerdem, sollte er eine andere Haltung einnehmen, was kann uns das bedeuten? Wir sind keine Männer, die nach *kihar* streben ... um der Ehre willen gefährliche Spiele treiben.« Sie steckte unsere Schneeschuhe mit den Enden nach unten ein gutes Stück vom Feuer entfernt in den Schnee und nahm aus ihrem Bündel einen kleinen Metalltopf und ein Päckchen mit getrockneten Kräutern.

Das Feuer flackerte schon lustig, und ich fühlte mich langsam warm und gemütlich. »Darla ...«

»Hmm?« Sie sah von dem »Bergtee« auf, den sie mit geschmolzenem Schnee aufbrühte.

»Die Art, wie du über die Berge sprichst ... bist du Cahuenga?«

»Ich bin *Com'hi letzii*. Darla n'ha Margali. Das ist alles an Abstammung, was ich brauche. Aber da du *terranan* und deshalb neugierig bist: Ja, ich bin nicht viele Meilen von hier entfernt geboren. Mhari ist die Tochter meiner Mutter.«

»Mhari? Eduins Mhari? Himmel, sie hat so gut wie gar nicht mit dir gesprochen!«

»Nun ja, sie billigt meine Lebensweise nicht.«

»Ihr seid doch Schwestern!«

»Wir haben einen gemeinsamen Elternteil. Aber wir sind keine *bredini* und sind es nie gewesen.« Sie hielt inne. »Verzeih mir, Janna, wenn ich dich damit kränke, aber du und ich sind uns nach so kurzer Zeit, die wir zusammen verbracht haben, näher, als sie und ich uns je sein können.«

Ich richtete den Blick auf die Täler und die in der Ferne blau verschwimmenden Berge. Gekränkt war ich nicht. Aber ich war Janet Rhodes vom Zivildienst des Imperiums, geboren auf Meadow (aber dessen ungeachtet, wie Darla gesagt hatte, *ter-*

ranan). Die Darkovaner waren mir nach all diesen Monaten immer noch ein Rätsel. Das eine Mal scheuten sie vor einer Berührung zurück, und das andere Mal waren sie überschwänglich emotional; kalt, zurückhaltend, verschlossen wie die Hellers, und plötzlich überschütteten sie einen mit einer unerwarteten Vertraulichkeit. Mir fiel nicht gleich eine Antwort ein.

»Ah«, sagte Darla nach einer Weile, »ich habe wieder etwas Falsches gesagt. Ich frage mich, ob ein Darkovaner jemals einen *Terranan* verstehen wird.«

Ihre Bemerkung entsprach so sehr meinen Gedanken, dass ich lächeln musste.

»Wenn es einem gelingt«, meinte ich, »dann wird es jemand wie du sein. Ihr Gebirgsbewohner seid uns ähnlicher als die Tiefländer, glaube ich.«

»Jetzt muss *ich* mir überlegen, ob ich erfreut oder beleidigt sein soll«, erwiderte sie, doch auch sie lächelte. »Janna, im Gildenhaus sind wir alle Schwestern, und wir halten uns an das Sprichwort: ›Zu viel Stolz, vielleicht. Zu viele Pferde, mag sein. Aber niemals zu viel Liebe oder zu viele Schwestern.‹«

»Wir haben keine ähnliche Redensart«, sagte ich.

»Nein, das wohl nicht.« Sie wandte sich ab. »Hast du dich ausgeruht? Wir könnten die anderen schon noch einholen.« Aus einiger Entfernung schallte das Bellen der Hunde zu uns herüber.

»Wir haben keine ähnliche Redensart«, wiederholte ich, »aber vielleicht sollten wir eine haben ... *breda*.«

»Oh, *breda*, ich freue mich so!« Sie fasste meine Hände. Die Geste besaß eine merkwürdige Intimität, die mich irgendwie beunruhigte. »Ich habe mir schon so lange gewünscht, es zu sagen. Jetzt brauchst du doch nicht abzureisen.« Sie ließ meine Hände los und umarmte mich. Dann trat sie zurück. »Was ist los?«

69

»Es tut mir Leid. Ich ..., das heißt, das ändert nichts daran, dass ich abreisen muss.«

»Aber warum? Haben die *Terranan* keinen eigenen Willen? Kannst du nicht wählen, ob du gehen oder bleiben willst?«

»Manchmal ja. Nicht immer. Ich werde dich nie vergessen, Darla, und auch die Zeit nicht, die wir zusammen verbracht haben. Aber gehen muss ich. Das ist mein Job.«

Eine Weile war es ganz still. Sogar das Bellen der Hunde hatte aufgehört.

»Du könntest bleiben. Andere *Terranan* sind ja schießlich auch geblieben.«

»Verstehst du das denn nicht? Wenn ich bliebe, müsste ich alles aufgeben. Meinen Rang, meinen Beruf – Darla, das ist alles, was ich habe, und ich habe so schwer dafür gearbeitet.«

»Für was, wenn nicht für das Recht, dich frei zu entscheiden?«

»Und was wäre, wenn ich dich vor eine solche Wahl stellen würde? Wenn ich dich bäte, mit mir zu kommen?«

»Das ist meine Heimat. Meine Welt. Aber du hast keine Heimat. Keine Familie. Das hast du mir erzählt. *Breda*«, fragte sie leise, »wie kannst du daran denken, uns zu verlassen? Du gehörst hierher.«

»Nein, das tue ich nicht. Verdammt, ich gehöre nirgendwohin. Wie du selbst gesagt hast, bin ich Terranerin.«

»Das bist du nicht! Du bist Janna ... Janet Rhodes.« Sie stolperte ein bisschen über den ihr noch unvertrauten Klang meines Namens. »Du bist du selbst! Nicht ›eine Terranerin‹. So unpersönlich! Ebenso könnte man sagen ›ein Buch‹, ›ein Stein‹.«

»Ich bin nun einmal Terranerin.«

»Gut, dann bist du es. Ich bin Darkovanerin. Und wir sind beide Frauen, beide Menschen, und wir haben beide *laran*.«

»Was? Nein!« Sie riet darauf los, etwas anderes war nicht möglich! *Leugne es, leugne es!*

»Janna ...«

»Nein. Lass mich in Ruhe. Ich habe kein – ich will nicht – ich bin keine Missgeburt!«

»Natürlich nicht. Ich auch nicht.« Sie zögerte. »Ich habe es bisher nicht erwähnt, weil es so offensichtlich war, dass du nicht darüber sprechen wolltest. Aber es ist da. Janna, wenn du in einer Welt lebtest, wo jeder außer dir blind und taub wäre, würdest du dann deine Ohren verstopfen und deine Augen verbinden? Und wenn du es tätest, hättest du nicht trotzdem Ohren und Augen? Als ich eine der *Comhi-letzii* wurde, löste ich jede Bindung zu der Welt und der Vergangenheit, ausgenommen die Bindung an den Eid der Loslösung selbst. Aber mein *laran* gab ich nicht auf, konnte ich nicht aufgeben, ebenso wenig, wie ich aufhören konnte, *tallo* zu sein. Dein *laran*, so abgeschirmt und blockiert, wie es ist, stellt eine zu reine und starke Gabe dar, um es zu verstecken. Du brauchst dich ihm nur zu öffnen, *breda*.«

»Nein.« All die sorgfältig normalen Jahre, all die abgewogenen Worte, um mich nicht zu verraten ..., und Darla wusste nach einigen wenigen Monaten Bescheid. »Das ist lächerlich«, sagte ich. »Ich weiß nicht, wovon du redest.«

»Fällt es dir so schwer, zu vertrauen? Du bist so oft verletzt worden, dass du zurückschlagen musst. Aber wir werden dich nicht verletzen, *chiya*. Das verspreche ich dir.«

Dieses Versprechen war schon gebrochen worden, bevor sie es ablegte. Warum, warum konnte sie mich nicht in Ruhe lassen?

»Niemand von uns ist allein, *chiya*.«

»Verschwinde aus meinen Gedanken – verdammt noch mal!«

»Das kann ich nicht. Nicht, solange du so brüllst. Inzwischen muss jeder Telepath diesseits des Kadarin Kopfweh haben.«

Ich holte tief Atem. »Na gut. Es tut mir Leid«, sagte ich. »Du verstehst es einfach nicht.«

»Nein«, antwortete sie, »und du auch nicht. Du sprichst die Sprache sehr gut, aber du weißt nicht, was die Wörter bedeuten. Du hast ...«

Das Bellen der Hunde klang plötzlich Angst erregend nah, und ebenso ein anderes Geräusch, das wie das Atmen eines großen, hart bedrängten Wesens klang.

»Zandru hole Eduin und seine Meute!«, rief Darla aus. »Sie haben das Höllenvieh hierher zurückgetrieben!«

»Warum haben wir sie nicht eher gehört?«

»Sie müssen die Spur verloren haben. Dann haben sie herumgesucht, während das von Zandru verdammte Tier einen Kreis schlug. Dank sei Avarra, dass sie die Fährte gefunden haben, bevor das Banshee uns fand! Bring die Sachen zurück zwischen die Felsen.« Sie warf mir ein Bündel zu. Beim Sprechen hatte Darla schnell und geschickt gearbeitet; sie hatte das Feuer mit Schnee bedeckt und alles wieder in unsere Bündel gestopft. Ich stand da und glotzte und fühlte mich schlimmer als hilflos.

»Los!« Sie schob mich auf die Felsen zu. »Steig da hinauf. Rasch! Es sei denn, du willst das Reisebrot eines Banshees werden.« Ich setzte mich in Bewegung. Darla folgte mir dicht-auf und blieb nur stehen, um die Schneeschuhe und Speere an sich zu nehmen. Sie kletterte behände wie ein Rabbithorn an mir vorbei die Felsblöcke hoch, drehte sich um und zog mich hinauf. Die ganze Zeit wurden das Röcheln des Banshees und das Bellen der Hunde lauter.

Wir erreichten einen Ort, der uns eine in meinen Augen zweifelhafte Sicherheit bot, eine hoch gelegene Spalte im Fels, geöffnet wie Lippen, die sich zu einem schmalen Grinsen verziehen. In diesem Augenblick watschelte das Banshee auf die freie Stelle, wo unser Feuer gebrannt hatte.

»Hast du nicht gesagt, du habest schon hässlichere Tiere gesehen?«, flüsterte Darla.

Das Banshee schwang den Kopf von einer Seite zur anderen. Es spürte die Wärme des erloschenen Feuers, der sich nähernden Hunde und ganz bestimmt die unsere. Der Kopf war nackt, ein mit faltiger Haut bedeckter Schädel. Die Haut legte sich um den Hakenschnabel, füllte die Höhlungen, wo Augen hätten sitzen sollen, und hing in ungesund wirkenden bläulich roten Lappen um den Hals. Ich wusste, dass es nicht nur blind, sondern auch nahezu taub und darauf angewiesen war, Wärme und Bewegung wahrzunehmen, aber als es seinen Kopf in unsere Richtung wandte, hielt ich den Atem an und versuchte, im Felsgestein zu versinken. Sein fauliger Gestank durchdrang die kalte Luft.

»Ich habe gelogen«, hauchte ich. »Ich habe mich geirrt. Es gibt kein hässlicheres Tier.«

Dann holten die Hunde ihre Beute ein, und der Alptraum wurde noch schlimmer, wenn das möglich ist. Die Meute umringte es springend und knurrend. Die Hunde hingen von seinem Fleisch wie Tumore, aber anscheinend spürte es sie überhaupt nicht. Es schlug mit Schnabel und Klauen zu. Zwei Hunde wurden fortgeschleudert, blutend und sterbend.

Ich hatte das Gefühl, mich gleich übergeben zu müssen. Das Grauen, das das Banshee verbreitete, lag nicht nur an seinem Gestank, seinem Schrei ... Und plötzlich wusste ich, warum es so schrecklich war. Zwar hatte das Tier so gut wie kein Gehirn, und doch war es gleichzeitig eine Art von Telepath. Es war ein Sender, der schieres Entsetzen abstrahlte, das Entsetzen der unkontrollierten Paranoia. Es kreischte nackten Wahnsinn hinaus. Die tauben Hunde, selbst in gewissem Ausmaß telepathisch, reagierten darauf, wie es ein terranischer Hund niemals tun würde. Das Banshee trieb sie in eine sinnlose Wut, die sie immer wieder und wieder angreifen ließ, ohne

Rücksicht auf Schmerz und Tod. Ich spürte, dass Darla neben mir zitterte. Sie beugte sich vor und wand sich in würgenden Krämpfen.

»Darla«, sagte ich, »nicht. Schließe es aus.« Zwischen den einzelnen Worten musste ich die Zähne zusammenbeißen, aber wenigstens brachte ich sie hervor. »Blocke es ab! Das ist nur ein Tier. Ein dummes Tier.«

Sie sah mir ins Gesicht, aber ich wusste, sie hörte nicht, was ich sagte. Ihre Augen standen weit offen, starrten ins Leere, und die grüne Iris war nur eine dünne Linie um riesige schwarze Pupillen.

Ihr Atem ging in rüttelnden Stößen, und ich konnte fühlen, wie ihr Herz gegen die Rippen hämmerte. Ich wusste nicht, was ich tun sollte, doch eins war mir klar: Sie durfte nicht so weitermachen. Wenn die Angst sie nicht tötete, würde sie den Verstand verlieren. Ich fasste ihre Schultern und schüttelte sie. Ihr Körper war steif unter meinen Händen. Ich ohrfeigte sie, aber ich hätte ebenso gut eine Holzpuppe schlagen können. Noch durch meine Handschuhe nahm ich wahr, dass ihr Fleisch zunehmend kälter wurde. Plötzlich hörte sie auf zu zittern. Es war, als habe ihr Körper den Kampf eingestellt und lasse sie in ihrem Gehirn allein. Falls sie atmete, dann nur ganz flach. Ich war mir nicht sicher. Ich zog einen Handschuh aus und fühlte nach dem Puls an ihrem Hals. In dem Augenblick, wo meine Hand ihre bloße Haut berührte, überflutete mich ihre Panik, der von dem Banshee erzeugte Wahnsinn mit aller Macht. Vielleicht habe ich geschrien. Dann rettete mich die ... die Blindheit. Ich zog meine Hand zurück und war frei. Darla war es nicht. Dem konnte ich sie nicht überlassen. Ich fürchtete mich vor dem, was ich tun musste, beinahe ebenso wie vor dem Banshee selbst. Schnell, bevor ich zu viel Zeit bekam, um darüber nachzudenken, zog ich den anderen Handschuh aus und nahm ihr Gesicht zwischen meine Hände. Diesmal war die Furcht erträglicher, vielleicht, weil ich darauf gefasst gewesen war.

»Nein«, sagte ich laut. »Darla, hör zu. Du musst mich anhören! Nichts davon ist Wirklichkeit. Es ist etwas, das nicht existiert. Da unten ist nur ein Tier, ein dummes, stinkendes, hässliches Tier.«

Ich suchte nach einem Zeichen der Bewusstheit in ihrem starren Blick. Endlich kam es, und mir fiel wieder ein, wie man atmet. Darla holte tief Luft, dann noch einmal, müheloser, und bedeckte meine Hände mit den ihren. Sie schloss kurz die Augen, und ich spürte, dass ihre Sinne sich beruhigten. Als sie mich wieder ansah, war es Darla, und es war, als sei diese Hölle niemals gewesen.

Unter uns wurden immer noch Hunde getötet, das Banshee schrie immer noch, und es war immer noch grässlich. Aber es war ein normaler Schrecken, kein Alptraum. Eduin und seine Jäger hatten das Banshee eingeholt und eilten den Hunden zu Hilfe. Darla rollte sich von mir weg, zeigte mir den Schatten eines Lächelns, streckte mir die Hand entgegen und zog mich hoch.

»Ich danke dir, *breda*«, sagte sie. »Lass uns jetzt hinabsteigen und helfen, diesen Flüchtling aus der Hölle zu töten.« Sie nahm ihren Speer und ließ sich von dem Felsen hinunter. Auch über das, was jetzt kam, wollte ich nicht erst nachdenken. Ich folgte ihr. Schließlich waren wir *bredini*.

Über Barbara Armistead und »Unterwegs«

Barbara Armistead sagt von sich selbst, sie, Jahrgang 1929, habe ein College-Magazin herausgegeben, »die üblichen morbiden Gedichte« geschrieben, geheiratet und vier Kinder bekommen und sei 1979 geschieden worden. Ihr Interesse am Schreiben führt sie darauf zurück, dass ihre Kinder sie »dazu überredeten, einem Raumschiff-Enterprise-Fanclub beizutreten«. Unterdessen hat sie sich sechs Enkelkinder zugelegt. »An manchen Tagen bin ich zwei Jahre älter als Methusalem, an anderen immer noch sechzehn.« Ich glaube, das trifft auf die meisten von uns zu, die für diese Anthologie schreiben. Nachdem sie, als ihre erste professionell eingereichte Geschichte angenommen worden war, »in die Realität zurückgefunden« hatte, erinnerte Barbara mich, dass wir uns im Sommer 1984 beim Welt-Con in Los Angeles begegnet waren, vermutete aber zu Recht, an mir seien »so viele Leute vorübergezogen, dass sie sich zu einer endlosen Prozession verwischten«.

Rima und Lori, die Hauptpersonen in dieser Geschichte, stammen, wie die meisten Leser sich erinnern werden, aus Kindras Gruppe in *Die gesprengte Kette.*   MZB

Unterwegs

von Barbara M. Armistead

Ist das eine Reise!« Rima zog ungeduldig an einem Gurtriemen. »Erst ein verlorenes Hufeisen, dann ein gebrochener Packsattel, ein Regen, als würde ein Ozean auf uns ausgeschüttet, und jetzt auch noch ein ausgewaschener Weg! Was wird als Nächstes passieren?«

Lori lachte und drehte das Hirschpony vorsichtig in die Richtung, aus der sie gekommen waren. Sie ließ ein Packtier nach dem anderen folgen und bestieg dann ihren eigenen braunen Wallach.

»Reg dich nicht auf, Rima. Ich weiß, du bist ungeduldig, aber das Reisen in den Hellers ist immer eine unsichere Sache.«

»Ist es nicht! Es ist so sicher wie der Tod und die Winterstürme, dass man in Schwierigkeiten gerät. Warum Lisa sich einen so abgelegenen Ort für ein Heilzentrum ausgesucht hat, weiß Evanda allein!«

»Wahrscheinlich, weil es hier notwendiger war als an einem zivilisierten Ort, meinst du nicht auch?«

»Oh, Lori – ich musste mir nur Luft machen. Versuchen wir, den Weg zu finden, von dem du mir erzählt hast. Auf dem hier kommen wir nicht weiter.«

»Er müsste eine Reitstunde weiter hinten liegen. Ich habe ihn gestern Abend bemerkt, kurz bevor wir die Unterkunft erreichten.«

Lori ritt auf dem schlammigen Pfad voran. Die schweren Regenfälle nach dem Frühlingstauwetter hatten die niedrig gelegenen Stellen in Moräste verwandelt, aber auf Darkover ist die Landschaft meistens senkrecht und trocknet schnell.

Gelegentlich schoss eine Wasserflut bergab und eilte in lärmender Hast dem Fluss unter ihnen entgegen. Ein paar hoffnungsvolle Blumen lächelten im Gras, und die Vögel arbeiteten emsig daran, in dem kurzlebigen Sommer der Hellers Nester für ihre Familien zu bauen. Die beiden Amazonen kamen an der Reiseunterkunft vorbei, in der sie die Nacht verbracht hatten, und die Hirschponys sahen sehnsüchtig nach den Futtereimern. Lori schnalzte ihnen zu und ritt entschlossen weiter. Die dicke Rima bildete auf einer großen grauen Stute den Schluss der kleinen Karawane.

Der Weg, den Lori suchte, war überwachsen und offensichtlich lange Zeit nicht benutzt. Sie drängte sich durch das Gewirr des Unterholzes und zeigte stolz auf ein Steinmal, das auf der einen Seite sorgfältig aufgeschichtet war.

»Sieh da – mein Vater hat mir von diesem Mal erzählt. Ich hoffe, der Rest des Weges ist noch in einem passierbaren Zustand.«

»Das hoffe ich auch. Ich sehne mich nach einem richtigen Bett und einer richtigen Mahlzeit. Die Reiserationen sind so fade.« Rimas Vorliebe für gutes Essen zeigte sich in ihrer Leibesfülle, und ihre Fähigkeit, beinahe überall für ein gemütliches Lager zu sorgen, war legendär. Im Gegensatz zu ihr war Lori schlank und muskulös, eine jungenhafte Erscheinung. Sie war an der Seite ihres Vaters auf den Händlerrouten der Hellers aufgewachsen. Unbequemlichkeit war für sie relativ; jedes Obdach war ihr recht, und Rima behauptete manchmal, sie merke nicht einmal, was sie esse.

Der Weg führte über einen steilen Pass und fiel dann plötzlich zu einem schmalen Tal ab. Sie hielten an, um die Tiere an einer geschützten Stelle in der Nähe des höchsten Punktes ausruhen zu lassen, nahmen eine Mahlzeit aus Fleischstreifen und Trockenobst zu sich und spülten sie mit dem eisigen Wasser einer Quelle hinunter. Schneefelder erstreckten sich über ihnen, und unter ihnen gähnte ein schauriger Abgrund. Der Bach schlängelte sich wie ein nebelverhangenes Band davon und vereinigte sich mit einem Wasserfall.

»Ein schönes Land.« Rima erschauerte. »Jetzt weiß ich, warum die Händler den anderen Weg benutzen.«

»Ich wette, weiter oben gibt es Banshees. Machen wir, dass wir fortkommen.«

»Hast du eine Ahnung, wie dieser Weg entstanden ist?«

»Sicher. Räuber sind hier durchgezogen. Früher hauste unten im Tal eine Bande und überfiel regelmäßig die Händler und Reisenden. Die letzten Wegelagerer wurden erst vor ein paar Jahren getötet. Hier gibt es nicht mehr viel Handel. Die Bergbewohner sind nahezu ausgestorben. Zu viel Inzucht – und andere Dinge. Davon habe ich eine Menge gesehen, als wir gereist sind. In dem einen Tal – keine Ernte, abgemagerte Kinder, die um Essensreste bettelten. Zwei Täler weiter brachen die Bäume vor Nüssen zusammen, und die Getreidespeicher quollen über. Keine Kommunikation. Dieses Land braucht Straßen! Die Menschen müssen die Möglichkeit haben, ein bisschen herumzukommen ...« Sie brach abrupt ab und hob als Signal für Rima die Hand. Der Pfad war zu schmal, als dass Rima hätte herankommen und nachsehen können, was Lori entdeckt hatte. Sie musste sich damit zufrieden geben, sich den Hals zu verrenken und über die Kante des Abgrunds zu spähen.

»Was ist denn das?«

»Pferde – und Männer. Sie kommen das Tal hoch – sieht aus, als seien es Einheimische. Keine Packtiere. Sie sind noch zu weit weg, als dass man etwas dazu sagen könnte. Reiten wir weiter bergab.« Der Weg führte in Haarnadelkurven nach unten; Rima sah die sich nähernde Gruppe in einer Folge von Vignetten. Dann war zu erkennen, dass mindestens ein Reiter zum Mitkommen gezwungen wurde. Anscheinend war er im

Sattel festgebunden, und einer der anderen führte sein Pony. Die Männer bogen in einen Cañon ab, der sich in das Tal öffnete, und verschwanden außer Sicht, offenbar, ohne Lori und Rima erspäht zu haben.

»Sie haben auf diesem Weg niemanden erwartet, deshalb haben sie nach niemandem Ausschau gehalten«, vermutete Lori. »Das sieht mir nach einer schmutzigen Sache aus. Gehen wir ihr nach oder reiten wir weiter?«

»Ach, Liebes – die Göttin weiß, dass ich weiterreiten möchte. Aber vermutlich ist es besser, wir überzeugen uns, was los ist, als dass wir möglichen Ärger auf dem Weg hinter uns lassen. Vielleicht haben sie uns doch gesehen und wollen in Deckung bleiben, bis wir vorübergezogen sind. Irgendwelche Ideen?«

»Ich finde, wir sollten auf alle Fälle so tun, als hätten wir sie nicht bemerkt. Siehst du das Wäldchen aus Harzbäumen? Ein guter Ort, um vom Weg abzuweichen. Von diesem Cañon aus kann niemand erkennen, ob wir angehalten haben oder nicht. Ich werde zu Fuß auf einem Umweg umkehren und sehen, was ich herausfinden kann. Richte du etwas zum Abendbrot her und halte ein Auge auf die Tiere.«

»Ein guter Vorschlag. Vorwärts, Pferd, bald können wir rasten.«

Kurze Zeit später hockte Lori in einem federigen Nussbaum, der die Sohle des Cañons überblickte. Sie hatte ihren Aussichtspunkt mittels geräuschloser Manöver erreicht, aber jetzt sah sie ein, dass sie auch wie ein Trockenstadt-Lord mit Trommeln und Zimbeln hätte anrücken können, und doch hätte niemand etwas gemerkt. Drei Männer lagerten um ein Feuer vor einer primitiven Unterkunft aus Steinen und Stroh und ließen eine Flasche kreisen, die offensichtlich nicht die erste des Tages war. Der Wind wehte Lori ihre Unterhaltung in Satzfetzen zu.

»Blöder rothaariger Bastard! Fiel uns in die Hände wie eine reife Frucht – Familie wird gut bezahlen – he-he-he, er wird die Botschaft schon schreiben, wenn er merkt, wie kalt es hier des Nachts wird – genau wie Papa es immer gemacht hat ...« Der Rest ging in rauem Gelächter unter. Lori glitt den Baum hinab und trabte schnell auf das Wäldchen zu. Der Abend war nahe, und in ihr bildete sich ein Plan.

»Das sind Entführer, wahrscheinlich die Nachkommen des Gesindels, das früher hier sein Unwesen getrieben hat. Zwei sehen wie Zwillinge aus, und der Dritte wird ihr jüngerer Bruder sein. Keiner wirkt sehr intelligent, aber dieser eine redet wie ein richtiger Trottel. Sie versuchen, in Papas Fußstapfen zu treten, und sie haben ein dummes Herrensöhnchen dieser Gegend erwischt, für das sie Lösegeld verlangen wollen.«

»Und was werden wir tun? Sollen wir wie vernünftige Leute nach Ensendara reiten und dem, der dort zu sagen hat, berichten, wo er sie finden kann? Oder sollen wir uns wie die Helden einer Ballade benehmen und ihn retten, wobei wir seine unsterbliche Dankbarkeit und eine Haut voller Löcher erwerben werden?«

»Wenn wir nach Ensendara reiten, kann der dumme Junge tot sein, bevor irgendwer nach hierher zurückkommt. Sie wollen ihn in der Kälte frieren lassen, damit er einen Brief um Lösegeld schreibt. Selbst können sie vermutlich nicht schreiben.«

»Und es wird Frost geben, nicht wahr? Oder doch beinahe. Oh, wie ich so etwas hasse! Ich habe dir doch gesagt, das Reisen in den Hellers ist ein sicherer Weg, Schwierigkeiten zu bekommen.«

»Sie sind betrunken, Rima. Wenn ich mich nicht irre, haben sie drei Flaschen geleert. Wir brauchen nur ein bisschen zu warten, und wenn sie eingeschlafen sind, schnappen wir uns das Herrensöhnchen und verschwinden. Kein Kampf, keine

Aufregung. In etwa einer Stunde werden sie nicht einmal mehr eine Armee von lärmenden Cralmacs hören.«

»Oh, schon gut. Auch einen *Mann* können wir schließlich nicht erfrieren lassen.«

»Nein, das können wir nicht. He, reich mir mal die Suppe rüber. Ich habe auch Hunger!«

Die Abenddämmerung war zur Nacht geworden, als sie sich dem Lager der Räuber im Cañon näherten. Sie banden die Tiere ein gutes Stück von der Hütte entfernt an und krochen vorsichtig bis in die Deckung von ein paar Felsblöcken am Rand der Lichtung. Sie konnten keinen Wachposten entdecken, und die glosenden Reste des Feuers zeigten keine Spur von den Entführern.

»Und nun?«, flüsterte Rima.

»Ich nehme an, sie sind in der Hütte – aber wo ist ihr Gefangener? Nicht drinnen, wo es hübsch warm ist, es sei denn, er hat schon zugestimmt, den Brief zu schreiben. Lass sehen – da sind die Ponys, in dem Schuppen dahinten –, eins brauchen wir für ihn zum Reiten. Ob ich wohl eins satteln kann, ohne dass man es merkt?«

»Sei vorsichtig. Ich werde weiter nach ihm suchen.« Trotz ihres Umfangs war Rima so leise wie ein Katzenwesen, wenn es sein musste. Als Lori in den Schuppen schlüpfte, hörte sie lautes Schnarchen aus der Hütte.

»Betrunken wie Lords. Das sind mir die rechten Entführer. Vielleicht glauben sie, niemand wird sich die Mühe machen, ihnen zu folgen.« Lori wählte das größte Pony aus, legte ihm schnell einen Zaum an, sattelte es und betete, dass es nicht von der Sorte sei, die sich heftig dagegen wehrt, bestiegen zu werden. Vorsichtig führte sie es aus dem Schuppen und band es in der Nähe der Pferde an. Dann kehrte sie zu ihrem Versteck zurück, wo Rima auf sie wartete. Leise ließ sich Lori neben ihr auf den Boden gleiten.

»Es wird rasch kalt, und ich kann ihn nirgendwo finden. Hast du das Pony?«

»Ja. Ich wette, er ist in der Hütte. Da war er vorhin auch, und vielleicht waren sie zu betrunken, um ihn an einen anderen Ort zu bringen.«

»Es ist die einzige Stelle, die noch übrig ist. Wie bekommen wir ihn nun heraus?«

»Ich gehe hinein und hole ihn. Hast du die Laterne mitgenommen?«

»Ja. Hier – sei vorsichtig. Ich bleibe an der Tür.«

Lori hob den Riegel und öffnete die aus Flechtwerk bestehende Tür so weit, dass sie hineinschlüpfen konnte. Auf dem kleinen Herd brannte kein Feuer; drei dick vermummte Gestalten schnarchten und schnaubten vor der Tür. In einer hinteren Ecke war ein dunklerer Schatten zu erkennen. Ein Schimmer von Loris Laterne beleuchtete einen jungen Mann, der gefesselt, geknebelt und bis auf die Unterwäsche ausgezogen war. Lori, die die Kälte durch ihre schwere Reisekleidung spürte, war es klar, dass er völlig ausgekühlt sein musste. Sie stieg über die schnarchenden Entführer weg und zog eins ihrer Messer, um die Fesseln durchzuschneiden. Als sie die regungslose Gestalt berührte, kippte sie zur Seite. Zuerst dachte sie, der Entführte sei tot, bis sie feststellte, dass sein Puls schwach, aber regelmäßig ging. Sie durchschnitt die Stricke, legte sich den jungen Mann über die Schulter, steckte das Messer in die Scheide und flüsterte ein Dankgebet, dass er schmächtig gebaut war. Sie nahm die Laterne in die Hand, drehte sich vorsichtig um und machte sich auf den Weg zur Tür. Als sie sich um die Räuber manövrierte, wurde sie plötzlich am Knöchel gepackt.

»He-he-he, hab ich dich, du rothaariger Hundesohn? Wie hast du dich losgemacht?« Ein scharfer Ruck riss Lori von den Füßen, sie fiel, und die Laterne schaukelte. Öl ergoss sich über den Fußboden, und Flämmchen flackerten auf. »He, du bist es ja gar nicht! Wach auf, Lugo! Wir haben Gesellschaft gekriegt.«

Lori, vom Gewicht des hilflosen Körpers behindert, mühte sich, nach ihrem Messer zu fassen, die Füße unter sich zu bekommen und den Flämmchen auszuweichen, die über den Fußboden hüpften. Der Idiot wachte auf, die andere Gestalt begann sich zu regen, und die ganze Zeit hielt der erste Räuber ihren Knöchel fest. In seiner Begeisterung, einen Eindringling gefangen zu haben, bemerkte er das gefährliche Feuer gar nicht. Schließlich rutschte der Entführte von Loris Schulter, und Lori riss das Messer aus dem Gürtel. Sie krümmte ihren Körper zum Bogen, hieb mit dem Messer nach der Hand, die ihren Knöchel umklammerte, und wurde mit einem Aufschrei und einem Fluch belohnt. Der Knöchel war frei. Sie zog die Füße an und duckte sich zum Sprung. Der Idiot rollte über den Boden, jammerte vor Verwirrung und Angst und schleuderte brennende Strohhalme umher.

Der dritte Bruder war endlich auf den Beinen und tastete verzweifelt nach seinem Messer. Der erste Räuber hielt seine verwundete Hand, aber als er eine Chance sah, griff er Lori an. Sie sprang zur Seite, und er fiel über den Idioten, der heftig auf ihn einzuschlagen begann.

»Rima! Hilf mir! Dieser Mann ist bewusstlos!« Lori zog ihr zweites Messer aus der Scheide, die sie im Nacken hängen hatte, und wandte sich Bruder Nummer drei zu, der sein Messer inzwischen gefunden hatte. Das Durcheinander von taumelnden Körpern und flackerndem Feuerschein machte einen richtigen Messerkampf beinahe unmöglich, aber Lori war klar, dass auch dann, wenn man Betrunkene zu Gegnern hat, ein Ausrutschen oder Stolpern tödlich sein kann. Die Tür flog unter Rimas Gewicht auf, und der Stoß frischer Luft fachte die Flammen zu neuem Leben an.

»Welcher?«, schrie Rima und spähte in das Gewimmel auf dem Fußboden.

»Der ohne Kleider! Bring ihn hinaus – wickele ihn ein – er erfriert!«

»Nicht sehr wahrscheinlich in diesem Gedränge«, bemerkte Rima, aber sie packte den fast nackten Körper und begann, ihn über die Brüder zu zerren, die auf dem Fußboden damit beschäftigt waren, ihre Glieder zu entwirren. Einer von ihnen machte einen verzweifelten Versuch, den Entführten festzuhalten. Rima setzte einen großen Fuß auf die zufassende Hand, verlagerte ihr Gewicht und setzte ihren Weg zur Tür fort.

Der Schrei ihres Opfers mischte sich mit dem Wutgebrüll des dritten Bruders, der sich quer durch den Raum auf Lori stürzte. Mehr Erfolg hätte er mit seinem Angriff gehabt, wenn er nicht über eine herumliegende Decke gestolpert und beinahe der Länge nach hingefallen wäre. Er segelte an Lori vorbei, und sein Messer streifte ihre Jacke. Sie trat zur Seite, drehte sich um und stieß ihm den Griff ihres Messers kräftig zwischen die Schulterblätter. Der Schwung trug ihn noch ein Stück weiter, aber er fing sich, bevor er mit dem Gesicht gegen die Wand knallte. Der Alkohol hatte ihn streitlustig gemacht, während seine Koordination gelitten hatte. Als er sich umdrehte, trat Lori mit dem Fuß zu. Er krümmte sich und brüllte vor Wut und Schmerz. In diesem Augenblick entdeckte der Idiot, dass seine Jacke schwelte, und sprang inmitten von Decken, Bruder und Stroh auf. Schnell gab ihm Rima einen Schlag mit der offenen Hand, und er ging wieder zu Boden, aber sein Bein stieß dabei Loris Knöchel zur Seite. Sie fiel, konnte sich aber mit einer Hand abstützen. Bruder Nummer drei drang blindlings auf sie ein. Instinktiv riss sie die linke Hand hoch. Ihr Messer fuhr ihm über die Brust und den Oberarm, er flog über sie weg und landete mit lautem Krach an der

Steinwand. Der erste Bruder kroch auf die Tür zu. Rima hielt ihn auf, indem sie ihm mit einem zerbrochenen Schemel über den Kopf schlug.

Lori kam wieder auf die Füße und überwand die Hindernisse zwischen sich und der Tür, um Rima beim Abtransport des Objekts ihrer Rettungsaktion zu helfen. Er gab mit solcher Kampflust Lebenszeichen von sich, dass Rima ihn fest in alle Decken wickelte, die sie aus dem Tumult herausziehen konnte. Bald sah sein entrüstetes Gesicht die beiden Amazonen finster aus einem schmuddeligen Kokon an.

»Du solltest etwas gegen das Feuer unternehmen, Lori«, schlug Rima gelassen vor. »Es sei denn, du willst diese Kröten lebendig braten.«

Lori steckte ihre Messer weg und sah sich in dem kleinen Gebäude um. In einer Ecke stand ein Eimer. Sie nahm ihn und goss seinen Inhalt über den Idioten und die Stellen des Fußbodens, wo es am hellsten brannte.

Ein unglaublich widerwärtiger Gestank breitete sich aus. »Zandru hole dich, Missgeburt!«, brüllte einer der Brüder. Würgend und keuchend rasten alle zur Tür. Rima zog das Deckenbündel mit dem Geretteten hinter sich her.

»Du Dussel! Das war der Scheißeimer!«

»Woher sollte ich das wissen? Du wolltest, dass das Feuer gelöscht wird, oder? Nun, es ist gelöscht!«

»Und wir sind in der frischen Luft. Ich gehe nicht wieder da hinein. Lieber erfriere ich!«

»Wie Recht du hast! Aber wir müssen irgendetwas unternehmen.«

»Ich weiß. Fessele du diese Angeber, und ich mache ein schönes Feuer an der Stelle, wo sie heute Nachmittag gesessen haben. Dann befestige ich eine Zeltbahn an den Bäumen, die die Wärme reflektiert. Mit unseren Mänteln und was wir sonst noch haben, werden wir es bis morgen früh schon aushalten.

Pass auf, dass diese Pferdeäpfel windabwärts von uns zu liegen kommen.«

»Dafür werde ich sorgen. Besonders bei *dem* hier!« Ihre Opfer wirkten recht gedämpft; offensichtlich waren sie von der Schnelligkeit und den ungewöhnlichen Methoden der beiden Amazonen so verwirrt, dass sie nicht einmal einen Fluchtversuch gemacht hatten.

In der nächsten Stunde gab es viel zu tun. Lori und Rima arbeiteten im Schein des Feuers mit Verbänden, Decken und Stricken. Das Herrensöhnchen wurde sehr gesprächig und drückte mit quengelnder Stimme seinen Dank, seinen Schock über die Entdeckung, dass seine Retter Frauen waren, und seinen Ärger über den Verlust seiner Kleider aus. Letzteres machte ihm mehr zu schaffen als die Tatsache, dass er dem Tod um Haaresbreite entgangen war. Schließlich brachte Lori ihn zum Schweigen, indem sie ihn fragte, ob er Lust habe, seine Sachen aus den Exkrementen herauszufischen.

Rima beendete ihre Erste-Hilfe-Maßnahmen und goss einen Korntee auf. Als sie dem Geretteten eine dampfende Tasse reichte, erkundigte sie sich: »Und wie dürfen wir Euch anreden, geehrter Herr? Ich würde gern mehr über die elende Geschichte und diese ebenso elenden Räuber erfahren.«

Ihr Neuerwerb wandte dem Feuer ein schmollendes Gesicht zu und antwortete mit einer Wichtigkeit, die schlecht zu seinem zerzausten Zustand passte: »Ich bin Dom Estoril Calavera, und mein Vater ist Herr über den größten Teil dieses Tales. Dieser – dieser unaussprechliche Abschaum wollte Lösegeld von ihm verlangen und überfiel mich, als ich von – äh – einer Gesellschaft in Ensendara heimkehrte. Ich hielt an, um einem Ruf der Natur zu folgen, und da packten sie mich. Sie müssen mir im Wald gefolgt sein.«

»Hab ich mir gedacht, dass sie ihn mit heruntergelassenen Hosen erwischt haben!«, krähte Lori. »Da hat er in einem Bordell in der Stadt eine ›Gesellschaft‹ besucht und sich halb betrunken auf den Heimweg gemacht. Er hat überhaupt nicht gemerkt, dass er verfolgt wurde.«

»Warum«, fragte Rima milde, »habt Ihr den Brief an Euren Vater nicht geschrieben? Er hätte das Lösegeld doch sicher gezahlt, oder er hätte die Räuber aufgespürt und Euch gerettet!«

»Natürlich hätte er das getan und mich danach gründlich verprügelt. Ich hätte den Brief ja auch gern geschrieben, nur dass ...«

»Nur was?«, drängte Rima.

»Nur dass ich nicht schreiben kann! Ich bin ein Edelmann, kein verfluchter *Cristofero*-Schreiber!«

Das entzückte Lori so, dass sie sich krümmte vor Lachen. Als sie sich endlich die Augen wischte, machte Rima ihr Vorhaltungen.

»Schäm dich, Lori. Die meisten ›Edelmänner‹ auf Darkover sind ihren Schreibern und Buchhaltern, die ihr Gewerbe in Nevarsin gelernt haben – gepriesen seien die guten Mönche! –, auf Gedeih und Verderb ausgeliefert. Denke daran, dass dich erst die Entsagenden das Lesen und Schreiben gelehrt haben, damit es keinem Mann möglich ist, dich aufgrund deiner Unwissenheit zu betrügen. Vielleicht findet Lisa eine von der Schwesternschaft, die eine Schule für solche einrichtet, die es auch lernen möchten.«

»Mit einem Sonderkurs für Lösegeldforderungen.«

»Nein, ich glaube, das Kidnappen wird aus der Mode kommen, wenn wir diese drei nach Ensendara geschafft haben. Willst du die erste Wache übernehmen, oder soll ich es tun? Mich ärgert nur, dass diese Schweine die ganze Nacht durchschlafen können.«

»Leg du dich jetzt hin, Rima. Ich werde wachen, und es tut mir Leid, dass es nicht so einfach gegangen ist, wie ich versprochen hatte.«

»Lori, Lori – seit wir uns kennen, ist nie etwas so einfach gegangen, wie du es dir erhofftest, und immer wieder schenke ich dir Glauben. Wer ist also zu tadeln? Wecke mich in zwei Stunden, Kleine. Und nachdem *du* geschlafen hast, werden wir nach Ensendara reiten. Ich freue mich schon auf eine anständige Mahlzeit.«

Über P. Alexandra Riggs und »Eine Tür wird geöffnet«

In ihrem Begleitbrief zu dieser Geschichte schrieb mir die Autorin: »Dies ist mein erster schriftstellerischer Versuch. Ich habe schreiben wollen, seit ich erwachsen bin, aber mich gefürchtet, meine Philosophie einer Ablehnung auszusetzen. Ihre Arbeit hat mir etwas von der Angst genommen, mich zu exponieren.«

Ich sage jungen Autorinnen immer wieder, dass man als Schriftstellerin ein paradoxes Leben führt. Eine Schriftstellerin muss sehr sensibel sein und alle ihre Gefühle dicht an der Oberfläche halten, sonst gelingt es ihr nicht, Emotionen glaubwürdig zu porträtieren. Gleichzeitig ist die erste Erfahrung, die jede Schriftstellerin macht, die Ablehnung. Deshalb muss sie sich eine Haut wie ein Rhinozeros zulegen, oder die Kritik wird sie vernichten. Ich habe lernen müssen, meinem eigenen Rat zu folgen und die Kritik bestimmter Leute zu ignorieren, dabei aber aus der konstruktiven Kritik von Verlegern und anderen sachverständigen Personen zu lernen. Die Angriffe jener, die gar nicht wissen, worüber sie reden, soll man aus seinen Gedanken verbannen.

Glücklicherweise war es nicht notwendig, dass P. Alexandra Riggs in einem so frühen Stadium diese Ablehnung durch mich erfuhr. Als ich ihre Geschichte angenommen hatte, schrieb sie mir, sie sei Mutter von sechs erwachsenen Kindern und dreifache Großmutter, sie sei in einer Klinik und bei der Telefonseelsorge Beraterin für Krisenintervention nach Vergewaltigungen und bei Suizidgefährdung, Helferin bei der Gruppentherapie und Leiterin eines Einzelhandelsgeschäfts gewesen. Es wirft ein merkwürdiges Licht auf unsere Gesellschaft, dass sie nur für ihre Tätigkeit als Leiterin des Einzelhandelsgeschäfts bezahlt worden ist. Sie lebt auf einer kleinen Farm in Fallon, Nebraska.

MZB

Eine Tür wird geöffnet

von P. Alexandra Riggs

Die Träumerin wurde unruhig. Ihre Hand strich über die raue Bettdecke, blieb dann wieder liegen. Ihr Traum war erfüllt von Schönheit.

»Ich liebe dich, liebe dich«, flüsterte er in ihr kastanienbraunes Haar. Die Worte berauschten sie wie starker Wein. Die Wärme seines Atems auf ihrer Wange, die Kraft seiner Hand an ihrer Taille entflammten ihre Sinne.

Lachend bog sie sich zurück, um ihn besser zu sehen.

»Du lebst wie eine Gefangene.« Er atmete schwer. »Sie hat kein Recht, dich einzusperren.«

Seine Hand wanderte auf ihren Rücken und zog sie an sich. »Tanz mit mir, tanze und sei frei.«

Er schwang sie im Kreise, ihr Rock flog, und der kostbare blaue Stoff wogte wie ein See um ihre Füße.

»Millim, Zeit zum Aufstehen.«

Die Stimme ihrer Mutter weckte Millim, und die Tanzmusik erstarb.

Der harte Strohsack, den sie mit ihrer Mutter teilte, war in der kühlen Luft des Herbstmorgens immer noch warm. Millim, gar nicht begierig darauf, mit der mühseligen Tagesarbeit zu beginnen, kuschelte sich unter die Felldecke.

»Nun komm schon. Ich habe warme Milch.«

Millim wusste, ihre Mutter meinte es gut, aber sie sehnte sich nach frisch gebackenem Brot und Fleisch, nicht nach Milch.

Und nach Wein sehne ich mich, dachte sie. *Und schönen Kleidern, um darin zu tanzen.*

»Raus mit dir.« Die Stimme ihrer Mutter klang ungeduldig. »Wir müssen Bohnen pflücken und Käse machen.«

»Mutter, denkst du denn nie an etwas anderes als an die Arbeit?«

Erstaunt über den verdrießlichen Ton, unterbrach Buartha ihre Tätigkeit und sah ihre Tochter an.

»Wünschst du dir nicht, frei von der Arbeit zu sein, Mutter? Möchtest du nicht an Festen teilnehmen ... nicht tanzen?«

Buarthas Gesicht verzog sich vor Qual. »Niemals!« Sie sah ihre Tochter zusammenzucken. »Wünsche dir nicht deine eigene Vernichtung herbei, Kind.« Sie sprach ihre feste Überzeugung aus. »Wein, Tanz ... Männer.« Ihre Worte wurden zu einer Litanei der Hoffnungslosigkeit. »Männer missbrauchen ... nehmen ... zerstören.«

Sie strich ihrer Tochter über das Haar. »Ich weiß, unser Leben ist hart, Kind.« Kastanienbraune Strähnen blieben in den Schnitten und Schwielen ihrer Hand hängen. »Aber wir sind frei. Wir unterwerfen uns keinem Mann. Frei ... Kind. *Wir* leben frei.«

»Ich bin *nicht* frei.« Millim schob die Hand ihrer Mutter weg. »Das nennst du Freiheit?« Ihre Geste umfasste die schmutzige Hütte. »Wir schuften wie Sklaven ... und leben wie Tiere.« Millim stand auf und zog sich die Kleider über den Kopf. Eine ganze Weile war es still. »Mutter, ich träume ...« Ihre Stimme wurde weich. »So wunderschöne Träume ... von Festessen mit knusprig gebratenem Fleisch, mit Wein und Tischen, die sich biegen unter den Speisen.« Millims Blick ging ins Leere. »Gesang ...« Sie wiegte sich leicht hin und her. »Musik, Lachen, Tanz ... und Kleider.« Sie griff in ihren rauen Rock und sah zu ihrer Mutter hoch. »Weite und kostbare Kleider ...« Sie drehte sich langsam mit ausgebreiteten Armen. »Sie stehen ab, wenn man sich dreht.« Plötzlich ließ sie sich auf den Strohsack fallen, verbarg das Gesicht in der Felldecke und schluchzte. »Mutter, woher weiß ich das? Wie kommt es, dass ich diese Dinge sehe?«

»Du träumst, Kind. Das ist alles. Du träumst nur.« In ihrem Herzen war Buartha tief beunruhigt. *O ihr Götter ..., es ist laran*, dachte sie. *Millim wächst zum Weib heran, und das laran erwacht.* Schmerzliche Erinnerungen an das Erwachen ihrer eigenen telepathischen Fähigkeit stiegen in ihr auf. Leonie, Bewahrerin des Turms von Arilinn, die beste aller darkovanischen Telepathen, hatte ihre Gabe als bescheiden eingestuft, das Mädchen gelehrt, wie man sie kontrolliert, und es wieder zu seinem ehrgeizigen Vater nach Hause geschickt.

Ihr Vater hatte sie verhöhnt und sich vor Wut betrunken, denn er meinte, sie habe ihn absichtlich enttäuscht. Da sie immer ein geliebtes Kind gewesen war, verstand sie weder seinen Zorn noch die anerkennenden Bemerkungen, die er in seinem Rausch über ihren reifenden Körper machte.

»Ich habe mein Bestes getan, Papa.« Sie fühlte sich innerlich wie ausgehöhlt durch seine Lieblosigkeit. »Das *laran* ..., es ist nicht stark ..., ich war einfach nicht gut.«

»Gut?« Er schüttelte sie heftig, und sein Atem roch nach saurem Wein. Dann stieß er sie auf die Straße hinaus. »Dafür bist du jetzt gut«, fuhr er sie an und hielt nach einem Passanten Ausschau. Er verkaufte sie für eine Nacht an einen vorbeikommenden Fremden, einen Comyn-Edelmann, der ebenso betrunken war wie er.

Die Wollust in den Gedanken des Fremden entsetzte sie, der Schmerz, als er sich sein Vergnügen mit ihr machte, zerriss sie. Um ihr innerstes Selbst vor einer Vergewaltigung zu schützen, die schlimmer als die gerade stattfindende Vergewaltigung ihres Körpers war, hatte sie ihr *laran* vollständig blockiert, bis sie es nicht mehr spürte.

Von Entsetzen erfüllt, war sie vor Schändung, Lust und Versagen geflohen. Der Schock hatte ihr Denken gelähmt. Tagelang war sie gewandert, höher und höher hinauf in die Hellers. Schließlich stolperte sie in diese kleine Kluft, die sie dann vor der Welt verbarrikadiert hatte. Im Lauf der Zeit hatte sie sogar die Erinnerung an *laran* und das leichtere, elegantere Leben, das sie geführt hatte, ausgelöscht.

Jetzt, nachdem sie mehr als sechzehn Jahre lang in völliger Isolierung mit dem aus diesem Entsetzen geborenen Kind gelebt hatte, fiel ihr alles wieder ein. Brüsk erklärte sie: »Diese Welt ist alles, was es für uns gibt, Millim, und wir müssen uns um die Bohnen und den Käse kümmern, weil wir sonst verhungern werden, wenn Schnee die Hellers bedeckt.«

Der triumphierende Schrei des Banshees hallte von den Klippen wider, und Togaim hörte antwortende Schreie durch den Pass von Scaravel schallen. Es war, als rücke jedes einzelne Banshee in den Hellers näher heran, weil ihm hier eine Mahlzeit sicher war.

»Nicht bewegen, Lady«, flüsterte er Lady Snava zu. »Völlige Stille könnte uns helfen, dem Schicksal der anderen zu entrinnen.«

Er hörte das leise Klingeln ihrer dekorativen Ketten, als sie sich bemühte, tiefer in einen engen Spalt der festen Felswand einzudringen. »Leise.« Der Schmerz, den die klaffende Wunde in seiner Seite ihm verursachte, machte aus einem Befehl einen Schrei.

Was war ich für ein Narr, dass ich diese Arbeit übernommen habe, dachte er. *Ein Erfolg hätte mir eine Beförderung eingetragen, aber ein Misserfolg ...* Er betrachtete das Blut, das über seinen Bauch strömte. *Und nun hier zu sterben, ohne eine Chance zu einem ehrlichen Kampf zu bekommen ... sich zitternd wie ein Rabbithorn in einem Loch zu verbergen ... eine Aufgabe für einen Narren.* Togaim spie angewidert aus. *Und für was? Um eine verwöhnte Frau zu ihrem ebenso verwöhn-*

ten Eheherrn zu bringen, damit er während des Feldzugs sein Vergnügen haben kann.

Der Tod schien ihnen sicher zu sein. Solange die Banshees sich an den Leichen mästeten, waren sie vor Räubern ziemlich sicher, aber nur, wenn sie sich nicht bewegten. Die scheußlichen Tiere orientierten sich nach den Bewegungen und der Wärme ihrer Beute. Sich zu bewegen, bedeutete einen schnellen Tod unter den bösartigen Klauen und Schnäbeln der riesigen Vögel. *Wenn ich nur an mein Schwert herankäme,* dachte Togaim.

Es lag außerhalb seiner Reichweite unter dem Kadaver eines der Packtiere. Togaim erschauderte. Das Banshee hackte auf das tote Tier ein, verschlang die Eingeweide und riss in seinem Fressrausch das Geweih ab. »Keine Hoffnung, wenn dieses Ungetüm darauf sitzt und sich den Bauch voll schlägt«, stöhnte Togaim laut.

Das ihm nächste Banshee legte den Kopf schief, um die Quelle des Geräusches ausfindig zu machen und bewegte sich dann auf ihn zu. Togaim drückte sich gegen Lady Snava hinter ihm und bereitete sich auf den Tod vor.

Der süßliche Blutgeruch raubte ihm den Atem. Der gekrümmte Schnabel fuhr in das Fleisch seiner Brust. Er fiel der Länge nach rückwärts und auf Lady Snava. Unter ihrem gemeinsamen Gewicht zerbröckelte der Fels. Erde und Steine rauschten herab und versperrten dem Banshee den Zutritt. Der Steinschlag hatte den Spalt in eine kleine Höhle verwandelt.

Ein schwach erhellter Sims über ihren Köpfen verschwand in der Ferne. Hinter ihm plätscherte leise Wasser.

Togaim versuchte, den Kopf zu heben. Die Bewegung schmerzte so, dass er ächzte. »Lady, könnt Ihr das Banshee sehen?«

»Es versucht einzudringen ... kann uns aber nicht erreichen, Sire.« Lady Snava hatte sich auf die Knie aufgerichtet, und das

Klingeln ihrer Ketten war das Letzte, woran Togaim sich erinnerte, bevor er in Bewusstlosigkeit versank.

»Diese Pfade sind zu steil für eine Frau meines Alters, von meinem Umfang ganz zu schweigen«, brummte Ramhara, setzte sich auf einen Felsblock und entfernte einen Stein aus ihrem Stiefel.

»Mach schon, Ramhara.« Cara stand ungeduldig vor der älteren Gefährtin. »Wir müssen die Unterkunft vor dem Dunkelwerden erreichen, sonst riskieren wir es, von einem Banshee erwischt zu werden. Es ist Herbst und die Zeit des Fressrausches.«

Beide Frauen trugen die weiten Hosen, die dicken Jacken und die Stiefel der Freien Amazonen. Beide waren mit langen Messern bewaffnet, die fast Schwerter genannt werden konnten. Ansonsten ließ sich kein größerer Gegensatz denken. Ramhara war klein und ziemlich dick. Ihr kurzes graues Haar, das immer noch einen rötlichen Schimmer hatte, wellte sich weich unter der weißen Haube, die sie als Hebamme auswies. Sie machte einen freundlichen und großmütterlichen Eindruck, und nur ihr sicheres Auftreten ließ ahnen, dass sie auch streng sein konnte.

Cara war groß, mager und sehnig. Ihr krauses braunes Haar war so kurz geschnitten, dass man sie auf den ersten Blick für einen Mann halten konnte. Sie war eine *emmasca,* eine Frau, die keinen Frieden in der Weiblichkeit gefunden und sich deshalb der illegalen Operation unterzogen hatte, die sie zum Neutrum machte. Jetzt kniff sie belustigt die Augen zusammen, und ihr wettergegerbtes Gesicht bekam einen weicheren Ausdruck. »Ich habe dir gesagt, du solltest deine Kräfte für die Reise trainieren.«

»Dann hätten meine Qualen Monate länger gedauert«, gab Ramhara zurück und lachte.

In der Ferne erklang ein Schrei.

Ramharas Lachen brach ab. Sie lauschte. »Banshees!«, rief sie. »Sie haben etwas Großes erbeutet.«

Cara zog ihre Freundin auf die Füße und rannte den Weg zurück auf eine Baumgruppe zu. »Horch, wie viele es sind!«, keuchte sie. »Das muss der Anfang eines Fressrausches sein. Das Geräusch wird jedes Banshee der Umgegend anlocken.« Vor einem großen Regenschirmbaum blieb sie stehen und betrachtete prüfend den Raum zwischen den knorrigen Wurzeln. Dann fing sie an, Blätter und Schmutz und alles, was sich dort angesammelt hatte, wegzuräumen. »Hilf mir, dieses Loch zu erweitern«, sagte sie.

»Können wir es groß genug für uns beide machen?« Ramhara stieß mit einem langen Ast in die Ritze zwischen zwei Wurzeln.

Cara hielt in ihrer Arbeit inne. »*Breda* –« das Casta-Wort für Schwester beruhigte sie, indem sie es aussprach »– wo Platz für einen ist, werden wir Platz für zwei schaffen.«

Ein weiterer Schrei erklang genau über ihnen.

»Beeil dich.« Ramhara buddelte verzweifelt. »Ich habe keine Lust, mich der Party anzuschließen.« Sie warf ihr beträchtliches Gewicht gegen den Ast. »Vor allem, weil ich den Verdacht habe, wir würden bei diesem Festschmaus der Hauptgang werden.«

Endlich lagen die Wurzeln frei. Beide Frauen krochen in die Höhle, die sie hinter dem Gitter der Wurzeln gegraben hatten. Der Fressrausch tobte um sie, während der lange Tag in die Nacht überging und sie in der Sicherheit ihres Wurzelkäfigs einschliefen.

Auch in der durch Steinschlag entstandenen Höhle wurde es Nacht. Togaim stöhnte schwach und sank tiefer ins Koma. Snava war klar, dass er ohne Hilfe sterben würde. Sie hatte die

Blutung mit ihrem Schal gestillt, aber da sie kein Wasser hatte, um seine schrecklichen Wunden zu säubern, war das alles, was sie tun konnte. Die Wunden würden zu eitern beginnen und ihn vergiften. Er glühte bereits vor Fieber.

Snava stand vor einem Dilemma. Ohne die Ketten an ihren Händen hätte sie Togaim von den Steinen wegziehen können. Doch so dekorativ die Ketten waren, sie hinderten sie wirksam daran. Durch die metallenen Armbänder an ihren Handgelenken, von denen eine Kette durch eine feste Schlaufe an ihrer Taille führte, war die Bewegung der einen Hand immer abhängig von der anderen.

Nach der Tradition der Trockenstädte kennzeichnete die Länge der Kette Kaste und Stand, und die Kette Snavas war von vornehmer Kürze. Wenn sie die eine Hand an den Mund führte, wurde die zweite an die Schlaufe gezogen, so kurz war die Kette. Damit war der Sims und das Wasser hinter ihm für sie außer Reichweite. Sie konnte sich nicht einmal selbst von dem immer noch herumstreifenden Banshee wegziehen.

Immer war sie beschützt worden. Immer hatten sich Dienstboten um sie gekümmert. In einen Käfig gesperrt, verwöhnt und gehätschelt, hatte sie nie eine Entscheidung getroffen, sich nie selbst geholfen. Jetzt konnte sie es nicht. Snava weinte.

Die Träumerin drehte sich unruhig in dem heraufdämmernden Licht um, und dann schrie sie laut: »Ich sitze in der Falle ... ich will sterben. O ihr Götter, ich fürchte mich ...« Verzweifelt rüttelte sie an den Gitterstangen ihres Gefängnisses; die Tränen liefen über ihre Wangen. »Helft mir ... bitte, helft mir doch.«

Cara fasste Ramharas umherschlagende Hände. »Ich bin hier, Ramhara«, flüsterte sie. »Du bist in Sicherheit, *breda*. Der Fressrausch ist vorbei.«

»Göttin«, sagte Ramhara und schüttelte sich. Sie betrachtete ihre aufgeschundenen Finger und dann die gebrochenen Baumwurzeln. »Seit vierzig Jahren oder länger habe ich keinen solchen Alptraum mehr gehabt. Nicht mehr, seit ich den Turm verlassen habe.« Verlegen grinste sie ihre Freundin an. »Man könnte mich für eine unerfahrene Jungfrau halten, die nicht fähig ist, ihr *laran* zu kontrollieren.«

»War es das, *breda*?« Cara war immer noch besorgt.

»Ja ...«, antwortete Ramhara gedankenverloren. »Ja, das war es. Jemand in unserer Nähe projiziert zu wild, als dass es eine ausgebildete *leronis* sein könnte ... und zu stark, als dass man sie ohne Ausbildung lassen dürfte.«

Ramhara quetschte sich durch die schützenden Wurzeln. »Wir müssen sie finden, Cara ... Ein so starkes *laran* wird sie in den Wahnsinn treiben, wenn sie es nicht beherrschen lernt.«

Cara kroch aus ihrem engen Zufluchtsort. »Mir ist, als hätte ich die Nacht in einer Zelle verbracht.« Lachend streckte sie sich. »Göttin, wie schön ist es, am Leben zu sein!« Sie nickte zu dem Pass hin, der sich über ihnen erhob. »Glaubst du, deine potenzielle *leronis* ist dort?«

»Ja.« Ramhara schüttelte sich. »Sie scheint gefangen zu sein und sich zu fürchten. Vielleicht war ihre Projektion deshalb so stark.«

Cara sah ihre Freundin entsetzt an. »Der Fressrausch ... Ramhara ... sie wird von Banshees belagert.«

Die beiden Entsagenden blickten voller Abscheu auf die Überreste des Gemetzels unter ihnen. Die Banshees hatten keinen Körper unversehrt gelassen. Das Blut von mehr als zwanzig Körpern hatte den Boden rot gefärbt. Gardisten, Diener, Packtiere, alles war tot.

»Das hat niemand überlebt.« Cara war blass.

»Sie lebt aber, Cara.« Ramhara stieg entschlossen zu dem Massaker hinab. »Ich spüre sie in der Nähe.«

Sie gingen durch eine so absolute Stille, dass es schien, als betrauerten sogar die Singvögel die Toten. Widerstrebend brach Ramhara das Schweigen. »Ich fürchte, sie hat das Bewusstsein verloren.« Unsicher sah sie sich um. »Die Bilder werden schwächer.«

»Sieh her, Ramhara.« Cara grub in einem frischen Steinhaufen. »Siehst du das?« Sie hob eine vergoldete Jacke hoch. »So etwas wird von Trockenstadt-Gardisten getragen.«

»Hör mal ...«

Schwach war ein leises Schluchzen zu hören. Ramhara kniete sich hin, um Cara zu helfen, und legte den Stiefel eines Mannes frei. Beide verstärkten ihre Anstrengungen.

»Es ist tatsächlich ein Gardist.« Vorsichtig entfernte Cara einen großen Stein vom Becken des jungen Mannes. »Er ist in schlechtem Zustand, *breda*.«

Ramhara kletterte in die kleine Höhle, und gemeinsam zogen sie den jungen Gardisten aus dem Geröll. Weiter im Innern sah Ramhara eine dunkle Gestalt, die sich schluchzend an einen Sims drückte. »Ich habe Durst ... ach, ich habe solchen Durst.«

»Göttin!«, rief Ramhara. »Das ist sie! ... Cara, ihre Hände sind mit einer Kette gefesselt.«

Sie beugte sich nieder und ließ die gefesselte Frau aus ihrem Wasserkrug trinken. »Jetzt kann Euch gar nichts mehr passieren«, redete sie ihr zu, »Ihr seid in Sicherheit.« Sie erschauerte, als sie die Hände der Frau sah. Die Finger waren wund von ihren Versuchen, den Sims zu erreichen. Andere Verletzungen fand Ramhara nicht. Schlimmes befürchtend, wandte sie sich dem verwundeten Mann zu. »Cara, ich brauche mehr Wasser.«

Cara sprang auf den Sims, folgte dem Plätschern bis zu seiner Quelle, füllte ihren Krug mit dem kühlen Wasser und brachte ihn der Hebamme.

»Mein Können mag für die Schwere Eurer Wunden nicht ausreichen, Junge«, sagte Ramhara leise zu ihrem bewusstlosen Patienten und säuberte ihn mit dem Wasser, das Cara geholt hatte. »Aber man kann nicht vierzig Jahre lang Kindern in die Welt helfen, ohne etwas von der Kunst des Heilens zu lernen.«

Endlich richtete Ramhara sich auf, die Hände ins Kreuz gepresst. »Mehr kann ich hier nicht tun, *breda*.« In ihrem Gesicht spiegelte sich die lange Anstrengung wider. »Seine Wunden sind jetzt sauber, aber ich fürchte, die Infektion sitzt bereits fest.« Sie setzte sich mit dem Rücken zum Sims. »Ich habe so wenig Medikamente mitgenommen.«

Ihre müden Augen fielen auf die Frau mit der Kette, die sich immer noch zusammenkauerte, aber nicht mehr schluchzte. Jetzt bemerkte sie etwas, das ihr vorher entgangen war. »Ah, Lady ...«, seufzte sie. »Ihr besetzt Eure Fesseln mit Edelsteinen. Ist Euch die Sklaverei so süß?«

Snavas Stimme klang heiser vom Weinen. »Anständige Frauen gehen nicht anders. Ich bin eine anständige Frau. Erste Gemahlin von Lord Jolder.«

»*Mestra*«, erwiderte Cara in geduldigem Ton, »der Rang Eures Herrn interessiert uns nicht. Habt Ihr keinen Namen?«

»Snava.« Die Antwort war kaum hörbar. »Lady Snava von Shainsa.« Sie sah zu Cara hoch. »Das ist mitten in der Sandwüste. Ich war unterwegs zu meinem Herrn, als ...« Es schnürte ihr die Kehle zu.

»Cara«, meinte Ramhara verwirrt, »sie ist es nicht. Sie hat kein *laran*.«

Emsig enthülste Buartha im Licht des frühen Morgens Bohnen. *Gleich ist es Zeit zum Melken und Füttern,* dachte sie. Das Glück hatte ihr in jenem ersten Jahr die verkrüppelte, hoch trächtige *fuargabhar* zugeführt. Ein noch größeres Glück war im Frühling die Geburt von zwei Zicklein gewesen, eins davon männlich. Die Bergziegen lebten wild in den Hellers, aber ein gebrochenes Bein hatte es leicht gemacht, diese zu zähmen. *Ja, wirklich,* dachte sie und ließ die Bohnen in einen großen, grob geflochtenen Korb fallen. *Eine Ziege und ein Bock ... so brauchen wir unsern Zufluchtsort nicht zu verlassen ... niemals.*

Sie hob den Korb an, um sein Gewicht abzuschätzen. *Das müsste ungefähr genug für uns sein.* Sorgfältig stellte sie den Korb hin. *Es muss auch genug sein, da wir das Feld gestern abgeerntet haben.* Eine kleine Menge Bohnen wurde beiseite gestellt. *Saatgut für das nächste Jahr,* dachte Buartha zufrieden. Sie beschattete die Augen und sah zu der großen roten Sonne hoch. »Zeit zum Melken«, murmelte sie. »Wenigstens dabei könnte mir das Kind helfen ... Sicher schläft sie immer noch.« Ihre Stimme nahm einen jammernden Ton an. »Sie ist mir früher eine so große Hilfe gewesen ...« Buartha schüttelte den Kopf. »Und jetzt geht das schon seit Monden so ... Sie träumt, sagte sie gestern ... Ich nenne das Drückebergerei.«

Laut rief sie: »Millim, komm her.«

Kein Laut brach die Stille.

»Millim ... es ist Zeit zum Melken.«

Noch immer keine Antwort aus der Hütte.

Leise vor sich hin schimpfend, zog Buartha das stinkende Ziegenfell zur Seite, das als Tür diente. Die Stöcke und Zweige, die die Wand neben dem Strohsack bildeten, waren zerbrochen und blutverschmiert. Millim lag bewusstlos da, und ihre Hände waren zerschunden vom Reißen an dem Geflecht.

»Ihr Götter!« Buartha lief zu ihrer Tochter. »Millim ... Millim, was hast du? Was ist geschehen?«

Das junge Mädchen lag mit blauen Lippen da und reagierte nicht. Dann stöhnte sie leise: »Ich habe Durst ... ich habe solchen Durst.« Sie leckte sich die Lippen. »Wasser ... bitte, gib mir Wasser.«

»Wach auf, Millim!« Buarthas Stimme brach vor Verzweiflung. »Götter, du kannst doch nicht krank sein ... ich kann dir nicht helfen, wenn du krank bist.« Wie gehetzt sah sie sich um. »Wasser ... du musst Wasser haben.«

Zitternd griff Buartha nach dem mit Lehm verschmierten Wasserkorb und wollte ihn ihrer Tochter an den Mund führen. Er entglitt ihrer unsicheren Hand und zerbrach. Das Wasser versickerte in der Erde. *Millim muss Wasser haben.* Die in ihr aufsteigende Hysterie beraubte Buartha der Fähigkeit, klar zu denken.

Sie zog ihre Jacke aus, lief aus der Hütte zu dem kleinen Bach und warf die Jacke hinein. Als sie sich bückte, um das nasse Kleidungsstück aus dem Wasser zu ziehen, erschrak sie. Da im Schlamm war ein Stiefelabdruck ... der Stiefelabdruck eines Fremden. Verstört setzte Buartha sich hin und weinte. An einem einzigen Tag waren ihre beiden schrecklichsten Ängste wahr geworden. Eine unbekannte Krankheit hatte Millim niedergestreckt, und jetzt hatte ein fremder Mann die Kluft gefunden.

»O ihr Götter ... Menschen haben uns gefunden.« Buartha zitterte vor Angst. »Warum jetzt? O Götter, alles ist verloren ... alles ist verloren.« Furchtsam spähte sie umher. *Ich kann Millim nicht allein lassen,* sagte sie sich und blickte hoffnungslos zu den sie umgebenden Bergen hoch. *Und ich kann sie nicht in Sicherheit bringen.* Schluchzend warf Buartha sich mit dem Gesicht in den Morast.

Eine fremde Stimme riss sie aus ihrem Kummer. »Verzeiht mir ... kann ich Euch helfen?«

Erschrocken sprang Buartha auf die Füße. Schlamm tropfte von ihrem Gesicht und ihren nackten Brüsten. Durch den Schmutz schielend, erkannte sie undeutlich einen großen und dünnen Menschen. Kurze braune Krauslocken krönten ein wettergegerbtes Gesicht mit besorgtem Ausdruck.

Buartha wurde die Brust so eng, dass sie nicht mehr atmen konnte. »Geht weg«, krächzte sie ... Sie bekam keine Luft ... die Worte wollten ihr nicht über die Lippen ...

Sie spürte das heftige Hämmern ihres Herzens. Dann füllte Schmerz ... reißender, sengender Schmerz ihre Welt, und sie brach zusammen.

»Sie erwacht, *breda*.«

Buartha öffnete die Augen und sah in das freundliche Gesicht einer alten Frau.

»Ihr seid nicht ernsthaft krank, *mestra*.« Die Stimme klang tröstlich. »Es war die Angst ... Ihr habt aus Angst das Bewusstsein verloren.«

Buartha bemerkte, dass das runde Gesicht von einer weißen Haube umgeben war, der Haube einer Hebamme.

»Mein Name ist Ramhara n'ha Silima«, fuhr die sanfte Stimme fort. »Meine Freundin und ich waren unterwegs vom Temora-Gildenhaus der Entsagenden hinauf nach Nevarsin, als sich uns ein Hindernis in den Weg stellte.« Die Freundlichkeit der Stimme beruhigte Buartha. »Wir wollen Euch nichts Böses tun, mein Kind.«

Komisch, ein Kind genannt zu werden, dachte Buartha. *Dabei habe ich selbst ein beinahe erwachsenes Kind.* Bei diesem Gedanken fuhr sie plötzlich auf: »Millim! O Götter! ... Was ist Millim widerfahren?« Sie kämpfte sich in die Höhe. »Meine Tochter?«

Eine feste Hand schob sie auf den Strohsack zurück. »Sie schläft jetzt, und Ihr müsst auch schlafen.«

Beruhigt durch die Vertrauen erweckende Stimme der alten Hebamme, schloss Buartha die Augen. Schon halb im Schlaf, meinte sie, ein seltsames Klingeln zu hören. *Das müssen*

Ketten sein, dachte sie. *Die Entsagenden haben seltsame Bräuche.* Dann fiel sie in einen tiefen, heilsamen Schlaf.

Millim erwachte von einem hellen, klingelnden Geräusch. Sie erinnerte sich und riss die Augen auf. *Menschen,* dachte sie. *Es sind Menschen hier.* Aufgeregt setzte sie sich hoch und sah sich um.

»Fühlst du dich jetzt besser?« Die Frage kam von einem hoch gewachsenen jungen Mann. Nein, es war eine Frau, sagte sich Millim, aber der Körper war maskulin.

»Ja, danke.« Zu ihrer eigenen Überraschung reagierte Millim scheu.

»Ramhara schläft noch.« Die Frau wies auf eine Gestalt, die sich auf dem Fußboden zusammengerollt hatte. »Sie hat gestern bis an die Grenzen ihrer Kräfte gearbeitet. Ich kann ihr nicht begreiflich machen, dass sie nicht mehr jung ist.« Cara bemerkte die Neugier in den Augen des Mädchens. »Ich bin Cara, und ungeachtet dessen, was du siehst, eine Frau.« Ihr Gesicht wurde ernst. »Leider habe ich mein Aussehen verändern lassen, bevor ich verstand, dass das, was ich hasste, nicht meine Weiblichkeit war.«

Cara stand auf und ging zu einer anderen Gestalt auf dem Fußboden hinüber. »Ich fürchte um sein Leben.« Sie bückte sich und befühlte die Stirn des Kranken. Millim sah, dass es ein junger Mann war. »Er hat hohes Fieber und es will nicht sinken.«

Plötzlich wurde der Türvorhang zur Seite gezogen, und Licht strömte in die Hütte. Millim erkannte das Klingeln, das sie geweckt hatte. Eine weitere Frau trat ein.

»Ihr dürft ihn nicht sterben lassen.« Die Stimme der Frau klang herrisch. »Ich befehle Euch, ihn zu heilen. Ich brauche ihn, damit er mich wieder nach Hause bringt.«

»Unglücklicherweise, *mestra* –« Cara sprach gleichmütig

»– lassen sich die Götter von Sterblichen keine Befehle erteilen. Sein Geschick liegt in ihrer Hand, nicht in der unsrigen.«

»Oh ... wie entzückend!« Millims unwillkürlicher Ausruf der Bewunderung lenkte Snavas Aufmerksamkeit auf sie. »Darf ich ... darf ich sie anfassen?«

Snava sah, dass die Augen des Mädchens wie gebannt an ihren juwelenbesetzten Ketten hingen. »Du darfst näher kommen«, warf sie hin.

»Irgendwie gelingt es mir nicht, Instrumente der Gefangenschaft zu bewundern«, mischte sich Cara mit grimmiger Belustigung ein. »Erzählt ihr doch, wie Ihr beinahe verdurstet seid, weil Ihr es zugelassen habt, dass man Euch auf diese Weise fesselte.«

»Also Ihr seid es gewesen!« Millims Augen wurden groß in der Erinnerung an dieses Entsetzen. »Ich war bei Euch. Ich war ebenfalls gefangen.«

»*Du* warst nicht gefangen.« Die sanfte Stimme der alten Frau bannte die in Millim aufsteigende Panik. »Es war *laran*. Du bist mit mächtigem *laran* begabt, mein Kind.«

Ächzend kam Ramhara auf die Füße und ordnete ihre Kleider. »Du siehst Bilder«, fuhr sie fort. »Du empfängst sie von anderen, wenn du verzweifelt bist oder Schmerzen fühlst.« Sie verzog das Gesicht und sah ihre verletzten Hände an. »Und dann projizierst du sie.«

Die Hebamme sah nach ihren Patienten, erst nach Buartha, dann nach Togaim.

»Wenn du nicht lernst, das zu kontrollieren, fürchte ich um deinen Verstand.« Ihre geschickten Hände überprüften Togaims Verbände. »Das Talent, deutlich zu projizieren, ist außerordentlich selten. Du musst in den Arilinn-Turm gehen. Leonie allein kann so ein starkes *laran* kanalisieren.«

»Sie geht nirgendwohin!« Buartha stand drohend vor der Hebamme. »Wollt Ihr mir mein Kind stehlen, alte Frau?«

Ramhara drehte sich um und sah Buartha an. »Sie ist kein Kind mehr, *mestra«*, stellte sie milde fest. »Das seht Ihr doch selbst.«

Aber Buartha hörte nicht zu. Ramharas Bewegung hatte Togaim in das Gesichtsfeld der zornigen Frau gebracht. Voller Abscheu starrte sie auf den bewusstlosen jungen Mann nieder. »Ihr habt einen Mann hergebracht«, zischte sie durch die Zähne, »einen Mann, der mein Heim zerstören wird.« Wie eine Wahnsinnige warf sie sich auf den Schutzlosen und würgte ihn mit aller Kraft. »Er wird nicht am Leben bleiben, um Millim zu schänden«, tobte sie. Ihr ganzer Körper bebte unter der Leidenschaftlichkeit ihrer Anstrengung.

Mit Mühe zog Cara sie von Togaims schlaffem Körper weg und hielt sie fest.

»Geh zu deiner Mutter, Millim«, bat Ramhara bekümmert. »Sie hat Angst um dich.«

Millim umarmte ihre Mutter, ohne auf Cara zu achten. »Mutter«, beschwichtigte sie sie, »hab doch keine Angst. Es ist keine Gefahr.«

Ramhara untersuchte ihren Patienten. Sein stetiger Puls und seine flache Atmung sagten ihr, dass er Buarthas Angriff überleben würde. Ob er den Angriff des Banshees überlebte, lag allein in der Hand der Göttin.

»Er lebt, Cara.«

Langsam wich die Spannung von Buartha. »Ich werde ihm nichts mehr tun«, sagte sie niedergeschlagen. »Bitte, lasst mich los.« Ihre Knie gaben unter ihrem Gewicht nach. Cara und Millim legten sie behutsam auf den Strohsack. »Ich habe alles verloren.« Ihre Stimme verriet, dass sie sich völlig geschlagen gab. »Millim ... unser Zufluchtsort ... alles fort.«

»Ein Zufluchtsort ist es nur dann, wenn Ihr seine Tür öffnen könnt, *mestra«*, mahnte Ramhara ernst. »Andernfalls ist es ein Gefängnis.«

»Aber ich wollte uns schützen.« Liebevoll sah Buartha ihre Tochter an. »Ich wollte sie vor dem Bösen retten.«

»Euer Schutz hat sie zu Eurer Gefangenen gemacht.« Die Hebamme ließ sich gewichtig auf den Fußboden nieder. »Ich weiß nicht, warum, *mestra*, aber Hass scheint uns in genau das zu verwandeln, was wir hassen.« Die alte Frau hielt inne und sammelte ihre Gedanken. »Ihr hasst die Männer. Zerstörer nennt Ihr sie. Und doch zerstört *Ihr* Euer Kind.«

»Ich sie zerstören?«, fragte Buartha ungläubig.

»Wenn sie keine Ausbildung bekommt, wird sie wahnsinnig«, fuhr Ramhara erbarmungslos fort. »Aber abgesehen davon hat jeder Mensch das absolute Recht, seinem eigenen Geschick zu folgen.«

Die Hebamme verlagerte ihr Gewicht. »*Mestra*, jeder Mensch hat nur ein einziges Leben. Ihr versucht, das Leben Eurer Tochter zu führen.«

»Was soll ich denn ohne sie anfangen? Wie kann ich hier allein überleben?«

»Es gibt andere Möglichkeiten, als sich in der Einsamkeit zu verstecken.« Ramhara schien sich zu amüsieren.

»Als Sklavin leben? In Ketten dem Willen eines Mannes unterworfen sein?« Buartha sah verächtlich zu Snava hinüber.

Snava hob stolz den Kopf. »Ich habe mich entschlossen, meinem Herrn zu dienen, und durch diesen Entschluss lebe ich in Frieden mit ihm ... Er schmückt mich mit Juwelen.« Snava hob die Ketten, so dass das Sonnenlicht sich in den Edelsteinen fing. »Ich sitze mit ihm beim Festmahl, ich schlafe, wo er schläft, und lebe, wo er lebt. Er hat nichts von Wert, was ich nicht mit ihm teile.« Sie sah sich angewidert um. »Ich lebe nicht wie ein Tier.«

Buartha sah sich ihr Heim an, alles, was sie so stolz ihres Überlebens wegen geschaffen hatte. Zum ersten Mal erkannte sie die Primitivität ihres Obdachs. Schlecht gegerbte Felle beleidigten ihre Nase, schief geflochtene Körbe ihr Auge, ihr wurde übel von der sauren Milch, der ein mit Lehm verkleideter Trinkkorb eine braune Farbe gegeben hatte. Vor Scham verbarg sie das Gesicht in den Händen. »Es ist wahr, Millim«, klang es gedämpft hinter den Händen hervor. »Es gibt so vieles, was du nie gehabt hast. Kleider ... richtige Trinkbecher ... du weißt nicht einmal, was Brot ist.«

»Ich scheine bei schlammiger Milch gediehen zu sein«, antwortete Millim fröhlich. »Aber, oh ... ich möchte so vieles anderes sehen.« Sie zog ihrer Mutter die Hände vom Gesicht und sah ihr tief in die Augen. »Ich möchte ... ich möchte die Welt meiner Träume besuchen.« Dann betrachtete sie den bewusstlosen Gardisten. »Ich möchte lernen, was Männer sind ... und was das Leben ist.« Millim lachte entzückt auf. »Mutter, ich werde die Gelegenheit bekommen zu tanzen.«

Buartha sah an ihrer Tochter vorbei zu der alten Hebamme hin. »Ich habe mein Bestes getan«, sagte sie. »Mein Allerbestes.«

»Ja, das habt Ihr«, nickte Ramhara. »Aber manchmal treffen wir eine freie Wahl, und es stellt sich heraus, dass wir uns falsch entschieden haben. Freiheit ist nicht das Gleiche wie Weisheit.«

Cara stellte sich vor sie hin und zog ihre Jacke aus, so dass Buartha die schreckliche Verstümmelung ihres Körpers sehen konnte. »*Breda*«, sagte sie leise zu Buartha, »ich richtete meinen Hass gegen mich selbst und wählte die Deformierung weiblicher Formen. Ich glaubte, meine Probleme kämen von meiner Weiblichkeit her.« Sie zog die Jacke wieder an. »Ich habe mich geirrt.« Dann ergriff sie Buarthas Hand. »Ich nenne dich Schwester, weil du deinen Geist verstümmelt hast wie ich meinen Körper.«

Ramhara fasste nach Buarthas anderer Hand und sagte: »Es lernt sich leicht, sich selbst zu lieben, *breda*. Man kann es allein schaffen.« Ein freundliches Lächeln umspielte ihre alten Augen. »Aber ich habe Hilfe gebraucht.«

»Du?«, fragte Buartha ungläubig.

»Ich habe mein volles halbes Jahr im Temora-Gildenhaus gebraucht, um mich von meinem Hass zu befreien.« Ermutigend drückte sie Buarthas Hand. »Wo Hass lebt, kann keine Liebe wachsen, mein Kind.«

»Könnt Ihr mir helfen?«, fragte Buartha hoffnungsvoll.

»Das können wir«, erklärten Cara und Ramhara einstimmig.

»Das ist der Grund, aus dem unsere Schwesternschaft existiert«, ergänzte Cara.

»Mach dich fertig zur Reise, Buartha.« Mühsam erhob sich die alte Frau vom Fußboden. »Millim muss weg zur Ausbildung.« Ramhara zeigte ihr Lächeln jetzt ganz offen. »Und du auch.«

Über Nina Boal und »Ein Zusammentreffen«

Nina Boal ist zurzeit Ganztagsstudentin. Sie will Mathematiklehrerin werden, hat Computer-Elektronik studiert und auf diesem Gebiet gearbeitet und zurückgebliebene Kinder unterrichtet. Als Single lebt sie in Chicago mit sieben Katzen – eins ihrer Hobbys ist das Züchten und Ausstellen von Siamesen. Ein weiteres, wie man aus ihrer Geschichte erraten kann, sind ostasiatische Kampfsportarten – in diesem Fall japanisches *kendo* oder Stockfechten. Arbeiten von ihr sind in *Fighting Women News*, einem Fanzine für ostasiatische Kampfsportarten, und in *Geschichten von den Freien Amazonen* veröffentlicht worden. Diese Geschichte erschien dort in etwas anderer Form.

Nina sagt: »Ich war einige Zeit in der Feministinnen-Bewegung aktiv und habe mir nie einreden lassen, es gebe angeborene, ›männliche‹ oder ›weibliche‹ Charakterzüge.« So entstand die Welt von Al Faa, wo »weiblich« und »männlich« ins Gegenteil verkehrt sind.

Obwohl die Hauptperson dieser Geschichte eine Freie Amazone ist, handelt es sich im Grunde um eine Science-Fiction-Story zum Thema Raumreisen. MZB

Ein Zusammentreffen

von Nina Boal

Mhari n'ha Linnell stieg langsam den Bergpfad hinauf. Es waren die ersten Frühlingstage, und die untergehende Sonne leuchtete in einem strahlenden Rot – aber ein schwacher Wind strich durch die Bäume und erinnerte an den vergangenen Winter. Mhari zog ihren von vielen Wetterunbilden mitgenommenen Mantel um sich und versuchte, sich ganz darauf zu konzentrieren, dass sie einen Fuß vor den anderen setzte, bis sie ihr Ziel erreichte – eine Reiseunterkunft, an der sie ihrem Körper für die Nacht Ruhe gönnen konnte.

Mhari war von den *Com'hi letzii*, dem Orden der Ungebundenen, und von Beruf war sie Söldnerin. Als Mhari Ridenow-Lanart geboren, hatte sie schon früh in ihrer Kinderzeit ihre Begabung für den Schwertkampf entdeckt. Für eine *comynara* war es ein unerwünschtes, ein nicht akzeptierbares Talent, missverstanden sogar von seiner Trägerin. Der Einzige in der Familie, der Verständnis für sie gehabt hatte, war ihr jüngerer Bruder Rafael gewesen.

Der Gedanke an ihren Bruder erfüllte sie mit Sehnsucht. *Rafe, wie gern möchte ich dich wieder sehen; ich denke so oft an dich!* Sie hatte ihn viele Jahre nicht gesehen, seit sie sich den *Com'hi letzii* angeschlossen hatte. *Als Vater mich enterbte, verbot er dir, mit mir zusammenzukommen, aber das kann mich nicht daran hindern, ständig an dich zu denken und für deine Sicherheit zu beten!*

Sie sandte ihre Gedanken hinaus, und der Sternenstein, den sie um den Hals trug, begann ein wenig zu prickeln. Sie erinnerte sich an längst vergangene Zeiten, an die fröhlichen Scheinkämpfe mit dem Schwert, die sie als Kinder ausgefochten hatten. Ein perfekter Rapport hatte zwischen ihnen bestanden ...

Sie musste an die Gegenwart denken. Arbeit war in letzter Zeit knapp. *Es gibt heutzutage zu viele Soldaten und zu wenig Kriege,* dachte sie und versuchte, es philosophisch zu nehmen. Entgegen dem Brauch reiste sie allein statt mit einer Partnerin. Sie hatte ihr Pferd verkauft, so dass sie jetzt zu Fuß gehen musste. *Voran,* mahnte sie sich. *Bald sind wir da. So müde. Müde? Was ist das?,* pflegte ihr Fechtlehrer in der Übungsstunde zu sagen. *Ein schöner Tag; ich brauche wirklich nicht zu reiten.* Plötzlich empfand sie Schmerz. *Lira, meine Stute, meine treue Gefährtin, verzeih mir. Du hast jetzt ein schönes Heim. Ich bin nicht länger im Stande, dich zu füttern und richtig zu versorgen.* Sie dachte an den Farmer, seine freundliche Frau und die lebhaften Kinder, aber das tröstete sie nur wenig. Sie zuckte die Schultern und klammerte sich daran, dass sie sich bald in der Reiseunterkunft würde ausruhen können.

Allein in der Reiseunterkunft breitete eine Frau ihre Decke aus und kniete darauf nieder. So wie sie war keine andere Frau auf Darkover gekleidet, und tatsächlich war sie an Darkovers Küsten und in seinen Bergen eine Fremde. Sie war Akiira ben-Nemma Amara, Lord der Imaza-Provinz auf Al Faa, Dem Land. Sie wusste, dass sie sich nicht auf Dem Land befand, sondern in einem neuen Land, weit entfernt und seltsam. Diese Ortsveränderung war der Höhepunkt ihrer Ausbildung zur Lichtreisenden. Durch spezielle Meditationstechniken konnte sie ihren Körper in seine Moleküle auflösen und sich auf einem Strahl reinen Lichts durch den Raum bewegen.

Al Faa, dachte Akiira. *Das Land, mein Land, das meine Heimat ist, die einzigartig ist.* Aber Reisen zu anderen Welten waren auf Dem Land gesetzlich verboten, und das schon seit der Isolierung vor vielen Generationen, als Königin Tanaiyru

Alfaya regiert hatte. Die Königin hatte den Standpunkt vertreten, die einzigartige Kultur des Volkes von Ama, der Göttin der Sonne, und ihres Gemahls Xeruo vom Mond müsse von fremdem Einfluss rein und unverdorben bewahrt bleiben.

Der Orden der Lichtreisenden erkennt keine anderen Grenzen an als die des Geistes, hatte der Mondpriester Numio erklärt. Obwohl nur ein Mann und von bäuerlicher Herkunft, war Numio ihr Lehrer gewesen. *Die Lichtreisenden teilen die Menschen nicht in Klassen ein, auch nicht in weiblich oder männlich* – Akiira kämpfte darum, diese Doktrin zu akzeptieren. Zwar war sie ein Lord und Erhalter Des Landes, aber sie war auch eine Gesetzlose und Mitglied eines gesetzlosen Ordens.

(Ein junger Mann war auf dem Heimweg vom Hochzeitsschmaus seiner Schwester und wollte sich in der Reiseunterkunft ausruhen. Zu seiner Verblüffung sah er darin eine schlanke junge Frau, bekleidet mit Lederstiefeln, weiten Hosen und einer grünen Jacke von feinster Wolle, gegürtet von einer Schärpe in einem dunkleren Grün. Sie hätte eine Freie Amazone sein können, dachte er, aber ihr feuerrotes Haar war zu einem langen Zopf geflochten, der ihr beinahe bis zur Taille reichte.

»Hallo, Ihr da drinnen!«, rief der junge Mann und erschrak noch mehr, als die Frau in einer einzigen fließenden Bewegung aus einer auf dem Rücken hängenden Scheide ein langes Krummschwert zog. Sie hielt es sich mit beiden Händen über den Kopf.

»Wie kannst du es wagen, dich dem Körper des Lords Akiira Amara zu nähern!«, rief sie. Der junge Mann wich zurück und floh in den Wald, und er sagte sich, er habe bei diesem Hochzeitsschmaus ganz bestimmt zu viel getrunken ...)

Akiira kniete vor dem Schwert nieder und intonierte das Ritual, das eine Kriegerin Des Landes täglich wiederholen musste, um die Verbindung mit ihrem Gefährten, der wie sie eine Seele besaß, aufrechtzuerhalten. Dann steckte sie das Schwert in die Scheide zurück und packte aus ihrem Reisesack Delikatessen ihres eigenen Planeten aus. Gerade wollte sie ein Kochfeuer anzünden, als ein weiterer Reisender die Unterkunft betrat. Es war eine Frau, und anders als der junge Mann wirkte sie eher wie ein Krieger. Sie zog einen abgetragenen Mantel aus und legte sich zum Schlafen nieder.

Das Haar der Kriegerin, ebenso rot wie das Akiiras, war kurz geschnitten. *Auf meinem Planeten,* dachte Akiira, *muss nur eine Ausgestoßene ihr Haar abschneiden.* Sie selbst trug den üblichen Kriegerzopf – ihr Haar war nie in ihrem Leben geschnitten worden. Die Waffe der Fremden war viel kürzer als die Schwerter der Al-Faa-Kriegerinnen, wie Akiira eins trug. Diese waren so lang, dass sie in Scheiden auf dem Rücken getragen wurden. *Ich darf nicht vergessen, dass andere Planeten andere Sitten haben.*

Sie wollte die Bekanntschaft dieser Kriegerin machen. Die Techniken, die ihr erlaubten, auf einem Lichtstrahl zu reisen, machten es ihr ebenfalls möglich, sich fremde Sprachen in kurzer Zeit anzueignen. »*Z'par servu, domna*«, sprach sie die andere Frau auf Darkovanisch an. »Ich bin eine Reisende, nicht aus Eurem Land, sondern von einem weit entfernten Planeten.«

Die Frau musterte Akiira und sandte ein telepathisches Feld aus, das Akiiras Geist einhüllte. Akiira sondierte die Gedanken der anderen Frau nicht; als Lichtreisende hatte sie gelobt, ihre Kräfte niemals zu einem solchen Zweck zu benutzen.

»Darf ich fragen«, erwiderte die darkovanische Kriegerin, »ob Ihr *Terranan* seid?« Das verstand Akiira nicht. »Von dem Planeten Terra?«, fuhr sie fort. »Es gibt viele *Terranan* auf Darkover. Für ein paar von ihnen habe ich sogar schon gearbeitet.«

»Nein, ich bin keine *Terranan*«, erklärte Akiira. »Ich komme von einem Planeten, der einfach Al Faa, Das Land, genannt wird. Auf Al Faa widmet sich eine Gruppe den Lichtreisen zu anderen Planeten, und auf diese Weise bin ich hergekommen. So habe ich auch Eure Sprache gelernt. Mein Name ist Akiira benNemma Amara, und auf meinem Planeten bin ich Lord der Imaza-Provinz. Aber hier bin ich nur eine Fremde. Wollt Ihr, Kriegerin, mir Euren Namen und Eure Familie sagen und zu welchem Dienst Ihr Euch verpflichtet habt?«

»Mein Name ist Mhari n'ha Linnell, *vai domna,* und ich habe keine andere Familie als die der *Com'hi letzii.* Ich bin eine Söldnerin, die ihr Schwert dem zur Verfügung stellt, der dafür bezahlt.«

Eine Söldnerin? Ist sie eine Ausgestoßene?, fragte sich Akiira. Auf Al Faa würde eine Kriegerin nur dann ihre Dienste verkaufen, wenn sie von ihrer Familie und ihrem Clan für eine schändliche Tat verstoßen worden war.

»Nein, *vai domna!*«, rief Mhari stolz aus. »Ich bin keine Ausgestoßene. Ich bin eine freie Bürgerin Darkovers, und ich verdiene mir meinen Lebensunterhalt auf legale Weise.«

»Bitte, verzeiht mir, Kriegerin«, beeilte sich Akiira zu sagen. *Jetzt habe ich einen Fehler gemacht. Ich habe Schwierigkeiten, soziale Situationen zu interpretieren. Sie jedoch hat meine Gedanken genau richtig gelesen.*

»Lasst es mich Euch erklären«, erbot sich Mhari. »Ich habe einmal zu den Comyn, der herrschenden Kaste, gehört, und zwar zu der Lanart-Familie. Ich wurde mit einer merkwürdigen Begabung für den Schwertkampf geboren, die das Rechte gewesen wäre für einen, der unsern Familienbesitz erben konnte. Aber erben konnte ich natürlich nicht.«

»Habt Ihr eine ältere Schwester, die die Erbin ist?«, fragte Akiira.

»Nein, mein jüngerer Bruder Rafael ist der Erbe.«

»Euer jüngerer *Bruder*?« Akiira kam eine Ahnung, dass hier etwas ganz und gar nicht den Normen entsprach. »Meine Mutter, Lord Nemma Amara, wisst Ihr, gebar meine fünf älteren Brüder, bevor sie mich gebar. Unser Clan war in einer Krise, weil ein Junge nicht Lord einer Provinz werden kann, nur ein Mädchen.«

Mhari riss erstaunt die Augen auf.

Akiira fuhr fort: »Als die fruchtbaren Jahre meiner Mutter sich ihrem Ende näherten, gebar sie endlich mich, und die Krise war beigelegt. Natürlich hatten wir das Problem, passende Heiraten für meine fünf Brüder abzuschließen. Aber warum wurdet Ihr ausgerechnet Eures Bruders wegen übergangen?«

Akiira spürte ein behutsames Sondieren ihrer Gedanken, und da sie nicht mit etwas Bösem rechnete, hob sie die äußeren Barrieren.

»Ich wusste es!«, rief Mhari. »Die Rollen sind vertauscht! Ich *wusste*, dass so etwas möglich ist! *Vai domna,* ich kenne die Antwort!«

Akiira konnte Mhari nur anstarren. »Wollt Ihr mir erzählen, dass Eure Gesellschaft von *Männern* regiert wird?«

»Ja, natürlich«, antwortete Mhari. »Die Männer sind die Herrscher. Die Frauen bekommen die Kinder und sind die Objekte der männlichen Lust. Frauen können nicht mit dem Schwert für die Comyn kämpfen; sie dürfen nicht einmal ein Schwert tragen. Doch ich bin für das Schwert geboren. Ich verließ meine Familie und meinen Clan und trat dem Orden der Ungebundenen bei, und jetzt trage ich dieses Messer.« Sie wies auf ihre Waffe.

Das ist sehr seltsam, dachte Akiira. *Der Orden der Lichtreisenden hat mich mehrfach vor fremdartigen Kulturen gewarnt, aber nichts hat mich auf das hier vorbereitet!* Soviel sie wusste, hatten die Männer auf ihrem Planeten keinen Orden der Ungebundenen gegründet. *Das haben sie auch nicht nötig. Sie*

sind ganz zufrieden mit ihrer Rolle als Hausmänner, Unterhal-
ter und Samenlieferanten für unsere Kinder. Dann erinnerte
sie sich an Numio, ihren Lehrer, und die anderen Männer unter den Lichtreisenden. *Sie sind bestimmt nicht mit ihrer Rolle*
als Männer zufrieden. Vielleicht war Darkover doch nicht gar
so anders.

»Ihr musstet also, um den Schwertkampf zu erlernen, Eure
Familie verlassen?«, erkundigte Akiira sich.

»Ich ... ich wurde enterbt.« Mhari blickte zu Boden. »Meine
Familie zerriss alle Bande.« Von neuem sah sie Akiira an. »Ich
bereue nicht, was ich getan habe; ich hatte wirklich keine andere Wahl. Die meisten von uns lassen ihre Familien hinter
sich zurück, wenn sie den Ungebundenen beitreten, aber mir
fehlt vor allem mein Bruder Rafael. Wir machten als Kinder
zusammen Fechtübungen, bis es mir verboten wurde. Nun –«,
sie seufzte, »– die Welt geht, wie sie will, und nicht, wie ich es
gern haben möchte.«

»Ihr seid eine Söldnerin«, stellte Akiira fest. »Kann ich Euch
anwerben, mich bei einer Besichtigung Eures Planeten zu begleiten?«

»O ja! Ich stehe Euch zu Diensten, *vai domna.*« Mharis Gesicht strahlte auf.

»Ihr habt mich etwas über Darkover gelehrt«, sagte Akiira.
»Nun will ich Euch etwas von Al Faa zeigen.« Sie bot Mhari
ihre heimatlichen Delikatessen an. »Das wollen wir uns heute
Abend gut schmecken lassen.«

»Und morgen«, versprach Mhari, »zeige ich Euch meine
Welt.«

Rafael Ridenow-Lanart ritt allein auf einem Weg in Richtung
Thendara. Am Abend zuvor hatte er seinen Vater besucht, und
er kehrte zu seinem Dienst als Gardist zurück. Wieder einmal
hatten er und Julian Lanart über das gleiche Thema gestritten.

»Vater«, hatte Rafael beim Essen gefragt, »wann wirst du meiner Schwester Mhari verzeihen? Wann wirst du sie wieder in die Familie aufnehmen?«

»Zandrus kälteste Hölle wird überkochen«, erklärte Julian Lanart, »bevor das geschieht! Sie ist eine Schande, kleidet sich wie ein Mann und verkauft ihre Fähigkeiten an den Meistbietenden!« Er höhnte: »Übrigens, welche Fähigkeiten mag sie tatsächlich verkaufen?«

Rafael war der Appetit vergangen. Linnell Ridenow-Lanart senkte errötend den Kopf. »Mutter, sag du etwas!«, flehte Rafael.

»Es steht mir nicht zu, mich in die Entscheidungen meines Gatten einzumischen«, erwiderte Linnell, ohne den Blick zu heben.

Mein Vater hat nie eine Frau und eine Tochter haben wollen, überlegte Rafael jetzt beim Reiten. *Er will Sklavinnen, die ihn von hinten und von vorn bedienen! Das hält er für den richtigen Platz einer Frau. Er hätte in den Trockenstädten geboren werden sollen!*

Er grübelte, wo seine Schwester sein mochte, was sie tat. *Auf welchen fernen Bergen wanderst du jetzt?* Wie ein sie beschützender Bruder dachte er: *Frierst du, hast du Hunger?* Mhari brauchte seinen Schutz bestimmt nicht. Während seines Dienstes bei der Garde hatte er Geschichten über ihre Kämpfe gegen die Räuber gehört, die die Domänen unsicher machten. *Es ist eher umgekehrt. Ich fechte in einer Übungshalle mit Kameraden. Meine Schwester ficht mit richtigen Feinden.*

Plötzlich hatte er keine Zeit mehr zum Nachdenken. Eine Gruppe von zwanzig Berittenen sprengte hinter einem Gebüsch hervor. Sie umringten ihn und fassten die Zügel seines Pferdes. Ihr Anführer, ein Mann mit gebleichten Haaren, rief mit lauter Stimme: »Welch eine Möglichkeit, mein *kihar* zurückzugewinnen! Der da wird auf dem Markt von Ardcarran einen guten Preis bringen!«

Rafael sah ihn herausfordernd an. »Ich werde in die nächste Welt überwechseln und mehrere von euch mitnehmen, bevor das geschieht!« Er zog sein Schwert und hieb drein, und er fällte sofort zwei der Männer. Wütend griffen ihn die anderen von hinten an, packten seine Arme und entwaffneten ihn. Obwohl er wild um sich schlug, hielten die Männer ihn fest. Ihr Anführer nahm ein Seil und band ihm Hände und Füße. Er wurde über sein Pferd geworfen wie ein Gepäckstück über ein Last-*Chervine* und so, wie er auf dem Bauch lag, festgebunden. Eine Flucht war unmöglich.

Er spürte den Blick des Anführers auf sich ruhen. »Erlaubt mir, mich Euch vorzustellen, *vai dom*«, sagte der Hellhaarige mit falscher Höflichkeit. »Omar von Tarsa, das in der Nähe von Shainsa liegt. *Z' par servu!* Ja, Ihr werdet ein sehr wertvoller Besitz sein!« Omar bestieg sein Pferd, und die Bande setzte sich in Marsch.

Bei jedem Schritt des Pferdes wurde Rafaels gefesselter Körper durchgeschüttelt. Er sandte den wilden Aufschrei hinaus: *Mhari! Mhari, meine Schwester, hilf mir, komm und hilf mir ...*

Mhari eskortierte ihre Arbeitgeberin Lord Akiira Amara die Straße entlang. *Wie groß ist das Universum, dass es Gesellschaften wie die ihre enthält, wo Frauen Lords der Provinzen sind! Und doch ist sie menschlich, wie die Terranan und wir. Vielleicht ist das Universum doch nicht so groß.*

Sie hatte, wenn ihre Reisen sie nach Thendara führten, staunend die terranischen Raumschiffe betrachtet. Aber die Fähigkeit, den Raum auf einem Strahl reinen Lichts zu durchqueren – was für eine Art von *laran* war denn das?

»Die Telepathie ist eine erlernte Fähigkeit«, stellte Akiira fest. »Sie ist nicht ererbt – jeder kann sie lernen. Sogar ein Bauernjunge könnte das.«

Mhari wusste es nicht anders, als dass *laran* eine Eigenschaft ihres Comyn-Erbes war; die Comyn stammten von den Göttern ab. *Wenn wir zu Lichtreisen fähig wären* ... Doch dann fielen ihr Geschichten über das Zeitalter des Chaos ein. *Nein, das wäre mehr, als wir verkraften könnten.*

»*Vai domna*, warum ist das Lichtreisen auf Eurem Planeten verboten?«, fragte Mhari.

»Weil unsere Kultur einzigartig ist. Wir haben sie von Ama, dem Lord des Lichts, und man fürchtet, sie könne verdorben werden.«

Anscheinend stammen wir alle von Göttern ab, dachte Mhari, *und doch misstrauen wir einander. Vielleicht lachen die Götter über uns.*

Sie wanderten weiter, und Mhari überlegte: *Wenn ich auf ihren Planeten gelangen könnte, brauchte ich mich nicht mehr als Söldnerin zu verdingen. Ich könnte ihr Friedensmann sein – oder muss es Friedensfrau heißen?*

Plötzlich fühlte sie ihr Messer prickeln; es war manchmal ein Empfänger für ihr *laran*. Sie hörte eine Stimme in ihrem Kopf: *Hilf mir, meine Schwester! Hilf mir!*

Rafael, blitzte es in ihrem Bewusstsein auf. Sie sah ein Bild von ihm, gefesselt, hilflos, ein Gefangener von Trockenstädtern, *genau wie sie vor ein paar Jahren Melora Aillard als Jalaks Konkubine und Sklavin weggeschleppt haben.*

Rafe, sandte sie zurück, *ich bin hier. Gib nicht auf.*

»*Vai domna*«, wandte sie sich an Akiira, »mein Bruder ist in Gefahr. Ich muss zu ihm und ihm helfen.«

»Ich komme mit Euch«, erbot sich Akiira.

»Das ist nicht nötig. Es ist eine Angelegenheit meiner Familie und hat mit Euch nichts zu tun.«

»Ich habe mich nicht jahrelang damit geübt –« Akiira wies

auf ihr langes Schwert »– um mich wie ein schwacher, hilfloser Mann beschützen zu lassen!« *Außerdem,* las Mhari ihren nächsten Gedanken, *wird es ein prächtiges Abenteuer werden, von dem ich den anderen zu Hause erzählen kann.*

»Dann los!«, rief Mhari. »Wir sind zwei, und sie sind achtzehn, deshalb wird es bestimmt ein Abenteuer, von dem zu erzählen sich lohnt. Das heißt, wenn wir am Leben bleiben, um davon erzählen zu können.«

Mhari führte Akiira hinter ein paar Bäume am Rand des Weges. »Sie werden bald hier vorüberreiten. Wir legen uns in den Hinterhalt. Wenn sie kommen, versuche ich, meinen Bruder zu befreien, damit wir dann drei gegen achtzehn sind. Das verbessert unsere Chancen ein wenig.« Sie hörte Akiira ein Ritual in ihrer eigenen Sprache flüstern. *Avarra und Evanda!,* fuhr es Mhari durch den Kopf, *fünf Jahre ist es her, und jetzt soll ich meinen Bruder in einer solchen Situation wieder sehen!*

Die Karawane der Trockenstädter näherte sich mit ihrem Gefangenen. *Rafe, lieg still!,* sandte sie ihm zu. *Ich habe eine Gefährtin, die mir helfen wird, und du wirst NIEMALS glauben, wer sie ist. Wir befreien dich und drücken dir ein Schwert in die Hand. Es wird genau wie früher bei unseren Fechtübungen sein ...*

Mhari, Schwester, ich bin bereit, empfing sie seinen Gedanken. Sie und Akiira warteten hinter der Baumgruppe.

»*Jetzt!*«, rief Mhari, und sie stürzten sich in die Schar der Trockenstädter. Mharis Messer und Akiiras langes Krummschwert fällten einen nach dem anderen. Mhari gelangte zu Rafael, schnitt seine Fesseln durch. Sie reichte ihm das Schwert eines Mannes, den sie getötet hatte, und jetzt waren sie drei wild entschlossene Kämpfer. Plötzlich stand Mhari dem Anführer gegenüber. Akiira und Rafael waren anderweitig beschäftigt.

»Da hat Omar von Tarsa also eine von euch *menhiedrini* vor sich«, höhnte der Trockenstädter, »und du bist außerdem noch eine Comyn-Zauberin! Wo ich herkomme, kennt eine richtige Frau ihren Platz!«

»Und wo ich herkomme«, erwiderte Mhari, »werden Menschen nicht in Ketten gelegt!« Sie spürte, dass ihr Sternenstein zu pulsieren begann, und ihr Zorn wuchs. *Wie kannst du es wagen, dich mit deinen schmutzigen Händen an meinem Bruder zu vergreifen!* Sie zwang seinen Geist, sich mit dem ihren zu verbinden, und schritt auf ihn zu, und er war unfähig, sich zu bewegen. *Ich werde gnädig sein,* dachte sie und löste sich aus seinem Gehirn. Dann stieß sie ihm das Messer in die Brust und tötete ihn auf der Stelle.

Als die wenigen noch übrigen Männer sahen, dass ihr Anführer tot war, wichen sie zurück und flohen in den Wald. Mhari und Rafael sahen sich nur an, und dann umarmten sie sich als Verwandte. Akiira sah ihnen zu.

»Rafe!«, rief Mhari mit feuchten Augen. »Es ist so lange her! Ich ... ich habe immer gedacht, ich würde dich nie wieder sehen.«

»Vater verbot mir, dich zu sehen, aber die Götter haben es anders gewollt«, sagte Rafael erleichtert. »Du und deine Gefährtin habt mich gerettet.« Er sah Akiira an. »Bitte, stelle mich vor.«

»Das ist Lord Akiira Amara, meine Arbeitgeberin«, sagte Mhari stolz. »Sie ist eine Besucherin von Al Faa, wo Männer und Frauen umgekehrte Rollen spielen wie hier auf Darkover – man muss eine Frau sein, um ein Lord sein zu können. Sie ist mit dem *laran* des Lichtreisens durch den Weltraum nach Darkover gekommen, und sie gehört zu dem Orden der Lichtreisenden.«

Rafael verbeugte sich vor Akiira. »Ihr erweist mir Gnade.« Akiira erwiderte die Verbeugung. Mhari, die die Gedanken ihres Bruders las, musste über seine Verwirrung lächeln. *Es ist also wahr, die Rollen können vertauscht werden. Sie sind nicht angeboren.*

Auch Akiira hatte es empfangen. »Im Orden der Lichtreisenden kennen wir keine Rollen. Ebenso wie das Licht bestehen auch Menschen aus Molekülen«, erklärte sie.

Dann sah sie zum Himmel hoch. »Ich muss auf meinen Planeten zurückkehren, bevor ich vermisst werde. Wenn bekannt wird, dass ich mich durch eine Lichtreise von Al Faa entfernt habe, ist die Strafe mein Tod und die Auflösung meines Clans.« Ihr Lachen klang beinahe bitter. »Meine Gesellschaft glaubt nicht daran, dass wir aus Molekülen bestehen. Sie hält uns für etwas anderes und Einzigartiges. Warum unternehme ich Lichtreisen und gefährde meinen ganzen Clan? Es ist nicht logisch, aber manchmal spüre ich den Drang, unlogische Dinge zu tun.« Sie fasste in eine Tasche und zog zwei Medaillons heraus, die das Symbol der parallelen Linien trugen. Diese reichte sie Mhari und Rafael. »Es ist das Emblem der Lichtreisenden«, sagte sie. »Zwei Linien, Seite an Seite in Gleichheit. Ich hoffe, sie werden euch an mich erinnern.«

»Verlasst Ihr uns?«, fragte Mhari betrübt.

»Ich muss.« Akiira kniete nieder. »Tretet ein bisschen zurück«, warnte sie, »aber zusehen könnt ihr. Es erfordert eine Menge Konzentration. Wer weiß, vielleicht lande ich nicht an dem Ort, von dem ich gestartet bin, sondern an einem völlig anderen Punkt in Raum und Zeit. Mag sein, dass ich überhaupt nicht mehr nach Hause finde. Wir sind immer noch im Experimentierstadium.« Sie lächelte. »Ich möchte mich bei euch bedanken. Es ist unmöglich auszudrücken, wie froh ich darüber bin, euch kennen gelernt zu haben.«

»*Vai domna* ...«, begann Mhari.

»Ich glaube, gleich werde ich anfangen zu weinen wie ein Mann ...«

»Ja«, sagte Rafael, »wie ein Mann.« Sein Gedanke wurde laut: *Nur ein echter Mann weint.*

»Vielleicht treffen wir uns eines Tages alle wieder«, sagte Akiira. »Entweder komme ich zurück, oder ihr lernt das Lichtreisen, und wir sehen uns irgendwo anders. *Adelandeyo!*«

Akiira Amara, Lord der Imaza-Provinz auf Al Faa, schloss die Augen und konzentrierte sich. Plötzlich verwandelte sich ihr Körper in einen Strahl reinen Lichts und verschwand.

Mhari sah Rafael an. »Haben wir das geträumt?«

Rafael hielt sein Medaillon in der Hand und betrachtete die parallelen Linien. »Ich glaube nicht«, murmelte er. »In Thendara habe ich vor dem Terranischen Raumhafen Dienst getan, und ich habe die Außenweltler gesehen. Manchmal blicke ich zu den Sternen auf ...«

»Genauso habe ich es gemacht, wenn ich in Thendara gearbeitet habe!«, rief Mhari aus. »Mein Bruder, wir denken so außerordentlich ähnlich!«

»Und wenn wir es nicht täten«, sagte Rafael, »wenn du nicht fähig gewesen wärest, meine Botschaft zu empfangen, wenn du diese Begabung nicht hättest, die Vater so sehr verachtet, wenn du deiner Außenweltler-Freundin nicht begegnet wärest –« er erschauerte »– dann wäre aus mir ein Handelsartikel auf dem Markt von Ardcarran geworden!«

»Rafe«, schlug Mhari vor, »ganz gleich, was der Wille unseres Vaters ist, wir müssen in Verbindung bleiben, wir müssen den Rapport aufrechterhalten.«

Rafael nickte. »Das müssen wir. Unser Vater kann Bruder und Schwester nicht voneinander getrennt halten.«

Mhari zog ein kleines Messer aus ihrer Jacke. »*Bredu,* willst du dein Messer mit mir tauschen?«

»*Breda*«, begann Rafael. Er vereinigte seine Gedanken mit ihr. *Ganz gleich, wohin einer von uns geht, ganz gleich, wie weit wir voneinander getrennt sind, ganz gleich, was irgendje-*

mand sagt, wir sind bredin. Er nahm sein kleines Messer und reichte es Mhari für das ihre.

»*Bredu,* wohin willst du?«, fragte Mhari.

»Nach Thendara, Mhari, *breda,* um mich bei der Garde zurückzumelden. Und du?«

»Hierhin und dahin, wie gewöhnlich, um nach Arbeit zu suchen«, antwortete sie.

»Komm doch mit mir nach Thendara«, forderte Rafael sie auf. »Dort wirst du Arbeit finden. Der Raumhafen wächst, und ebenso ist es mit all den Problemen, die damit zusammenhängen. Da sucht immer irgendwer Schutz.«

»Und wenn nicht, kann ich immer Arbeit als Tellerwäscherin bekommen«, meinte Mhari.

»Auf jeden Fall brauche ich einen tüchtigen, starken Leibwächter, der mich auf meinem Weg begleitet«, sagte Rafael. »Denn es könnte ja noch jemand auf die Idee kommen, ich gäbe einen wertvollen Besitz ab.«

»Sieh mal!«, rief Mhari, »die Trockenstädter haben uns ein Geschenk dagelassen.« Sie zeigte auf zwei Pferde, die noch in der Nähe weideten. *Kommt her, ihr Schönen, wir tun euch nichts.* Sie bestieg eins der Tiere und führte das andere zu Rafael. Bald waren beide, Bruder und Schwester, unter dem mittäglichen Glanz der roten Sonne auf dem Weg nach Thendara.

Über Diana L. Paxson und »Eine Mutter auf der Suche«

Diana Paxson sagt oft, wenn man sie fragt, wie sie Schriftstellerin geworden sei, sie habe in die Schriftstellerei »eingeheiratet«. Tatsache ist, dass sie meinen Bruder Don geheiratet hat, und nachdem sie viele Jahre lang unter Berufsschriftstellern gelebt hatte, stieg eine begrabene Kreativität auf natürliche Weise an die Oberfläche. Es zeichnet Diana aus, dass sie die einzige Person ist, die in jeder von mir herausgegebenen Anthologie erscheint. Aber das ist kein Nepotismus, ich mag ihre Arbeiten eben sehr. Sicher würden mir ihre Geschichten ebenso gut gefallen, wenn sie am anderen Ende des Landes lebte und wir uns nie von Angesicht zu Angesicht begegnet wären, aber ich empfinde es als Privileg, ihre Freundin und Schwester zu sein – und in gewissem Maß auch ihr Rollenmodell, wie sie selbst gesagt hat.

Im Augenblick gibt sie Förderunterricht im Lesen und beendet gleichzeitig ihren dritten Roman zu ihrer Fantasy-Serie *Westria*. Sie hat außerdem einen in der Gegenwart spielenden Fantasy-Roman mit dem Titel *Brisingaman* (Freyas Halsband) und eine Hand voll ausgezeichneter Kurzgeschichten geschrieben, von denen diese hier die neueste ist. Sie wohnt in meiner Nähe in Berkeley und hat zwei Söhne, den sechzehnjährigen Ian und den elfjährigen Robin.   MZB

Eine Mutter auf der Suche

von Diana L. Paxson

Caitrin – bist du da drinnen? Du hast Besuch!«
Caitrin fuhr zusammen. Stumpfsinnig starrte sie auf die
Ahle, die sie in der Hand hielt. Dann legte sie sie vorsichtig auf
den ledernen Packsattel, den sie mit in ihr Zimmer genommen
hatte, um ihn zu reparieren. Stelle würde sie schimpfen, dass
sie ihrem Kummer so nachgab.

»Caitrin?«

»Ja – ich bin hier.« Mühsam riss sie sich zusammen. Ihre
Schwestern im Gildenhaus machten sich bereits Sorgen um
sie – sie durfte ihnen keine neue Ursache dazu geben. Nur fiel
es ihr so schwer, sich zu konzentrieren, seit man ihr das über
Donal gesagt hatte ...

Caitrin schloss die Augen, als könne sie damit die letzte Erinnerung an ihn ausschließen. Tränen waren dem Vierjährigen über die runden Wangen gelaufen, und dann hatte sich
die Tür seines Vaterhauses zwischen ihnen geschlossen. *Mein
Baby,* dachte sie, *ich hätte dich nicht gehen lassen dürfen!*

»Wie ist es, kommst du jetzt herunter? Es ist eine Dame mit
einer Menge Pelz auf dem Mantel und kupfernen Schnallen.«
Tanis Stimme quietschte vor Aufregung. »Sie sagt, du kennst
sie, aber sie wollte ihren Namen nicht nennen.«

Caitrin spürte, wie sich etwas in ihr zusammenzog. »Eine
Ridenow?« Sie brachte das Wort kaum heraus.

»Könnte sein«, bestätigte Tani fröhlich. »Der Mann, der sie
herbegleitet hat, trägt eine Livree in Grün und Gold, und sie
hat ingwerfarbenes Haar.«

Caitrin holte tief Atem. »Sag ihr, ich komme gleich.« Sie
hörte die Schritte des Mädchens sich den Flur hinunter entfer-

nen. Es war noch ein Glück, dass Tani ihr die Botschaft gebracht hatte und nicht eine der älteren Frauen im Haus, die wussten, was es bedeutete, ein Kind zu verlieren. Caitrin fühlte sich nicht im Stande, ihnen gegenüberzutreten, nicht jetzt, wo sie eine Besucherin empfangen musste, die zu der adligen Verwandtschaft ihres Kindes gehörte.

Sie sah in den trüben Spiegel und versuchte, ihre sandfarbenen Locken zu glätten. Da war ein Fettfleck auf ihrem Hemd, und die weiten Hosen waren reif für die Lumpenkiste. Das war keine Kleidung, um darin Comyn-Damen zu begrüßen. Aber was kam es darauf an?

Caitrin richtete sich auf, band eine Nestel am Ärmel zu und öffnete die Tür. Worauf es ankam, war allein, dass sie hübsch genug gewesen war, um vor neun Jahren beim Festabend die Aufmerksamkeit von Lord Edric Ridenow auf sich zu ziehen und berauscht genug vom Tanz und vom Bergbier, um mit ihm zu schlafen. So war Donal geboren worden.

Und ich wünschte mir ein Kind, erinnerte sie sich mit bitterer Klarheit. *Eine kleine Tochter, die Stelle und ich hätten aufziehen können.* Aber es war ein Junge geworden, und sie hatte ihn vor vier Jahren weggegeben, damit er in seines Vaters Haus aufwachsen konnte, und jetzt war er tot. Deshalb machte es kaum etwas aus, was ihre Besucherin von ihr dachte.

Caitrin stieg die Treppe hinunter. Sie fror, denn der Sommer war kühl, und sie überlegte, ob sie in ihr Zimmer zurückkehren und einen Schal holen solle. Aber dazu fehlte es ihr an Energie, und sie wusste, dass im Besucherraum ein Feuer brennen würde.

Ihre Besucherin saß an diesem Feuer und arbeitete mit großer Konzentration an einer Stickerei, die sie ihrer Tasche entnommen hatte. Caitrin ließ die Tür hinter sich zufallen und betrachtete die Fremde verwundert. Eine Comyn-Lady mochte sie ja sein, aber sie war noch ein Mädchen.

Das Schloss rastete mit scharfem Klicken ein. Das Mädchen fuhr herum, und Caitrin runzelte die Stirn. Dieses Kind war offensichtlich eine Ridenow, aber keine, die sie kannte ...

»Domna?« Die Frage lag in Caitrins Ton.

Das Comyn-Mädchen stand auf. »Ihr erinnert Euch nicht an mich? Nun, es ist auch schon vier Jahre her, und seit damals bin ich sehr gewachsen.«

Unwillkürlich machte Caitrin einen Schritt vorwärts. Sie hatte das Ridenow-Haus in Thendara ein einziges Mal betreten, und jetzt spulte ihr Gedächtnis die Eindrücke ab, die sie bei dieser Gelegenheit empfangen hatte. Wieder sah sie die getäfelten Wände mit den kunstvoll gewobenen Behängen vor sich, die Schar der Kinderfrauen und Hausmädchen, die sich um Donal drängten. Die Freie Amazone, die ihn hergebracht hatte, maßen sie mit verächtlichen Blicken. Und – ja, da war ein Mädchen von ungefähr zehn Jahren gewesen, die das alles mit großen grauen Augen beobachtete.

»Verzeiht mir«, sagte Caitrin leise. »Ich erinnere mich jetzt an Euch, aber ich habe Euren Namen nie erfahren.«

»Ich bin Kiera«, erklärte das Mädchen einfach, »Lord Edrics älteste Tochter. Als Donal zu uns kam ... Ihr müsst mir glauben, dass jeder freundlich zu ihm war«, setzte sie hastig hinzu, »nur ist mein Vater so oft abwesend, und seit ihr letztes Kind gestorben ist, geht es meiner Mutter gesundheitlich nicht gut. Es waren viele Leute da, die sich um Donal kümmerten, aber niemand, der ihn so richtig lieb hatte, außer mir ...« Die großen Augen wurden plötzlich feucht. Dann holte Kiera schnell Atem und blinzelte die Tränen weg.

»Und Ihr seid gekommen, um mir Euer Mitgefühl auszusprechen?« Es kostete Caitrin Mühe, die Worte herauszubringen. »Ich danke Euch, Lady Kiera. Ich war schon – dankbar dafür, dass einer von euch sich die Mühe gemacht hat, mich zu benachrichtigen. Ich hatte nicht erwartet ...« Caitrin schluckte und setzte von neuem an. »Wie ist es geschehen, meine Dame? Das hat man mir nicht erzählt.«

Kiera hatte sich zur Seite gewandt, so dass Caitrin ihr Gesicht nicht sehen konnte. Sie hielt ihre Hände über das Feuer. »Es hat in letzter Zeit viele merkwürdige Unfälle unter den Comyn gegeben – vielleicht habt Ihr davon gehört«, sagte sie beinahe entschuldigend. »Unfälle und Attentate.« Sie stieß die Worte hervor.

»Vater schickte mich und Donal nach Serrais in Sicherheit, solange er fern von Darkover weilte, und als wir dort waren, kam jemand mit einem Hubschrauber und raubte Donal ...« Kiera hatte so schnell gesprochen, dass sie Luft holen musste. »Die Terraner entdeckten den Hubschrauber auf ihren Sensoren und schickten Flugzeuge zur Verfolgung aus. Da wandten sich die Entführer den Hellers zu. Wir vermuten, dass sie von einem Seitenwind erfasst wurden und abstürzten.«

Caitrin erschauerte. Wie schrecklich musste das für Donal gewesen sein, erst von fremden, brutalen Männern ergriffen zu werden, dann der schnelle Fall und vielleicht Flammen ... »Mein armer Kleiner«, flüsterte sie mit geschlossenen Augen. »Was für ein furchtbarer Tod ...«

»Aber darum bin ich ja gekommen ...«, sagte Kiera mit gepresster Stimme. »Ich glaube nicht, dass er tot ist. Auch wenn er nur mein Halbbruder ist, standen wir uns doch sehr nahe, Mestra Caitrin. Ich wusste es immer, wenn ihm etwas zustieß. Und seit dem Unfall habe ich ihn mehrmals gespürt. Vater ist immer noch fort, und meine Mutter – alle sagen, mein Kummer täusche mich. Aber warum sollte ich mir Donal in einem großen Wald bei pelzigen Wesen vorstellen? Mestra, ich glaube, dass Donal noch am Leben ist!«

»Und du glaubst diesem Comyn-Mädchen?« So, wie Stelle es sagte, war es nicht ganz eine Frage.

Caitrin seufzte und rückte ihren Kopf bequemer an Stelles gut gepolsterter Schulter zurecht. Der blaue Mond Liriel schien durchs Fenster, und Caitrin sah das kleine, spöttische Lächeln auf Stelles Gesicht.

»Warum sollte Lady Kiera mich anlügen? Für sie mit ihrer Erziehung kann es nicht leicht gewesen sein, ins Gildenhaus zu kommen. Wenn sie *laran* hat, kann sie Donal gespürt haben – und sie ist alt genug, dass diese Gabe inzwischen voll entwickelt ist, nicht wahr?« Caitrin ließ die Frage in der Luft hängen. Stelle hatte sich erst zu einer darkovanischen Heilerin ausgebildet und dann Krankenpflege bei den Terranern gelernt. Sie würde es wissen.

Einen Augenblick lang herrschte Schweigen, und dann streichelte Stelle ihr über das Haar. »Ja ... ausgeschlossen ist es nicht. Aber es ist eine so geringe Chance – Caitrin, ich möchte nicht, dass du von neuem verletzt wirst.«

»Von neuem!« Caitrin richtete sich auf den Unterarmen hoch und blickte auf Stelles Gesicht hinunter. »Glaubst du, es hat, seit ich davon erfuhr, jemals aufgehört wehzutun? Oh – das verstehst du natürlich nicht! Du hast Donal nicht unter dem Herzen getragen, du hast keine Schmerzen erlitten, um ihn auf die Welt zu bringen!« Sie keuchte auf, als Stelles kräftige Hände sich um ihre Arme schlossen.

»Wie kannst du so etwas zu mir sagen?«

Caitrin bemühte sich vergebens, sich zu befreien, doch nach einer Weile ließ Stelle sie von selbst los.

»*Breda,* es tut mir Leid«, sagte Stelle leise. »Aber auch wenn *du* es vergessen hast, *ich* weiß noch, wie ich dich gehalten habe, als du in den Wehen lagst, und die Anspannung eines jeden Muskels in deinem Körper fühlte, bis ich dachte, ich bekäme selbst ein Kind. Und ich erinnere mich, welche Angst ich ausstand, als es immer weiterging und es nichts gab, was ich tun konnte.«

Die letzten Worte entrangen sich ihr mühsam. Caitrin beugte sich über sie, fand Stelles Gesicht in der Dunkelheit und küsste sie, bis sie sich beruhigt hatte. »Und gleich nach Donals Geburt hast du dich zur Ausbildung bei den Terranern gemeldet«, flüsterte sie. »Ich dachte, du seist unglücklich, weil ich nur noch Gedanken für das Baby hatte, und wollest das nicht mit ansehen.«

»Mir ist jede Stunde schwer geworden, die ich von dir getrennt war«, erklärte Stelle heftig, »und ich war traurig um jedes Lächeln Donals, das ich nicht miterleben konnte. Aber die Terraner besitzen Wissen, das ich erwerben wollte, um anderen so sinnlose Schmerzen zu ersparen. Ich dachte, solltest du ein zweites Kind haben wollen, könnte ich dann wenigstens etwas tun!«

»Dann verstehst du mich also doch!«, rief Caitrin aus. »So ist es jetzt für mich! Als ich glaubte, Donal sei tot, kam ich mir hilflos vor, aber jetzt, wenn nur die kleinste Chance besteht, dass er lebt, muss ich ihn suchen!«

»Und wenn du ihn nicht findest? Oder wenn du seine Gebeine findest?«

Caitrin schüttelte energisch den Kopf. »Wenigstens habe ich dann etwas *getan!* Wenigstens habe ich es dann *versucht!*«

»Was meinst du, willst du einmal *versuchen,* mich nicht nass zu regnen und dich hinzulegen, damit wir einen Plan machen können?« Stelles Stimme schwankte, aber es lag Belustigung darin, und Caitrin weinte und kicherte gleichzeitig. Sie wollte es unterdrücken, bekam einen Schluckauf und schmiegte sich in Stelles Arme.

»Ich werde in Carthon einen Führer anwerben ...«

»Halt«, unterbrach Stelle sie. »Du hast gesagt ›ich‹. Hast du vielleicht die Absicht, allein auf diese Banshee-Jagd zu gehen?«

»*Breda,* Donal ist wahrscheinlich bei den Waldläufern ...«

»Ja ...«, sagte Stelle langsam, amüsiert.

»Um ins Land der Waldläufer zu kommen, muss man die Hellers überqueren.« Caitrin schlug in ihrer Aufregung auf das Kissen ein. »Ich bin in den Kilghardbergen geboren, und ich habe schon Karawanen durch wildes Land geführt, aber diese Reise würde nicht einmal für mich einfach sein.«

»Ich bin froh, dass du das einsiehst«, meinte Stelle ruhig. »Nach dem, was Kyla n'ha Rainéach mir erzählt hat, wäre eine andere Einstellung töricht.«

»Kyla!« Caitrin hatte die berühmte Führerin erst einmal gesehen. Sie erinnerte sich an eine drahtige junge Frau mit Haar so schwarz wie eine mondlose Nacht und entschlossenen Augen, aber Kyla war im Gildenhaus von Thendara eine Legende. Sie hatte eine Gesellschaft, zu der nicht nur ein terranischer Arzt, sondern auch Regis Hastur selbst gehörte, über die Hellers zu den Waldläufern und wieder zurück geführt.

Caitrin pfiff. »Wann hast du denn Gelegenheit gehabt, mit Kyla zu sprechen?«

»Sie war drei Jahre lang Dr. Allisons Freipartnerin und lebte mit ihm hier in Thendara, als ich im TEMS-Hospital arbeitete. Ich war dort die einzige andere Amazone, und natürlich haben wir uns über alles Mögliche unterhalten.« Stelle hielt inne und nahm Caitrins Hand, und als sie fortfuhr, war sie ernst geworden.

»Sie hat mir eine ganze Menge erzählt, Caitrin – über die Waldläufer und über den Weg. Ich mag nicht die Erfahrung im Bergsteigen haben wie du, aber ich bin kräftig, und ich schwöre dir bei Avarras mitternächtlichem Gewand, dass ich aushalten werde, was ich aushalten muss, um dir bei der Suche nach deinem Kind zu helfen. Und ganz gewiss werde ich dir gar nichts erzählen, bevor du versprichst, mich mitzunehmen.«

Stelle nahm Caitrin in die Arme, und Caitrin schmiegte sich

an sie. Sie spürte das Herz der anderen heftig unter ihrem eigenen schlagen – einen Augenblick lang bildete sie sich sogar ein, die beiden Herzen schlügen zusammen. *Nun gut,* dachte sie, *wir werden es gemeinsam tun, wie wir es bei allen wichtigen Dingen gemacht haben ...*

»Jetzt, wo das geklärt ist: Wann genau brechen wir auf, und was soll ich vorbereiten?«, fragte Stelle, als habe Caitrin laut gesprochen.

Caitrin lachte. »Kiera hat das Geld, uns auszustatten. Wir werden schnell und mit leichtem Gepäck nach Carthon reisen und uns dort die Ausrüstung kaufen, die wir für die Berge brauchen.«

»Kiera ...«, sagte Stelle langsam. »Ich wünschte, ich hätte sie gesehen. Meinst du, dass du ihr vertrauen kannst, Caitrin? Wird sie bei der Stange bleiben, oder ist das nur Comyn-Temperament?«

»Ich vertraue ihr – sie gefällt mir besser als ihr Vater ...« Caitrin brach ab, als Stelle zu lachen begann. »Sie ist ein junger Baum, der gerade erst Knospen treibt ... schlank, aber schon stark.«

»Soll ich eifersüchtig werden?«, murmelte Stelle in ihr Haar.

»Das ist es nicht.« Caitrin runzelte die Stirn und versuchte, sich selbst zu ergründen. »Sie ist – sie ist ganz so, wie ich mir die Tochter vorgestellt habe, die ich Edric hätte gebären können.« Caitrin seufzte. Sie hatte sich so verzweifelt eine Tochter gewünscht, aber sie würde das Risiko nicht eingehen, noch einmal ein männliches Kind zu bekommen, das sie, so forderten es die Regeln der Entsagenden, wieder würde weggeben müssen.

»Und außerdem«, fuhr sie fort, »weißt du, dass ich nie jemanden anders als dich wirklich geliebt habe.«

Da küsste Stelle sie, und Caitrin begann, sie an all den geheimen Stellen zu berühren, denn dafür würde keine Zeit mehr sein, wenn ihre Reise einmal begonnen hatte.

»Es ist kaum zu glauben, dass wir ohne Flügel über das da herübergekommen sind«, sagte Stelle ein bisschen atemlos.

Caitrin überzeugte sich rasch, dass Kiera und der Führer immer noch dabei waren, über den Hang abzusteigen. Dann drehte sie sich um und lächelte Stelle zu. Ihre Freipartnerin starrte die Berge hinter ihnen an, und nun ließ auch Caitrin ihren Blick hinauf – und noch weiter hinaufschweifen zu dem hohen Kamm der Hellers, dessen Rand den Himmel zerschnitt, in dieser Höhe dunkelviolett wie die *Morada*-Blüte, wie das sägezähnige Messer eines Trockenstädters. Aber die Klinge war aus schimmerndem Eis geschmiedet, das sich zu dem tiefer gelegenen Einschnitt des Dämmerungspasses hinunterschwang.

Doch im Augenblick fand Caitrin die Berge weniger eindrucksvoll als die Frau, die die Landschaft bewunderte. Diese terranischen Übungen, die Stelle mit so religiösem Eifer vollzog, mussten also doch etwas wert sein, denn sie hatte zwar etwas von ihrem Umfang verloren, aber man hatte das Tempo ihretwegen nicht zu verlangsamen brauchen.

Und Kiera war ein ebensolches Wunder – Caitrin fuhr mit einem Finger lockernd unter dem Schulterriemen ihres Rucksacks entlang und setzte den Abstieg vorsichtig fort. Die Luft war hier wärmer, und Kiera hatte ihre Strickmütze abgenommen. Ihr ingwerfarbenes Haar sah im Sonnenschein noch röter aus.

Caitrin beobachtete sie. *Sie hat die Präzision und die Anmut eines jungen Chervines,* dachte sie und fragte sich, ob *sie* im Alter von vierzehn so viel Energie besessen habe. Bestimmt hatte sie das nicht von einer im Wohlleben aufgewachsenen *Comyn*-Tochter erwartet – aber Kiera hatte auch bis vor einem

Jahr den größten Teil ihrer Zeit damit verbracht, in den Bergen um Serrais herumzustreifen.

Die Einzige, die nicht fit ist, bin also ich, dachte sie düster. Wie hatten ihre Knochen in der Kälte des Gebirges geschmerzt! Aber natürlich lasteten nicht nur die körperlichen Anstrengungen auf ihr. Die schlimmsten Kletterstrecken lagen hinter ihnen, und sie hätte jetzt ebenso leichtfüßig wie die Übrigen wandern müssen. Aber sie sah über die wogende See des Blattwerks hin, niederfließend von der Stelle, wo die Hellers mit dem Schimmer am Horizont zusammenstießen, der der Wall um die Welt war, und sie fror.

Wenn mein Kind noch lebt, ist es irgendwo da unten ... Ein einziger kleiner Junge musste in einem so gewaltigen Wald ebenso unmöglich zu finden sein wie ein verlorener Edelstein im Sand von Shainsa. Caitrin sah zu Kiera zurück. *Sie sagt, sie teile immer noch ihre Träume mit Donal,* redete Caitrin sich selbst zu. *Ich muss ihr glauben, oder ich hätte es zulassen können, dass mich der Wind von diesem Sims gleich unterhalb des Passes wehte ...*

Der Weg vor ihnen war von einem umgestürzten Baum teilweise blockiert, und dahinter hatten sich Steine aufgehäuft. Der Händler, den sie in Carthon als Führer angeworben hatten, blieb stehen und wartete, bis Caitrin ihn erreicht hatte.

»Dort liegt Euer Weg, Mestra Caitrin ...« Er zeigte nach Norden. »Der Friedensvertrag, den ich mit dem Bergwurzelvolk habe, hat uns bisher geschützt, aber wenn wir morgen früh das Lager verlassen, muss ich westwärts zu ihrem Nest am Eisfluss-Wasserfall ziehen.« Er hielt inne. Ein Stirnrunzeln vertiefte die Furchen, die alle Arten von Wetter während eines ganzen Lebens im Freien in sein Gesicht geschnitzt hatten.

»Seid Ihr sicher, dass sich der Kleine, den Ihr sucht, nicht im Westen befindet?« Er drehte sich in diese Richtung. »Das sind gute Leute, dort am Wasserfall. Sie würden Euch freundlich aufnehmen, wenn Ihr mit mir kämt.«

Kiera schüttelte den Kopf. »Ich spüre ihn im Norden, Meister Coram, und da ist unser Ziel.«

»Das tut mir wirklich Leid, denn dort mag man Fremde nicht«, meinte der Führer und wandte sich wieder Caitrin zu. »Noch etwas – Ihr müsst mir verzeihen, wenn ich es ausspreche, Mestra ...«

Caitrin hob abwehrend die Hand. Sie wollte es ihm ersparen, denn sie hatte seine klaglose Ausdauer achten gelernt, und er besaß die sanfte Höflichkeit jener, die lange Zeit mit den großen Bergen allein sind.

»Ihr meint, sie werden uns ihre ›Städte‹ nicht betreten lassen, weil wir Frauen und allein sind?«, sagte sie. Sogar Kyla n'ha Rainéach hatte in der Stadt der hundert Bäume so getan, als stehe sie unter Jason Allisons Schutz, und sie musste bereits halb und halb in ihn verliebt gewesen sein, dass sie ihren Amazoneneid so stark strapaziert hatte.

Coram antwortete mit einem tadelnden Kopfschütteln. Caitrin seufzte. Hatte sie diese Schwierigkeit unterschätzt? Angesichts der Tatsache, dass sie die Hellers und den Wald überwinden mussten, hatte sie die Sitten der Waldläufer als das Geringste ihrer Probleme angesehen.

»Die Frauen des Waldes haben nichts von uns zu befürchten«, erklärte Stelle bestimmt. »Sie werden doch verstehen, dass wir nur unser Kind holen wollen!«

Meister Coram hatte darauf keine Antwort – die hatte keiner von ihnen –, aber ängstliche Gedanken quälten Caitrin wie die Blase an der Ferse, die sie sich beim Abstieg von ihren steifen Bergstiefeln geholt hatte.

»Caitrin, du lässt mich besser noch einmal nach deinem Fuß sehen ...« Stelles sanfter Ton täuschte.

Caitrin seufzte. »Der ist in Ordnung, wirklich. Ich wollte, du würdest kein solches Theater darum machen.« Aber sie hielt Stelle, die sich hinhockte, gehorsam ihren Fuß hin.

»Dann hättest du keine Krankenschwester mitnehmen dürfen!«, gab Stelle zurück und schnürte den hohen Stiefel auf.

Caitrin lehnte sich zurück und versuchte, durch das Dach der Zweige den Himmel zu erkennen. Der Schein ihres kleinen Feuers flackerte rot über Baumstämme und Blätter. Es war ein sehr kleines Feuer, denn obwohl die Waldläufer vor einer Generation gelernt hatten, es zu benutzen, fürchteten sie doch offenes Feuer immer noch. Wenigstens war die Luft hier wärmer. Die feuchten Winde, die vom fernen Meer herkamen, brachten dem Wald ein milderes Klima, bevor sie sich über die Hellers schwangen, dabei den Rest ihrer Feuchtigkeit gegen die Kälte des Gebirges eintauschten und schließlich über die hoch gelegene Wüste der Trockenstädte heulten.

»Autsch!« Caitrin fuhr plötzlich in die Höhe. Stelle hatte etwas Stechendes und Antiseptisches auf das rohe Fleisch getupft.

»Das tut nur einen Augenblick weh.« Ungerührt riss Stelle ein Stück Gaze ab.

»Daran sind nur diese Stiefel aus Carthon schuld – Männerstiefel – ich hätte gescheiter sein sollen ...«, stellte Caitrin bitter fest. Sie hatte den Entschluss gefasst, sich neue Wanderstiefel machen zu lassen, als sie die Nachricht über Donal erhielt. Darauf hatten sie Thendara in großer Eile verlassen, und sie hatte sich in Carthon Männerstiefel gekauft, weil sie meinte, in den Bergen sei bestimmt niemand, der daran Anstoß nehme. Caitrin hatte nicht an die kleinen Unterschiede in Form und Proportion zwischen dem Fuß eines Mannes und dem einer Frau gedacht, aber auch das hätte ihr die Blase wohl nicht erspart. Sie hatte noch nie zuvor Stiefel getragen, die nicht eigens für sie angefertigt worden waren.

»Du solltest deinen Fuß eigentlich in warmem Wasser baden«, sagte Stelle. »Aber so müsste es auch gehen. Vergiss nicht, die Wunde sauber und trocken zu halten.«

»Ich finde es herrlich, dass Ihr so viel über die Heilkunst wisst – Ihr kennt unsere eigenen Methoden und dazu die der Terraner«, bemerkte Kiera von der anderen Seite des Feuers her. »Mein Vater hat Reisen gemacht und versteht, dass beide ihren Wert haben, aber meine Mutter ...« Sie brach ab. »So viele Leute glauben, wer von einem anderen Planeten kommt, müsse eine Art Ungeheuer sein ...«

Stelle grinste. »Wahrscheinlich denken die Waldläufer so von *uns*.«

»Das sagt mein Onkel Lerrys immer«, erwiderte Kiera.

Caitrin beobachtete sie. Das flackernde Licht verwandelte ihr Kindergesicht zu dem einer erwachsenen Frau und wieder zurück. *Ich hätte sie nicht mitkommen lassen dürfen*, dachte Caitrin.

Aber Kiera war ebenso hartnäckig gewesen wie Stelle. Caitrin grauste es im Gedanken daran, was Edric tun würde, wenn sie eines seiner legitimen Kinder bei dem Versuch verlor, sein *Nedestro*-Kind zu retten, auch wenn das ein Sohn war. *Comyn*-Blut war zu wertvoll, als dass man es aufs Spiel setzen durfte.

Aber das war genau der Grund, warum sie Kiera hatte mitnehmen müssen. Das Mädchen wusste nicht nur, was Lerrys Ridenow über seine eigenen Abenteuer in diesem Land erzählt hatte, einschließlich ein paar Wörter in der Sprache der Waldläufer, es war auch ihr Rapport mit Donal, der sie zu ihm führen würde.

»Und sogar meine Kinderfrau pflegte schreckliche Dinge über euch alle zu erzählen, aber als Ihr Donal in unser Haus brachtet, kamt Ihr mir gar nicht seltsam vor. Ich verstand damals nur nicht, wie Ihr es über Euch bringen konntet, auf Euer Kind zu verzichten.« Sie setzte hinzu: »Warum habt ihr euch entschieden, Freie Amazonen zu werden? Weil ihr nur auf diese Weise zusammenleben könnt?«

Caitrin wandte ihr Gesicht ab, um die aufquellenden Tränen zu verbergen. *Verstehst du das, Kind?*, fragte sie stumm. *Ich nicht. Jetzt nicht mehr.* Stelle drückte ihr tröstend den Arm und erzählte Kiera dann, wie sie sich gewünscht habe, Heilerin zu werden, und wie Caitrin gern als Bergführerin gearbeitet hätte, frei von der Verantwortung, die Mann und Familie einer Frau auferlegen. Sie hatten sich im Gildenhaus kennen gelernt, und dann war dieser Grund dazugekommen.

Kiera ist beinahe alt genug, um den Eid der Entsagenden abzulegen oder zu heiraten, dachte Caitrin. *Hätte ich diesen Weg gewählt, wenn ich gewusst hätte, welchen Preis ich dafür würde bezahlen müssen? Hätte ich nicht lieber auf meine Freiheit – und sogar auf Stelle verzichtet?*

Caitrin sah zu der Plattform aus geflochtenen Zweigen hoch, die durch die dichten Blätter kaum zu erkennen war. Das Flechtwerk schwankte und zitterte, als bewege sich da oben etwas. Schwach klangen Stimmen herunter, die wie Vogelgezwitscher waren. Caitrin rückte ein bisschen näher an einen der gewaltigen Baumstämme heran, die die Plattform stützten, und zuckte zusammen, als sie das Gewicht auf den linken Fuß verlagerte. Sie hätte Stelle bitten sollen, sich die Wunde noch einmal anzusehen. Aber das hatte Zeit bis später. Wenn sie Donal zurückhatten.

Es hatte sie eine Woche gekostet, diesen Ort zu finden, wobei sie Kieras Instinkt und einer ungenauen Karte gefolgt waren, die Stelle aus dem terranischen Archiv kopiert hatte.

In einem langen Seufzer stieß Caitrin den Atem aus. »Kiera«, fragte sie leise, »bist du sicher, dass Donal hier ist?«

Das Comyn-Mädchen fasste in den Ausschnitt seiner Jacke und zog den blauen Kristall aus seinem seidenen Beutel. Sie blickte hinein, schüttelte den Kopf ein wenig, als wolle sie ihre Gedanken klären, und sah wieder hinein.

»Ja ...«, sagte sie langsam. »Es ist sehr stark. Donal ist aufgeregt – sie wollen, dass er etwas isst, und er findet es eklig. Er weint – jetzt haben sie es ihm auf die Lippen geschmiert, und er leckt sie ab – oh! Es schmeckt gut!« Sie lachte, und Caitrin lachte auch.

Wie von dem Laut erschreckt, holte Kiera rasch Atem, blinzelte und ließ den Sternenstein in den Beutel zurückgleiten.

»Schön«, meinte die praktische Stelle, »und was tun wir jetzt?«

Die Zweige über ihnen zitterten, und Caitrin sah leuchtende rote Augen durch die Blätter lugen. »Kiera – einer von ihnen ist da oben ... Kannst du ihn begrüßen? Sag ihm, dass wir Freunde sind. Vielleicht ist jemand da, der *casta* spricht.«

Kiera nickte, räusperte sich und trillerte ein paar Töne. Es hörte sich hübsch an, und offenbar war es richtig. Die Augen verschwanden, einer der Waldläufer schwang sich bald darauf durch die Äste und machte ein paar Fuß über ihren Köpfen Halt.

Caitrin starrte ihn an und ermahnte sich, dass dieser kindergroße Körper, wie der eines Tieres mit einem hellen Pelz bedeckt, eine Intelligenz beherbergte, die sich zwar von ihrer eigenen unterschied, aber zu respektieren war. Daran musste sie glauben, wenn sie überhaupt eine Hoffnung haben wollte, ihn dazu zu bewegen, dass er ihr ihren Sohn zurückgab.

»Leute aus dem Land jenseits der Berge – wir sehen eure Art hier nicht oft ...« Er sprach sehr leise, und Caitrin strengte ihre Ohren an. Sie trat einen Schritt näher, und ohne sichtbare Mühe zog er sich höher in den Baum hinauf. »Ihr seid Frauen, vermute ich? Wir haben genug Frauen hier ...« Sein *casta* war langsam, aber verständlich.

»Geehrter, wir kommen nicht, um die Zahl deines Volkes zu

vergrößern, sondern um, eine Person davon wegzunehmen«, erklärte Caitrin vorsichtig. »Unter euch ist ein Kind der Großen Leute – mein Kind. Ich bin gekommen, es nach Hause zu holen.«

Der Waldläufer stieß eine hohe, trillernde Passage aus und bekam eine längere Antwort von oben.

»Die Frau des Alten hat ein Baby verloren, und sie hat das Große Kind als ihr eigenes angenommen. Es ist Angelegenheit der Frauen, bis es erwachsen ist.«

»Dann lass mich mit den Frauen reden!«, rief Caitrin und rannte auf den Baum zu. Ein stechender Schmerz durchfuhr ihren Fuß, als habe sie sich dort einen Knochen gebrochen, aber sie achtete kaum darauf. Eine verknotete Schlingpflanze hing an dem Stamm herunter. Caitrin sprang danach und begann, dem nach oben eilenden Waldläufer nachzuklettern.

Sie war erst sechs Fuß hoch gekommen, da lugten plötzlich lauter pelzige Gesichter über den Rand der Plattform. Caitrin hielt inne und sah zu ihnen hoch. Etwas flog durch die Blätter.

»Schwestern«, rief sie und streckte die Hand aus, und dann traf sie der erste Stein, und ihr Arm wurde gefühllos.

Bei jedem Laufschritt raste der Schmerz durch Caitrins Bein wie ein Echo auf ihre seelische Qual. *Donal! Donal!* Jeder Meter, den sie zwischen sich und die Waldläuferfrauen legte, trug sie auch weiter weg von ihm.

Stelle, die sich vor ihr durch das Unterholz schlug, fiel über eine Schlingpflanze und ging zu Boden. Caitrin stieg ihr nach und zog sie wieder auf die Füße. Schwer atmend standen sie da und lauschten. Sie hörten keine Schritte, kein Brechen von Zweigen oder Rascheln von Blättern. Kiera machte Halt und kehrte zu ihnen zurück. Sie schnüffelte in der Luft herum.

»Es ist niemand in der Nähe ...«, sagte sie eine Weile später.

Caitrin nickte, tat einen vorsichtigen Schritt vorwärts, stolperte, als der brennende Schmerz wieder durch ihre Nerven fuhr, fluchte und hielt sich an dem nächsten Ast fest.

»Was ist?«, fragte Stelle. »Hast du dir den Knöchel vertreten?«

Stumm schüttelte Caitrin den Kopf und setzte sich von neuem in Bewegung. Sie verlagerte das Gewicht auf den kranken Fuß und biss sich auf die Lippe.

Stelle kniff die Augen zusammen. »Es ist diese Blase, nicht wahr? Setz dich hin ...« Sie wies auf einen gestürzten Baumstamm. »Ja, sofort – Kiera wird uns Bescheid geben, wenn Gefahr naht.«

Caitrins Nerven zuckten unter dem Drang weiterzulaufen – hinaus aus dem Wald oder zurück zu der Stadt der Waldläufer und ihrem Kind. Aber ihre Muskeln wollten ihr nicht gehorchen, oder vielleicht war es die Autorität, in die Stelle sich gehüllt hatte wie eine Priesterin in ihren Schleier, die sie an Ort und Stelle bannte. Kiera kam lautlos über den Blätterteppich zurück und beobachtete sie mit großen, ängstlichen Augen.

Dieser Blick besiegte Caitrin. Ein plötzlicher Schwindel überkam sie; sie ließ es zu, dass Stelle sie am Ellenbogen fasste und zum Hinsetzen zwang.

Stelle zog Caitrin den groben Strumpf aus. »Das wird doch wieder gut?«, fragte Kiera leise.

»Die Wunde ist schmutzig – und von neuem infiziert, vermute ich, aber ich muss sie erst säubern, um das richtig zu sehen. Dazu brauche ich eine Menge Wasser und ein Feuer.«

»Du kannst hier kein Feuer machen!«, rief Kiera aus. Die Baumstämme um sie waren voll von trockenen Flechten, und der Boden war bedeckt mit toten Blättern.

»Wir müssen einen Teich oder einen Bach finden«, sagte Stelle. »Ein kleines Stück zurück sind wir an einem Bach vorbeigekommen – wenn wir ihm folgen, gelangen wir vielleicht an seine Quelle.«

Krank vor Schmerz und Verzweiflung ließ sich Caitrin von Stelle in der beginnenden Dämmerung zurück zu dem Waldlauf und dann stromabwärts halb tragen. Es war beinahe ganz dunkel, als das Dach der Zweige über ihnen plötzlich dünner wurde, und zum ersten Mal seit einer Woche sahen sie Liriel und Kyrddis über den Himmel segeln. Später in der Nacht würde auch Marmallor aufgehen, aber bis dahin waren die ersten beiden Monde untergegangen. Idriel zeigte sich zu dieser Jahreszeit erst im Morgengrauen.

Caitrin sah sehnsüchtig zu dem sanften Licht empor. Sie wünschte, sie wäre zu Hause in Thendara und beobachte die Monde aus ihrem Fenster im Gildenhaus. Neben ihr erklang ein langer Seufzer.

»Sieh doch, dort ...«, sagte Kiera leise. »Oh, Caitrin! Wie schön!«

Caitrin blinzelte, denn sie hatte plötzlich den verworrenen Eindruck, die Sterne seien auf den Boden gefallen. Dann wurde ihr klar, dass sie das Spiegelbild der beiden Monde im Teich betrachtete, in Stücke zersplittert durch das Wasser, das in schimmernden kristallenen Tropfen wie die Steine von Avarras Halsband von den Felsen weiter oben fiel. Und es war nicht nur das Licht der Monde – die Luft war voll von Glühwürmchen, bernstein- und amethyst- und rosenfarben, die über dem Wasser schwebten und zwischen den Bäumen umherschossen und an- und ausgingen.

Caitrin nahm einen langen Atemzug von der kühlen, feuchten Luft. Der Frieden des Ortes beruhigte ihr Gemüt, wie die Luft ihre Haut kühlte. Seufzend sank sie auf das moosige Ufer nieder und bewunderte die raschen, wirksamen Bewegungen Stelles beim Feuermachen. Kiera grub den großen Kessel aus ihrem Rucksack. Sie richtete sich auf, machte einen Schritt zum Rand des Wassers und blieb stehen.

»Da ist etwas – jemand beobachtet uns ...« Sie spähte in die

Schatten. Caitrin setzte sich sofort auf und musterte den Wald, doch dort bewegte sich außer den Glühwürmchen nichts. Der Wald war dunkel und undurchdringlich. Sogar die Luft schien still zu sein.

»Beeil dich, Kind«, sagte Stelle. »Das Feuer kommt in einem Augenblick in Gang.«

»Ja.« Nach kurzem Zögern beugte sich Kiera zu dem dunklen Wasser nieder und ließ es in den Kessel fließen. Etwas flackerte am äußersten Rand von Caitrins Gesichtsfeld vorbei. Sie fuhr herum und starrte in das Dunkel zwischen den Bäumen, und ihr Fuß begann zu pochen. Plötzlich machte die Schönheit der Nacht ihr Angst.

Sie schüttelte sich. *Ich hätte nie zulassen dürfen, dass Stelle und Kiera mitkamen* ... Dann brachte Kiera das Wasser, und Stelle hängte den Kessel an einen Dreifuß, den sie über dem Feuer improvisiert hatte.

»Gut ...«, sagte Stelle. »Jetzt wollen wir mal sehen.« Behutsam hob sie Caitrins Fuß, so dass der Feuerschein darauf fiel, tauchte ein Tuch in das sich erwärmende Wasser und begann, die Wunde zu säubern.

Und von irgendwo viel zu nahe kam ein schrilles Zwitschern. Die Bäume bewegten sich ... es waren pelzige Körper, hell in der Finsternis, sie rannten, sie kreisten sie ein, und ihre Augen leuchteten rubinrot im Feuerschein.

Waldläufer! Nein – Waldläuferfrauen, und jetzt hatten sie keine Möglichkeit mehr, vor ihnen zu fliehen. Caitrin mühte sich auf die Füße und zog ihr langes Messer.

»*Feo!*« Feuer ... Dieses Wort fing Caitrin auf, obwohl es durch das Gezwitscher verstümmelt wurde.

»Was ist denn los?«, fragte Stelle ärgerlich. »Regt es sie auf, dass wir hier ein Feuer angezündet haben? Ich dachte, sie benützen das Feuer auch ...«

»Nein«, flüsterte Kiera. Sie stand da mit geschlossenen Augen, die Hände auf den Ohren. »Das ist kein Zorn ... das ist Ehrfurcht ...«

Caitrin fasste ihren Arm. »Die Ridenow-Gabe – benutze sie, Mädchen! Haben sie Angst? Werden sie uns angreifen?«

Kiera zitterte. Von den Ridenows heißt es, dass sie die Gabe der Empathie mit Nichtmenschen besitzen, aber Kiera hatte sie bisher nie anwenden müssen.

»Ich erhalte Bilder ...«, flüsterte sie. »Ich sehe Prozessionen, die heranziehen und dem Teich Opfergaben an Waldblumen bringen. Dies ist ein heiliger Ort, den nur die Frauen aufsuchen ... Sie sind verwirrt. Einen Mann, der sich hierher verirrt hätte, würden sie töten, aber wir sind Frauen, und wir haben den Teich allein gefunden, und Stelle ... vollzog das Heilungsritual ... mit Wasser und Feuer ...«

Caitrin drehte sich um und betrachtete die Waldläuferfrauen, ohne Kieras Arm loszulassen. Der Schmerz flutete in Wellen von ihrem Fuß aus durch ihren Körper, aber davon konnte sie sich jetzt nicht beherrschen lassen. Sie ließ Kiera los und balancierte vorsichtig auf einem Bein.

»Zeig ihnen deinen Sternenstein!«

Zitternd gehorchte Kiera. Von seiner Hülle befreit, fing der Matrixkristall das blaue Licht des Mondes ein, als sei er von ihm abgesplittert. Dann legte Kiera ihn auf ihre Handfläche, und er glühte mit seinem eigenen wirbelnden Feuer.

Die Waldläuferfrauen zwitscherten und wichen zurück. Kieras Finger schlossen sich um den Stein. Sie atmete rasch.

»Es ist jetzt stärker ...«, sagte sie. »Sie haben schon von Sternensteinen gehört. Sie glauben, ich sei eins von den *chieri* ...«

Und so Unrecht hatten sie damit gar nicht, dachte Caitrin, der die Legenden über die Comyn einfielen. »Kannst du ihnen deine Gedanken zusenden?«, flüsterte sie. »Versuche es! Sag ihnen, dass wir fähig sind, uns zu verteidigen, aber ihnen nichts Böses wollen.«

Kiera konzentrierte sich stirnrunzelnd. »Sie wollen wissen, warum wir gekommen sind.«

Stelle war aufgestanden und zu ihnen getreten. »Wir sind gekommen, um zu heilen ...«

Caitrin hinkte nach vorn und wiegte pantomimisch ein Kind in ihren Armen. »Wir sind gekommen, um mein Kind zu holen!«

Wie zur Antwort wich der Kreis vor ihr zurück. Die Waldläuferfrauen sahen zum Wasserfall hin. Caitrin folgte der Richtung ihrer Blicke und entdeckte, dass dahinter eine Höhle war, und in dieser Dunkelheit regte sich etwas.

Die Waldläuferfrauen begannen einen langsamen, summenden Gesang. Etwas kam den Weg vom Wasserfall herunter, etwas, das glühte.

Caitrin spürte, wie sich die Haare auf ihrem Kopf und ihren Armen aufrichteten. Sie strengte ihre Augen an, und allmählich erkannte sie eine Waldläuferfrau, die sich mit der vorsichtigen Würde des Alters bewegte und in einem Mantel aus Vogelfedern herrlich anzusehen war. Das Licht kam von dem Feuertopf, den sie in den Armen hielt.

»Feuer ...«, flüsterte Kiera. »Sie ist die Bewahrerin des heiligen Feuers. Sie benutzen es, aber sie fürchten es immer noch und lassen es nur hier brennen, in der Nähe des Wassers und mit der ältesten Frau des Stammes als Hüterin.«

Die Priesterin stieg langsam den Pfad hinunter und blieb am Rand des Lichtscheins stehen, den das Lagerfeuer warf. Sie hob die Hand, und der Gesang verstummte abrupt. Das nun folgende Schweigen wurde von einer stakkato gesprochenen Rede gebrochen, die eine Frage enthielt.

»Sag ihr, dass auch wir Priesterinnen des Feuers sind und dass wir unser Kind haben wollen«, bat Caitrin. Kiera nickte und konzentrierte sich auf ihren Kristall. Eine Sekunde lang verfing sich Caitrins Blick in seinem wirbelnden Feuer, dann wandte sie benommen den Kopf ab. Am liebsten hätte sie diese nichtmenschlichen Gesichter angebrüllt, hätte ihnen gedroht, dass sie den Wald anstecken würde, wenn sie ihr ihren Sohn nicht zurückgaben – aber dieser Ort machte ein solches Sakrileg unmöglich. Sie trat vor die alte Priesterin und streckte beide Arme aus.

»Alte Mutter ...«, rief sie, »wer unter euch trauerte nicht, wenn ihr Kind in weiter Ferne gefangen gehalten würde? Gib mir meinen Jungen, ich bitte dich inständig – gib mir mein Kind!«

Wieder wurde gezwitschert, dann war alles still. Nach einer Weile berührte Kiera ihren Arm. »Sie sagen, der Junge müsse entscheiden ...«

Caitrin drehte sich auf die Seite und öffnete die Augen. Das letzte Mal, als sie das getan hatte, war nichts als die formlose Gräue der Stunde vor dem Sonnenaufgang zu sehen gewesen, aber jetzt hatte das rosige Licht des Morgens sie ersetzt. Im Norden schlugen die ersten Strahlen der roten Sonne Feuer aus den Schneefeldern des Walles um die Welt. Die malvenfarbene Idriel stand dicht über dem Horizont, und im Wald stimmten die Vögel sich für ihren Morgengesang ein.

Es ist Morgen ... dachte Caitrin, den Blick zu dem heller werdenden Himmel erhoben. *Bald werden sie Donal bringen.* Sie setzte sich hoch und gab dabei auf ihren verbundenen Fuß Acht, obwohl Stelles Behandlung ihm bereits geholfen zu haben schien. Stelle und Kiera lagen noch immer im Schlaf der Erschöpfung zusammengerollt neben ihr. Aber sie selbst war trotz ihrer Müdigkeit nicht im Stande gewesen, richtig zu schlafen, und jetzt war es ihr ganz unmöglich.

Ein rosiger Schimmer versteckte die Dunkelheit des Teiches. Die aufgehende Sonne verkupferte die Baumwipfel, und dann fielen ihre ersten Strahlen auf die Farne, die die Strecke zwischen dem Wald und dem Teich bedeckten, und auf die Schlingpflanzen mit ihren kleinen weißen Blüten.

Jetzt erkannte Caitrin, dass ein Weg durch das Farnkraut führte. Zwei helle Gestalten saßen daneben – ihre Wächterinnen. Gerade standen sie auf, und Caitrin fragte sich, ob sie sie durch ihre Bewegung geweckt habe. Die Waldläuferfrauen wandten sich jedoch den Schatten unter den Bäumen zu und lauschten. Caitrin hielt den Atem an, bis ihr das Blut in den Ohren pochte, aber sie konnte nichts hören als das leise Rieseln des Wasserfalls.

Einen Augenblick lang überlegte Caitrin, ob sie zu ihnen gehen und ihre Gefährtinnen schlafend am Teich zurücklassen solle. Aber sie hatten alle Prüfungen dieser Suche gemeinsam bestanden – Stelle und Kiera hatten ein Recht darauf, das Ende mitzuerleben.

Sie tastete nach Stelles Schulter und schüttelte sie sacht. Stelle murmelte etwas im Schlaf, und Caitrin schüttelte sie noch einmal.

»Sei ruhig und wach auf, Stelle – ich glaube, jetzt kommen sie.«

Sie beugte sich zu Kiera hinüber, aber die Augen des Mädchens standen bereits offen. Schweigend erhoben sich die drei Frauen und sahen wartend zu dem dunklen Tor des Waldes und den länger werdenden Strahlen der Sonne hinüber. Und schließlich erkannten sie Bewegung, weitere helle Körper, die sich aus der Dunkelheit lösten – Waldläuferfrauen mit Halsketten aus getrockneten Beeren und Vogelfedern und kleinere Wesen, ihre Kinder.

Und dann sah Caitrin eine Gestalt, die hell war wie die anderen, aber mit glatter Haut, und sie hörte das leise Rascheln von Füßen, die sich bemühten, geräuschlos über tote Blätter zu gehen. Die Gruppe trat völlig aus dem Wald heraus, und die rote Sonne lockte kupferne Lichter aus Donals Haar.

Die Waldläuferfrauen hielten an und ließen ihn weitergehen. Eine von ihnen rang die Hände mit den langen Fingern, und die anderen streichelten sie. *Das wird die Frau sein, die Donal adoptiert hat,* dachte Caitrin. *Auch sie muss ihn lieben ...*

Zuerst schien der Junge gar nicht zu merken, dass er seine Gefährten zurückgelassen hatte. Plötzlich wurde ihm bewusst, dass er allein war, und er richtete den Blick auf die drei Menschen, die am Ufer des Teiches standen. Caitrin holte tief Atem und ballte die Fäuste. Ihre Arme schmerzten von dem Verlangen, sich nach ihm auszustrecken, ihre Beine wollten ihm entgegenlaufen. Aber die Alte Frau hatte sich klar ausgedrückt – Donal selbst musste den entscheidenden Schritt tun.

Und so verhielt Caitrin sich still. *Bald –* dachte sie, *ich muss jetzt nur noch einen Augenblick länger warten.*

Und dann brach Donals süßes Lachen die Stille.

»Kiera!«, rief er, »Kiera – du bist mich holen gekommen!« Und er rannte in die Arme seiner Schwester.

Caitrin zerrte den Riemen des Rucksacks stramm und zog ihn durch die Schnalle. Noch ein Riemen, und sie war so weit – die ganze Ausrüstung war fertig verpackt, Avarra sei Dank, denn es war höchste Zeit, dass sie ihren Marsch fortsetzten. Schon waren sie drei Tage unterwegs, und sie hatten immer noch die Hellers zu überqueren. Das Wetter hatte sich bisher gehalten, aber wer konnte wissen, wie lange das noch dauerte, und mit dem Kind würde der Rückweg schwieriger sein ...

Sie hörte Donals klare Stimme und Stelles ruhige Antwort. Er erzählte ihr etwas über den Jungen, der im Nest sein Freund gewesen war. Wieder fühlte Caitrin ihre Augen brennen, und sie blinzelte heftig.

Es war nicht Donals Schuld. Kiera hatte ihm, sobald sie ihn von ihrem Hals lösen konnte, erklärt, dass Caitrin ihn holen gekommen war, und hatte ihn in ihre Arme geschoben. Aber obwohl Donal ihr erlaubte, ihn an sich zu drücken und zu küssen, lag keine Wärme in seiner Reaktion. Er musste sich Mühe gegeben haben, die Erinnerung an sie ganz auszulöschen, als sie ihn im Haus seines Vaters zurückgelassen hatte.

Und würde es letzten Endes einen Unterschied machen?, fragte Caitrin sich bitter. So oder so, sie musste sich wieder von ihm trennen, und sicher war es besser für ihn, wenn er den Schmerz nur das eine Mal gefühlt hatte. *Es sollte mir genug sein, dass ich ihn gerettet habe,* mahnte sie sich streng. *Vielleicht wird er mir verzeihen, wenn er ein Mann geworden ist.*

Das war alles recht vernünftig, aber es half nicht viel, wenn sich ihr die Kehle zuschnürte und die heißen Tränen in ihren Augen brannten.

Sie fasste nach dem zweiten Riemen und begann, daran zu ziehen.

»Kann ich dir helfen?«

Caitrin blickte auf. Kiera stand ein paar Fuß entfernt, als habe sie Angst näher zu kommen, ohne dazu aufgefordert zu sein. *Habe ich meinen Schmerz so unmissverständlich gezeigt?,* fragte sich Caitrin. Sie brachte ein leichtes Lächeln zu Stande.

»Stell doch bitte deinen Fuß auf den Riemen, während ich ihn durch die Schnalle ziehe.«

Sie verschnürten den Rucksack, und Kiera stellte ihn gegen einen Baum. Caitrin richtete sich auf und rieb sich das Bein. Ihr Fuß heilte gut, aber sie neigte immer noch dazu, ihn zu schonen, und das überanstrengte die Beinmuskeln. Donal hatte einen Ast aufgehoben und befreite ihn sorgfältig von der Rinde, um sich einen Wanderstock daraus zu machen.

»In vier oder fünf Jahren kann er allein in die Berge gehen«, sagte Kiera, ihn beobachtend. »Aber Vater wird ihn wahrscheinlich unter die Kadetten der Garde stecken. Dann liegt seine Ausbildung nur noch in den Händen der Männer.«

Caitrin sah sie finster an. Sollte das etwa ein Trost für sie sein? »Ich verstehe«, sagte sie. »Und bis dahin wirst du weiterhin über ihn wachen?«

»Oh, natürlich ...« Kiera errötete. »Aber du verstehst mich nicht. Ich meinte, dass er mich dann nicht mehr brauchen wird.«

Gerade so, wie er mich jetzt nicht mehr braucht ..., dachte Caitrin und schlug die Augen nieder.

»Und dann möchte ich zu euch zurückkommen.«

Caitrin hob den Kopf, sah Kiera an und versuchte, die Botschaft in diesen großen grauen Augen zu lesen. Zerlumpt und schmutzig, wie sie nach einem Monat des Wanderns aussah, schien sie viel älter zu sein als das zarte Kind, das in Thendara ins Gildenhaus gekommen war, und auf eine merkwürdige Weise viel schöner.

Caitrin betrachtete sie und dachte: *Du hast Donals Liebe gestohlen, und meine auch.*

»Ich möchte ins Gildenhaus eintreten; bis dahin bin ich volljährig ...«, platzte Kiera heraus und errötete von neuem. »Willst du meine Eidesmutter sein, Caitrin? Oder, wenn das erlaubt ist, du und Stelle zusammen?«

Caitrin bemühte sich nicht, die Tränen zurückzuhalten, die ihr über die Wangen rannen. Unfähig zu sprechen, streckte sie ihre Arme aus. Kiera warf sich hinein, und einen Augenblick lang konnte Caitrin sie nur festhalten. Dann hob sie den Kopf, und über die Lichtung hinweg traf sie Stelles weises Lächeln.

Über Elisabeth Waters und »Kind des Herzens«

Nachdem ich sowohl »Eine Mutter auf der Suche« von Diana Paxson als auch diese Geschichte angenommen hatte, wurde ich mir erst klar darüber, dass sie beide das gleiche Thema behandeln ... eine Amazone hat auf ihr Kind verzichtet und muss sich mit dieser schmerzlichen Wahl abfinden. In Elisabeths Erzählung kommt Jamilla zu einem anderen Schluss als Dianas Heldin Caitrin, aber, wie ich meine, ist es eine ebenso gültige Lösung.

An dem Konzept der Freien Amazonen ist stark kritisiert worden, dass eine Frau mit einem Sohn, der älter als fünf ist, nicht im Gildenhaus wohnen darf. Ich kenne die Argumente beider Seiten; zu der Zeit, als ich diese Einschränkung traf (sie wird ausführlich in *Thendara House* behandelt), stand ich mit feministischen Kommunen in Verbindung, die auseinander brachen, weil einige der Mitglieder es nicht zulassen wollten, dass diese »Baby-Männer« (nein, das ist nicht von mir erfunden) in »Frauenraum« eindrangen. Niemand hat je behauptet, alle Amazonen (oder alle Feministinnen) seien perfekt oder auch nur rational. Zeigen Sie mir eine Gesellschaft, die es ist!
Elisabeth Waters lebt mit zwei anderen Frauen, einem großen Jungen, einem Hund und zwei Katzen in meinem Haus in Berkeley. Wir nennen es manchmal ein Gildenhaus, manchmal ein »Heidenkloster«.

Lisa arbeitet als meine Teilzeit-Sekretärin und -Buchhalterin und hat sich auch schon als Schriftstellerin bewährt. Zum ersten Mal erschien sie in der Anthologie *Der Preis des Bewahrers*, zu der sie die Titelgeschichte schrieb. Sie hat auch eine Geschichte an die Andre Norton/Robert Adams-Anthologie verkauft, von uns als ihrem ersten Verkauf »außerhalb der Familie« bejubelt, und arbeitet (nicht sehr eifrig) an einem Roman. Außerdem ist sie in Teilzeitarbeit für eine Computerfirma tätig und hat mir geholfen, ein sehr benutzerfreundliches Textverarbeitungsprogramm auszuwählen, das man es nur als schnuckelig bezeichnen kann.   MZB

Kind des Herzens

von Elisabeth Waters

Jamilla n'ha Gabriella lag in ihrem Bett und fühlte sich kaum noch lebendig. Sie hatte nicht die Energie aufzustehen; sie glaubte, sich nie wieder bewegen zu können. Sie wusste, dass es nach Sonnenaufgang war und dass sie das Bett hätte verlassen sollen, als sie vor einer Stunde erwacht war, aber ihr Körper weigerte sich einfach, zu gehorchen.

Keitha hatte ihr erklärt, das sei ein völlig normales Gefühl. Man nannte es Depression, und der Grund lag für Jamilla auf der Hand. Es war die Folge der Veränderungen in ihrem Körper durch die Geburt, und in Jamillas Fall verschlimmerte die Tatsache es, dass ihr Kind ein Junge war und sie ihn seinem Vater und dessen Ehefrau überlassen hatte, dass sie ihn aufzögen. Aber Edrik war schon vor einem Monat geboren worden, deshalb müsste sie sich inzwischen doch besser fühlen!

Tritte wurden im Gang laut, und ihre Eidesschwester Perdita stürmte ins Zimmer. »Jamilla, um Evandas willen, steh auf! Du weißt, es wird dir besser gehen, sobald du auf bist und dich bewegst – ich verstehe einfach nicht, warum du jeden Morgen im Bett liegen bleibst und eine Stunde lang grübelst! Und solltest du das morgen machen, wenn wir unterwegs sind, werde ich dich aus deinem Schlafsack in den kältesten Bach kippen, den ich finden kann!«

Jamilla kroch mühsam aus dem Bett und griff nach ihren Kleidern. Tränen traten ihr in die Augen. Die Vernunft sagte ihr, dass Perdita sie liebte; sie hatten als Führerinnen zusammengearbeitet, seit Jamillas hausgebundene Zeit vorüber war. Aber im Augenblick kam sie sich wie eine ganz grässliche Person vor und meinte, jeder hasse sie.

Sie schnürte ihre Jacke zu, und Perdita kam zu ihr und klopfte ihr tröstend auf die Schulter. »Es tut mir Leid, Jamilla. Ich weiß, Edrik fehlt dir, aber es hilft nichts, wenn du herumliegst und darüber nachdenkst. Besuche ihn doch heute Vormittag – wir brauchen erst am Nachmittag aufzubrechen.«

Jamilla band die Schnüre zu und fasste nach ihrem Gürtel. »Ich werde ihn nicht besuchen, Perdita. Es ist für ihn besser, wenn er mich nicht kennt – auf die Weise wird er mich nicht vermissen.«

»Ich bin mir nicht sicher, ob das so funktioniert.« Perdita zuckte die Schultern. »Aber das ist deine Sache.« Sie wandte sich zur Tür. »Ich hole schon einmal die Vorräte zusammen. Dass du ja ein ordentliches Frühstück zu dir nimmst, bevor du zu mir kommst.«

Sie packten die Vorräte ein, nahmen das Dinner im Gildenhaus und gingen dann, ihren Schutzbefohlenen abzuholen – einen neunjährigen Jungen, der zum Studium nach Nevarsin ging. Sein Vater war Goldschmied und ein Freund Perditas. Er verabschiedete sich von seinem Sohn mit einer langen Reihe von Ermahnungen, sich schicklich zu betragen, und endete mit: »... und mache ihnen keinen Ärger, Coryn.«

»Warum sollte ich, Vater?«, fragte Coryn mit einem Ausdruck so großäugiger Unschuld, dass man den Ärger bereits kommen sah. »Sind sie nicht meine Tanten?«

Jamilla sah Perdita an und hob fragend eine Augenbraue, worauf Perdita ihr den Blick zurückgab, der bedeutete: »Ich erkläre dir das später.« Dann zogen sie zur Stadt hinaus.

In der Nähe von Thendara war die Straße breit genug, dass sie nebeneinander reiten konnten, und Jamilla bemühte sich, Coryn in ein Gespräch zu ziehen. »Bist du aufgeregt, dass du nach Nevarsin kommst?«

»Nein.«

Irgendetwas schien ihn zu bedrücken. »Bist du nervös wegen der Reise? Sie ist wirklich nicht so schlimm.«

»Wenn sie wirklich nicht so schlimm ist, warum ist meine Mutter dann dabei ums Leben gekommen?«, fuhr Coryn sie an.

»Deine Mutter?«, wunderte sich Jamilla.

»Mara n'ha Kindra«, erklärte Perdita. »Sie ist vor ungefähr fünf Jahren in einem Steinschlag verunglückt. Ich habe sie nur flüchtig gekannt; für gewöhnlich war sie in Armida.«

»Wenn du sie nur flüchtig gekannt hast, hast du sie immer noch besser gekannt als ich«, stellte Coryn bitter fest. »Offenbar lag ihr nichts an meiner Bekanntschaft.« Das musste eine schwärende Wunde sein, denn er fuhr fort: »Vater mag glauben, dass Entsagende edel und wunderbar sind, aber ich glaube, sie war eine Schlampe. Sicher, es wäre anders gekommen, wenn ich ein Mädchen gewesen wäre, aber da ich ein Junge war, wurde ich hinausgeworfen wie der Irrtum einer Hure! In eurem kostbaren Eid heißt es, dass ihr einander Mütter, Schwestern und Töchter seid, aber Zandru helfe euren Söhnen, denn sonst wird niemand es tun!«

Er gab seinem Chervine die Fersen und ritt ein Stück voraus, aber Perdita hielt ein wachsames Auge auf ihn. Jamilla führte die Packtiere. Sie war entsetzt und schockiert. So viel Zynismus und Bitterkeit hätte bei jedem bestürzend gewirkt; bei einem neunjährigen Kind waren diese Eigenschaften abstoßend.

Coryn blieb an der Spitze, bis sie die erste Gabelung erreichten, wo er sich zurückfallen ließ und hinter Perdita ritt, während Jamilla und die Packtiere den Schluss machten. Doch er sprach den Rest des Tages kein Wort mehr.

Unglücklicherweise erstreckte sich dieses Schweigen nicht auf seinen Schlaf. Jamilla hatte Schwierigkeiten einzuschlafen, und als es ihr endlich gelungen war, träumte sie, ihr Baby weine nach ihr. Sie versuchte, zu ihm zu gelangen, aber sie konnte sich nicht bewegen, und das Weinen ging weiter und weiter, bis sie meinte, schreien zu müssen. Und dann wachte sie auf, und sie hörte das Weinen immer noch. Zitternd kroch sie zu Coryns Schlafsack hinüber und entdeckte, dass er die Quelle des Geräusches war. Er schlief fest, und er wimmerte. Jamilla schüttelte ihn sacht. Er fuhr in die Höhe und stieß seinen Kopf gegen ihren Kiefer.

»Ein Alptraum?«, fragte sie mitfühlend.

Er sah verdrossen in seinen Schoß und presste die Lippen fest zusammen.

»Möchtest du darüber reden?«

»Warum sollte ich mit dir reden wollen? Du interessierst dich doch für gar nichts. Du bist nichts als eine Amazone, tust, was dir passt. Gehst weg, wenn dir etwas unbequem wird – ich werde dir niemals vertrauen!« Er legte sich mit dem Rücken zu ihr hin. Jamilla kehrte zu ihrem Schlafsack zurück und gab sich Mühe, mit dem Zittern aufzuhören.

Weinte ihr Sohn auch nach ihr, und würde er, wenn er älter geworden war, glauben, sie habe ihn im Stich gelassen, weil sie ihn nicht haben wollte? Würde er verstehen, dass sie gemeint hatte, wirklich das Beste für ihn zu tun, und dass sie keine Rücksicht darauf genommen hatte, was es sie kostete? Und war es das Beste für ihn?

In dieser Nacht hörte sie Coryn nicht mehr. Sie hätte gern gewusst, ob er die ganze Zeit wach lag.

Am nächsten Tag war er still, aber im Schlaf fing er wieder an zu weinen. Jamilla legte ihren Schlafsack neben seinen und sang, ganz leise, um ihn nicht zu wecken, ein Wiegenlied. Offenbar kam genug davon durch, denn er hörte auf zu weinen und schlief friedlich. Als er am Morgen erwachte und Jamilla neben sich fand, sah er sie merkwürdig an, sagte jedoch nichts. Und am Abend, als sie das Lager aufschlugen, trug er seinen Schlafsack neben ihren – nicht so nahe, wie sie einander am Morgen gewesen waren, aber viel näher als die andere Seite des Feuers, wo er anfangs gelegen hatte.

Während der nächsten paar Tage taute er langsam ein bisschen auf. Er begann, Fragen über die Route zu stellen, die sie nahmen, über die ihm unbekannten Pflanzen am Weg und warum die Sterne so viel heller leuchteten als in der Stadt. Als sie noch einen Tag bis Nevarsin hatten, kamen sie durch eine Senke, in der die Überreste vieler Steinschläge verstreut lagen. Im Augenblick war die Straße frei, aber es hing noch genug von dem Berg über ihnen, um deutlich zu machen, dass sich das jederzeit ändern konnte. Coryn wirkte beim Ritt durch diesen Abschnitt sehr nervös. Erst als sie ihn hinter sich hatten, fragte er mit bemühter Beiläufigkeit: »Ist das der Ort, wo meine Mutter gestorben ist?«

»Ich glaube, ja«, antwortete Perdita, »aber im Allgemeinen ist es hier ganz ungefährlich; ich bin schon dutzende von Malen durchgekommen. Jedenfalls sind wir jetzt durch.«

»Richtig«, sagte Coryn. »Ganz durch.« Aber Jamilla bemerkte, dass er noch längere Zeit zitterte.

In dieser Nacht legte er seinen Schlafsack so dicht neben ihren, dass sie sich beinahe berührten, und es überraschte sie nicht, als das Weinen losging. Diesmal steigerte es sich rasch zu Schluchzen, gefolgt von dem Schrei: »Mutter!«

Perdita, die mehrere Fuß weiter weg schlief, wachte davon auf, aber Jamilla, die Coryn bereits in die Arme nahm, schüttelte den Kopf, und Perdita legte sich wieder hin.

»Mutter, Mutter, verlass mich nicht!«, rief Coryn, immer noch halb im Schlaf, und klammerte sich verzweifelt an Jamilla.

»Ist ja gut, *chiyu*«, murmelte Jamilla beschwichtigend. »Ich bin bei dir, ich halte ich fest, es ist alles in Ordnung.« Das wiederholte sie, bis sich Coryns krampfhafter Griff lockerte und er wieder einschlief.

Als sie am nächsten Morgen erwachte, saß er vor ihr und betrachtete sie. »Ich hatte heute Nacht einen komischen Traum«, verkündete er. »Ich träumte, ich suchte unter all diesen Steinen nach meiner Mutter, und dann war da diese alte Frau – wirklich alt, älter als jeder Mensch, den ich je gesehen habe –, und sie sagte, alle Entsagenden seien meine Mütter, weil sie alle Schwestern und Töchter derselben Mutter seien. Heißt das, dass du meine Mutter bist?«

Lächelnd umarmte Jamilla ihn. »Ja, Coryn, das heißt es. Darum geht es in dem Eid – er soll uns nicht von unsern Familien abschneiden, sondern uns zum Teil einer größeren Familie machen.«

Und Edrik ist immer noch Teil meiner Familie, sagte sie sich, auch wenn er ein Junge ist und nicht bei mir leben kann – Edrik ist immer noch mein Kind. Wenn sie wieder in Thendara war, wollte sie ihn besuchen, auch wenn das für sie beide schmerzlicher war als ein endgültiger Bruch. Sie würden sich irgendwie damit abfinden, ob es schmerzte oder nicht.

Am Eingang zum Nevarsin-Kloster umarmte Coryn sie zum Abschied, und dann umarmte er auch Perdita, »denn wenn Jamilla meine Mutter ist, bist du meine Tante«. Dann machten sich Jamilla und Perdita auf den Rückweg nach Thendara – zu ihrem anderen Sohn und Neffen.

Über Deborah Wheeler und »Hebamme«

Die erste Geschichte, die Deborah Wheeler verkaufte, erschien in meiner Anthologie *Sword and Sorceress*, und sie ließ ihr in *Sword and Sorceress II* eine noch bessere folgen. Natürlich bat ich sie um einen Beitrag zu dieser Anthologie, und sie schrieb »Hebamme«, eine Story, die nicht das ist, was man nach diesem Titel erwartet.

Deborah ist eine junge Frau mit einer vierjährigen Tochter. Sie fing als Teenager an, Kurzgeschichten zu schreiben (meistens über Tiere), hatte jedoch keinen professionellen Erfolg. Dann legte sie ihren schriftstellerischen Ehrgeiz »zu Gunsten ›seriöserer‹ Dinge wie Gesundheitsfürsorge« auf Eis. Sie verirrte sich, wie sie es ausdrückt, »für eine Weile auf das Gebiet der Psychologie«, erwarb am Portland-College einen Master-Titel, war Dozentin für Physiologie und Bakteriologie an ihrem Chiropraktiker-College und Dekan der Schule, als ihre Tochter Sarah noch ein Säugling war. Das Ergebnis, sagt sie, war ein »totales Durchbrennen«, und sie preist sich glücklich, dass sie aufgehört hat, bevor es bei beiden zu viele Narben hinterließ. Deborah besitzt den Schwarzen Gürtel im Kung Fu und unterstützt aktiv die Ausbildung von Frauen in asiatischen Kampfsportarten. Im Augenblick lehrt sie ehrenamtlich Säuglingsschwimmen im hiesigen YMCA. MZB

Hebamme

von Deborah Wheeler

Das Nest war leer bis auf ein großes dunkles Ei. Der zweite Glückszufall war, dass der Eingang zur Höhle des Banshees von Schnee und Geröll teilweise blockiert war, was bedeutete, dass es nicht hereinkommen konnte, ohne Gavriela frühzeitig zu warnen. Andererseits bedeutete es auch, dass sie in einem kleinen, stinkenden Bau gefangen war, bis sie sich mühsam ausgrub.

Gavriela n'ha Alys hockte sich auf die Fersen und bedachte ihre Situation. Sie hatte nicht mehr geweint, seit sie den Eid abgelegt hatte, und sie weinte auch jetzt nicht. Sie hätte in Nevarsin auf ihre Eskorte warten sollen, die durch schlechtes Wetter aufgehalten worden war. Gavi hatte nur an ihre eigene Unruhe und den stärker werdenden Schneefall gedacht; sie wollte um keinen Preis noch einmal im Winter eingeschneit sein, ganz gleich, wie kostbar die medizinischen Aufzeichnungen waren, die sie kopierte. Ihre Ablösung, eine lächelnde, selbstzufriedene Schwester aus Temora, hatte ihren Platz bereits übernommen.

Es lag nichts zwischen Gavi und dem Weg nach Thendara als die dumme Vorschrift, eine Entsagende dürfe nicht allein reisen, und so hatte sie die Gelegenheit ergriffen. Dann hatte sie gemerkt, dass sie verfolgt wurde, und hatte sich Räuber oder etwas noch Schlimmeres vorgestellt. In ihrer Angst hatte sie sich in den Bergen verlaufen.

Gavi wischte sich die schwitzenden Hände an der mitgenommenen Hose ab. Bestimmt durfte sie es wagen, sich eine Weile auszuruhen, und sich darauf verlassen, dass die Lawine, von der sie an diesen Zufluchtsort getrieben worden war, ihre

Verfolger getötet oder zumindest aufgehalten hatte. Sie konnte ihnen weder standhalten noch davonlaufen, auch wenn es ihr gelingen sollte, ihr Packtier wieder zu finden. Als Kämpferin war sie ihnen nicht gewachsen; ihre Eskorte wäre eine fähige Frau mit einer scharfen Klinge und schnellen Fäusten gewesen. Aber sie war allein ...

Alle Schmiede in Zandrus Werkstatt können ein zerbrochenes Ei nicht wieder flicken, ermahnte Gavi sich streng. *Und da wir gerade von Eiern sprechen ...*

Sie ging zu dem braunen Oval hinüber und atmete dabei durch den Mund, denn die Lebensgewohnheiten von Banshees erzeugen einen schrecklichen Geruch. Das Ei lag ein kleines Stück abseits von dem im Mittelpunkt angesammelten Haufen aus Knochen und Abfall. Im matten Licht entdeckte sie ein regelmäßiges Muster aus Höckern und Flecken auf der Oberfläche. Das Ei war ebenso hässlich und stinkig wie der Vogel, der es gelegt hatte.

Gavis Blick blieb an einem großen Knochen hängen, der frei von Fetzen fauligen Fleisches zu sein schien. Sie identifizierte ihn als das Schulterblatt eines *chervine*.

Ermutigt durch seine Glätte und Trockenheit nahm sie das Stück auf und kehrte zu dem mit Schnee und Steinen verstopften Eingang zurück. Der Knochen ersparte es ihr, ihre Fausthandschuhe zu zerfetzen, die sie später noch brauchen würde. Trotzdem war das Graben schwere Arbeit, und Gavi wurde es so warm, dass sie die äußeren Schichten ihrer Kleidung ablegen musste.

Ein- oder zweimal meinte sie, hinter ihrem Rücken ein Geräusch zu hören, und drehte sich voll Angst um, das Banshee sei durch eine andere Öffnung zurückgekehrt. So dunkel es war, sie konnte sehen, dass die Höhle keinen anderen Eingang hatte. Sie hatte eine Stelle freigeräumt, die beinahe groß genug war, dass sie hindurchkriechen konnte, als das Ei heftig zu schaukeln begann. Ein krummer Schnabel reckte sich feucht glitzernd aus einem Schlitz.

Gavis erster Impuls war, durch die enge Öffnung zu hechten, ganz gleich, welchen Schaden Haut und Kleidung nahmen, aber die Vorsicht hielt sie zurück. Wenn nun das Küken dieselben legendären Eigenschaften, was Schnelligkeit und Appetit betraf, wie die erwachsenen Banshees hatte? Dann packte es sie, bevor sie ihr Messer ziehen konnte. Und was war, wenn es sie mitten in dem Tunnel erwischte?

Kr-rack! Schalenstückchen flogen auf den rauen Boden. Dem Schnabel folgte ein knochiger Kopf. Er stupste unsicher an dem Loch herum, das noch zu klein zum Ausschlüpfen war. Das Wesen gab leise, gurgelnde Laute von sich.

Gavi lachte nervös auf. »Du dummer Vogel! Zieh deinen Schnabel wieder zurück, damit du dir den Weg freipicken kannst.«

Wie zur Antwort auf ihre Worte begann das Ei, sich zu drehen, und das Gurgeln steigerte sich zu einem zitterigen Stöhnen. Die Bewegungen wurden so heftig, dass Gavi fürchtete, das Ei könne umkippen und das Banshee-Küken sich den Schädel auf dem Fels einschlagen. Sie hatte nicht mehr an die Geburten denken wollen, denen sie, stumm und elend, in ihrem Heimatdorf beigewohnt hatte. Die Gildenmütter hätten sie gern zur Hebamme oder Tierheilerin ausbilden lassen, aber davon wollte sie nichts wissen. Sie hatte erwidert, sie habe genug Unschuldige sterben sehen und genug Windeln gewechselt, dass es für ein Leben reiche, und sie sei ins Gildenhaus von Thendara geflohen, um diesem Zyklus von Schmerz und Unwissenheit zu entgehen. Nicht hinzugefügt hatte sie, dass sie den Ruf jedes sterbenden Geistes *gefühlt* hatte.

Jetzt hatte sich das kämpfende Banshee-Küken in ihren Geist gedrängt. Sie nahm seine Verzweiflung wahr, als sei es ihre eigene, sie *spürte*, wie seine Kraft nachließ, während es seinen weichen Kopf gegen die unnachgiebige Schale schmetterte.

»Dummes, nicht so.« Gavi legte das *Chervine*-Schulterblatt hin und trat vor das Ei. Sie zog ihr kurzes Messer und stieß es in die Schale, benutzte die Klinge als Hebel, um die Öffnung zu erweitern. Das Küken wurde still, sobald sie sein Gefängnis berührte. Es war noch nass vom Fruchtwasser, aber es roch nicht so schlecht, wie sie erwartet hatte.

Kaum hatte sie eine Öffnung für den Kopf geschaffen, da begann das Umsichschlagen von neuem und zwang sie zurückzutreten, damit sie nicht umgehauen wurde. Bald kam der Rest des geschmeidigen Halses aus der zersplitternden Schale, dann ein runder Körper auf zwei dicken Beinen. Abgesehen von der Schuppenhaut an den Füßen war das Küken mit Flaum bedeckt und einem großen, nassen Haushuhn sehr ähnlich. Trotz des schlechten Lichts konnte Gavi sehen, dass es keine Augen hatte. Mit hämmerndem Herzen trat sie zurück. Natürlich, Banshees orientieren sich bei der Jagd nach Geräuschen und Körperwärme. Der Kopf des Kükens schwang vor und zurück, als schnüffele es in der Luft. Jeden Augenblick konnte es sie wahrnehmen und zuschlagen ...

Das Banshee-Küken tat einen wackeligen Schritt und gab ein schwankendes Summen von sich. *Denk nach, Dummkopf!*, rief Gavi sich selbst zu. *Was brauchen Neugeborene? Nahrung natürlich! Und wenn du ihm nichts anderes gibst, wird es dich fressen!*

Der kleine Rucksack, den sie für gewöhnlich trug, war nicht mit ihrem Tier und dem übrigen Gepäck verloren gegangen. Gavi hob die Klappe und nahm ein Paket Dörrfleisch heraus. Mit aller Kraft ihr Zittern unterdrückend, hielt sie dem Küken einen Streifen hin. Es fuhr mit seinem kläglichen Wimmern fort und schaukelte sich dabei auf seinen klauenbewehrten Füßen vor und zurück. Gavi ging näher heran und ließ ihm das Fleisch vor der Nase baumeln. Plötzlich duckte sich der Vogel, dass der Bauch dicht über dem Boden war, und öffnete den Schnabel.

»Da, Dummes.« Gavi ließ den Fleischstreifen in den klaffenden Schnabel des Kükens fallen. »Da ist es. Wer hätte gedacht, dass du von Hand gefüttert werden musst, so ein großes, hässliches Vieh wie du?« Unter normalen Umständen würde natürlich die Banshee-Mutter das Füttern besorgen.

Das Banshee schlang den Bissen hinunter und nahm von neuem seine Bettelhaltung ein. Kopfschüttelnd gab Gavi ihm noch einen und dann noch einen Streifen. Jetzt zitterte sie nicht mehr, aber sie machte sich Sorgen um ihre Lebensmittelvorräte. Wenn das Küken sich mit allem, was sie hatte, zufrieden gab, griff es sie vielleicht nicht an, aber was sollte sie essen, bevor sie Hilfe erreichte? Und wenn ihre magere Verpflegung nicht genug war, mochte das Küken zu dem Schluss kommen, sie gebe ein feines Dessert ab.

Das Küken verputzte das ganze Fleisch und dazu noch einiges an Trockenobst und Breimehl. Dann schloss es mit widerhallendem Klappen den Schnabel. Den sichtlich angeschwollenen Bauch immer noch dicht am Boden haltend, watschelte es zu Gavi hinüber. Gavi sagte sich, dass das kein Angriff sein konnte, und zwang sich stillzustehen. Das Daunenkleid des Kükens begann zu trocknen und bauschte sich ihm um Kopf und Hals. Es rieb sich an Gavis Stiefeln und Beinen, und sie kam in Versuchung, die weichen Federn zu berühren.

Evanda und Avarra, es hält mich für seine Mutter! So abstoßend es für ihre menschlichen Augen sein mochte, auf einen Erwachsenen seiner eigenen Spezies wirkte es sicher liebenswert.

»Nein! Ich mag dir geholfen haben, aus dieser von Zandru verfluchten Schale herauszukommen, aber ich werde nicht das Kindermädchen oder sonst etwas für dich spielen!«

Aber das nutzte offensichtlich nichts. Sie hatte es gefüttert und mit ihm geredet, und jetzt hatte es sich an ihrer Körperwärme verankert und rieb sich an ihren Beinen. Banshees haben den Ruf, ebenso dumm wie tödlich zu sein, und der reine Instinkt hatte dem Gehirn dieses Kükens das Bild Gavis als der einzigen Quelle von Nahrung und Liebe eingeprägt.

»Ich nehme an, das ist noch ein Glück«, sagte Gavi und ging auf die Öffnung der Höhle zu. »Wenn du glaubst, ich sei deine Mutter, wirst du nicht versuchen, mich zu fressen. Hier muss ich nur noch ein bisschen wegräumen. Nein, stoße mich nicht mit deinem Kopf, du dummer Vogel. Du wirst einen Erdrutsch in Gang bringen, der uns beide begräbt. Geh zurück!« Das Küken drängte sich an ihr vorbei. Sie fasste es mit beiden Händen um den dicken Hals. Die Daunen sahen flaumig aus, waren aber mit einer klebrigen Schicht bedeckt. Als sie ihn berührte, beruhigte sich der Vogel sofort und fing wieder mit seinem zärtlichen Summen an.

»Halt den Mund. Komm mir nicht dauernd in den Weg, dann werden wir beide bald frei sein, ich auf dem Weg nach Thendara, wo jede vernünftige Frau im Winter sein möchte, und du irgendwo anders, so hoch oben und so weit entfernt von mir, wie du es schaffen kannst. Verstanden?« Das Banshee-Küken rieb seinen Kopf an ihrer Hüfte und verstärkte sein hingebungsvolles Summen.

Gavi zog sich durch das Loch und stellte mit einiger Verzweiflung fest, dass sie es reichlich groß für das Küken gemacht hatte. Während es sich zappelnd und Flügel schlagend durch die Öffnung wand, stand sie auf und sah sich um. Auf dem Neuschnee war kein Zeichen von ihrem *chervine* zu sehen, aber sie entdeckte auch keine Spuren ihrer Verfolger. Die rote Sonne hatte sich ein gutes Stück auf den Horizont niedergesenkt.

Gavi zog die Sachen wieder an, die sie beim Graben abgelegt hatte. Ihr blieb immer noch etwas Zeit bis zum Dunkelwerden, und sie wollte nichts davon verschwenden. Mit dem Abend würden eine tödliche Kälte und jagende Banshees kommen, wenn sie dann nicht schon unterhalb der Baumgrenze war. Sie orientierte sich, so gut es ging, nach dem Stand der Sonne und der Neigung der Bergflanke und begann mit dem Abstieg. Das Küken flatterte mit verzweifelten Jammerlauten hinter ihr her.

»Oh, hör auf. Ich bin nicht deine Mutter. Wirf mir bloß nicht vor, ich sei ein herzloses Ungeheuer, das dich im Stich lässt. Du gehörst hierher, und ich nicht. Geh und jage etwas anderes. Schsch!« Sie machte scheuchende Bewegungen mit den Händen. Das Küken hielt an und schwang verwirrt den Kopf von einer Seite zur anderen. Im Tageslicht war es noch hässlicher, als Gavi gedacht hatte.

»Ich habe dafür keine Zeit, ich muss machen, dass ich wegkomme«, betonte sie. »Nein, fang nicht wieder mit diesem Spektakel an, ich kann dich nicht mitnehmen. Armes Ding, ich weiß, das Licht macht dich schläfrig – dann such dir doch einen Platz, wo du dich zusammenkuscheln kannst, und lass mich gehen.«

Schließlich, als das Küken seine anbetende Haltung mit dem Bauch auf dem Boden einnahm, schrie sie mit solchem Nachdruck: »Hau ab, du Scheusal!«, dass das Kleine sich traurig wimmernd an den Eingang der Höhle zurückzog.

Gavi ließ die Baumgrenze hinter sich, bevor es dunkel wurde. Sie fror, und sie hatte sich beim Ausrutschen auf losem Geröll die Haut abgeschürft. In einem Knöchel pochte es Besorgnis erregend, ihr Ellenbogen war blau und geschwollen, und ihre Fausthandschuhe waren zerrissen. Aber im Ganzen war sie noch mit einem blauen Auge davongekommen. Es gelang ihr, etwas Essen hinunterzuwürgen und unter den Zweigen im-

mergrüner Bäume eine geschützte Stelle zu finden. Dort
machte sie sich ein Bett aus den abgefallenen trockenen Nadeln und grub sich der Wärme wegen tief hinein.

Gavriela erwachte, auf einer Seite völlig ausgekühlt. Ein
ziemlich großer und weicher Klumpen hatte sich von oben bis
unten an ihre Beine gelegt. Sie rümpfte die Nase, als ein un-
verkennbarer Geruch sie erreichte, und öffnete die Augen.

Das Banshee-Küken, heute merklich größer als gestern,
stieß sie mit dem Kopf und zeigte seine Zufriedenheit mit gur-
gelnden Lauten. Gavi drehte sich der Magen bei dem Geruch
um. Sie zischte: »Du dummer Vogel, was machst du hier?
Nein, du darfst mir nicht folgen. Au! Idiot, geh von meinem
Fuß hinunter! Du gehörst da oben hin, oberhalb der Baumgrenze, und angeblich bist du doch ein Nachttier.« Sie stand
auf und betrachtete das sie umschmeichelnde Ungeheuer.

»Du scheinst ohne mich gut zurechtgekommen zu sein.
Dieses Blut auf deiner Brust ist doch der Überrest von deinem
Abendessen! Deine Tischmanieren sind verbesserungsbedürf-
tig. Nein, ich lasse dich nicht in meine Nähe, ehe ich dich ein
bisschen gesäubert habe. Halt still!« Die Tannennadeln saug-
ten Flüssigkeit auf und würden dem Ding einen besseren Geruch geben.

Gavi warf die letzte Hand voll schmutziger Nadeln fort und
schob das Küken weg. »Jetzt geh, hörst du mich? Ich will dich
nicht! Verdufte!« Das Küken wackelte ein paar Schritte weg.
Die wärmeempfindlichen Augenflecken an seinem Schädel
glänzten in dem schwachen Sonnenlicht. Sein Summen verwandelte sich in ein trauriges Schluchzen.

Gavi konnte ein Lächeln nicht unterdrücken. »Du gibst die
albernsten Geräusche von dir, aber das nützt dir gar nichts.
Fort mit dir.« Sie drehte sich auf dem Absatz um und stieg
weiter den Hang hinab.

Sie wusste, der Vogel folgte ihr, im Schatten der Felsen versteckt. Banshees werden tagsüber schläfrig, und bei direkter Sonneneinstrahlung fällt ihnen jede Aktivität schwer. Wenn das Ding nur aufgeben und dahin zurückkehren würde, wo es hingehörte!, dachte sie wütend. Hatte sie vielleicht eine pervertierte, tagsüber jagende, den Menschen liebende Monstrosität geschaffen?

Nicht lange, und sie fand einen Wechsel der wilden Berg-*Chervines*, der sie zu einer Wasserquelle führen würde. Sie sah sich die Spuren genau an und entdeckte Abdrücke von beschlagenen Hufen. Wenn Evandas Glück mit ihr war, hatte ihr Packtier überlebt und sie eine Chance, Nahrungsmittel und Ausrüstungsgegenstände wieder zu finden. Sie beschleunigte den Schritt.

Ahnungslos stolperte Gavi in das Lager. Sie war eben vom Hauptpfad abgebogen, und schon saß sie praktisch einem fremden Mann auf dem Schoß, der hastig von einem Kochfeuer aufstand. Es war zu spät, um ihren Irrtum zu berichtigen. Ihre Gedanken waren so mit der Flucht vor dem Banshee und dem Auffinden ihres verlorenen Packtiers beschäftigt gewesen, dass sie die Männer, die ihr am Tag zuvor gefolgt waren, vergessen hatte. Ihr war klar, dass sie sich gegen mehrere erfahrene Kämpfer nicht hätte verteidigen können. Doch gegen diesen einen ... Ihr kleines Messer lag fest und ruhig in ihrer Hand.

Der Mann vor ihr, der sich die Hände am groben Stoff seiner Hose abwischte, war offensichtlich kein Räuber, sondern ein Hirte, und er schien allein zu sein. Gavi senkte die Spitze ihres Messers, verharrte aber in ihrer Kampfhaltung. Ihr Blick fiel auf ihr *chervine*, das auf der anderen Seite des Feuers an einen Baum gebunden und zum Teil von seinen Lasten befreit worden war. Ihr kostbarer Besitz an warmen Kleidern und Decken lag achtlos im Dreck verstreut.

»Das ist mein Tier und mein Gepäck.«

Das Gesicht des Hirten rötete sich. Ein schiefes Grinsen zeigte sehr schlechte Zähne. »Ho-oh-oh!«, rief er im Dialekt der Gegend. »Der Finder behält alles, das ist das Gesetz der Berge. Du bist eine Fremde; vielleicht kennst du es nicht. Wo ist dein Mann?«

»Ich bin eine freie Frau und erkenne keinen Mann als Herrn an.«

»Na so was! Aber ich habe schon von solchen wie dir gehört. Eine herrenlose Dirne also! Es wird dir eine Lehre sein, erst gevögelt und dann verprügelt zu werden, ho-oh-oh, oder ist dir die umgekehrte Reihenfolge lieber?« Beeindruckt von seinem eigenen Humor, brach er in wieherndes Gelächter aus.

Gavi presste angewidert die Lippen zusammen. Und sie hatte das Banshee-Küken für hässlich gehalten! Es war ein Geschöpf der Natur, das seinen Instinkten folgte, ohne ihr persönlich etwas Böses zu wollen. Dagegen hatte der Mann, der sich ihr jetzt höhnisch lachend näherte, wenigstens äußerlich den Anschein eines vernünftigen Wesens, und doch fehlte es ihm völlig an Anstand und Ehre. Gavi hob ihr Messer.

»Ich warne dich, ich bin bereit, mich zu verteidigen.«

Er blieb stehen, aber sein unangenehmer Gesichtsausdruck veränderte sich nicht. »Was, mit dem kleinen Ding?« Er sah auf die Wölbung seines von Fett gepolsterten Bauchs nieder. »Du wirst mir höchstens einen Kratzer damit zufügen. Vielleicht kann ich es hinterher als Zahnstocher benutzen.«

Gavi brauchte ihre ganze Willenskraft, um nicht zu zittern. Sie war sich über die Schwäche ihrer Position im Klaren. Eine innere Stimme redete ihr unaufhörlich zu: *Er versucht, dich einzuschüchtern, höre nicht auf ihn! Eine Freie Amazone gibt niemals auf, hast du denn gar nichts gelernt? Was würden deine Gildenschwestern dazu sagen? Ziele auf eine lebensgefährliche Stelle. Das Fett schützt weder seine Kehle noch seine*

Augen. Du kannst sein Gewicht gegen ihn einsetzen! Aber er hatte ihre psychischen Barrieren durchbrochen, und sie wusste, dass er die Verzweiflung in ihren Augen sehen konnte.

Die gleiche Wut, die sie aus ihres Vaters Haus an das Tor des Gildenhauses in Thendara getrieben hatte, flammte in Gavrielas Herzen auf. *Nein!*, rief sie sich zu, *ich unterwerfe mich nicht wie ein dummes Tier! Ich weiß, ich bin keine gute Kämpferin, aber wenn ich ihn nicht auf andere Weise aufhalten kann, wird er meinen Leichnam schänden müssen. Möge Avarra meiner Seele gnädig sein!*

Sie trat einen Schritt zurück, dachte kurz an Flucht und verwarf den Gedanken. Sie war durch die im Freien verbrachte Nacht geschwächt, und wenn er sie von hinten angriff, hatte sie auch den kleinsten Vorteil verschenkt. Sie schloss die Hand fester um das Messer und holte tief Atem. Es bestand immer noch eine geringe Chance, dass sie ihm Schaden genug zufügte, um fliehen zu können.

Der Hirte halbierte die Entfernung zwischen ihnen mit einer raschen Bewegung. Sie machte sich auf seinen Angriff gefasst, als ein grässlicher Schrei die Luft zerriss. Er lähmte sie, ihr Herzschlag stockte, und beinahe hätte sie ihr Messer fallen gelassen. Wieder erklang der Schrei, so nahe, dass es unmöglich war, die Richtung zu bestimmen.

Die Wirkung auf den Mann war gleichermaßen erstaunlich. Die Farbe wich aus seinem Gesicht, so dass es grauweiß aussah, und er begann heftig zu zittern. »Banshee«, flüsterte er. »Ah, das bedeutet den sicheren Tod, wenn man ein Banshee unter der blutigen Sonne hört.«

»Es ist dein Tod, wenn du mich oder mein Eigentum mit einem Finger berührst!«, rief Gavi. »Hast du geglaubt, ich wolle mich allein mit diesem kleinen Messer verteidigen? Verschwinde, bevor ich dem Dämon befehle, dich zu fressen!«

Einen Augenblick lang fürchtete sie, seine Bauernschläue

werde ihn misstrauisch machen, aber sein Verstand hatte ihn verlassen. Er rannte den Pfad hinunter und ließ die Überreste seines eigenen Lagers zurück. Gavi hörte erst auf zu zittern, als er schon längst außer Sicht war.

Das Geheul erklang noch einmal, diesmal leiser und aus einer zu erkennenden Richtung. Jetzt konnte sie das Küken über sich sehen. Mit unerwarteter Anmut kam es herunter. Das *chervine* wieherte nervös, rollte die Augen und zerrte an seinem Strick. Gavi klopfte es beruhigend.

»Bleib stehen, du dummer Vogel! Du wirst mein Packtier zu Tode ängstigen, und dann bin ich wieder da, wo ich angefangen habe. Gut, gut, ich komme zu dir hinauf. Bleib nur dort!«

Das Küken schien seit dem Morgen schon wieder gewachsen zu sein, und seine Federn waren glatter und weniger flaumig. Sein Jagdschrei verwandelte sich in ein ekstatisches Summen, als Gavi sich ihm näherte.

Gavi beugte sich zu dem Banshee nieder, und ihre Arme legten sich automatisch um seinen Körper. Die Erleichterung schwemmte das Entsetzen hinweg. Lange Minuten vergingen, bevor sie schluchzen konnte: »Oh, du lächerlicher, widerwärtiger Vogel, du hast mich gerettet! Ich war dumm genug, ohne Eskorte zu reisen, und dann hast du diese Aufgabe übernommen!«

Sie hockte sich auf die Fersen. »Was soll ich nun mit dir anfangen? Ich kann nicht hier bleiben, selbst wenn ich wollte, denn der Winter kommt. Nein, hör auf, mich mit dem Schnabel zu stoßen, deine Zähne sind scharf! Hör zu, Dummes – oh, wer ist hier dumm? Ich, weil ich eine Vorschrift gebrochen habe, die zu meinem Schutz erlassen worden ist, oder du, weil du mich für deine Mutter hältst?«

Das Banshee, das immer noch entzückt summte, rieb seinen Hals an ihrem Bein. Zögernd streichelte Gavi ihn und fühlte die ölige Glätte der Federn, die über dem Babyflaum lagen.

»Du kannst wirklich nicht mit mir kommen«, sagte sie mit leiser Stimme. »Du dürftest jetzt nicht einmal wach sein, das ist ungesund für dich. Und du musst auf die Höhen zurückkehren, wo du hingehörst, ebenso wie ich nach Thendara zurückkehren muss.« Sie wurde sich bewusst, dass ein Teil ihres Ichs an dem Kleinen hing, so hässlich es sein mochte. Sie hatte ihm auf die Welt geholfen, hatte es gefüttert, für es gesorgt, mit ihm als ihrem Gefährten gesprochen ... und jetzt musste sie es gehen lassen. Sie musste es in seine natürliche Umgebung zurückschicken. Aber wie? Schimpfen hatte bei ihm nicht gewirkt – was ein Glück war, denn diesem Misserfolg verdankte sie ihr Leben.

Gavi nahm den scheußlichen Kopf in die Hände und achtete sorgfältig darauf, die empfindlichen Augenstellen nicht zu berühren. Sie suchte in ihrem Herzen nach Worten, die das Scheiden ebenso zu einem Akt der Liebe machen würden, wie es das Zusammenbleiben wäre.

»Du musst deinen eigenen Weg gehen, mein Freund, wie ich den meinen. Nicht, weil du in meinen Augen hässlich bist oder weil es kein Band gibt zwischen uns, sondern weil du dein Leben hoch oben in den Bergen führen musst, wo du gedeihen kannst. Du bist ein Kind der Götter ebenso wie ich, und sie haben uns unterschiedlich gemacht. Kehre mit meinem Segen zu deinem angestammten Ort zurück. *Adelandeyo*. Gehe in Frieden.«

Das Banshee-Küken lag ruhig und warm an ihrer Seite, und sein Summen war wie ein pulsierender Herzschlag. Gavi konnte nicht die Spur einer Reaktion oder eines Begreifens erkennen. Warum hatte sie erwartet, es werde sie verstehen? Banshees sind so dumm, dass sie praktisch gehirnlos sind, so hatte sie es immer gehört. Nur die Furcht ihrer Opfer ermöglicht es ihnen, zu überleben.

Das Küken senkte seinen Schnabel mit dem gefährlichen

Haken und den rasiermesserscharfen Einkerbungen und liebkoste ihr Bein mit der glatten Außenfläche. Es hievte sich auf die Füße und verschwand mit überraschender Geschwindigkeit bergauf. Gavi sah ihm nach, bis es außer Sicht war. Dann rieb sie sich Hände und Kleidung mit stark duftenden Blättern ab, bevor sie sich wieder dem *chervine* näherte.

Während sie ihre Kleider und ihren Schlafsack ausschüttelte und wieder zusammenpackte, dachte Gavriela: *Es kann mich nicht verstanden haben, und doch hat es mich verstanden. Vielleicht habe ich mit ihm auf die gleiche Weise gesprochen, wie es mich aus seiner Schale erreicht hat. Wenn ich im Stande bin, die Hebamme für ein Banshee zu spielen, kann ich lernen, alles zu lieben. Die Gildenmütter hatten Recht, ich sollte meine Gaben nützen, aber nicht, um Babys sterben zu sehen, sondern um zu helfen, dass sie am Leben bleiben. Sie werden mir allerdings nie glauben, bei welcher Geburt ich zu dieser Einsicht gekommen bin!*

Das *chervine* stieß sie mit seiner weichen Nase an, und sie führte es den Berg hinunter. Jetzt ging es nach Thendara und nach Hause.

Über Maureen Shannon und »Rekruten«

Die »Rekruten« verdanken ihr Entstehen (laut der Autorin) der Geschichte »Es gibt immer eine Alternative« von Pat Mathews (siehe »Mädchen bleiben Mädchen«). Maureen sagt: »Ich dachte über die Frauen nach, die der Schwesternschaft beitreten möchten, und konnte nicht glauben, dass sie alle so verbissen sein müssen. Es werden doch auch Kandidatinnen kommen, die nichts weiter als Außenseiter sind, aus welchem Grund auch immer, und so kam es zu den ›Rekruten‹.«

Dies ist eine lustige Geschichte, eine angenehme Abwechslung von den üblichen Geschichten über Freie Amazonen unter dem Motto: »Hinter jeder Freien Amazone steht ein Drama, und fast immer ist es eine Tragödie« – was natürlich seine guten Gründe hat. Denn in einer Gesellschaft wie der Darkovers ist es immer eine ernste Sache, wenn eine Frau von der ihr vorgezeichneten Bahn abweicht. Bei voller Anerkennung dieser Tatsache ist es trotzdem schön, sich von all den finsteren Tragödien einmal ausruhen zu können.

Maureen Shannon ist Dozentin am Kankakee Community College, wo sie kreatives Schreiben, Stilübungen für Anfänger und Votech-Kommunikation (was das auch sein mag) unterrichtet. Sie ist Mutter von zwei Töchtern, siebzehn und zwanzig, und Großmutter von zwei Jungen. Sie lebt auf dem Land (in Clifton, Illinois) mit drei Hunden, sechs Katzen und einem Pferd. MZB

Rekruten

von Maureen Shannon

E s ist ein herrliches Haus«, schwärmte Esarilda, »und in einer so ausgezeichneten Lage!«

Fast jeder außer mir hätte die untersetzte Frau an meiner Seite angesehen, als habe sie den Verstand verloren. Das Gebäude, das wir betrachteten, hatte vielen Zwecken gedient; es war unter anderem ein Bordell und eine Söldner-Unterkunft gewesen, aber bestimmt niemals »herrlich«. Drei Stockwerke hoch und drei Zimmer breit, kehrte es eine schäbige, beinahe fensterlose Schwarzstein-Fassade der schmalen Straße zu, auf der wir standen. Auf einem großen Ruinengrundstück zu unserer Rechten waren die verkohlten Überreste eines Lagerhauses und der hässliche, stinkende Unrat von mehreren dutzend Jahren zu sehen. Links teilte ein billiges Bierhaus die hohe Westwand mit unserem Haus. Auf der anderen Straßenseite war noch ein Lokal, flankiert von ein paar kleinen Läden. Am Ende der Sackgasse war in einem großen, ausgedehnten Gebäude eine Kombination von Penne, Kneipe und Bordell untergebracht.

Aber ich pflichtete Esarilda bei. Es war ein herrliches Haus und eine ausgezeichnete Lage, denn das Haus gehörte uns und stellte die erste Erweiterung der Schwesternschaft vom Schwert dar, die vor wenigen Jahren in Thendara eine Niederlassung gegründet hatte. Und schon war unser Haus dort so überfüllt von frisch vereidigten Schwestern, dass der Platzmangel für uns ein echtes Problem geworden war. Dann starb ein Mann, dessen Schwester die Prostitution aufgegeben hatte, um eine von uns zu werden, und hinterließ uns diesen Besitz in Caer Donn. Esarilda und ich waren hergekommen, um ihn uns anzusehen, zu entscheiden, was daran getan werden musste, und Vorbereitungen für die Aufnahme aller Rekruten, die kommen mochten, zu treffen. Aber ich konnte nicht aufhören, mir Sorgen zu machen, ob ich fähig sei, ein Schwesternhaus zu leiten, auch wenn ich im Gildenhaus von Thendara gelebt hatte, seit ich fünf war. Würde ich überhaupt Frauen finden, die sich uns anschließen wollten? In Thendara brachte uns nur die Mundpropaganda neue Mitglieder, denn das Gesetz verbot uns, aktiv um sie zu werben. Wie sollte überhaupt jemand erfahren, dass wir hier und bereit waren, Rekruten aufzunehmen? Und wenn wir welche bekamen, würde es mir dann gelingen, ein harmonisches Zusammenleben zu schaffen?

»Lass uns hineingehen«, drängte Esarilda. Sie zitterte im kalten Spätwinterwind. Ich nahm den großen Messingschlüssel von der Kette um meinen Hals und öffnete die massive, kupferbeschlagene Tür. Die Kräfte von uns beiden waren notwendig, um sie so weit aufzuschieben, dass wir hindurchschlüpfen konnten.

Der zentral gelegene Raum war eine kleine Festung und zweifellos so ausgebaut worden, als das Gebäude Söldner beherbergt hatte. Eine einzige Tür unterbrach die Einförmigkeit der festen Holzwände. Schlitze in der Decke ermöglichten es den Verteidigern, von oben kochendes Wasser auf Angreifer zu gießen. Ich gewann den Eindruck, ein paar tüchtige Schwertfrauen könnten eine Armee von diesem Raum entfernt halten.

Die Tür führte in einen zweiten Flur mit einer Treppe nach oben und Türen in allen Wänden. Wir durchstöberten die einzelnen Räume, und Esarilda stieß bei jeder neuen Entdeckung Rufe des Entzückens aus. Sie fand alles schön, von der riesigen, altmodischen Küche bis zu den zahlreichen kleinen Schlafzimmern im zweiten und dritten Stock. Ich versuchte, ihren Optimismus zu teilen, versuchte, mich auf die Begeisterung einzustimmen, mit der meine Gefährtin, chronologisch zwanzig Jahre älter, aber emotional jünger als ich, die Welt betrachtete.

»Komm und sieh dir das an!«, rief sie. »Sieh nur, was im Hinterhof ist, Maellen!«

Ich folgte ihr durch die Hintertür der Küche in einen engen Gang, der, wie Esarilda bereits ausgekundschaftet hatte, in eine kleine Milchkammer und von da in einen aus Stein gebauten Stall von bemerkenswerter Größe führte. Beide Gebäude waren schmutzig, denn die früheren Bewohner hatten sie verwahrlosen lassen. Geschirre und Werkzeuge verfaulten in Dunghaufen, während große Krüge, die einmal Milch und Käse enthalten hatten, so umherlagen, dass man unmöglich gleich feststellen konnte, ob auch nur einer von ihnen noch heil war.

»Schnell, Maellen. Hier hinaus! Sieh nur, was wir sonst noch haben!«

Ich verließ den Stall und betrat den langen, schmalen Garten des Hauses. Esarildas neueste Entdeckung waren drei dürftige Bäume, an deren kahlen Zweigen immer noch ein paar verschrumpelte Früchte hingen. Esarilda hopste umher wie ein Buschspringer, und ihr kurzes Haar flog ihr um den Kopf wie der buschige bläuliche Schwanz dieses Tieres. Sie verschwand in einem kleinen Gebäude, das an die Grenzmauer gesetzt war, kam wieder zum Vorschein und wischte sich Spinnweben aus dem lächelnden Gesicht. »Sieh doch, Maellen!«, rief sie von neuem. »Was für ein Fund! Das ist ein Hühnerhaus, und weißt du was? Dort sitzt eine Glucke auf einem Nest voller Eier!« Aus dem Ton ihrer Stimme hätte man schließen können, sie habe einen unvergleichlichen Schatz gefunden. Sie drängte mich, einzutreten und mir die kleine braune Henne mit eigenen Augen anzusehen.

»Nein, nein.« Ich blieb im Eingang stehen und betrachtete Spinnweben, Staub und tote Insekten, die sich in Jahren angehäuft hatten. »Ich sehe von hier aus deutlich genug. Die Glucke scheint mir wirklich ein Schatz zu sein. Aber komm jetzt, Esarilda. Es ist beinahe Mittag, und ich habe Hunger. Vielleicht gibt es in dem Bierhaus nebenan auch Essen.«

Mit dem Eifer eines Kindes lief Esarilda durch den Garten zur Hintertür. Ich hatte etwas Gewissensbisse, dass ich sie mit der Aussicht auf Essen weglockte, dem sie niemals widerstehen konnte. Aber es gab noch eine Menge zu tun, wenn wir heute Nacht in unserem neuen Schwesternhaus schlafen wollten. So viel für nur zwei Frauen. Wann, fragte ich mich, würden sich uns andere anschließen?

Wir sahen uns das Bierhaus erst eine Weile von außen an. Das viel versprechende Schild wies es als das *Brüllende Rabbithorn* aus. Ein merkwürdiger Name, in der Tat, aber sobald ich den Wirt kennen lernte, bezauberte mich der Scharfblick, den er durch die Namensgebung bewiesen hatte. Die Gäste schienen zum größten Teil aus dem Personal der verschiedenen kleinen Läden zu bestehen, und es waren auch einige Frauen darunter. So traten meine Gefährtin und ich ein und setzten uns an einen kleinen Tisch an der Wand, wo wir einen guten Blick auf die Eingangstür hatten und, sollten wir angegriffen werden, schnell durch den Korridor verschwinden konnten, der zum Abtritt am Ende des Wirtshausgartens führte. Der Wirt bemühte sich persönlich, unsere Bestellung in Empfang zu nehmen. »Was darf es sein, *domnas?*«, fragte er. Seine tiefe Bassstimme dröhnte aus einem Körper, der so rund und gemütlich war wie der eines Waldbären. »Die Spezialität ist heute Kutteln, und meine Frau hat einen ausgezeichneten Obstkuchen gebacken. Wäre euch das recht? Ich versichere euch«, fuhr er fort, ohne uns Zeit zum Antworten zu lassen, »es ist das Beste, was heute auf der Speisekarte steht. Nicht etwa das Einzige, o nein. Dafür ist meine Carla eine zu gute Köchin. Aber das Beste ist es. Darf es also Kutteln und Obstkuchen sein?«

Uns kaum Zeit genug lassend, mit dem Kopf zu nicken, war er mit einem Sprung wie ein erschrecktes Rabbithorn davon. Esarilda klatschte fröhlich in die Hände. »Ist das aber ein netter Mann!«, meinte sie.

Meine Mutter hatte einmal zu mir gesagt, jede Frau, die unserer Schwesternschaft beitrete, habe eine Tragödie hinter sich. Ich wusste, dass das auf Esarilda zutraf, obwohl ich die Einzelheiten nicht kannte. Meine Mutter lehnte Klatsch ab, und mir selbst widerstrebte es, ihr gegenwärtiges vergnügtes Wesen mit Fragen über das Elend der Vergangenheit zu verstören. Natürlich hatten Männer sie misshandelt, wie die meisten von uns, und doch fand sie immer wieder an denen, die sie kennen lernte, versöhnliche Eigenschaften. Ich hatte jedoch keine Zeit, von neuem über den Charakter meiner Freundin nachzudenken, denn die Frau des Wirts hatte ihren Herrschaftsbereich verlassen, um das Servieren unseres Essens zu überwachen. Sie war so groß, dünn und ruhig, wie er klein, rund und laut war. Als die Schüsseln und Teller vor uns standen, winkte sie ihm, sich zu entfernen, zog eine Bank heran und setzte sich zu uns an den Tisch. Fragend sah sie uns an. »Darf ich euch Gesellschaft leisten?«

»Es ist uns eine Freude«, versicherte Esarilda ihr mit vollem Mund. »Hmmm, das sind die besten Kutteln, die ich je gegessen habe. Ihr seid eine großartige Köchin.« Sie unterstrich ihre Aufrichtigkeit, indem sie sich noch einen gehäuften Löffel in den Mund schaufelte.

Unsere Wirtin neigte den Kopf so würdevoll wie eine Edelfrau. Sie forderte mich durch eine Geste auf, auch mit dem Essen zu beginnen. »Ich bin Carla, und ihr seid die neuen Eigentümerinnen des Hauses nebenan«, begann sie. »Ihr seid Mitglieder der Schwesternschaft vom Schwert. Das erkenne ich nicht daran, dass ihr den Ring im Ohr und die rote Jacke tragt, obwohl ich eine Cousine im Gildenhaus von Thendara habe. Nein, es ist die Messingkette um Euren Hals, *domna,* die ich viele Male gesehen habe, wenn der alte Larren zum Essen herkam. Er erzählte mir im letzten Winter, als es ihm so schlecht ging, was er mit seinem Besitz zu tun beabsichtige – es gibt tatsächlich kaum eine Menschenseele in Caer Donn, der er es nicht erzählte, so stolz war er auf ›meine Schwester, die Schwertfrau‹. Ich habe auf eure Ankunft gewartet.«

Ich legte den Löffel hin. Ihre Stimme und ihr Gesicht waren ruhig, und ich konnte nicht entscheiden, ob sie uns freundlich oder feindlich gesinnt war.

»Habt ihr zufällig beim Eintreten das Schild über der Tür gesehen?«

»Ja und?« Ich verhielt mich höflich, aber reserviert. Nicht so Esarilda. »So hübsch, Carla, ein richtiger Kunstgenuss. Wer hat es gemalt?«

»Meine Tochter Shaya. Und sie ist der Grund, dass ich auf eure Ankunft gewartet habe. Sie ist ein braves Mädchen, meine Shaya, und eine gute Köchin, wenn sie mit den Gedanken bei der Sache ist. Aber das ist das Problem. Es kommt selten vor, dass sie Lust dazu hat. Sie malt Bilder wie das lustige Porträt ihres Vaters auf dem Wirtshausschild und schnitzt Figürchen wie die auf dem Kaminsims.« Sie wies mit der Hand auf mehrere dutzend hölzerne Statuen, die alle so drollig waren wie das Gemälde. »Ich habe gute Heiraten für meine anderen Mädchen abgeschlossen, so dass nur noch die beiden Kleinen und Shaya übrig sind. Aber welcher Mann will eine Frau, die ständig träumt? Shaya ist ein bisschen zart, ich bezweifele, ob ihr eine Schwertfrau aus ihr machen könnt, aber meine Cousine erzählte, dass es in einem Gildenhaus auch viele andere Aufgaben gibt.«

»Aber, Carla«, protestierte ich, »Mitglieder der Schwesternschaft müssen aus eigenem freiem Willen kommen.«

»Oh, es ist ihr Wille, sich euch anzuschließen, ich breche doch nur das Eis für sie. Sie ist ein bisschen schüchtern, meine Shaya. Sie ist oben. Wollt ihr hinaufgehen, wenn ihr gegessen habt?«

Ich nickte, immer noch widerstrebend. Diejenigen, die bei uns den Eid leisten, müssen fest entschlossen sein, weil sie auf starke Ablehnung stoßen werden. Zu viele Männer – und auch Frauen – halten unsere Schwesternschaft für unnatürlich, unschicklich, eine Gefahr für die Beziehungen zwischen Männern und Frauen in allen Hundert Königreichen. Diese Frau wirkte so dominierend, dass ich fürchtete, ihre Tochter solle uns aus irgendeinem heimtückischen Grund aufgedrängt werden, vielleicht als Spionin.

Esarilda war als Erste auf der Treppe und sprang die Stufen hoch, als habe sie nicht gerade Nahrung für drei große Männer zu sich genommen. »Hallo, du!«, hörte ich sie. »Deine Mutter sagt, du möchtest der Schwesternschaft beitreten.« Ich war einen Schritt hinter ihr, deshalb war mein erster Eindruck von Shaya ihre melodische Stimme, die Esarilda glockenhell antwortete.

»Ja. Das ist mein größter Wunsch, seit Cousine Callie zu Besuch da war und uns von der Schwesternschaft erzählte. Bitte, sagt, dass ich es versuchen darf.«

Mir wurde schwer ums Herz, als ich sie sah. Ganz bestimmt war sie zart, und außerdem war sie verkrüppelt; als Folge einer Kinderkrankheit war ein Bein kürzer als das andere. Sie war so klein wie Esarilda, aber nur halb so dick. Eine Masse von braunem Haar umgab das zu magere Gesicht mit den großen, verträumten Augen. Wie könnte sie sich verteidigen? Dieses Mädchen würde nie im Stande sein, ein Schwert zu heben und einem Mann Widerstand zu leisten.

»Aber Maellen, wirklich, das kann ich auch nicht«, warf Esarilda mir vor, und ich schämte mich, als ich erkannte, dass ich laut gesprochen hatte.

Shaya erklärte mit ihrem weichen Stimmchen: »Cousine Callie sagt, dass nicht alle Schwestern zum Kampf hinausziehen. Einige verdingen sich als Bergführerinnen oder rüsten Karawanen aus, und andere besorgen im Gildenhaus das Nähen, Kochen, Putzen und so weiter. Ich bin eine sehr gute Näherin, und meine Mutter hat mich vieles von ihren Kochkünsten gelehrt. Ich werde der Schwesternschaft bestimmt von Nutzen sein, wenn ihr es mich nur versuchen lasst. Ich male auch«, setzte sie bescheiden hinzu, »und viele Leute sagen, meine Bilder seien gut. Ich könnte ein Schild für die Eingangstür malen, damit die Leute wissen, dass dies das Schwesternhaus ist. Und ich singe und spiele, so dass ich die Schwestern des Abends unterhalten könnte.« Ihre Worte überstürzten sich, und als sie fertig war, sah sie mich mit diesen großen traurigen Augen an. Ich war mir nicht sicher, ob Shaya eine Frau von der Art war, wie die Schwesternschaft sie mit Freuden aufnimmt; die meisten Rekruten meiner Mutter in Thendara waren Erwachsene, die ein schweres und hartes Leben geführt hatten. Und doch verpflichtete uns unsere Regel, jede Frau, die zu uns gehören wollte, das Gelübde für ein Jahr ablegen zu lassen. Wenn ihr das Leben bei uns gefiel, konnte sie sich danach für drei Jahre verpflichten und schließlich Mitglied auf Lebenszeit werden, wie Esarilda und ich.

»Nun gut«, entschied ich, »wenn du für ein Probejahr zu uns kommen willst, dann magst du das tun.«

»Darf ich gleich heute kommen?« Shaya mühte sich auf die Füße und stützte sich auf eine wunderschön geschnitzte Krücke. Sie schafft Schönheit aus Notwendigkeit, dachte ich. Sie und Esarilda werden sich gut miteinander vertragen.

»Das Haus ist furchtbar schmutzig«, warnte ich sie. »Es gibt keine saubere Stelle, wo wir heute Nacht schlafen könnten, und ich glaube, in dieser Küche hat seit Jahren niemand mehr gekocht.«

Shaya lachte entzückt auf. »Dann gibt es bereits etwas, das ich tun kann. Ich werde euch helfen zu kochen und zu putzen, damit wir heute Abend essen und schlafen können.«

Sie hielt ihr Wort. Wir drei scheuerten im zweiten Stock für jede von uns ein Zimmer und bezogen die Betten mit sauberen Leintüchern, die wir von Thendara mitgebracht hatten. Wir hatten keine Zeit, noch vor dem Abendessen die Küche in Angriff zu nehmen, aber da klopfte Carla mit einem Tablett voller leckerer Sachen an die Gartentür. Ihr für gewöhnlich ernstes Gesicht verzog sich zum Lächeln, als sie sah, wie Shaya mit einer Begeisterung zulangte, die eher für Esarilda typisch war. »Ihr habt ihr bereits gut getan«, lobte Carla. »So tüchtig gegessen hat sie zu Hause nie.« Sie ging und versprach trotz unseres Protests, am Morgen wiederzukommen und die Küche in Ordnung zu bringen. »Sollen meine anderen Töchter dieses eine Mal dem Vater helfen«, sagte sie. »Das kann ihnen gar nichts schaden.«

Am nächsten Tag war es nach Mittag, als uns vier ein widerhallendes Läuten erschreckte. Wir fuhren zusammen und sahen uns an. Unsere Herzen hämmerten. Dann begann Shaya zu lachen. »Es ist die Türglocke«, kicherte sie. »Ich erinnere mich, diese Töne gehört zu haben, als die Söldner hier wohnten. Ach du meine Güte, so, wie wir erschrocken sind, könnte man meinen, es sei Zandru, der uns in seine dunkelste Hölle holen wolle!«

Wie es mir als Hausmutter zukam, ging ich zur Tür, aber ich war froh, dass mir die drei anderen folgten. Ich legte die Hand an mein Schwert, in dessen Führung ich mir so etwas wie den Ruf einer Meisterin erworben hatte. Würde ich es jetzt schon brauchen, um unser Haus zu verteidigen?

Carla musste mir helfen, die widersetzliche Tür zu öffnen. Ich sah die sieben Stufen zur Straße hinunter, und da standen eine junge Frau, ein Hund und eine Eselin, auf deren Rücken der hässlichste aller Vögel hockte. Die hinfällig wirkende Eselin hatte ein ungleichmäßiges Fell, eine dürftige Mähne und nur die Andeutung eines Schwanzes. Außerdem war sie trächtig, und ihr Bauch war so geschwollen, dass man meinte, sie könne jeden Augenblick in die Luft steigen. Der Vorstehhund wirkte größer und breiter als der Esel. Nachdem er sich alles angesehen hatte, gähnte er, wobei er Furcht erregende Fangzähne enthüllte, legte sich auf den Boden und machte sich daran, seine massigen Pfoten zu lecken. Der Vogel krächzte, hob seinen struppigen Federbusch und starrte mich mit glitzernden dunklen Augen an, die tief in seinem nackten, hässlichen Kopf saßen.

»Ich bin gekommen, um mich den Schwertfrauen anzuschließen«, erklärte die Fremde. »Habt ihr einen Stall für meine Freunde?«

Sie war ebenso außergewöhnlich wie ihre Tiere. Ihre Schwangerschaft war nicht zu verkennen; wie die Eselin war sie so dick, dass man erwartete, sie jeden Augenblick in dem frischen Wind davontreiben zu sehen. Vor einiger Zeit hatte sie sich offensichtlich das Haar abgesäbelt, so dass es sich jetzt in einen Zoll langen Ringeln von heller, rötlich gelber Farbe um ihren ganzen Kopf lockte. Ihre Augen waren graugrün und standen schräg zu beiden Seiten einer sommersprossigen Stupsnase.

»Nun? Wollt ihr mich hier draußen in der Kälte und Nässe stehen lassen, oder darf ich eintreten?«

Ein bisschen aus der Fassung geraten, denn diese neue Kandidatin schien mir noch unpassender zu sein als die erste, schickte ich sie an die Hintertür des Gartens, während ich durchs Haus zurückging, um es für sie aufzuschließen. Carla machte sich lachend auf den Weg zum Brüllenden Rabbithorn, und Esarilda und Shaya eilten nach oben, um für unseren neuesten Rekruten ein weiteres Zimmer zu säubern.

Ich führte die junge Frau in den Stall und entschuldigte mich für seinen heruntergekommenen Zustand. »Kein Problem«, meinte sie. Obwohl sie sich, behindert durch den dicken Bauch, unbeholfen bewegte, merkte man ihr an, dass sie sich auskannte. »Für Cassilda –« sie streichelte die Eselin und führte sie in den Stall, in den sie etwas altes Stroh getragen hatte »– habe ich noch ein wenig Korn übrig, aber Fang hat das letzte Fleisch, das ich hatte, längst gefressen. Ihr werdet für sein Abendessen etwas besorgen müssen.« Der Vorstehhund schien zu wissen, dass sie von ihm redete, denn er rieb seinen dicken Kopf an ihrer Schulter. Seine Herrin tätschelte ihn schnell und wandte ihre Aufmerksamkeit dann dem Vogel zu.

»Komm, meine Schöne«, summte sie dem Vogel zu, hob ihn auf eine improvisierte Sitzstange und überprüfte die Beinfesseln, ob sie auch nicht scheuerten. »Seefar gehört mir eigentlich nicht«, erklärte sie, »nicht so wie Cassilda und Fang, die schon seit meiner Kinderzeit bei mir sind. Ich habe sie auf dem Weg hierher gefunden. Es hat eine Schlacht stattgefunden, und ich nehme an, sie ist als tot liegen gelassen worden. Da habe ich sie mitgenommen und gepflegt. Ich konnte doch nicht zulassen, dass sie für den falschen Mann spioniert, nicht wahr? Nein, das konnte ich natürlich nicht.«

Ein bisschen benommen regte ich an, wir sollten hineingehen und für ihre eigene Bequemlichkeit sorgen, jetzt, wo ihre Gefährten untergebracht seien. Als der Hund uns folgen wollte, bat ich sie, ihn im Stall zu lassen, aber sie sagte, das könne sie erst dann tun, wenn er sich in seinem neuen Heim eingelebt habe. So kam es, dass ich, während ich Brei für unsere neueste Kandidatin aufwärmte, den Hund mit Überresten vom

Mittagessen fütterte. Beide aßen, als hätten sie seit Wochen keine anständige Mahlzeit mehr bekommen. Esarilda und Shaya setzten sich auch zu uns, und Esarilda in ihrer freundlichen Art bekam die Information, nach der zu fragen mir meine Zurückhaltung nicht erlaubt hatte.

»Kadi«, antwortete die Neue auf Esarildas Frage nach ihrem Namen. »Mein Onkel spielt den König in den Kilghardbergen, und dorthin wurde ich gebracht, als man mich noch auf dem Arm trug. Er wollte mich mit seinem jüngsten Sohn verheiraten, denn meine Mutter war die *Nedestro*-Tochter eines Serrais-Lords, und er wünschte sich das *laran* dieses Hauses für seine Enkel. Ich selbst habe nur ein bisschen davon, nicht genug, um mich für einen Turm zu qualifizieren. Allerdings war ich eine Weile im Neskaya-Turm, damit ich lernte, meine Gabe zu kontrollieren.«

Sie sah den überwältigten Gesichtsausdruck Shayas und beeilte sich, ihr zu versichern: »Wirklich, es ist nur ein bisschen. Gerade genug *laran*, dass ich mit Tieren arbeiten kann, sonst nichts. Wirklich. Bitte, verabscheue mich deswegen nicht.«

Shayas Lachen klang wie das Läuten von winzigen Glöckchen. »Als ob ich das könnte! Ich finde es wundervoll, ganz gleich, was die Leute in der Stadt über die *Hali'imyn* munkeln. Aber lass dich das nicht kränken. Mich halten die Menschen für seltsam, nur weil ich Tiere malen kann, als seien sie lebendig. Du kannst sogar heute Nacht mit in meinem Zimmer schlafen, wenn du willst.« Shaya, mit vierzehn Geschwistern aufgewachsen, war bei dem Gedanken an ein eigenes Zimmer in Ekstase geraten, aber sie verzichtete gern auf das Privileg, um es der Neuen gemütlich zu machen.

»Vielleicht ist es besser, wenn ich es nicht tue«, erwiderte Kadi. »Mein Kind kann jetzt jederzeit kommen.« Damit erwähnte sie ihre Schwangerschaft zum ersten Mal. Froh, dass das Thema angeschnitten worden war, fasste Esarilda nach ihrer Hand und strahlte über das ganze runde Gesicht.

»Wann ist denn der kleine Liebling fällig?« Ich verzog ein wenig das Gesicht bei ihrem albernen Ton. Esarilda hatte selbst eine Reihe von Kindern geboren, obwohl ich von keinem wusste, das am Leben geblieben war. Man hätte meinen sollen, dass Babys für sie keine Neuheit mehr seien. Ich, die ich die größte Zeit meines Lebens im Gildenhaus gewesen war, hatte jede Zahl von Babys kommen und gehen sehen. Waren es Mädchen, erlaubte man ihnen, zu bleiben und als eine von uns aufzuwachsen. Waren es jedoch Jungen, mussten sie im Alter von fünf weggegeben werden. Das Suchen nach Pflegestellen für sie und das Miterleben von qualvollen Abschiedsszenen zwischen Müttern und Söhnen hatten mich in meinem Entschluss bestärkt, niemals Kinder zu haben. Das war auch höchst unwahrscheinlich, da ich gar nicht die Absicht hatte, mir einen Liebhaber zu nehmen. Ich brach meine Überlegungen ab, als ich Kadis Antwort hörte.

»Jederzeit, wenn ich richtig gerechnet habe. Ich habe zu Avarra gebetet, dass ich es noch hierher schaffe. Empfangen habe ich im letzten Frühling. Da standen vier Monde am Himmel, und ihr wisst, es heißt, was man unter den vier Monden tut, daran braucht man sich nicht zu erinnern, und das braucht man nicht zu bereuen. Nun, ich bereue diese Nacht nicht.« Sie seufzte tief und schloss die Augen, und ihr Gesicht nahm den Ausdruck verträumter Zufriedenheit an. Als sie die Augen wieder öffnete, sah sie unsere bestürzten Gesichter und errötete. Verlegen klopfte sie sich auf den Bauch. »Und das ist etwas, an das man sich erinnern muss.«

»Wer ist der Vater des Kindes?«, erkundigte sich Esarilda und reichte Kadi Brot und Käse. Ich schüttelte bestürzt den Kopf. Nie hätte ich mich getraut, eine so persönliche Frage zu stellen, und wenn doch, wäre meine Gesprächspartnerin bestimmt beleidigt gewesen. Es musste Esarildas echte Teilnahme sein, die die Menschen dazu brachte, ihre direkte Art zu akzeptieren.

»Er war Techniker in Neskaya, einer, der freundlich zu mir war, als ich hinkam. Er ist tot, in der gleichen Schlacht gefallen, in der mein armer Vogel verwundet wurde. So viele sind jetzt tot, auch mein Onkel und der Cousin, den ich heiraten sollte. Mein Onkel gab den Plan auf, weil ich behauptete, mein Kind sei von vielen Vätern gezeugt. Er ahnte nicht, dass der Vater der Sohn eines Ridenow-Lords war, sonst hätte er mich nicht hinausgeworfen, sondern sofort Pläne geschmiedet, wie er durch mein Kind mehr Macht erlangen könne. Nun, das liegt hinter mir. Es war eine lange Reise bis hierher. Ich war nach Thendara unterwegs, doch dann traf ich Schwertfrauen, die an der Schlacht teilgenommen hatten, und sie rieten mir, dieses Haus aufzusuchen. Das habe ich dann auch getan.« Sie beugte sich vor, legte ihre Beine auf eine Bank und lehnte sich auf ihrem Stuhl zurück. Ihre lächelnde Zufriedenheit wärmte ebenso wie das Feuer im Herd. »Wie gut es tut, nach Hause zu kommen! Ich wollte der Schwesternschaft beitreten, seit ich während meines Aufenthalts im Neskaya-Turm das erste Mal von ihr hörte. Ein Leben ohne einen Mann, der einen herumkommandiert, der sagt ›tu dies‹ oder ›tu das‹ und Entscheidungen für mich trifft, als sei ich ein schwachsinniges Kind! Wie schön wird das sein.«

Ich wechselte einen Blick mit Esarilda. Hatten wir eine Rebellin aufgenommen? Es gibt zahlreiche Regeln für das Leben im Schwesternhaus. Manchmal fühle ich mich eingeengt von all diesen Vorschriften, die uns eine Existenz ohne tägliche Kämpfe mit den Gardisten und anderen, die uns unsere Freiheit von männlicher Herrschaft übel nehmen, ermöglichen.

Esarilda schüttelte ganz leicht den Kopf, dass ihr krauses Haar sich hob und wieder an seinen Platz senkte. Sie fasste

Kadi bei der Hand. »Komm, Kind, für dich ist es jetzt Zeit, zu Bett zu gehen.«

Sie half unserer neuesten Rekrutin auf die Füße und wollte sie zur Treppe führen, als Kadi sich plötzlich krümmte und mit erschrockenem Gesicht ihren Bauch umklammerte. Sie stieß einen leisen Schrei aus. »Ich glaube, das Kind kommt heute Nacht.«

Später, als wir sie ins Bett gebracht hatten, sah sie mich mit schwachem Lächeln an. »Wenn ich Glück habe, werdet ihr in Kürze eine neue Kandidatin für die Schwesternschaft bekommen.«

Ich wollte sie nicht aufregen, deshalb entschloss ich mich, ihr nicht zu sagen, dass sie einen Sohn werde weggeben müssen. Dazu war später noch Zeit, dachte ich, aber wie gewöhnlich konnte Esarilda nicht schweigen. »Was wirst du tun, wenn es ein Junge wird?«

Kadi konzentrierte sich auf ihre Atmung und antwortete nicht gleich. Als die Wehe vorüber war, keuchte sie: »Ich werde Darrils Vater benachrichtigen. In seinem Haus sind nach den langen Kriegsjahren nur noch so wenige männliche Wesen am Leben, dass er sich über einen *Nedestro*-Enkel freuen wird.«

»Würde es dir nichts ausmachen, auf dein Baby zu verzichten?«, fragte Shaya neugierig. Sie saß neben Kadis Bett, und der Vorstehhund hatte sich zu ihren Füßen ausgestreckt.

Kadi schüttelte den Kopf, umklammerte Shayas Hand und atmete rasch durch den Mund. Als auch diese Wehe vorbei war, beantwortete sie Shayas Frage. »Nein, weil es nicht mein Entschluss war, jetzt ein Kind zu bekommen. Wenn Darril noch lebte, wäre es vielleicht anders. Aber das glaube ich eigentlich nicht. Er hätte den Turm wohl nicht verlassen wollen, und ich plane schon seit Jahren, eine Schwester vom Schwert zu werden. Ich glaube, aus mir wird eine gute Schwertfrau.«

Dann hatte sie keine Zeit mehr, sich zu unterhalten. Esarilda war längere Zeit Hebamme im Thendara-Haus gewesen, und sie behauptete, niemals eine so schnelle und anscheinend mühelose Geburt miterlebt zu haben. Ihre Ausbildung im Neskaya-Turm half Kadi, den Schmerz unter Kontrolle zu halten, und die wochenlange Reise hatte ihren Körper stark und gesund gemacht. Am späten Nachmittag hatte sie nicht nur einen, sondern gleich zwei rothaarige Söhne geboren. Sie waren klein, aber energisch, und ihr kräftiges Schreien bedeutete für Esarilda ein Entzücken ohne Ende. »Die meisten meiner Kinder haben gar nicht erst geatmet«, sagte sie sehnsüchtig, »aber diese kleinen Herrchen werden die ganze Nacht brüllen, wenn du sie nicht zufrieden stellst.«

Das Läuten der Glocke gab mir einen guten Vorwand, das zu heiße, zu laute, zu emotionale Zimmer zu verlassen. Es machte mir nicht einmal etwas aus, dass Shaya und Esarilda zurückblieben und mit den Zwillingen schäkerten, während die müde, aber triumphierende Mutter zusah.

Zwei Frauen standen oben auf der Treppe; ihre Gesichter waren im flackernden Licht meiner Fackel undeutlich. »Ist dies das Haus der Schwesternschaft vom Schwert? Ja? Dann bitten wir um Asyl.«

So vieles geschah so schnell, dass ich mich bedrängt fühlte. Ich bat die beiden, in die Halle einzutreten. Hier war besseres Licht, und ich konnte sie mir genauer ansehen. Eine von ihnen war eine Frau mit schwerem Knochenbau, stark und gesund und von herrischem Gebaren. Sie warf einen letzten Blick die Straße hinunter und stemmte dann die Schulter gegen die Tür. Diese Tür, mit der ich den ganzen Tag gekämpft hatte, schloss sich widerstandslos. »Nun«, dachte ich mehr oder weniger zusammenhängend, »wenigstens habe ich eine Aufgabe für diese Rekrutin. Sie kann Pförtnerin werden.« Dann schüttelte ich den Kopf; ich merkte, dass ich dummes Zeug dachte.

»Ich bin Mhari, und das ist Clea, und wir sind gekommen, uns der Schwesternschaft vom Schwert anzugeloben. Dies ist der richtige Ort, nicht wahr?« Ohne auf meine Antwort zu warten, fuhr sie fort: »Wo ist die Hausmutter?«

»Ich bin die Hausmutter. Und ich will euren Eid entgegennehmen, aber ich warne euch, dass wir von der Schwesternschaft einen solchen Eid ernst nehmen.« Ich richtete mich auf. Wohl mochte ich dazu neigen, mir zu viele Sorgen zu machen, aber als Verteidigerin unserer Prinzipien konnte ich unerbittlich sein. »Wir verlangen von jeder Frau, dass sie weiß, was sie erwartet, wenn sie eine von uns wird.«

Zum ersten Mal sprach die kleinere Frau. »Uns ist klar, dass wir viel zu lernen haben, aber wir wissen einiges von dem, was die Schwesternschaft repräsentiert. Die Ehefrau von einem der Gardisten auf Burg Hawkridge lief davon, um sich den Schwertfrauen anzuschließen. Sie hatte in drei Jahren drei Kinder geboren und sagte, sie habe es satt, eine Zuchtstute zu sein. Alaric verfolgte sie, um, wie er sagte, Vernunft in sie hineinzuprügeln und sie zurückzuholen, aber sie war schon der Schwesternschaft beigetreten und weigerte sich, mit ihm zu gehen. Er hielt sich eine Weile in der Nähe auf. Schließlich gab er auf und ritt nach Hause, aber diesen ganzen Winter konnte er sich über diese Organisation nicht beruhigen. Wir glaubten, was wir hörten.« Ihre Stimme war zum Schluss ein bisschen schrill geworden, als fürchte sie, sie werde mich nicht überzeugen können, und ich würde sie abweisen.

Mhari legte schützend den Arm um Clea und küsste sie auf die Wange. Dann sah sie mich herausfordernd an. »Mein Mann hat Clea zu seiner *barragana* genommen, aber ich bin es, die sie liebt. Wir haben gehört, dass die Schwestern vom Schwert Frauen lieben dürfen, ohne von ihren Gefährtinnen für schlecht und unnatürlich gehalten zu werden.«

»Nun ja, so ist es. Aber das ist kaum ein triftiger Grund, um der Schwesternschaft beizutreten.«

»Oh, unser einziger Grund ist es nicht«, stellte Mhari fest. »Ich wurde von meinem Vater in die Ehe gegeben, und es war ihm gleichgültig, dass ich ihn anflehte, mir nicht diesen Mann aufzuzwingen. Er war viel älter als ich und hatte bereits zwei Ehefrauen begraben. Aber ich erfüllte meine Pflicht und schenkte ihm vier Söhne. Er war ein solcher Wüstling; mindestens ein Dutzend Bastarde von ihm verteilen sich über das ganze Land. Dann zwang er Cleas Vater, sie ihm zu geben – im Grunde, sie ihm zu *verkaufen*. Und er beeinflusste meine Söhne gegen mich.«

Nun war Clea an der Reihe, Mhari zu trösten. Sie murmelte beruhigende Worte und streichelte ihr die Hand. Mhari lächelte ihr liebevoll zu und richtete den Blick wieder auf mich. »Mein Mann, der schon immer ein Dummkopf war, schlug sich in der Schlacht auf die Seite des Verlierers. Jetzt sind er und meine Söhne tot, und Burg Hawkridge ist einem der Lords gegeben worden, die dem Hastur-König folgen. Wir wären Teil der Beute gewesen, und er hätte mit uns tun können, was er wollte. Da haben Clea und ich unsere Sachen gepackt, die Reitpferde, die unser Eigentum waren, bestiegen und sind davongeritten.«

»Anfangs«, setzte Clea den Bericht fort, »hatten wir Angst, wir würden nach Thendara und dabei durch das Land ziehen müssen, wo der Krieg tobt. Aber im letzten Winter hörte unser Lord, der Geschäfte hier in Caer Donn hat, von dem Testament des alten Larren. Deshalb sind wir hierher gekommen und haben gewartet, bis Ihr eintraft. Wir haben erst heute Morgen von Eurer Ankunft gehört. Und da sind wir nun. Bitte, sagt, dass wir bleiben dürfen.« Sie keuchte auf und drückte sich gegen Mhari. Mhari sah über meine Schulter, schob Clea hinter sich, zog ein langes Messer und hielt es niedrig, als wisse sie es zu benutzen. Ich drehte mich rasch um. Kadis Vorstehhund stand im Eingang hinter mir.

»Das ist in Ordnung«, sagte ich erleichtert. »Fang gehört einer von der Schwesternschaft.«

Shaya hinkte in unser Blickfeld. »Oh, Maellen, Kadi macht sich Sorgen. Sie ist durch ihre Verbindung mit ihrer Cassilda aus dem Schlaf erwacht. Die Eselin hat Schwierigkeiten beim Gebären, und Kadi möchte zu ihr gehen und ihr beistehen, aber Esarilda verbietet ihr, das Bett zu verlassen. Ich dachte, vielleicht könnte meine Mutter helfen. Sie hat bei allen meinen Schwestern und Schwägerinnen die Hebamme gespielt. Vielleicht ist es bei einem Esel nicht so viel anders.« Sie war so aufgeregt, dass sie gar nicht auf unsere neuesten Rekruten achtete.

»Das ist eine Aufgabe für mich«, meldete sich Clea. »Mein Vater war Hufschmied und hat auch die Heilkunst und Geburtshilfe bei Pferden praktiziert. Ein Esel unterscheidet sich nicht sehr von einem Pferd. Ich bin sicher, dass ich helfen kann.«

»Geh du wieder zu Kadi und beruhige sie«, sagte ich zu Shaya, »und ich werde unsere neuen Schwestern in den Stall führen.« Auf dem Weg dorthin erklärte ich ihnen, dass Kadi soeben Zwillinge geboren habe und ihr Bett nicht verlassen könne. »Natürlich ist sie nervös«, setzte ich hinzu. »Sie und ihre Tiere sind durch *laran* verbunden.«

Der Vorstehhund ging mit uns und legte sich neben den Kopf der Eselin. Ich hatte bisher wenig mit Tieren zu tun gehabt und kam nun aus dem Staunen nicht heraus, welchen Trost die stummen Kreaturen einander spendeten. Clea war eine erfahrene Geburtshelferin, und bald sah ich hingerissen zu, wie sich das Neugeborene auf die wackeligen Beine stellte. So ungeschickt es war, den Weg zu seiner Mutter fand es sofort, und dann führte Clea seinen Kopf zu der Leben spendenden Wärme der Eselsmilch. Als das Füllen genug getrunken hatte, nahm Mhari es auf die Arme und ging zur Tür.

»Wohin willst du?«, fragte ich.

»Ich will diesen Kleinen zu seiner Herrin hinauftragen. Sie wird nicht friedlich schlafen, solange sie nicht gesehen hat, dass er gut angekommen ist.«

Der Vorstehhund sprang ihr voran, und ich folgte kopfschüttelnd. Ein Hund in einer Wochenstube war schon seltsam genug gewesen, aber ein Esel?

Mhari betrat Kadis Zimmer. Die spindligen Beine des Eselfüllens baumelten herab, und es drehte den lächerlichen Kopf mit den zu langen Ohren. Kadi setzte sich im Bett hoch und streckte die Arme aus. »Oh, wie lieb von dir, dass du es mir bringst!«, rief sie. Sie streichelte den weichen Babypelz des Eselchens und lächelte dabei Mhari zu, die den Arm um Clea gelegt hatte. Beide lächelten zurück, und Mhari fragte für beide: »Nun, wozu sind Schwestern da?«

Esarilda und Shaya, jede mit einem Zwilling auf dem Arm, kamen an das Bett und bewunderten den Esel. Das Zimmer war warm von dem guten Willen, der von allen vieren ausging.

Ich grinste selbst von Ohr zu Ohr. Das war bestimmt der merkwürdigste – aber der bezauberndste – Haufen Rekruten, der einer Hausmutter je in die Quere gekommen ist.

Wir hatten einen guten Anfang gemacht.

Über Mercedes Lackey und »Eine andere Art von Mut«

Einer der immer wieder erhobenen Einwände gegen die Freien Amazonen ist, dass nicht alle Frauen geeignet sind, sich den Lebensunterhalt als Söldnerin oder Bergführerin zu verdienen. Von Anfang an sind dies die populärsten und sichtbarsten Freien Amazonen gewesen, aber es gibt viele andere, und vielleicht schon an zweiter Stelle der Beliebtheit steht die Frau in der traditionellen Rolle der Heilerin.

Mercedes (Misty) Lackey lebt in Oklahoma, und ihre Hauptbeschäftigung ist die Arbeit als Computer-Programmiererin, aber sie führt das Schreiben zusammen mit Nähen und anderen Handarbeiten als Hobby auf. Sie hat mehrere Geschichten in den kleinen halbprofessionellen Fantasy-Zeitschriften veröffentlicht (was heutzutage bei einem schrumpfenden Markt schon etwas bedeutet). Außerdem ist sie Musikerin, und es sind mehrere Lieder von ihr in kleinen Volkslied-Journalen erschienen. Sie nimmt auch für uns Opernsendungen auf, wenn sie nicht zu uns übertragen werden. Ihren musikalischen Geschmack nennt sie universell; er reicht vom Volkslied bis zur Oper.

Sie möchte gern als Schriftstellerin so gut werden, dass sie »davon leben kann, ohne eine Zeituhr stechen zu müssen«. Wünschen wir uns das nicht alle? MZB

Eine andere Art von Mut

von Mercedes Lackey

Rafi saß in der kleinen, verwahrlosten Reiseunterkunft auf ihrem Sattel, rieb immer wieder die Narben an ihrer Hand und hoffte, keine der beiden Gildenschwestern, mit denen sie reiste, werde es bemerken. Caro, groß, mager und hohlwangig, ging an den Wänden entlang und stopfte mit geschickten Bewegungen Moos in die Ritzen, durch die der Wind unablässig pfiff. Lirella, kleiner und viel muskulöser als ihre Freipartnerin, hatte Armladungen voll Feuerholz hereingebracht und kochte eine warme Mahlzeit. Beide hatten es Rafi überdeutlich klargemacht, dass ihre Bemühungen, ihnen zu helfen, sie nur bei der Arbeit behinderten.

Rafis Hände waren kalt, und dann schmerzten die Narben immer. Sie fürchtete nur, wenn den beiden älteren Frauen ihr verstohlenes Massieren auffiel, würden sie darin ein weiteres Zeichen von Schwäche sehen.

Ihre Ängste bewahrheiteten sich. Caros graue Augen, die jede Bewegung in ihrer Umgebung augenblicklich zu entdecken pflegten, richteten sich auf Rafis Hände. Caros langes Gesicht zeigte keinen Ausdruck, den Rafi deuten konnte, aber sie kannten sich auch erst seit sechs Monaten. Rafi erstarrte. Caros Augen flackerten kurz zu ihrem Gesicht und wandten sich wieder ab. Der Blick war neutral gewesen – aber Rafi schrumpfte trotzdem zusammen.

Weder Caro noch ihre Freipartnerin Lirella hatten Rafi bei dieser Reise dabeihaben wollen, nur war keine von ihnen gefragt worden.

»Unser Befehl vom Thendara-Haus lautet, wir sollen dieses Paket der Bewahrerin von Caer Donn persönlich zustellen«, hatte Gildenmutter Dorylis gesagt. »Und ja, ja, ich weiß, die

Domänen wollen nichts mit Aldaran zu tun haben – offiziell. Ebenso wie wir leisten die Türme der ›offiziellen‹ Politik oft nur Lippendienste. Darum verlassen sie sich auf uns, dass wir Aufträge wie diesen für sie ausführen. Die Schwesternschaft weiß nichts davon, was sich in diesem Paket befindet, es interessiert uns auch nicht, und die Bewahrerin zu Elhalyn verlässt sich darauf. Die Überbringung ist mit einiger Gefahr verbunden, und deshalb hat Thendara verlangt, dass ich unsere beiden besten Söldnerinnen dafür auswähle. Aber hier haben wir ein Problem. Keine von euch ist eine Comynara, und ihr seid mit dem Protokoll, das eine Bewahrerin umgibt, nicht vertraut. Ehrlich gesagt, ich habe meine Zweifel, dass man euch auch nur in ihre Nähe lässt. Rafi dagegen ...«

Rafaellas Gesicht wurde so rot wie das ungebärdige Haar auf ihrem Kopf.

»Ich weiß. Sie hat eine Bewahrerinnen-Schulung in Neskaya mitgemacht.« Ungeduldig fuhr sich Caro mit den Fingern durch ihr ergrauendes braunes Haar. »Sie würde ohne Umstände vorgelassen werden.«

Aber Rafi hörte die Worte, die Caro nicht aussprach. *Bewahrerinnen-Schulung – bei der sie versagt hat, wie sie bei allem versagt, was sie versucht.*

Rafi hatte sich bemüht, nicht zu zeigen, dass sie den Gedanken wahrgenommen hatte.

Das Ergebnis war, dass sie zu dritt mitten im Winter den zweifelhaften Schutz einer verwahrlosten Reiseunterkunft tief in den Hellers teilten. Lirella hatte kein Geheimnis aus ihrer Meinung gemacht, Rafis Anwesenheit verlangsame sie auf Kriechtempo und sei die unmittelbare Ursache dafür, dass sie an diesem Ort übernachten mussten statt im Gildenhaus von Caer Donn, das sie diesen Abend zu erreichen gehofft hatten. Caro hatte sich vorsichtiger ausgedrückt, aber Rafi spürte ihre Missbilligung immer noch.

»Gibt es denn nichts, was ich tun könnte?«, fragte sie mit dünner Stimme.

Lirella schnaubte. Caros blonde Partnerin versuchte nie zu bemänteln, was sie empfand. Rafi war beim Absatteln und Anbinden der *chervines* überhaupt keine Hilfe gewesen. Sie hatte Angst vor den Tieren und konnte ihr eigenes beim Reiten kaum regieren. Zudem hatte ihre Angst sich auf die Tiere übertragen und sie nervös und scheu gemacht. Als sie ihre Ausrüstung unter Dach brachten, hatte Rafi kaum so viel getragen, wie sie selbst wog. Sicher, es war ihr gelungen, mit Hilfe ihres Sternensteins ein Feuer zu entzünden, während die beiden anderen sich vergeblich bemüht hatten, dem feuchten Zunder ein Flämmchen zu entlocken. Aber beim Kochen oder beim Herrichten des Lagers war sie auch nicht besser als bei der Arbeit mit den *chervines*.

»Geduld, *bredhyina*«, sagte Caro mit gedämpfter Stimme. »Sie ist erst vor kurzem aus der Klausur entlassen. Und wo soll sie im Turm oder im Boudoir etwas über das raue Lagerleben gelernt haben?«

»Das ist es gar nicht«, erwiderte die andere Frau leise. »Mich stört, dass sie so ein – so ein nasser Lappen ist!«

Caro verdeckte ihr Lächeln mit dem Handrücken. »Nasser Lappen« war tatsächlich eine gute Beschreibung ihrer neuesten und jüngsten Schwester. Lirella hatte, ohne viel Erfolg, versucht, sie im bewaffneten und im unbewaffneten Kampf zu unterrichten, aber Rafi besaß nicht nur kein Geschick für die wichtigste Dienstleistung, die das kleine Gildenhaus von Helmscrag anzubieten hatte, sie zeigte ein solches Maß an Unfähigkeit, dass Caro sagte, sie würde es nicht glauben, wenn sie es nicht mit eigenen Augen gesehen hätte. Nicht etwa, dass das Mädchen es nicht *versucht* hätte – sie war dabei buchstäblich über die eigenen Füße gefallen. Nachdem sie sich bei einem einfachen Angriff fast den Knöchel gebrochen hatte, weigerte Lirella sich, sie weiter zu unterrichten. Und wie sie sich in den Schulungssitzungen aufführte ...!

Bei der ersten war sie unter hysterischem Schluchzen hinausgerannt. Caro war überzeugt, dass sie immer noch nach jeder Sitzung weinte, doch wenigstens tat sie es jetzt, wenn sie allein war. Während der Sitzung saß sie da, blass wie der Tod, die Hände im Schoß verkrampft, oder sie rieb unaufhörlich die darüber verlaufenden Narben. Sie sprach nur, wenn sie angeredet wurde, und dann mit so leiser Stimme, dass man sie kaum verstehen konnte. Wirklich, ein nasser Lappen!

Dessen ungeachtet war sie Caros Schwester. »Etwas könntest du schon für uns tun ...«, begann sie.

»Ja?« Das Mädchen sprang auf und stolperte.

»Das einzige Holz hier drinnen ist feucht und halb verfault. Wenn wir es heute Nacht ein bisschen warm haben wollen – nun, es muss in der Nähe trockene Äste geben. Wenn du die Axt nehmen und danach suchen willst ...«

Rafi nahm die ihr hingehaltene Axt und eilte hinaus in den Schnee – aber nicht schnell genug, dass ihr Lirellas Frage: »Hast du keine Angst, dass sie sich damit den Fuß abhacken wird?«, entgangen wäre. Die Tränen brannten ihr in den Augen, und da sie jetzt nicht mehr unter der kritischen Beobachtung der Freipartnerinnen stand, ließ sie ihnen freien Lauf.

Lirella hatte Recht – es war sehr gut möglich, dass sie sich den Fuß abhackte. Mindestens ein dutzend Mal war sie mit dem hölzernen Trainingsmesser nahe daran gewesen. Das Messer, das sie im Augenblick trug, diente nur der Dekoration – sie hatte nicht die Absicht, es jemals zu ziehen. Wenn sie es täte, wäre sie für sich selbst und ihre Schwestern eine größere Gefahr als für einen Angreifer. Warum hatte sie bloß den Eid abgelegt?

Benimm dich nicht dümmer, als es unbedingt sein muss, ermahnte sie sich traurig. *Du weißt, warum du den Eid abgelegt hast.*

Dieser schreckliche Tag, als die *leroni* in Neskaya sie mit der Bemerkung, sie habe nicht die »Kraft«, die weitere Ausbildung zur Bewahrerin durchzustehen, und nicht die Nerven für die Arbeit im Turm, zu ihrem Vater zurückgeschickt hatten! Sie hatte es versucht – o gnädige Avarra, wie sie es versucht hatte! –, aber der Schmerz, die Brandwunden, die sie sich jedes Mal zuzog, wenn sie einen Menschen berührte, jedes Mal, wenn ein Mensch sie berührte – die Grenzen dessen, was sie ertragen konnte, waren schnell erreicht worden. Wie hatte sie sich geschämt, dass sie nicht aushielt, was die kleine Keitha, die noch ein Kind war, ohne ein Wimmern über sich ergehen ließ! Wenn sie doch nur, wie so viele andere, an der Schwellenkrankheit gestorben wäre!

Dann stand sie vor ihrem Vater, und er musterte sie mit harten Augen. Solange sie sich erinnern konnte, hatte er sie »den unnützen Esser« genannt. Sie war nicht hübsch wie ihre Schwestern, für die Ehemänner zu finden leicht gewesen war, sie war nicht fähig gewesen, nach dem Tod ihrer Mutter die Dienerschaft der Burg zu beaufsichtigen. Ihr Vater hatte deutlich seine Erleichterung gezeigt, als Neskaya um die Erlaubnis bat, sie zur Bewahrerin auszubilden. Und jetzt war sie wieder da, für Neskaya so wenig von Nutzen, wie sie es für ihn gewesen war.

»Zandrus Höllen, du bist ein teiggesichtiges kleines Ding«, stellte er schließlich angewidert fest. »Diese ganze Zeit im Turm, und dein Aussehen hat sich immer noch nicht verbessert. Und ich hätte keine Ahnung, was ich mit dir anfangen sollte, wenn Lord Dougal nicht wäre. Doch die Lady des alten Wüstlings ist zur letzten Ruhe gebettet worden, und er will unbedingt eine Verbindung mit unserem Haus. Du bist kein Hauptgewinn, aber du bist heiratsfähig, und das ist alles, was er will. Er hat keine Erben, also sieh zu, dass du ihm schnell einen verschaffst. In zehn Tagen kommt er her, und dann werden wir gleich die Trauung *di catenas* vornehmen.«

Rafi war vor Entsetzen wie gelähmt gewesen. Fast wäre sie auf der Stelle ohnmächtig umgesunken. Vor ihrem geistigen Auge sah sie nichts anderes als ihre Mutter, ausgelaugt von einer Geburt nach der anderen, bis ihr die letzte den Tod brachte. Die Stimme ihres Vaters, scharf vor Ungeduld, brachte sie wieder zu sich. Sie hatte unbeholfen geknickst, irgendeine schickliche Bemerkung hervorgebracht und ihn mit dem unsicheren Schritt eines Menschen, der plötzlich blind geworden ist, verlassen.

Niemand machte sich die Mühe, sie zu bewachen – niemand hätte ihr je zugetraut, dass sie weglaufen würde. Auch wenn sie sich auf keinem anderen Gebiet auszeichnete, war sie immer vollkommen gehorsam gewesen. Deshalb hatte niemand sie aufgehalten oder ihr auch nur eine Frage gestellt, als sie die Burg verließ, ins Dorf hinunterstieg und das kleine Gildenhaus der Entsagenden aufsuchte. Sie hatte keinen anderen Ort gewusst, an dem sie sicher sein würde, denn sogar sie in ihrem behüteten Leben hatte von Dougal gehört und wie seine Frauen eine nach der anderen bei dem Versuch starben, ihm den heiß ersehnten Erben zu schenken. Eine Heirat mit ihm kam einem Todesurteil gleich.

Rafi hatte nur eine Zuflucht gesucht und nicht darüber hinaus gedacht; bisher hatte sie nie viel mit Freien Amazonen zu tun gehabt. Natürlich hatte sie Geschichten gehört, einige schmeichelhaft, die Mehrzahl nicht, und hatte dazu geneigt, die meisten davon als Mittsommer-Mondschein zu betrachten. Sie war sich nur einer einzigen Sache sicher gewesen, dass nämlich ein Mädchen oder eine Frau, die den Eid geleistet hatte, nie mehr die Befehlsgewalt eines Mannes zu fürchten brauchte.

Die kleine Welt hinter den Türen des Gildenhauses war für sie eine Überraschung gewesen. Anscheinend stand es den Frauen dort frei, so stark, so klug, so selbstbewusst wie jeder Mann zu sein. Sie konnten ihr Leben einrichten, wie sie es wollten, und hatten sich nur nach den paar Regeln der Gilde zu richten. Rafi war ganz verwirrt – sie hätte sich nie träumen lassen, dass es so etwas gab. Noch etwas anderes fand sie innerhalb jener Mauern. Die Schwestern der Gilde zeigten Teilnahme füreinander.

So blind vor Tränen, dass sie sich nicht mehr vormachen konnte, sie suche nach Holz, blieb sie stehen und lehnte sich an einen Baum. Sie hatte von ganzem Herzen gehofft, sie werde hier endlich etwas finden, das sie zur Abwechslung *richtig* machen würde. Sie wünschte sich, irgendwo *hinzugehören*, sich einen Platz in dieser Kameradschaft zu erobern. Nachdem sie gesehen hatte, welcher Geist unter diesen Frauen herrschte, wusste sie, dass sie sich nichts auf der Welt mehr wünschte. Aber sie hatte in der Gilde versagt, wie sie auch sonst überall versagt hatte.

Natürlich hatte sie nicht ahnen können, dass die Frauen vom Helmscrag-Gildenhaus nur den Broterwerb kannten, sich als Kämpferinnen, Leibwächterinnen und Führerinnen zu verdingen. Von den elf Frauen hier übernahm nur die Gildenmutter selbst keine solche Arbeit. Rafi hatte das Unglück, dass es ihr an körperlichen Fähigkeiten ebenso fehlte wie an Schönheit. Als Kind war sie bei Mannschaftsspielen immer als Letzte gewählt worden, und beim Tanzen hatte man sie als Letzte aufgefordert. Der Unterricht in Selbstverteidigung stellte sie vor eine nicht zu bewältigende Aufgabe.

Lirella hatte sie anspornen wollen, indem sie härter als üblich mit ihr umging. Das hatte nichts gebracht als blaue Flecken und Ströme von Tränen.

Rafi mochte sich noch so sehr um Abschirmung bemühen,

ihr *laran* machte ihr die Gedanken der anderen Entsagenden schmerzhaft deutlich. Lirella betrachtete sie als einen wehleidigen Feigling. Caro hielt sie einfach für abgrundtief dumm. Die Gildenmutter war überzeugt, die Wurzel ihrer Schwierigkeiten liege in zu großem Selbstmitleid, und davon müsse sie durch Einschüchterung abgebracht werden. Die Übrigen teilten diese Meinungen mehr oder weniger. Alle stimmten darin überein, Rafi sei durch und durch unzuverlässig und eine bedauerliche Zeitverschwendung. Sogar ihr Aussehen setzte sie in Verlegenheit. Ihre Kleider sahen immer so aus, als habe sie darin geschlafen, und ganz gleich, wie sorgfältig man ihr das Haar schnitt, es glich immer einer unordentlichen Heumiete. Sie rief in nichts den gewünschten Eindruck von der selbst- und verantwortungsbewussten Entsagenden hervor.

Vielleicht hatte ihr Vater Recht gehabt, als er sie mit dem Etikett »unnütz« versah. Ihre Gildenschwestern waren bestimmt dieser Meinung. Und das hatte mehr geschmerzt als alles, was ihr bisher zugestoßen war.

Wieder einmal war sie das fünfte Rad am Wagen, das Handicap für die Mannschaft. Das Gefühl, ausgeschlossen zu sein, wurde durch die besondere Beziehung zwischen Caro und Lirella noch vertieft. Eigentlich war es ein Witz, dass das Einzige, was den Gildenschwestern an Rafi gefallen (und Caro ein bisschen milder gegen sie gestimmt) hatte, ihre Reaktion auf diese Beziehung gewesen war. Rafi hatte sich nicht im Geringsten darüber aufgeregt, und das hatte sie alle überrascht – sie hatten erwartet, sie werde einen hysterischen Anfall bekommen. Aber sie hatte nichts empfunden als sehnsüchtigen Neid.

Es mussten die Gedanken der Freipartnerinnen gewesen sein, die ihr *laran* alarmierten. Sie wurde mit einem Ruck aus ihrem Tränensumpf gerissen. Etwas Fürchterliches geschah in der Reiseunterkunft!

Rafi umklammerte ihren Sternenstein und erzwang eine Fernsicht. Dann schrie sie vor Schmerz auf, denn eine Sekunde lang hatte sie durch Caros Augen gesehen und den Schwertstreich gespürt, der Caros Fleisch durchschnitt.

Die Gildenmutter hatte sie vor Gefahren gewarnt – und sie hatte Recht gehabt. Die Gefahr war größer gewesen, als eine von ihnen geahnt hatte.

Rafi quälte sich durch den Schnee zu der Hütte zurück, aber sie hatte sich doch ziemlich weit von ihr entfernt. Bis sie die Reiseunterkunft erreichte, war der Kampf vorüber.

Vier Männer lagen tot unter dem dunkel werdenden Himmel. Lirella war bewusstlos. Caro beugte sich über sie und versuchte, sie aufzuwecken, und dabei hielt sie die Hand auf eine hässliche Wunde in ihrem eigenen Oberschenkel, um die Blutung zu stillen.

Gerade als Rafi in Sicht kam, brach Caro über dem Körper ihrer Freipartnerin zusammen.

Rafi nahm sich nicht einmal Zeit zum Nachdenken. Vielleicht war es die Abwesenheit von kritischen Augen, aber sie bewegte sich sicher und ohne Zögern. Als Erstes legte sie feste Verbände um die schlimmsten Wunden, dann untersuchte sie die Frauen auf Schäden, die nicht unmittelbar zu sehen waren. Obwohl sie nur wenig darüber gelernt hatte, wie man *laran* zu Heilzwecken benutzt, war sie als Überwacherin ausgebildet, und von dieser Fähigkeit machte sie jetzt Gebrauch.

Caro war in einem tiefen Schockzustand und litt unter dem starken Blutverlust. Lirella war in schlimmerem Zustand. Sie hatte durch einen Schlag auf den Kopf einen Schädelbruch erlitten. Rafi tat das bisschen, was sie tun konnte, um den Druck zu lindern, den sie entstehen spürte, aber Lirella brauchte bessere und geschicktere Hilfe, und zwar schnell.

Rafi wusste, es war ganz ausgeschlossen, dass sie allein die Frauen in die Unterkunft brachte; jede von ihnen wog mehr als sie, und sie würden totes Gewicht sein. Unschlüssig stand sie da, aber die dringende Notwendigkeit, sie aus dem Schnee und in die Hütte zu befördern, trieb sie an. Sie dachte einen Augenblick angestrengt nach – dann erinnerte sie sich an die *chervines,* die immer noch in dem Schuppen hinter der Hütte angebunden waren. Rafi ließ ihre Angst vor den Tieren gar nicht erst an die Oberfläche steigen. Sie führte das eine, das sie als Packtier benutzten, an die Vorderseite und legte ihm das Geschirr an, langsam und sorgfältig, um es nicht zu erschrecken, und auch, um Fehler zu vermeiden, deren Berichtigung sie Zeit kosten würde. Das *chervine* schnaubte bei dem Geruch von frischem Blut, aber das war zu ihrer Erleichterung alles. Sie band es neben Lirella an, rannte in die Hütte und holte eine der Decken von ihrer Bettrolle. Mit dem Messer machte sie Löcher in die beiden oberen Ecken und befestigte Seile daran. Dann breitete sie sie auf dem Schnee aus, rollte, so vorsichtig es ging, Lirella hinauf, und band die Seile zu beiden Seiten am Geschirr des *chervine* fest. Sie fasste den Zaum, versuchte, Ruhe zu projizieren, und führte es in die Hütte, so dass Lirella auf der Decke mitgezogen wurde. Als Lirella sicher drinnen und in ihre eigene Bettrolle eingebündelt war, wiederholte Rafi die Prozedur mit Caro.

Längst war es dunkel geworden. Zu ihrer ungeheuren Erleichterung entdeckte Rafi, dass Caro über den Zustand des Holzes gelogen hatte. Schon bald brannte das Feuer hell genug, dass sie sich ihrer Schwestern annehmen konnte, ohne sie noch mehr unter Kälte leiden zu lassen. Sie zog ihnen die blutigen, zerrissenen Sachen aus, schnitt sie weg, wenn es nicht anders ging, und die ganze Zeit arbeitete sie langsam, sich jeden Schritt vorher überlegend. Dann versorgte sie die Wunden neu, diesmal mit richtigem Verbandsmaterial und Medikamenten, und rollte die bewusstlosen Frauen in ihren Doppelschlafsack. Rafi wusste, sie mussten warm gehalten werden, und auf diese Weise konnten sie sich gegenseitig wärmen und durch ihre Anwesenheit trösten.

Aber natürlich brauchten beide mehr an Hilfe, als sie ihnen zu geben vermochte. Sie wagte es nicht, sie allein zu lassen – selbst wenn man davon ausging, dass sie eines der *chervines* gut genug regieren konnte, um wegzureiten und Hilfe zu holen, hatte sie doch keine Ahnung, in welcher Richtung die nächste Hilfe zu finden war. In qualvoller Unentschlossenheit saß sie da, rieb geistesabwesend die Narben auf ihren Händen und suchte nach einer Lösung. Da brachte die Berührung einer Narbe sie auf eine Idee.

Laran wurde durch die Entfernung nicht behindert, und schon gar nicht in der Überwelt. Und es war ein Turm in der Nähe, und in dem Turm waren ausgebildete Heiler und alle Hilfe, die sie brauchte.

Sie hatte niemanden, der sie überwachen konnte. Also musste sie ohne Überwachung auskommen, obwohl das gefährlich war. Sie hätte es nie gewagt, wenn nur ihr eigenes Leben auf dem Spiel gestanden hätte – aber auch Caros und Lirellas Leben hing davon ab, ob sie bald in fachkundige Hände kamen. Rafi blieb keine andere Wahl. Ganz gleich, welche Gefühle die beiden ihr entgegenbrachten, sie war durch ihren Eid gebunden, und außerdem hatte sie sie gern und bewunderte sie, und deshalb wollte sie alles tun, was in ihrer Macht lag.

Sie wickelte sich in alles an Decken, was sie entbehren konnte, vergewisserte sich, dass das Feuer in ihrer »Abwesenheit« nicht niederbrennen würde, und sah noch einmal nach ihren Patientinnen. Überzeugt, dass sie alles getan hatte, was sie konnte, machte sie es sich so bequem wie möglich und zwang sich zu beginnen.

Auf diesem Gebiet war sie in der Ausbildung immer gut gewesen. Sie löschte die äußeren Sinneseindrücke einen nach dem anderen und konzentrierte sich ganz auf den Sternenstein in ihrer Hand. Für einen kurzen Augenblick kehrte ihre Furcht wieder und hielt sie zurück *(Ich könnte dort draußen sterben ...*), aber sie bezwang sie, obwohl die Furcht im Hintergrund anwesend blieb. Dann ließ sich Rafi in die Tiefen des Steines fallen.

Sie war *draußen* und sah auf ihren eigenen Körper hinab.

Ich bin ein teiggesichtiges kleines Ding, dachte sie beim Anblick der unordentlichen Kindfrau inmitten der Decken. Das Gesicht war von Tränen verschmiert, das Haar stand in allen Richtungen vom Kopf ab. Wenigstens war die Gestalt, die sie *draußen* trug, ordentlicher – nicht attraktiver, sondern mager und geschlechtslos, aber wenigstens nicht so – struppig.

Doch dies war nicht der richtige Zeitpunkt, über sich selbst nachzudenken. Schnell schwang sie sich in die Überwelt. Das Überlicht nahm die Stelle der festen Welt ein, die sie hinter sich ließ. Nun stand sie auf einer grauen, endlosen Ebene und hielt Umschau nach dem Turm, der sich hier manifestieren *musste* ...

Und da war er. Von seinem eigenen Licht leuchtend, begrüßte er sie mit dem vertrauten Aussehen des Turmes von Neskaya. Sie eilte auf ihn zu, sie rief mit ihrem Geist und ihrem Herzen und hoffte, jemand im Turm werde sie hören.

Aus einem Flackern zwischen ihr und ihrem Ziel wurde die Gestalt einer Frau, und an der Aura von Macht, die sie umgab, erkannte Rafi, dass dies die Bewahrerin sein musste. Ihr Gesicht veränderte sich dauernd unter ihrem Schleier, aber das Gefühl stetiger und beherrschter Kraft war unmissverständlich.

»Kind ...«, sagte die Bewahrerin in ihren Gedanken. »Du störst unsere Arbeit. Welchen möglichen Grund kann es dafür geben?«

Raft hielt sich nicht mit Erklärungen auf. Sie öffnete einfach ihren Geist und ließ die Bewahrerin selbst sehen. Die Telepathin schrie überrascht auf, und Rafi spürte, dass sie ihr von ihrer Kraft abgab, sie stützte und stabilisierte, denn Rafi begann zu verblassen.

»Ich werde Hilfe schicken, kleine Amazone. Sie wird so schnell wie möglich kommen – aber bis dahin musst du deine Schwestern am Leben halten. So musst du es machen und so ...« Wie Vögel, die in ihr Nest zurückkehren, ließen sich die Instruktionen in Rafis Gehirn nieder, und Rafi wusste, solange sie körperlich aushielt, würde es ihr keine Schwierigkeiten machen, ihnen zu folgen. Und, so nahm sie sich mit grimmiger Entschlossenheit vor, aushalten würde sie, ganz gleich, wie lange es dauern sollte ...

»Kind, du wirst nicht überwacht, und ein längeres Verweilen könnte gefährlich sein. Verliere den Mut nicht; denke daran, dass Hilfe unterwegs ist.« Sie gab Rafi eine Art von mentalem Schub ...

Blaue Flammen umzüngelten sie einen Augenblick lang. Verkrampft und halb erfroren lag sie zusammengekrümmt in ihren Decken am Feuer. Sie war erschöpft, und alles tat ihr weh – ach, wäre es schön, einfach liegen zu bleiben und sich von der Kälte hinwegnehmen zu lassen. Schon wollte sie wieder einschlafen, sie war so schrecklich müde ...

Caro stöhnte, und das erinnerte sie an ihre Pflicht, trieb sie an wie ein Stachelstock. Sie wickelte sich aus ihren Decken und ging, um nach ihren Schwestern zu sehen.

Kaum hatte sie Caros Hand berührt, als die Anweisungen der Bewahrerin an die Oberfläche ihres Bewusstseins stiegen. Sie wich ängstlich zurück – denn wenn sie tat, was ihr geheißen worden war, würde sie sich heftigerem Schmerz öffnen, als sie je erfahren hatte –, aber Caro stöhnte von neuem, und obwohl die Furcht blieb, brachte Rafi es doch nicht über sich, ihre Schwestern länger leiden zu lassen. Sie raffte das bisschen an Mut zusammen, das sie besaß, festigte es mit den Worten des Eides und machte sich an die Arbeit.

Vorsichtig setzte sie sich mit Lirella in Rapport. Die Instruktionen der Bewahrerin waren sehr deutlich gewesen, und wenn sie langsam arbeitete, waren sie auch leicht zu befolgen. Der Druck der Fraktur musste gelindert und der Klumpen, der sich bildete, aufgebrochen werden. Der Rest konnte warten, bis richtige Heiler eintrafen. Als sie für Lirella getan hatte, was sie konnte, kümmerte sie sich um Caro und zwang das Blut, das ihre Verbände tränkte, langsamer zu fließen und stillzustehen.

Die ganze Zeit konnte sie nicht umhin, die innige und lebenswichtige Verbindung zwischen den beiden Frauen wahrzunehmen. Sie war sich dessen länger bewusst, als irgendjemand im Gildenhaus ahnte, und sie hatte nie aufgehört, über das Ausmaß ihrer Zuneigung zu staunen. Das war ihr völlig fremd; niemals hatte ihr Vater für irgendeine Frau eine solche Liebe gezeigt, und den Mädchen, die zur Bewahrerin ausgebildet wurden, waren emotionale Beziehungen verboten. Noch in diesem Augenblick spürte sie Neid. Was hätte sie nicht dafür hingegeben, dass jemand so viel Interesse an ihr nahm wie diese beiden aneinander! Vor allem das Vorhandensein dieser Verbindung spornte sie an. Es war unvorstellbar, dass sie so etwas sterben ließ, wenn es in ihrer Macht lag, es zu retten.

Die Arbeit war schwer und anstrengend. Sie nahm ihr das letzte Fünkchen Kraft – und sie hatte nach diesem unüberwachten Ausflug in die Überwelt schon keine mehr übrig gehabt. Immer wieder trieben ihre Angst und die Qualen, die sie mit ihren Schwestern teilte, sie aus dem Rapport mit ihnen. Dann meinte sie jedes Mal, sie werde sich nicht überwinden können, das zu beenden, was sie angefangen hatte. Und doch, wenn die Schmerzenstränen aufhörten zu fließen, genügte ein Blick auf Caros verzerrtes oder Lirellas graues Gesicht, um den Rapport wiederherzustellen.

Ihr wurde kälter und kälter, und sie taumelte vor Müdigkeit. Aber immer noch war ihre Arbeit nicht vollendet. Die Bewahrerin hatte ihr eingeschärft, beide Frauen würden Flüssigkeit brauchen, damit der Blutverlust schnell ausgeglichen werde. Zu schwach, um zu gehen, kroch Rafi zum Feuer, ließ Schnee in Töpfen schmelzen und bereitete Tee und Brühe zu, die sie Caro und Lirella einlöffelte. Als der Morgen graute, war die unmittelbare Gefahr für sie gebannt, und Rafi hörte von draußen das Geräusch von Hufschlägen.

Plötzlich war die Hütte zum Platzen voll von Menschen. Rafi kroch ihnen aus dem Weg in eine dunkle Ecke und brach inmitten ihrer Decken zusammen.

»Zandrus Höllen!«, fluchte ein junger Mann, dessen feuerfarbenes Haar ihn unmissverständlich als Comyn auswies. »Wie, im Namen von allem, was heilig ist, hat jemand ohne Ausbildung diese beiden so lange am Leben erhalten?«

Niemand machte sich die Mühe, diese sowieso rein rhetorische Frage zu beantworten. Obwohl ihre Energie den Anschein erweckte, als seien sie viel mehr, waren es tatsächlich nur vier Personen. Zwei waren Heiler, einer von ihnen der junge Mann, dazu eine grauhaarige Frau, heiter und zuversichtlich. Mit ihnen waren zwei Mädchen, ein bisschen älter als Rafi, als Überwacherinnen gekommen. Beide waren zierlich und sehr attraktiv und schienen miteinander verwandt zu sein. Alle vier machten den Eindruck, als arbeiteten sie schon lange als Team zusammen. Rafi erfuhr aus ihrer Unterhaltung, dass sie aufgebrochen waren, gleich nachdem die Bewahrerin sie geweckt hatte. Sie hatten die ganze Nacht gebraucht, um diese Reiseunterkunft zu erreichen. Rafi kamen sie erstaunlich frisch und energiegeladen vor, aber sie waren auch erfahrene Reisende und hatten schon vor langer Zeit die Kunst gelernt, im Sattel zu schlafen.

Rafi beobachtete sie aus ihrer Ecke. Das Bild wurde vor ihren Augen immerzu abwechselnd scharf und unscharf. Jetzt schienen sie normale Sterbliche zu sein, jetzt halb durchsichtig mit funkelnden Energienetzen in ihrem Innern. Rafi hatte ihr Zeitgefühl verloren, und sie meinte, es seien nur Sekunden vergangen, bis die *leroni* es geschafft hatten, dass Lirella und Caro sich aufsetzten und benommen zu sprechen begannen.

Seltsamerweise war es Lirella, die als Erste an sie dachte.

»Rafi ...«, murmelte sie und versuchte, trotz ihrer grauenhaften Kopfschmerzen zu denken. »Wir haben sie hinausgeschickt, um Holz zu holen ...«

»Keighvin, die Bewahrerin sagte, es sei noch eine Dritte da, die, die uns gerufen hat. Wohin ist sie gegangen?«, rief das Mädchen aus, das ihn überwacht hatte.

Keighvins Augen wurden unwiderstehlich von einem zusammengekrümmten Bündel in der Ecke angezogen. Er stand auf, machte zwei lange Schritte und sah auf es hinunter. Ein totenbleiches Gesicht hob sich ihm entgegen, das aus wenig mehr als der über den Schädel gespannten Haut zu bestehen schien.

Rafi starrte den jungen Heiler an und versuchte, seine Gedanken zu lesen. Sie interessierte jetzt nichts anderes mehr, als dass Caro und Lirella in guten Händen waren; sie war längst darüber hinaus, an sich selbst zu denken. In einem einzigen Augenblick hatte sie seinen Gedanken entnommen, dass mit ihnen alles zum Besten stand. Erleichtert seufzte sie und entspannte sich – und die Hütte und die Menschen darin verblassten.

»Zandrus Höllen!«, rief Keighvin noch einmal. »Einer von euch muss herkommen und mir helfen!«

»Das hat sie alles ganz allein gemacht?«, fragte Caro ungläubig. Die drei Entsagenden saßen in Pelzmäntel gehüllt an dem frisch angefachten Feuer. Die *leroni* hatten alles mitgebracht, was sie für nützlich gehalten hatten, und das war ein Glück. Die beiden Heiler waren der Meinung, die Verwundeten dürften noch mindestens einen Tag nicht transportiert werden, und was Rafi anging – sie war in keinem besseren Zustand als ihre beiden Schwestern.

»Das alles und noch mehr«, erwiderte die Heilerin Gabriela. »Ich weiß nicht, ob ich daran gedacht hätte, euch von einem *chervine* in die Unterkunft ziehen zu lassen. Und ganz bestimmt hätte ich nicht den Mut gehabt, in der Überwelt nach Hilfe zu suchen, ohne überwacht zu werden.«

Rafi war es endlich wieder warm, und sie war so schläfrig und benommen, dass es ihr nicht darauf ankam, ob diese Leute über sie redeten, als sei sie gar nicht da. Tatsächlich war die Unterhaltung recht interessant.

»Was Ihr getan hättet, weiß ich nicht, *mestra*.« Keighvin hielt einen Becher mit Tee in beiden Händen. »Aber um brutal offen zu sein, ich hätte mich nicht so völlig verausgabt, wie sie es für euch getan hat. Ich muss euch sagen, dass es ein paar Augenblicke lang ganz so aussah, als werde sie uns für immer entgleiten. Sie hat sich durch äußerste Erschöpfung beinahe umgebracht, um euch beide zu retten – und, verdammt, sie betet euch an, wisst ihr. Nimmt den Eid der Entsagenden wörtlich, das haben wir alle in ihrem Geist gesehen. Und ich kann mir immer noch nicht erklären, wie es jemand, der nicht als Heilerin ausgebildet ist, geschafft hat, euch so lange am Leben zu halten, bis wir hier waren.«

»Das hört sich gar nicht nach der Rafi an, die ich kenne«, meinte Lirella verwirrt.

Keighvin zog eine Augenbraue hoch. »Ich möchte sagen, ihr kennt sie längst nicht so gut, wie ihr gedacht habt.«

»Bei uns in den Bergen gibt es ein Sprichwort ...«, ließ sich die Überwacherin Caitlin schüchtern hören. »›Ein Kind lebt, was es lernt.‹ Nach allem, was ich sehen konnte, ist Rafi bei jeder Gelegenheit gesagt worden, sie sei unnütz. Wenn man dauernd hört, man sei ein Versager, neigt man dazu, einer zu werden. Und ich meine es nicht böse, *mestra,* aber für das Leben einer Söldnerin ist sie nicht gerade geeignet. Ohne es zu beabsichtigen, habt ihr sie vor eine weitere Aufgabe gestellt, bei der sie versagen musste.«

»Diese Unbeholfenheit zum Beispiel.« Er nahm nachdenklich einen Schluck Tee. »Dafür kann sie nichts. Es ist etwas zwischen *hier –*«, er klopfte sich an die Stirn, »– und *hier* nicht in Ordnung.« Er streckte die Hand aus. »Wenn ihr *laran* hättet, könnte ich es euch zeigen. Es überrascht mich, dass man es ihr in Neskaya nicht gesagt hat; es hätte ihr eine Menge Kummer erspart.«

»Kann man es heilen?«, wollte Caro wissen.

Keighvin schüttelte bedauernd den Kopf. »Das war vielleicht zur Zeit des Großvaters meines Großvaters möglich, aber heute nicht mehr. Jedes Jahr geht mehr Wissen verloren. Und eine ernstliche Behinderung ist es ja nicht. Sie muss sich nur daran gewöhnen, erst zu denken und sich dann erst zu bewegen.«

»Das kann sich eine Schwertkämpferin nicht leisten«, erinnerte Lirella ihn.

»Wer sagt, dass sie eine Schwertkämpferin werden *muss*?«, gab er zurück. »Meine Schwester gehört zu der Gilde von Elhalyn, und sie könnte sich nicht einmal den Weg aus einem Hühnerstall freikämpfen. Sie hilft Kranken wie ich und ist dazu Hebamme. Mein Vater weigert sich, ihre Existenz anzuerkennen, aber wir, die wir Jünger der Heilkunst sind, denken pragmatischer. Meiner Meinung nach tut sie da, wo sie ist, mehr Gutes, als wenn sie sich als Zuchtstute verausgaben würde. Ihretwegen habe ich die Gilde hoch achten gelernt. Warum schickt ihr dieses Kind nicht nach Elhalyn? Rima schreibt mir ständig Briefe, in denen sie klagt, sie brauche verzweifelt einen Lehrling. Aus der Art zu schließen, wie sie euch versorgt hat, besitzt Rafi bestimmt das Talent dazu.«

Zu ihrer eigenen Verwunderung hörte Rafi sich leise sagen: »Bitte – das täte ich gern.«

Sechs Augenpaare wandten sich ihr zu, fünf erstaunt und eines belustigt.

»So, das Rabbithorn hat eine Stimme gefunden.« Keighvin füllte einen weiteren Becher mit Tee, süßte ihn großzügig mit Honig und brachte ihn ihr. »Es ist kein leichter Beruf, müsst Ihr wissen.« Er hockte sich auf die Fersen neben ihr. »Man arbeitet ständig über seine Kräfte, oft für Leute, die hinterher undankbar sind, und selten kann man eine ganze Nacht durchschlafen. Ihr werdet Dinge erfahren, die Euch das Herz brechen, denn Ihr werdet die misshandelten Kinder, die missbrauchten Frauen sehen und nichts weiter für sie tun können, als dass Ihr ihre Wunden behandelt und hofft, Euer eigenes Beispiel werde ihnen zeigen, dass sie dieses Leben nicht zu führen brauchen, wenn sie nicht wollen. Ihr werdet viel seelische Kraft brauchen so wie Eure beiden Schwestern hier körperliche Kraft.«

»Ja, aber –«, wandte sie zaghaft ein, »– Ihr habt gesagt, ich hätte Talent – und – ich hätte es hier *richtig* gemacht – das habt Ihr gesagt!«

»Und ob du es richtig gemacht hast!«, fiel Gabriela herzlich ein. »Da habt Ihr Eure Antwort, *mestra*.« Sie sah Caro voll an. »Noch einmal, es war nicht Eure Schuld, aber diesem Mädchen kann man kein Selbstvertrauen einflößen, indem man sie zwingt zurückzuschlagen, sondern indem man ihr eine Aufgabe stellt, die sie *erfolgreich* lösen wird. Sie ist kein Feigling, nicht, wenn es darum geht, ihr eigenes Leben zu riskieren, um andere zu retten. Sie hat eben eine andere Art von Mut als die, die ihr für gewöhnlich zu sehen bekommt.«

Rafi betrachtete die Narben auf der Hand, die den Becher

hielt. »Doch, ich bin ein Feigling«, sagte sie. »Ich kann keine Schmerzen aushalten. Darum hat man mich aus Neskaya weggeschickt.«

»Puh.« Das vierte Mitglied der Gruppe ergriff zum ersten Mal das Wort. »Ich ertrage auch nicht viel Schmerzen. Deshalb lässt man mich als Überwacherin arbeiten. Manche von uns haben nun einmal geringere Toleranzen als andere. Das macht dich gewiss nicht zum Feigling. Hast du nicht Mut genug gehabt, deinem Vater wegzulaufen? Ich bin ziemlich sicher, dass ich das nicht gewagt hätte. Und du hattest heute Nacht Mut genug, das zu tun, was getan werden musste, ganz gleich, wie teuer es dich zu stehen kommen würde. Damit bist du sehr viel tapferer als ich.«

»Das sagt Gwenna, die uns drei einmal mit bloßen Händen ausgegraben hat, als wir im letzten Jahr von einer Lawine halb verschüttet waren«, bemerkte Keighvin mit gedämpfter Stimme zu Rafi.

Rafi starrte die junge Frau mit großen, erstaunten Augen an. Wenn jemand, der das getan hatte, von *ihr* sagte, sie sei tapfer – dann, nun, vielleicht ...

Gabriela ergriff das Wort. »Wie lautet also euer Urteil? Ich weiß, was Rima antworten wird, wenn ihr anfragt, ob ihr diese junge Schwester von euch zu ihr schicken könntet. Ich habe oft mit Entsagenden zusammengearbeitet und immer wieder erfahren, dass die Fähigkeiten der Heilerin ebenso geachtet werden wie die der Schwertkämpferin. Und ich kenne Rima; sie ist eine gute Lehrerin. Wenn sie mit Rafi fertig ist, werdet ihr sie wahrscheinlich nicht wieder erkennen, und sie wird eine Entsagende sein, auf die jedes Gildenhaus stolz sein kann. Was sagt ihr dazu?«, wandte sie sich an Caro.

»Zuerst einmal müssen wir unseren Auftrag ausführen.« Caro sah Rafi mit ganz neuen Augen an. »Ich kann nicht für die Gildenmutter sprechen, aber ...«

»Aber?«

»Ich glaube, sobald sie unseren Bericht gehört hat, wird sie Ja sagen.«

Die *leroni* blickten selbstzufrieden drein, und Keighvin schenkte Rafi ein breites Grinsen.

Rafi jedoch trank schweigend ihren Tee. Mit leuchtenden Augen dachte sie an eine Zukunft, die plötzlich heller geworden war, als sie es sich in ihren wildesten Träumen ausgemalt hatte – und tief in ihrem Inneren wurde etwas ein bisschen stärker.

Das Selbstvertrauen und eine andere Art von Mut.

Über »Messer«

Eins meiner ersten Konzepte der Freien Amazonen war das einer ehrenvollen Alternative für Frauen, die nicht für die in ihrer Gesellschaft üblichen Rollen taugen. Das würde gleichzeitig einen Zufluchtsort für Frauen bedeuten, die versucht haben, sich anzupassen, aber an den Ungerechtigkeiten einer Männergesellschaft gescheitert sind, die misshandelte Ehefrau und ein anderer, viel zu häufiger trauriger Fall, das sexuell missbrauchte oder ausgebeutete Kind. In dieser Geschichte erhebt sich Marna von dem ersten Schritt, mit dem sie einem solchen Leben entflieht, zu einem Niveau des Verstehens und sogar des Verzeihens. MZB

Messer

von Marion Zimmer Bradley

Marna wartete frierend auf den kalten Stufen. Die Glocke klingelte irgendwo im Innern des Hauses – dieses merkwürdigen Hauses, von dem sie nie gedacht hätte, dass sie sich ihm einmal nähern würde. Auf dem Schild stand, wie Marna wusste, dass es das Gildenhaus der *Comhi-letzii* war, aber sie konnte nur ein paar Buchstaben entziffern. Ihr Stiefvater hatte zu ihrer Mutter gesagt, es genüge vollkommen, wenn eine Frau so viel gelernt habe, dass sie öffentliche Anschläge lesen oder ihren Namen unter einen Ehevertrag setzen könne. Ihr eigener Vater hatte eine Erzieherin für sie gehalten und darauf bestanden, dass sie die Unterrichtsstunden ihres Bruders teilte. Bei der Erinnerung an ihren Vater schluckte Marna schwer. Der Schmerz war wie ein Messer an ihrer Kehle. Ihr Vater hätte sie beschützt, wenn nicht einmal mehr ihre Mutter sie beschützen wollte. Nein, ermahnte sie sich, sie durfte nicht weinen, und sie würde nicht weinen.

Sie fragte sich, welche von ihnen die Tür öffnen würde. Vielleicht die Große, die sie auf Heathvine gesehen hatte, rittlings auf einem Pferd wie ein Mann, die kleine Tasche mit dem Handwerkszeug einer Hebamme auf dem Sattel hinter sich. *Ich hätte sie auf Heathvine ansprechen können,* dachte Marna. Aber sie war zu verängstigt, zu eingeschüchtert gewesen. Ihr Stiefvater hätte sie umgebracht, wenn er vermutet hätte ... Sie zuckte zusammen, als spüre sie seine harte Hand, und wieder saß ihr das scharfe Messer an der Kehle. Er hatte ihr verboten, mit der Amazonen-Hebamme zu sprechen, und seinen Drohungen Nachdruck verliehen, indem er sie so kniff, dass ihr Oberarm braun und blau war.

Ängstlich sah sie sich um, als könne Ruyvil von Heathvine jeden Augenblick um die Ecke biegen. Oh, warum öffneten sie die Tür nicht? Wenn er sie hier fand, würde er sie diesmal bestimmt töten!

Die Tür ging auf. Die Frau im Eingang sah sie finster an. Sie war groß und trug lose, dunkle Kleidungsstücke, und im ersten Augenblick erkannte Marna die Hebamme nicht, die nach Heathvine gekommen war. Aber die Frau auf der Schwelle erkannte das Mädchen.

»Ist Eure Mutter wieder krank, Domna Marna?«

»Mutter geht es gut.« Das aufsteigende Schluchzen schnürte Marna von neuem die Kehle zu. *O ja, es geht ihr gut, so gut, dass sie es nicht riskieren will, den hübschen jungen Fremden, den sie ihren Ehemann nennt, zu verlieren. Lieber nennt sie ihre älteste Tochter eine Lügnerin und eine Dirne.* »Und dem Baby auch.«

»Wie kann ich Euch denn dann dienen, Fräulein?«

Marna platzte heraus: »Lasst mich ein. Ich möchte – mich euch anschließen. Als eine von euch hier bleiben.«

Die Frau hob die Augenbrauen. »Ich glaube, dafür bist du noch zu jung.« Dann merkte sie, dass Marna sich umsah, auf die offene Plaza und die Hauptstraße, die darauf zulief, zurückblickte, als habe sie das Messer eines Mörders zu fürchten. Wovor hatte das Mädchen Angst? »Wir brauchen nicht draußen auf der Vortreppe miteinander zu reden. Komm herein«, sagte sie.

Marna hörte die große bronzene Haspe einrasten, und ein Schauer der Erleichterung lief ihr durch den ganzen Körper. Jetzt fiel ihr der Name der Hebamme wieder ein. »Mestra Reva ...«

»Wir nehmen hier keine jungen Mädchen auf. Du musst nach Neskaya oder nach Arilinn gehen.«

Neskaya war ungefähr vier Tagesritte entfernt, Arilinn lag

auf der anderen Seite der Kilghardberge. Sie war noch an keinem der beiden Orte gewesen; die Amazone hätte ihr ebenso gut sagen können, sie solle zum Wall um die Welt reisen. Sie schluckte schwer und erklärte hoffnungslos: »Ich weiß den Weg nicht.«

Und sie hatte kein Pferd, und jeder Reisende, den sie bitten würde, sie hinzubringen, würde ebenso schlimm wie Dom Ruyvil sein, oder schlimmer ...

»Wie alt bist du?«, fragte die Frau.

»Ich werde zu Mittwinter vierzehn.«

Reva n'ha Melora seufzte. Sie betrachtete die zuckenden Hände des Mädchens, feine Hände, auf denen keine Arbeit Spuren hinterlassen hatte, und das gute Material von Kleid, Umschlagtuch und Schuhen. »Es ist uns nicht erlaubt, einem Mädchen den Eid abzunehmen, das noch nicht fünfzehn Jahre zählt. Du musst nach Hause gehen, meine Liebe, und wieder kommen, wenn du erwachsen bist. Das ist hier kein leichtes Leben, glaub mir. Du wirst viel schwerer arbeiten müssen als in deiner Mutter Küche oder Webraum, und offensichtlich bist du in Luxus aufgewachsen, den es bei uns nicht gibt. Nein, Liebes, du gehst am besten nach Hause, auch wenn deine Mutter nicht freundlich zu dir ist.«

Marna blieben die Worte fast in der Kehle stecken. Sie flüsterte: »Ich – ich kann nicht nach Hause gehen. Bitte, bitte, zwingt mich nicht dazu.«

»Wir verstecken keine Ausreißer.« Revas Augen schossen blaue Blitze. »Warum kannst du nicht nach Hause gehen? Nein, sieh mich an, Kind. Wovor fürchtest du dich? Warum bist du hergekommen?«

Marna war klar, sie musste es erzählen, auch wenn diese harte alte Frau ihr nicht glaubte. Nun, schlimmer konnte es nicht mehr werden, denn ihre Mutter hatte ihr auch nicht geglaubt. »Mein Stiefvater – er ...« Sie konnte sich nicht überwinden, es auszusprechen. »Meine Mutter glaubte mir nicht. Sie sagte, ich wolle ihre Ehe zerstören ...« Wieder schluckte sie. Nein, vor dieser Frau würde sie nicht weinen!

»So«, sagte Reva endlich und betrachtete das Mädchen von neuem mit Stirnrunzeln. Ja, sie hatte auf Heathvine beobachtet, wie vernarrt Dorilys von Heathvine in ihren hübschen jungen Ehemann war. Dom Ruyvil hatte sein Nest gut gepolstert, als er die reiche Witwe von Heathvine heiratete. Aber Reva hatte auch gesehen, dass der prahlerische junge Mann wenig für seine Frau übrig hatte.

In dem Versuch, die Tränen zurückzuhalten, blinzelte Marna heftig. »Es fing an, als meine Mutter mit der kleinen Rafi schwanger war – Mutter wollte es mir nicht glauben, als ich es ihr erzählte! Ich wollte doch nicht«, stieß sie unter Schluchzen hervor. »Ich hatte solche Angst – er – er bedrohte mich mit einem Messer, dann sagte er, er werde Mutter berichten, ich hätte versucht, ihn zu verführen –, aber ich habe nie die Hure gespielt, nie ...« Sie sah auf den gefliesten Fußboden nieder und kämpfte gegen ihr Weinen an. Da meinte sie, eine sanfte Hand auf ihrem Haar zu spüren, aber als sie den Blick hob, lief Mestra Reva zornig im Raum umher.

»Wenn das, was du mir erzählst, wahr ist, Marna ...«

»Ich schwöre es bei der gesegneten Cassilda!«

»Hör mir zu, Marna«, sagte die Frau. »Dies ist der einzige Fall, in dem wir ein Mädchen, das noch keine fünfzehn Jahre alt ist, aufnehmen dürfen: Wenn einer ihrer leiblichen Eltern oder ihr Vormund ihr Vertrauen missbraucht hat. Aber wir müssen uns unserer Sache ganz sicher sein, denn das Gesetz verbietet uns, gewöhnliche Ausreißer zu beherbergen. Hat er dich geschwängert?«

Scharlachröte ergoss sich über Marnas Gesicht; so geschämt hatte sie sich noch nie in ihrem Leben. »Er sagte – er sagte, nein, er habe etwas getan, um es – zu verhindern, aber ich weiß nicht – ich wüsste auch nicht, wie ich es sagen sollte ...«

Mestra Reva entfuhr eine obszöne Bemerkung, und dazu stampfte sie mit dem Fuß auf. Marna zuckte zusammen.

»Ich meine nicht dich, Kind. Ich verfluche die Gesetze, nach denen ein Mann so unumschränkt Herr in seinem Haus ist, dass die Frauen darin nicht mehr Schutz genießen als seine Pferde und Hunde. Einem solchen Mann sollte man die *cuyones* in den Hals stopfen und ihn an einem Kreuzweg aufhängen! Nun, dann bleibe«, erklärte sie seufzend. »Es mag Ärger geben, aber deswegen sind wir ja hier. Bist du den ganzen Weg von Heathvine zu Fuß gegangen?«

»N-nein«, stammelte Marna. »Er ist zum Markt gefahren – er trinkt in der Wirtschaft, und ich sagte ihm, ich wolle mir Bänder kaufen – er gab mir sogar ein paar Kupfermünzen –, und da bin ich weggerannt. Mutter hatte mir befohlen, ihn zu begleiten, ich sollte Spitzen für sie aussuchen, und als ich sie anflehte, mich nicht mit Ruyvil zu schicken, ohrfeigte sie mich und sagte, meine Lügen machten sie krank ...« Wieder sah Marna auf den Fußboden nieder. Ruyvil hatte auf dem Herweg laut verkündet, sie würden auf dem Rückweg in einer Reiseunterkunft Rast machen, und diesmal, behauptete er, werde sie Gefallen daran finden, so dass er sie nicht mehr mit einem Messer zu bedrohen brauche ... Aus diesem Grund hatte sie den verzweifelten Schritt getan. Sie konnte es nicht ertragen, nicht noch einmal.

Reva sah ihre zitternden Hände, die Qual in ihrem Gesicht und stellte keine weiteren Fragen mehr. Es war offensichtlich, dass das Mädchen die Wahrheit sprach und sich fürchtete. »Dann kannst du auch gleich mit uns zu Abend essen. Häng deinen Mantel im Flur auf.« Sie führte Marna in eine große Küche mit Steinfußboden, wo vier Frauen um einen Holztisch saßen.

»Setz dich neben Gwennis, Marna.« Reva zeigte ihr den Platz. »Sie ist die Jüngste von uns hier, Ysabets Tochter.« Gwennis war ein Mädchen von zwölf oder dreizehn, Ysabet eine untersetzte, muskulös wirkende Frau in den Vierzigern. Neben ihr saß eine große, magere Frau, die Narben trug wie ein Soldat; sie wurde als Camilla n'ha Mhari vorgestellt. Die Letzte war eine kleine, grauhaarige Frau, die sie Mutter Dio nannten.

»Das ist Marna n'ha Dorilys«, sagte Reva. »Sie ist zu jung für den Eid, aber sie wird hier als Pflegetochter leben, da die für sie verantwortlichen Erwachsenen ihr Vertrauen missbraucht haben. Sie kann ihr Haar abschneiden lassen und versprechen, nach unsern Regeln zu leben, und wenn sie fünfzehn ist, kann sie den Eid leisten.« Sie schöpfte für Marna Suppe aus dem Topf über dem Feuer. Mutter Dio, die am Kopf des Tisches saß, versorgte sie dazu mit einer Scheibe des groben Brotes und fragte, ob sie Butter oder Honig haben wolle. Die Suppe war gut, aber Marna war zu müde zum Essen und zu schüchtern, um eine der Fragen zu beantworten, die das Mädchen Gwennis ihr stellte. Nach dem Essen wurde sie an das Kopfende des Tisches gerufen, und die alte Frau schnitt ihr das Haar bis zum Genick ab.

»Marna n'ha Dorilys«, sagte sie, »du bist eine von uns, wenn auch noch nicht durch einen Eid gebunden. Von diesem Tag an verbieten unsere Gesetze dir, dich um Wohnung oder Erbe an einen Mann zu wenden, und du musst lernen, niemanden um Schutz zu bitten und dich selbst zu verteidigen. Du musst arbeiten, wie wir es tun, du kannst deiner edlen Geburt wegen keine Privilegien mehr beanspruchen. Du musst versprechen, jeder anderen Entsagenden eine Schwester zu sein, von welchem Gildenhaus sie auch kommen möge, und für sie in guten und bösen Zeiten sorgen. Versprichst du, nach unsern Gesetzen zu leben, Marna?«

»Das verspreche ich.«

»Willst du lernen, dich selbst zu verteidigen, und niemand anders um Schutz anrufen?«

»Das will ich.«

Mutter Dio küsste sie auf die Wange. »Dann heiße ich dich bei uns willkommen, und wenn du alt genug bist, kannst du den Eid der Entsagenden ablegen.«

Marnas Nacken fühlte sich kalt an, und sie kam sich unschicklich entblößt vor; sie sah ihr langes, rostbraunes Haar auf dem Fußboden liegen und hätte weinen mögen. Ruyvil hatte mit ihrem Haar gespielt und ihren Hals gestreichelt, aber jetzt würde kein Mann mehr sagen, sie habe ihn mit ihrer Schönheit verführt! Sie betrachtete die groben, männlichen Kleidungsstücke der Amazonen, die langen Messer, die sie am Gürtel trugen, und erschauerte. Sie sahen alle so stark aus. Wie konnte sie je lernen, sich mit einem solchen Messer zu verteidigen?

»Komm, Marna.« Gwennis nahm ihre Hand. »Ich bin so froh, dass du da bist, denn bisher hatte ich niemanden, mit dem ich reden konnte – und jetzt habe ich eine Schwester in meinem Alter! Die Mädchen im Dorf dürfen nicht mit mir sprechen, weil die Leute sagen, meine Hosen und mein kurzes Haar seien unanständig. Sie nennen mich ein Mannweib, als könnten die Mädchen etwas Böses von mir lernen – du wirst meine Freundin sein, nicht wahr? Ich meine, du musst meine Schwester sein, weil es das Gesetz des Gildenhauses ist, aber willst du auch meine Freundin sein?«

Marna lächelte verkrampft. Gwennis war ganz anders als die Mädchen, die sie bisher kennen gelernt hatte, und Marnas Mutter wäre auch nicht mit ihr einverstanden gewesen. Aber Marna hatte ihrer Mutter immer gehorcht, und was hatte ihr das eingetragen? »Ja, ich will deine Freundin sein.«

»Bring sie nach oben, Gwennis, und zeige ihr das Haus«,

sagte Reva. »Morgen werden wir etwas zum Anziehen für sie zusammensuchen – deine alten Jacken und Hosen werden ihr passen, Ysabet. Und du, Camilla, kannst ihr ein bisschen über den Messerkampf und die Selbstverteidigung beibringen, bevor du nach Thendara zurückreitest.«

»Du musst zum Magistrat gehen und Meldung machen, Reva«, sagte Camilla, »denn du bist auf Heathvine gewesen und kennst ihre Familie. Du kannst bestätigen, dass es glaubwürdig ist, wenn dieses Mädchen sagt, Ruyvil habe sie missbraucht. Ich bin diesem Ruyvil einmal begegnet, als er noch ein heimatloser Niemand war, und kann mir gut vorstellen, dass er sich an seiner eigenen Stieftochter vergreift.«

Später an diesem Abend, bevor sie in Gwennis' Zimmer in ein Rollbett gesteckt wurde, kam Reva herein und stellte Marna eine Reihe von Fragen. Als Reva sie aufforderte, ihr Hemd auszuziehen, fielen Marna all die scheußlichen Dinge ein, die sie über das Gildenhaus gehört hatte. Aber die Frau untersuchte sie nur kurz und meinte: »Ich glaube, du hast Glück gehabt; wahrscheinlich bist du nicht schwanger. Dio wird dir morgen eine Medizin zusammenbrauen, und wenn deine Tage nur durch Schock und Furcht ausgeblieben sind, werden wir es bald wissen. Ich kann jedoch bezeugen, dass du misshandelt worden bist; ein Mann, der ein williges Mädchen nimmt, hinterlässt keine solchen Male. Deshalb kann ich vor dem Magistrat beschwören, du seist vergewaltigt worden und habest nicht, wie deine Mutter behauptet, die Hure gespielt. Dann dürfen wir dich von Rechts wegen aufnehmen. Geh schlafen, Kind, und mach dir keine Sorgen.« Und Marna schlief wie ein Baby.

Das Gildenhaus von Aderes war nicht groß; nur vier Frauen lebten hier ständig, obwohl manchmal reisende Amazonen wie Camilla für ein paar Tage oder ein Jahr blieben. Reva, die

Hebamme, verdiente das meiste von dem benötigten Bargeld. Ansonsten verkauften sie Tücher, die sie aus der Wolle ihrer Tiere woben. Marna, die man feine Stickereien gelehrt hatte, regte an, die Tücher mit hübschen Mustern zu verzieren. Sie hatten auch einen Kräutergarten und verkauften Medizinen, und wenn ihre Kühe gekalbt hatten, brachten sie Butter auf den Markt. Es war ein hartes Leben, wie Reva gesagt hatte. Den größten Teil des Tages verbrachten sie mit Weben oder Gartenarbeit. Tagelang zitterte Marna bei jedem Klopfen an der Tür vor Angst, Dom Ruyvil sei gekommen, um sie wegzuschleppen, aber bald wurde sie ruhig. Sie genoss ihr neues Dasein. Vieles machte ihr große Freude: Sie lernte lesen, und bald hatte sie sich eine schöne Handschrift erworben. Das Kochen und das Scheuern der Fußböden gefiel ihr nicht, aber alle Frauen im Haus wechselten sich bei den schweren Arbeiten ebenso ab wie beim Scheren, Spinnen und Weben der Wolle. Camilla, die alte *emmasca*, die Söldnerin gewesen war und im Gildenhaus von Thendara lebte, gab Marna ein paar Stunden im Messerkampf und im unbewaffneten Kampf, aber dabei stellte Marna sich nicht sehr geschickt an. Sie war zaghaft und unbeholfen, und je mehr Camilla mit ihr herumbrüllte, desto hilfloser kam sie sich vor.

Wenn sie erst älter sei, sagte man ihr, werde man sie zu dem vorgeschriebenen halben Jahr der Umschulung ins Thendara-Gildenhaus schicken. Inzwischen müsse sie die Sitten der Entsagenden lernen. Meistens beschäftigte man sie im Haus und im Garten, aber eines Tages war Gwennis krank, und da wurde Marna mit Butter zum Markt geschickt. Sie war mehrmals mit Mutter Dio oder Ysabet dort gewesen und kannte die Grundregeln für das Benehmen einer Amazone in der Öffentlichkeit: Sie durfte mit einem Mann nur reden, wenn es um geschäftliche Dinge ging, und mit den Dorfmädchen überhaupt nicht, denn die könnten dafür bestraft werden. Marna hielt das für töricht. Die Mädchen mussten erfahren, dass es ein besseres Leben gab als das ihre, in dem sie Sklavenarbeit für ihre Eltern verrichteten, bis irgendein Mann sie kaufte wie ein Tier. Aber Gesetz war Gesetz, und um überhaupt existieren zu können, waren die Amazonen gezwungen, Kompromisse zu schließen. Dazu gehörte auch, dass sie keine Frau aufnehmen durften, die nicht aus eigenem Entschluss zu ihnen kam. Marna hatte den Verdacht, dass trotzdem ganz diskret angeworben wurde, aber solange sie noch zu jung für den Eid war, musste sie die Vorschriften buchstabengetreu befolgen.

So ging sie zum Markt und konzentrierte sich ganz auf ihre Aufgabe. Sie suchte die Milchfrau an ihrem Stand auf und gab ihr ihre Butter. Mutter Dio hatte gesagt, sie brauchten Honig; Marna hatte Päckchen mit Pflanzenfarben in der Tasche und sollte versuchen, sie gegen Honig einzutauschen. Sie verbrachte eine angenehme Stunde auf dem Markt und machte sich schließlich wieder auf den Weg zum Gildenhaus, den Honigkrug in einen Jutesack eingewickelt; sie hatte ihn für eine Portion Krapprot bekommen.

Es fing an, dunkel zu werden. Als sie an der Wirtschaft vorbeiging, löste ein junger Mann sein Pferd vom Geländer. Er war so betrunken, dass Marna schon aus der Ferne den schalen Weingeruch wahrnahm. »Was ist, Mädchen«, rief er ihr zu, »willst du die Nacht mit mir verbringen? He – sei nicht so verdammt unfreundlich!« Er drehte sich um und taumelte auf sie zu. »Aaah – eine von denen, die ein Schwert tragen wollen wie ein Mann!« Er packte sie grob am Arm. »Warum verbringst du dein Leben mit diesen Weibern? Willst du nicht eine richtige Frau sein, hä?« Er betastete sie.

Marna riss sich zitternd los und entfloh, den Honigkrug fest umklammernd. Der Betrunkene schrie ihr nach: »Hau doch ab, wer will denn schon eine solche Schlampe!«

Ihr Herz klopfte wie rasend, ihr Mund war trocken. Marna

versuchte, sich zu beruhigen. War etwas an ihr, dass sie wie ein solches Mädchen aussah? Dom Ruyvil hatte sie auch beschuldigt, sie habe ihn gereizt, obwohl sie weinte und ihn abzuwehren versuchte. Was machte sie falsch, dass die Männer sich so gegen sie benahmen? Sie legte die Hand auf den Messergriff. Wenn der Mann sie nicht losgelassen hätte, wäre sie dann fähig gewesen, das Messer zu ziehen und ihn damit zu verjagen? Hätte sie den Mut gefunden, es zu benutzen?

Halb blind vor Tränen sah sie nicht, wohin sie den Fuß setzte, bis sie auf dem Kopfsteinpflaster der Straße mit einem großen, schweren Mann zusammenstieß. Sie murmelte eine wohlerzogene Entschuldigung. Doch ihr Arm wurde mit festem Griff gefasst, und sie hörte eine verhasste Stimme.

»Sieh an, die kleine Marna! Du verlogenes Ding, du hast ein schönes Durcheinander aus meinem Leben gemacht! Dori hätte mich beinahe fortgeschickt! Da läufst du zu diesen schmutzigen Weibern und heulst ihnen etwas vor, und jetzt bist du eine von ihnen!«

Marna versuchte, sich von ihm zu befreien.

»Du! Ruyvil!«

»Du wirst mich mit Stiefvater oder Dom anreden«, schimpfte er.

»Das werde ich nicht!«, rief Marna. »Du bist nicht mein Vater, und ich schulde dir nichts – keinen Respekt, keinen Gehorsam, nichts!«

Er schlug ihr heftig ins Gesicht. »Schluss damit! Du kommst nach Hause, wo du hingehörst. Sieh dich an – schamloser geht es wohl nicht mehr, in Stiefeln und Hosen, und das Haar abgeschnitten, da sieht man deinen ...« Er benutzte ein obszönes Wort. »Vorwärts –ich habe ein Pferd, und ich werde dich nach Hause zu deiner Mutter bringen, und bei Zandrus Zehennägeln, wenn du ihr noch einmal Märchen erzählst, breche ich dir jeden einzelnen Knochen im Leib!«

Sie sah ihn zitternd an, aber der Gedanke an das, was die Frauen ihr gesagt hatten, stärkte sie: Sie musste lernen, sich selbst zu verteidigen, und durfte niemanden bitten, sie zu beschützen. »Alles, was ich zu Mutter und dem Magistrat gesagt habe, ist wahr ...«

»Ah, du hast es doch gewollt, du dreckige kleine Hure, du kannst mir nicht erzählen, dass du nicht jedem Stallburschen und Wachposten schöne Augen gemacht hast ...«

»Du kannst meine Mutter so viel belügen, wie du willst, aber du weißt doch ganz genau, was die Wahrheit ist«, gab sie zurück.

»So lasse ich nicht mit mir reden!« Seine schwere Hand schlug sie zu Boden, dort lag sie voller Angst und sah, wie er das Messer aus der Scheide zog ... Mit letzter Kraft stellte sie sich wieder auf die Füße, ergriff den wie durch ein Wunder unversehrten Honigkrug, rannte wie ein *chervine* davon und verschwand in einer Seitenstraße. Diesmal konnten keine Röcke sie behindern! In Panik klopfte sie an die Tür des Gildenhauses, aber bis Gwennis öffnete, ging ihr Atem wieder ruhig. Nein, sie durfte es niemandem erzählen. Sie hatten es ihr so deutlich auseinander gesetzt, dass sie lernen müsse, sich selbst zu verteidigen.

Und ich habe es nicht fertig gebracht, dachte sie verzweifelt. *Ich habe nicht einmal mein Messer ziehen können. Daran habe ich überhaupt nicht gedacht. Ich hätte Ruyvil töten, ihm das Messer in den Bauch stoßen sollen! Aber ich hatte Angst ...*

Glaubt er wirklich, ich hätte ihn provoziert? Ist etwas an mir, das die Männer auf diesen Gedanken bringt? Der andere Mann, der Betrunkene vor der Wirtschaft, hat es auch gemeint ...

»Du bist außer Atem«, bemerkte Gwennis. »Was ist los, Marna, bist du gelaufen?«

»Ja – es war spät und dunkel und kalt. Ich bin gerannt, um warm zu werden.« Marna zürnte sich wegen der Lüge. Aber Gwennis war darin ausgebildet, sich selbst zu verteidigen. Wie würde sie Marna verachten, wenn sie wüsste, was für ein Schwächling sie war!

Danach blieb Marna so viel im Haus, wie sie konnte, und jedes Mal, wenn sie es verließ, bildete sie sich ein, Dom Ruyvil lauere hinter jeder Ecke. Aber die Zeit verging, ihre Angst ließ nach, und schließlich war sie bereit, wieder auf den Markt zu gehen. In drei Monaten wurde sie fünfzehn und hatte das gesetzliche Recht, den Eid abzulegen, und dann war sie sicher. In diesem Jahr war die Kräuterernte gut, und die Frauen des Gildenhauses teilten sich einen Stand mit der Milchfrau, die manchmal ihre Butter verkaufte. Marna legte die Kräuterpäckchen sorgfältig aus. Sie war stolz auf die zierliche Beschriftung auf der Vorderseite eines jeden – sie schrieb jetzt die deutlichste Hand im Haus und entwarf alle ihre Stickereien. Als sie fertig war und den Kopf hob, hörte sie eine vertraute Stimme.

»Sind Eure Goldblumen gut getrocknet? Wenn ja, nehme ich zwei Päckchen – Marna!«, keuchte die Frau, und Marna sah in das Gesicht ihrer Mutter.

»Marna! Dahin bist du also gegangen! Oh, Marna, wie konntest du das tun? Oh, mein kleines Mädchen – wo ist dein schönes Haar? Was haben sie dir angetan, diese schrecklichen Frauen! Marna, willst du deiner Mutter nicht wenigstens zur Begrüßung einen Kuss geben?«

Marna war zum Weinen zu Mute. Am liebsten hätte sie losgebrüllt: *Ja, Dom Ruyvil hat mich geschändet, aber du warst es, die es zugelassen hat, die ihrer eigenen Tochter nicht glauben wollte ...* Trotzdem brachte sie es nicht fertig, ihre weinende Mutter zurückzustoßen. Sie umarmte sie und dachte: *Jetzt bin ich größer und stärker als sie – sie würde es nie lernen, sich zu verteidigen.*

»Oh, du siehst so erwachsen aus – und so ernst und schrecklich!«, sagte Dorilys von Heathvine. »Haben sie dich gezwungen, dich allen möglichen bösen Dingen zu verschwören, mein armes Baby? O gesegnete Cassilda, ich werde mir nie verzeihen ...«

Marna ließ ihre Stimme hart klingen. »Also glaubst du mir endlich?«

»Oh, Marna ...« Ihre Mutter breitete die Hände aus. »Was konnte ich tun? Er sagte, er werde seinen Sohn nehmen und mich verlassen – und ich stehe allein in der Welt, dein Bruder ist jetzt als Kadett in Thendara, ich bin allein mit den Kleinen – und wenn Ruyvil böse mit mir ist, was soll ich dann tun? Eine Frau hat keine andere Wahl, als mit ihrem Mann zu leben – und wenn ich mich beim Magistrat beschwert hätte, dann hätte er mich geschlagen oder mir Schlimmeres angetan ...«

»Ist ja gut, Mutter, ich verstehe schon«, sagte Marna mit einem würgenden Schmerz in der Kehle. Sie verstand es *nicht*. Sie würde es nie verstehen. Wenn sie eine Tochter hätte, wenn ein Mann diese Tochter so behandelt hätte, würde sie den Mann bestimmt nicht weiterhin geliebt und sein Bett geteilt haben! Sie hätte die Magistratsbeamten gerufen, hätte Ruyvil auf die Straße hinausgeworfen! Ihre Mutter jedoch hatte nicht einmal so viel Kraft oder gesunden Menschenverstand gehabt, um wegzulaufen.

»Marna – oh, mein kleines Mädchen, willst du nicht nach Hause kommen? Ich verspreche dir – du kannst eins der Hausmädchen in deinem Zimmer schlafen lassen –, er wird dich nie wieder belästigen, ich verspreche es dir! Du fehlst mir so, niemand ist da, mit dem ich reden kann, niemand, den ich lieb habe ...«

»Nein, Mutter«, antwortete Marna sanft, aber ohne Mitleid. »Ich werde nie wieder unter deinem Dach leben. Ich will dich besuchen kommen, wenn du mir Nachricht gibst, dass Dom Ruyvil verreist ist, oder du kannst mich im Gildenhaus besuchen.«

»Im Gildenhaus? Wie könnte ich – Ruyvil wäre sehr zornig auf mich, wenn ich mit solchen Frauen verkehrte!«

»Oh, Mutter«, sagte Marna ungeduldig, »sie sind Frauen wie du, nur dass sie sich nicht von Männern schlagen und missbrauchen lassen! Sie sind anständige Frauen, die sich durch Weben und den Verkauf von Kräutern ernähren!«

»Pff! Welche bösen Dinge haben sie dich gelehrt? Welcher Mann wird dich jetzt noch heiraten?«

»Keiner, hoffe ich«, gab Marna ärgerlich zurück. »Glaube, was du willst, Mutter, ich möchte mein Leben nicht gegen deins eintauschen. Und wenn du meinst, ich führte im Gildenhaus ein schlechtes Leben, dann zeige doch so viel Mut wie eine Gans und besuche uns und sieh selbst, womit ich meine Zeit verbringe!«

Ihre Mutter ging weinend weg, doch Marna lief ihr nach – sie hatte die Päckchen mit Goldblumen vergessen. Ja, sie müsse sie nehmen, sie sehe so blass aus. Nein, das Geld solle sie vergessen. Marna habe sie selbst gepflückt und getrocknet, es sei ein Geschenk ... Als sie bei Sonnenuntergang den Stand aufzuräumen begann, fühlte sie sich besser. Trotz ihres Zorns liebte sie ihre Mutter und freute sich, dass sie lebte und gesund war.

Bis dieser Schurke Ruyvil sie irgendwann tötet, indem er sie schlägt oder sie so oft schwängert, dass sie daran stirbt!, dachte Marna verbittert.

Nun, es gab nichts, was sie dagegen tun konnte. »Wo bleibt nur Ysabet mit dem Packtier, Gwennis?«, fragte sie. »Wir müssen es beladen, damit wir vor dem Dunkelwerden zu Hause sind. Viel Arbeit macht das nicht; wir haben alle Stickereien verkauft, und von den Tüchern sind nur noch drei übrig.«

»Die gestickten verkaufen sich besser«, meinte Gwennis. »Damit hattest du Recht, Marna. Wer war die Frau, mit der du geredet hast?«

»Meine Mutter.« Mehr sagte Marna nicht.

Gwennis, die tausend Fragen hätte stellen mögen, schwieg, als sie Marnas Gesichtsausdruck bemerkte. Sie sagte nur: »Hier, hilf mir, das Seil für das Packtier loszubinden – wir wollen alles für Ysabet fertig haben, wenn sie kommt – Zandru speie Feuer!«, fluchte sie. Das Seil hatte sich an der Kante des Standes verfangen; die Kräuterpäckchen und die Tücher segelten mitsamt den Butterkrügen zu Boden. Die Mädchen beeilten sich, alles wieder aufzuheben, aber ein Butterkrug war zerschellt, und sein Inhalt beschmierte die Tücher und die Pflastersteine vor dem Stand.

»Dann werde ich mal gehen und mir einen Mopp ausleihen, damit ich hier sauber machen kann«, stöhnte Gwennis und sah sich auf dem schon fast verlassenen Markt um. Die meisten Stände waren jetzt leer, und die Schatten fielen rot und dick über den Platz. »Rinda in der Wirtschaft wird mir einen geben, ich habe ihren Knöchel bandagiert, als sie ihn sich verstaucht hatte.«

»Lass mich nicht allein«, flehte Marna, »es ist so dunkel! Warte, bis Ysabet mit dem Pferd kommt!«

»Aber jemand könnte ausrutschen und fallen und sich den Hals brechen!«, wandte Gwennis entsetzt ein. »Sei kein Feigling, Marna! Du musst lernen, allein zu sein.«

Gwennis ging, und Marna packte zitternd die Kräuter zusammen. Da fasste sie eine grobe Hand, und eine Stimme, die sie fürchtete und hasste, grollte: »Hier hast du dich also versteckt, he? Dreckige Schlampe, ich werde dich lehren, so zu deiner Mutter zu reden! Sie hat mir gesagt, dass sie dich gese-

hen hat. Du kommst jetzt mit mir nach Hause, keine Wider-
worte! Spürst du das?« Marna fühlte die Schneide eines Messers an ihrer Kehle. Ruyvil drückte zu, es durchschnitt die
Haut, und Blut begann zu fließen.

»Wirst du dich benehmen?«

In Todesangst nickte Marna, und das Messer entfernte sich
von ihrer Kehle. Ruyvils Hände hielten sie fest. Er sagte: »Los,
komm mit, und lass das Theater. Du willst mich zum Gespött
machen, was? Erzählst Märchen, so dass deine Mutter kein
anständiges Mädchen mehr zum Bleiben bewegen kann, und
machst mich beim Magistrat schlecht! Ich sage dir, Marna, ich
werde dir eine Lektion erteilen, und wenn es das Letzte ist,
was ich in meinem Lebe tue! Du kommst nach Hause, wo du
hingehörst, damit die Leute sehen, dass ich fähig bin, meine
Familie und mein Weibervolk zu regieren, und mir von keinem verdammten Magistrat etwas befehlen lasse! Das wäre ja
noch schöner, wenn ein Mann seine eigenen Angelegenheiten
nicht mehr regeln könnte, ohne dass die Regierung sich ein-
mischt! Es ist ja nicht so, als seist du blutsverwandt mit mir
und als hätte ich dir Schaden zugefügt!« Er verdrehte heftig
ihr Handgelenk. »Gib mir deine Hände!« Sie sah, dass er einen
Strick hielt, er würde sie fesseln, nach Hause zerren ...

Schreiend riss sie sich los. Er griff von neuem nach ihr,
warf sie zu Boden. »Marna, dafür bringe ich dich um!«,
knirschte er. Sie tastete nach ihrem Messer, unbeholfen, in Todesangst. Oh, er würde sie töten, mit seinem Messer töten –
aber besser das, als nach Hause gezerrt zu werden, wo er mit
ihr machen konnte, was er wollte ... Plötzlich hatte er ihr Messer auch, und sie verfluchte ihre Schwerfälligkeit.

»Du lässt sie in Frieden!«, erklang ein Schrei hinter ihnen,
und Gwennis schwang den schweren Moppstiel. Blut schoss
aus Ruyvils Mund. Fluchend griff er Gwennis mit seinem
Schwert an. Marna, kaum wissend, was sie tat, hob ihr Messer

auf und warf sich zwischen sie. Ihr Amazonen-Messer, das nicht ganz ein Schwert war, richtete sich auf Ruyvils Bauch.

»Nur eine Bewegung«, sagte sie und wunderte sich, wie laut und fest ihre Stimme über den verlassenen Markt schallte, »und ich stoße dir das Messer in den Leib, *Stiefvater*!«

Er heulte vor Wut. »Nimm das Ding weg! Was, in Zandrus Höllen ...«

Gwennis kam und nahm ihm sein Schwert ab. »Ich sollte ihm den Hals damit abschneiden«, sagte sie. »Aber wir haben hier schon genug Probleme. Binden wir ihm die Hände, und irgendwann wird er sich schon befreien – wer weiß, ob der Magistrat uns glauben würde? Hier, Marna, fessele du ihn, du kannst besser Knoten machen als ich. Die bekommt er bestimmt nicht auf, bevor wir sicher im Gildenhaus sind. Und wenn er erzählen will, wie zwei Mädchen unter fünfzehn ihn besiegt haben, soll er es ruhig tun und sich zum Gespött machen!«

Ysabet kam mit dem Packtier und betrachtete den wütenden, fluchenden Ruyvil mit seinen auf den Rücken gebundenen Händen. Sie sagte: »Hört mir zu, Dom Ruyvil, Eure Stieftochter, die Ihr missbraucht habt, wird ins Gildenhaus von Thendara geschickt werden. Möchtet Ihr eine Untersuchung durch einen *leronis*, damit alle Welt erfährt, dass Marna die Wahrheit gesagt hat?«

Er hatte sich inzwischen beruhigt und antwortete einfältig: »Nein. Ich werde schwören ...«

»Euer Eid ist keinen Pferdeapfel wert«, stellte Ysabet fest, »aber wenn Ihr uns in Zukunft nicht mehr belästigt, werden wir Euch in Ruhe lassen, obwohl ich Euch mit Freuden die Fähigkeit nehmen möchte, noch einmal eine Frau zu schänden.« Sie machte eine Geste mit ihrem Messer, und Ruyvil wand sich, heulte, bat, flehte, weinte. Marna fragte sich, warum sie jemals Angst vor ihm gehabt habe.

Sie gingen im Dunkeln heim. Ysabet, die das Pferd führte, war den beiden Mädchen ein Stück voraus. Da fragte Gwennis: »Wenn dein Stiefvater dich verfolgte und dir auflauerte, warum hast du uns das nicht erzählt?«

»Ich schämte mich«, murmelte Marna. »Es ist so viel darüber gesprochen worden, ich müsse lernen, mich selbst zu verteidigen, und dürfe niemanden um Schutz bitten ...«

»Aber du musst deine Schwestern beschützen, und sie müssen dich beschützen«, schalt Gwennis sanft, einen Arm um Marnas Taille gelegt. »Darum geht es doch in dem Eid! Wir schwören, einander zu helfen – hättest du deine Mutter nicht beschützt? Du fandest den Mut, dein Messer zu ziehen, als er *mich* bedrohte ...«

Marna begann zu weinen. Sie konnte ihre Mutter nicht vor Ruyvil beschützen; ihre Mutter wollte keinen Schutz, wollte sich nicht einmal an ihre Schwestern wenden. Schlimmer noch, ihre Mutter hielt so große Stücke auf Ruyvil, dass sie nicht einmal ihre eigene Tochter beschützen würde. Zum ersten Mal, seit sie ins Amazonenhaus gekommen war, weinte Marna und konnte nicht aufhören. Sie schluchzte immer noch, als sie schon im Gildenhaus waren. Gwennis machte sich Sorgen um sie und rief Reva, die ihr Wein zu trinken gab und sie schließlich ohrfeigte.

»Ich kann damit leben, was Ruyvil mir angetan hat.« Marna hatte den Schluckauf, und die Tränen strömten ihr immer noch aus den Augen. »Ich kann mich jetzt auch gegen jeden Mann verteidigen. Aber was ich nicht ertrage, ist, dass meine Mutter mich nicht beschützen wollte, dass es ihr lieber war, wenn ihre Tochter geschändet wurde, als wenn sie den Mann verloren hätte, den sie liebt ..., dass sie *mich* nicht genug liebte, um mit ihm zu streiten ...« Sie weinte und weinte und klammerte sich an Reva. Die ältere Frau, jetzt freundlicher, hielt sie fest und tröstete sie.

»Darum geht es doch in dem Eid«, wiederholte Gwennis. »Jede von uns wird dich beschützen, wie deine Mutter es hätte tun sollen – wie Frauen sich immer gegenseitig beschützen müssen. Deine Mutter hat dich im Stich gelassen, aber was geschehen ist, lässt sich nicht mehr ändern. Du hast jetzt eine Eidesmutter und viele Schwestern. Und du warst stark genug, *mich* zu verteidigen, auch wenn du dich selbst nicht verteidigt hast.«

»Du hattest es nicht verdient«, schniefte Marna. »Ich meine, du hattest doch nichts *getan*. Ich konnte nicht zulassen, dass er dich verletzte.«

Gwennis nahm sie in den Arm. »Du hattest auch nichts getan, und du hattest es auch nicht verdient«, erklärte sie heftig, »und wenn dieser alte, böse Mann dir eingeredet hat, du seist schuld, dann ist das noch schlimmer als das andere!« Sie küsste Marna auf die Wange. »Du wirst mir fehlen, Schwester, wenn du zur Schulung nach Thendara geschickt wirst. Aber du kommst ja wieder, wenn du gelernt hast, dich selbst zu verteidigen und mit dem zu leben, was dir Kummer macht, *breda*.« Scheu zog sie ihr Messer aus der Scheide. »Du hast mich verteidigt, als du dich selbst hättest verteidigen sollen. Willst du das Messer mit mir tauschen, Marna?«

Marnas Augen wurden ganz groß. Dann zog sie ihr eigenes Messer. Feierlich steckten sie jede ihr Messer in die Scheide am Gürtel der anderen und umarmten sich. Marna hätte fast wieder angefangen zu weinen. »Ich will nicht weg!«, sagte sie. »Ich liebe euch alle, und ihr seid so gut zu mir gewesen …«

»Aber du hast überall Schwestern«, fiel Reva freundlich ein. »Bald wirst du den Eid ablegen, und dann bist du eins mit uns.«

Marna legte die Hand auf Gwennis' Messer an ihrem Gürtel. Ja, das Messer ihrer Schwester war zu ihrer Verteidigung gezogen worden; jetzt war sie fähig, es zu ihrer eigenen Verteidigung zu ziehen. Eine Frau hatte sie verraten, aber von ihren Schwestern, die sie umgaben, wusste sie, dass keine sie je verraten würde. Dom Ruyvil, stellte sie zu ihrer Verwunderung fest, hatte sie nicht vernichtet; er hatte sie in ein neues Leben, ein wirkliches Leben getrieben. Was damals in ihren Augen das Ende der Welt gewesen war, hatte sie hierhergeführt.

Er hatte sie in die Freiheit entlassen.

Über Jane Bigelow und »Taktik«

Jane Bigelow wohnt mit ihrem Mann und ihrem Kater »Alphonse, der Streuner« in Denver. Man fragt sich, warum so viele Science-Fiction-Leute Katzen haben, denen nur wenige Hunde und – zum Beispiel – Hamster gegenüberstehen. Sie hat für verschiedene Lokalzeitungen in Boulder und dem Gebiet von Denver geschrieben, »gab die journalistische Tätigkeit aber nach einer Reihe von geplatzten Honorarschecks und Konkursen auf«. Gedichte von ihr sind schon in Fine Arts Discovery und in anderen Publikationen veröffentlicht worden. Gegenwärtig arbeitet sie an einem Katalog für die Jefferson County Public Libraries. In dieser Stellung hat sie ungehinderten Zugang zu neuen Büchern und eine Vier-Tage-Woche. Mit »Taktik« hat sie zum ersten Mal eine Erzählung verkauft.

Die Personen in »Taktik« sind zwar im strengen Sinn keine Freien Amazonen, wohl aber unabhängige Frauen im Geist der Entsagenden. MZB

Taktik

von Jane M. H. Bigelow

Mit einem leisen Seufzer sah Bronwyn zu ihrem Mann auf der anderen Seite der Halle hinüber. Sicher, ein Mann hat für die Verteidigung seiner Familie zu sorgen, jeder Mann, und erst recht, wenn er ein Lord ist. Das stimmt schon. Aber muss er stundenlang über Schwert- und Schild-Techniken, Schlachtpläne und Strategien reden, wenn er gerade erst nach Hause gekommen ist?

Ich werde meine Aufgabe als die Herrin deiner Halle erfüllen, Donal, dachte sie. *Aber dieser Abend ist ein weiterer Stein in der Wand, die wir zwischen uns errichten.*

Daraufhin blickte er auf. Offenbar gelangten manche Gedanken durch die Barriere, die zu errichten sie gelernt hatten. Er machte lachend eine Bemerkung zu den Männern, die unter seinem Befehl standen, und kam zu ihr herüber.

»Meine Gemahlin, ich bin mir bewusst, dass Euch all das zu Tränen langweilen muss, aber wenn Ihr ein Dach über Eurem Kopf haben wollt, werdet Ihr mich an seiner Verteidigung arbeiten lassen, ohne meine Gedanken ständig zu unterbrechen.« Er sprach mit leiser Stimme, aber in der ganzen Halle entstand Unruhe, eine Art von mentalem Geplapper, als die telepathisch begabteren Anwesenden ihre Gedanken energisch in eine andere Richtung lenkten.

»Es war nicht meine Absicht«, murmelte sie, während ihr Zorn wuchs.

»Immer noch keine bessere Abschirmung als eine Zwölfjährige? Bronwyn, du bist die Mutter von drei Kindern ...«

»Und bald von vieren«, unterbrach sie ihn. Sie hob ein wenig die Stimme. »Mein Lord, ich bin müde.« Sie wandte sich den in der Halle Versammelten zu. »Meine Lords, meine Ladies, leider muss ich mich früh zurückziehen. Das braucht niemandem anders den Abend zu verkürzen. Isolde wird in meiner Abwesenheit für euch sorgen.« Eine hoch gewachsene Frau mit kastanienbraunem Haar stand an ihrem Platz neben einem Kerzenleuchter auf und verbeugte sich leicht.

In ihrem Zimmer gestattete sich Bronwyn den Luxus, Feuer mit einem schnellen Aufflammen ihres Zorns zu entzünden, statt sich der mühsamen Methode von Stahl und Feuerstein zu bedienen, die, wie ihre Lehrer gesagt hatten, besser war, solange nicht ein zwingender Grund bestand, *laran* zu benutzen ...

Hinter ihr erklang ein leichter Schritt, und eine parodistisch tremolierende Stimme rief: »Kind, Kind, was soll denn das? War das notwendig? Er ist verkehrt, einen Drachen anzuketten, nur um Essen zu kochen!«

Bronwyn drehte sich langsam um – im achten Monat tut man das nicht mehr schnell –, und dann lachte sie halb gegen ihren Willen. Ihre jüngere Cousine Danilys stand dort, gebückt, auf einen imaginären Stock gestützt. Eine Sekunde lang lastete hohes Alter auf ihr; dann lachte auch sie. Den »Glanz« abschüttelnd, kam sie ans Feuer und sah auf Bronwyn hinunter. »Wie schön wäre es, wenn ich das tun könnte, wann immer ich Lust dazu habe! Hat Donal dich wieder mit seinen militärischen Ausführungen gelangweilt, Bron?«

»Gesegnete Cassilda, ja! Er fand kein Ende. Oh, Danilys, warum bin ich immer noch so töricht, dass ich mir wünsche, er würde dann und wann mit *mir* reden? Früher hat er das getan, weißt du. Damals pflegten wir unsere Gedanken voreinander zu öffnen. Dann gingen die Kämpfe wieder los, und er war nicht einmal zu Liriels Geburt hier. Als er dann schließlich nach Hause kam, war es, als sei sein Geist ebenso erschöpft wie sein Körper, und ich war in nicht viel besserem Zustand. Nicht etwa, dass ich besondere körperliche Beschwerden gehabt hätte«, setzte sie hinzu. »Ich bin recht gut im Kinderkriegen. Nur haben die Kinder unglücklicherweise das falsche Geschlecht.«

»Dieses auch?«, fragte Danilys mitfühlend.

»Diesmal habe ich mich geweigert, mich überwachen zu lassen. Blicke nicht so entsetzt drein! Wenn ich erführe, dass auch dieses Kind wieder ein Mädchen ist, würde ich wohl wütend werden, ob ich wollte oder nicht. Das wäre zu gefährlich für das Ungeborene – ich habe eine Menge *laran,* aber du weißt ja, Vater holte mich aus dem Neskaya-Turm zurück und verheiratete mich, bevor ich richtig gelernt hatte, es zu kontrollieren.«

»Ja, ich weiß.« Danilys war für einen Augenblick niedergeschlagen. Dann ... »Nun, *breda,* wir werden Liriel ein kleines Schwert statt einer Puppe machen und sie Taktik statt Handarbeit lehren müssen. Nein, vielleicht ist es besser, sie lernt beides. Dann kann sie die Leute wieder zusammennähen, nachdem sie sie besiegt hat, und sich das phantastischste Schwertgehenk aller Zeiten machen.«

»O ja!«, lachte Bronwyn. »Ganz mit rosa Blümchen bestickt, damit niemand behauptet, sie sei keine Dame.«

Danilys raffte ihre Röcke und vollführte eine wilde Pantomime von Angriff und Abwehr. Sie schoss im Zimmer umher und stellte beide Gegner dar, und dabei wurde ihr schlaksiger, magerer Körper plötzlich anmutig. Gerade sprang sie geschickt über einen kleinen Schemel, als Donal den Raum betrat.

Sofort wurde es still. Er verbeugte sich steif vor beiden Frauen und wandte sich dann Bronwyn zu. »Meine Liebe, wenn du die Halle unter dem Vorwand verlässt, du seist müde, wäre es ratsam, keinen solchen Lärm zu veranstalten, dass ich persönlich heraufkommen und nachsehen muss, ob wir von Räubern angegriffen werden.«

»Im Turm, hundert Fuß hoch?«, fragte Danilys. »Jedenfalls mache ich den Lärm. Schreie mit mir herum.«

»Ich schreie nicht.« Doch er war dicht davor, dachte Bronwyn. Diese Unbeherrschtheit sah ihm nicht ähnlich. Verwirrt und ein bisschen besorgt wollte sie Kontakt mit seinem Geist herstellen und war schockiert, dass er sich vollständig abschirmte. Niemals, nicht einmal bei diesem schlimmen Streit nach der Geburt des dritten Mädchens hatte er sich vor ihr so verschlossen, als seien sie nicht einmal miteinander verwandt. Er sah sie finster an – *sehen seine Feinde diesen Blick in der Schlacht?,* fragte sie sich –, stürmte hinaus und knallte auch die Tür des Zimmers zu.

Bronwyn stand wie erstarrt da. Danilys kam zu ihr und legte den Arm um sie. »Hilfst du mir, mich für die Nacht fertig zu machen?«, bat Bronwyn. »Ich glaube, ich bin wirklich müde.«

Auch Danilys hatte mitbekommen, dass etwas Entscheidendes passiert war. Das ging deutlich aus ihrem sorgfältig abgewandten Blick hervor, als sie Bronwyn bei der jetzt umständlichen Prozedur half, ihr Nachtgewand anzulegen. Sie schnürte ihr die niedrigen Filzstiefel auf, und Bronwyn brachte in dem Versuch, die im Raum herrschende Spannung zu mildern, ein Lachen hervor. »Oh, wie glücklich werde ich sein, wenn ich das wieder selbst tun kann!«

»Das wird auch mich freuen.« War das Kälte in Danilys' Stimme? War an diesem Abend überhaupt etwas normal?

»Danilys?«, fragte Bronwyn.

»Ich bin nicht böse auf *dich,* Bronwyn. Aber ich würde deinem feinen Donal gern sagen, was ich von ihm halte! Er hat doch eben Streit *gesucht.* Warum steckst du es übrigens ein? Brülle zurück. Das macht Spaß.«

»Mir nicht, *breda.* Ich verabscheue es, mich zu streiten.«

Die Behaglichkeit des breiten, mit Pelzen bedeckten Bettes machte es leicht, alle Sorgen zu vergessen. Bronwyn seufzte genüsslich, legte sich zurecht und war bald eingeschlafen.

Danilys betrachtete sie eine Weile, bis sie sicher war, dass ihre Cousine fest schlief. Dann ging sie im matten Licht des Nachtlichts zur Tür. Auf dem Rückweg zu ihrem eigenen Zimmer reagierte sie etwas von der aufgestauten Energie durch Schattenfechten mit ihrem Spiegelbild auf dem polierten Stein des Flures ab. Doch ihre Röcke behinderten sie, und sie wagte es nicht, sie hier im öffentlicheren Teil der Burg hochzuschürzen.

In ihrem Zimmer wartete sie halb träumend darauf, dass sich die Badewanne aus der durch den Fußboden führenden Warmwasserleitung füllte. Vielleicht konnte sie sich den Entsagenden anschließen ... Stimmte es wirklich, dass man dazu alle Familienbande zerschneiden musste? Die Freien Amazonen, die sie in der Nähe von Cuillincrest auf der Straße gesehen hatte, schienen sehr gut im Stande zu sein, für sich selbst zu sorgen, aber waren sie nicht recht einsam? Andererseits – was könnte sie dann alles lernen! Und es stände ihr frei, zu reisen. Sie wusste, dass Amazonen als Reiseführerinnen für Damen arbeiteten, und abgesehen von der Gefahr, eine Zeit lang eine verzärtelte Lady auf dem Hals zu haben, musste es ein ideales Leben sein. Dann bliebe es ihr erspart, mit irgendeinem dummen Kerl verheiratet zu werden. Es mangelte ihr fast völlig sowohl an nützlichem *laran* als auch an einer Mitgift. Da würde es wahrscheinlich ein Witwer sein, und die zweite Frau sollte dann sein Haus und seine Kinder versorgen, deren Geburten der ersten das Leben gekostet hatten.

Das führte sie wie immer, wenn sie über die Entsagenden nachdachte, zu Bronwyn. Wie konnte sie ihre Cousine verlassen, die vermutlich noch lange Zeit alle drei Jahre zwei Babys bekommen würde? Danilys war der Ansicht, für Bronwyn sei es besser, wenn sie ihre Ehe endlich als das politische Arrangement, das sie war, akzeptierte und aufhörte, sich zu grämen. Donal hatte aufgehört, sich verliebt zu gebärden, na und? Nach allem, was sie gesehen hatte, taten das fast alle Männer früher oder später. Sie hatte nie Gelegenheit gehabt, herauszufinden, ob die seltenen Freipartnerschaften zwischen Frauen besser funktionierten. Bronwyn war jedenfalls immer sehr romantisch gewesen, und sie besaß weit mehr *laran* als die meisten Frauen außerhalb eines Turmes. Das wäre der richtige Ort für sie gewesen. Doch das einzige Kind des Lords einer Domäne durfte nicht an einen Turm verschwendet werden.

Danilys riss sich aus ihren Gedanken los und fand sich vor einer Wanne mit eiskaltem Wasser wieder. Sie wusch sich hastig damit, sprang ins Bett und rollte sich fest zusammen.

Ihr Schlaf war leicht, vielleicht, weil ihr kalt war. Kurz vor dem Morgengrauen wachte sie plötzlich mit dem überwältigenden Gefühl auf, es sei etwas nicht in Ordnung. Sie konnte nichts Ungewöhnliches hören, aber das Gefühl war zu stark, als dass es sich hätte ignorieren lassen. Wenn der Grund nichts weiter war als ein Alptraum, der ihrem Gedächtnis entfallen war, würde sie sich eben höchst demütig entschuldigen müssen.

Schnell stand sie auf und wickelte sich in ihren alten wollenen Morgenrock. Es dauerte entsetzlich lange, bis sie ihre Pantoffeln gefunden hatte. Dann lief sie die Korridore entlang zu Donals Zimmer.

Es war Pech, dass er nicht allein und deshalb noch weniger als sonst geneigt war, der sich als Mannweib gebärdenden Cousine seiner Frau Beachtung zu schenken. Danilys war noch dabei, neue Drohungen zu erfinden, was sie alles tun wolle, wenn er die Schildwache nicht benachrichtigen lasse, als am Westtor ein Aufschrei ertönte und die Alarmglocke wie wild geläutet wurde.

»Und die Hälfte der Männer ist auf Urlaub zu Hause!«, stöhnte Donal. Er sprang aus dem Bett und rannte zur Treppe. Im Laufen zog er sich an. Kurz darauf hörte man ihn Befehle brüllen.

Danilys wandte sich dem hübschen Mädchen zu, das diese Nacht sein Bett geteilt hatte. Sie schien immer noch halb im Schlaf zu sein.

»Weißt du, wo Isolde schläft?«, fragte Danilys. Das Mädchen nickte. »Gut. Geh bitte zu ihr und sage ihr, sie soll warmes Essen für die Männer kochen und einige der Frauen zusammenrufen, die sich um die Verwundeten kümmern können. Ich komme gleich nach, ich muss nur zuerst nach Lady Bronwyn sehen.«

Bronwyn war bereits wach. »Wir werden angegriffen?«, fragte sie.

»Ich fürchte, ja. Donal ist bereits draußen auf den Mauern. Wie fühlst du dich?«

»Oh, es geht schon. Hilf mir beim Anziehen, dann gehe ich in die Halle hinunter. Dort kann ich mich nützlich machen.« Sie ließ Danilys, die protestieren wollte, nicht zu Wort kommen. »*Chiya*, ich weiß, dir liegt mein Wohlergehen am Herzen, aber wenn ich hier oben sitze und nichts tue, werde ich wahnsinnig.«

»Also gut, ich helfe dir!« Danilys brachte Bronwyn in ihre Kleider, eilte in ihr Zimmer zurück und zog sich selbst ebenfalls an.

Die Dienerschaft zu organisieren machte wenig Mühe; die meisten Leute hatten eine Menge Erfahrung in der Verteilung von Essen und medizinischer Betreuung. Trotzdem traf der erste Verwundete ein, ehe die ganzen Vorbereitungen beendet waren.

Anfangs waren es wenige, und es handelte sich größtenteils um geringfügige Verletzungen. Da konnte ein Mann noch lachen und durch das Scherzwort eines Mädchens und einen Becher Wein von seinen Schmerzen abgelenkt werden.

Dann kamen mehr Männer mit schwereren Wunden, und die Heilerin, die sich bereits in der Burg befand, um Bronwyn bei der Entbindung beizustehen, hatte stattdessen alle Hände voll zu tun, um innere Blutungen zu stillen oder den Herzschlag eines Mannes zu stabilisieren. Danilys wusste nicht, wie lange Bronwyn schon dagestanden hatte, die Hand an die Seite gedrückt, als sie sie endlich entdeckte.

»Bronwyn?« Keine Antwort. »Bron, bitte, *breda,* ist es das Baby?«

»Was? Nein – Donal ist verwundet worden. Er will die Mauer nicht verlassen! Aber das wird er müssen, und wenn ich hinausgehen und ihn wegzerren muss.« Ihr Blick richtete sich wieder ins Leere, und Danilys erriet, dass sie sich mit Donal herumstritt.

Eine Bestätigung dafür erhielt sie, als er ein paar Augenblicke später mit finsterem Gesicht in die Halle hinkte. »Verdammt noch mal, Bron, was meinst du wohl, warum ich gelernt habe, dich abzublocken? Willst du uns alle töten, das Ungeborene eingeschlossen? Wie kann ich gleichzeitig kämpfen und mit dir streiten! Wenn ich nicht so verdammt müde wäre, hättest du es nicht fertig gebracht!« Danilys schob ihm einen Stuhl in die Kniekehlen, und er ließ sich schwer darauf niedersinken.

»Du auch?«, stöhnte er.

»So, wie du stehst, ist das eine schwere Wunde, Donal. Lass sie dir von jemandem verbinden – ja, ich weiß, das kostet Zeit. Aus diesem Grund wirst du mir deine Rüstung und dein Schwert geben, und ich werde hinausgehen und die Männer überzeugen, dass du, der zähe Brocken, immer noch da bist und das Kommando führst.« Sie nahm ihm den Helm ab, während er sie noch mit offenem Mund ansah, aber mit dem Kettenhemd war es eine andere Sache. Donal hielt die Arme fest an die Seiten gepresst und wurde von der Anstrengung immer bleicher.

»Donal! Bitte, was soll es nützen, wenn du hinaustaumelst und das Bewusstsein verlierst? Ohne dich, der Befehle geben kann, oder jemanden, den sie für dich halten, wird alles auseinander fallen. Lass deine Wunden versorgen, iss etwas. Ich weiß, du hast den ganzen Tag noch nichts gegessen. Erlaube mir, nur diese kurze Zeit für dich einzuspringen. Das ist eine Belagerung, keine offene Feldschlacht. Ich werde in nicht viel größerer Gefahr sein als hier drinnen, wo mich irgendein Diener mit einem Suppenkessel umrennen kann.«

»Danilys, hast du den Verstand verloren? Hier wird nicht von Kindern um Schneeburgen gekämpft! Meinst du, weil du nie gelernt hast, eine Dame zu sein, kannst du stattdessen den Anführer im Krieg spielen?«, brüllte Donal.

Die Heilerin legte sich ins Mittel. »Sir, lasst mich doch Eure Wunden verbinden. Das muss auf jeden Fall sein. Ich brauche Euch nicht einmal zu überwachen, um das zu erkennen.«

Einen Augenblick lang machte es den Eindruck, als höre Donal sie nicht einmal. Bronwyn sah, dass er im Geist anderswo war, wahrscheinlich draußen im Kampf, obwohl seine alte Gewohnheit, seine Gedanken ständig abzuschirmen, sie daran hinderte, Sicherheit zu erlangen.

Schließlich seufzte er und kehrte in die Realität zurück. »Ich wünschte, du hättest *laran,* Danilys. Dann könnte ich dich von hier aus führen. Aber so, wie es ist, kann ich mir nicht vorstellen ...«

»Donal, du kannst mir sagen, was *jetzt* zu tun ist. Du hast selbst einmal gesagt, diese Burg sei der Traum eines Verteidigers. Was Kinderspiele angeht, nun, ich war *gut* beim Kampf um Schneeburgen. Außerdem konnte ich die anderen dazu bringen, mir zu gehorchen!«

So war es, erinnerte Bronwyn sich. Sie sah Danilys in ihrem ausgewachsenen Kleid mit dem abgetretenen Saum noch vor sich, wie sie eine Horde leicht verwirrter Kinder, Bronwyn auch darunter, zum Sieg führte, indem sie einen Rabbithorn-Pfad hochkletterte und so auf die Rückseite einer Schneeburg gelangte. *Und ich verabscheute das Kriegsspielen!,* dachte sie.

»Ich hoffe, du hast Recht, Bron«, sagte Donal müde. »Meine Glieder sind zu steif geworden, während ich hier herumgesessen habe. Wenigstens wird ihr die Rüstung passen. Hör gut zu und lerne schnell, Danilys. Wir waren auf dem Weg zum Sieg, als ich gehen musste, aber diese Idioten verschenken ihn, indem sie sich darum streiten, wer zu befehlen hat. Versuche bloß nicht, deine eigenen glänzenden Einfälle zu verwirklichen! Und bleibe außer Pfeilschussweite.«

Danilys nickte. Ihre Augen glühten. »Ja, das verspreche ich. Komm, ich helfe dir, das Kettenhemd auszuziehen.«

Es bestürzte sie, wie viel Hilfe er brauchte, um die Rüstung abzulegen. Sie winkte Margolys, der Heilerin, schnell zurückzukommen. Während Margolys sich um ihn bemühte, hörte Danilys zu und konzentrierte sich, wie sie es seit damals, als sie auf irgendwelche Spuren von ausbildungsfähigem *laran* getestet worden war, nicht mehr getan hatte. Dann nahm sie die Rüstung und das Schwert ihres Cousins und ging durch eine kleine Seitentür hinaus.

In Donals Zimmer nahm sie sich eine Hose von ihm. Sie wand sich in das Kettenhemd, und ihre Hand zitterte ein bisschen. Bitte, Evanda und Avarra! Lasst mich dies durchführen. Lasst mich den Glanz nur einmal dazu benutzen, um eine Illusion nach meinem Willen zu erzeugen! Mit allem Übrigen werde ich dann schon fertig. Ich habe Donal im Lauf der Jahre oft genug zugehört, um seine Taktik zu kennen. Aber ich brauche einen Glanz!

Mit freudigem Staunen fühlte sie ihn kommen. Die Welt

wirkte jetzt in die Ferne gerückt, und alles Geschehen schien sich ein bisschen verlangsamt zu haben.

Sie eilte wieder nach unten und hinaus in den Kampf. Es stimmte, jeder Häuptling von jedem kleinen Clan, der Donal dienstpflichtig war, hatte seine eigene Vorstellung, wie die Schlacht zu schlagen war. Danilys schritt vor und brüllte so laut, dass sie durch den Kampfeslärm und den auffrischenden Wind zu verstehen war.

Bronwyn hatte gesehen, wie die Tür sich hinter Danilys schloss. Donal lehnte den Kopf an ihre Schulter. *Wenigstens kennt Danilys sich da draußen aus,* dachte sie. *Als wir beiden nach Cuillincrest kamen, habe ich immer auf sie eingeredet, es schicke sich absolut nicht für meine Cousine, auf die Zinnen zu klettern und mit Wachposten zu plaudern.*

Die Heilerin bat besorgt: »Wollt Ihr mir erlauben, Euch zu überwachen, *vai dom?* In Euch ist mehr an Schmerz und Schwäche, als sich durch diese Schwertwunde erklären lässt.«

Er runzelte die Stirn, verlagerte leicht das Gewicht und versuchte, einen bestimmten Schmerz unter all den Prellungen und gezerrten Muskeln herauszufühlen. Es wäre nicht das erste Mal, dass er eine Wunde empfangen und nichts davon gewusst hätte, bis ihn jemand anders darauf aufmerksam machte. Seine Barriere sei zu gut, hatte ihm einmal eine Heilerin gesagt. Er änderte noch einmal seine Lage, entspannte sich bewusst, damit die Heilerin ihn gründlicher überwachen konnte.

Plötzlich fasste Margolys nach weiterem Verbandsmaterial. »Schnell, helft mir, ihn flach auf den Rücken zu legen!«, befahl sie Bronwyn. Bronwyn warf ihren Mantel auf den Boden, und gemeinsam legten sie Donal darauf. Eine Wunde hoch oben an seinem rechten Bein war wieder aufgerissen, und Bronwyn war mit ihm von würgender, kalter Übelkeit gepackt worden.

»Versucht nicht, in Rapport zu bleiben, *vai domna*«, warnte die Helferin. »Ihr und Euer Kind könnt die Kraft nicht entbehren.«

Zweifellos hatte Margolys Recht. Gnädige Avarra, wie tat ihr der Rücken weh! *Und doch,* dachte sie, *was ich am meisten satt habe, sind das Warten und die Angst und meine Unfähigkeit, irgendetwas für irgendjemanden zu tun, nicht einmal für meine Töchter. Es scheinen weniger Verwundete hereinzukommen, aber ist das gut oder schlecht? Donal hat bestimmt nicht gewollt, dass Danilys so lange draußen bleibt.*

Mit dem Wunsch, sich nützlich zu machen, sah sie sich um. Nicht weit von ihr lag weiteres Verbandszeug, und es würde gebraucht werden. Sie stemmte sich hoch und holte es.

Als sie zurückkehrte, stellte sie voller Entsetzen fest, dass Donals Wunde noch stärker blutete und Margolys von der Anstrengung, ihn am Leben zu halten, bläulich weiß war.

Ganz gleich, was es mich kosten wird, entschloss sich Bronwyn, *ich werde nicht einfach herumstehen und zusehen, wie er stirbt!*

Sie warf sich in den Rapport und wich dabei Margolys' zelltiefen Bemühungen, die Blutung zu stillen, aus. Trotz ihrer Verzweiflung wusste sie, dass sie dort nicht von Nutzen sein konnte; dazu brauchte man eine jahrelange Ausbildung. *Aber ich kann ihm helfen, gegen den Tod anzukämpfen,* dachte sie. *Sein Wille, immer so stark, darf ihn jetzt nicht im Stich lassen.*

Es war, als trete sie auf eine weite Ebene, wo alle Farben auf merkwürdige Weise verkehrt waren. In weiter Ferne sah sie ihn ganz deutlich. »Donal!«, rief sie. »Donal, warte!«

Nichts war zu spüren als ein wortloses Gefühl des Ärgers und des Bedauerns, weil so viel ungetan geblieben war, und eine schreckliche Einsamkeit. Dann erkannte er sie, und seine Gedanken rissen sie in eine leidenschaftliche Umarmung. *Noch nicht!,* riefen beide aus. Bronwyn kämpfte, um sie beide bei Bewusstsein zu halten und seine Schwäche zu besiegen. Ein helles Licht blitzte auf, und da saß sie und sah die Heilerin verwirrt an.

Margolys blickte ihr ins Gesicht. »Verzeiht mir, *domna*. Ihr konntet ihn nicht retten, und Ihr hättet Euch selbst verlieren können. Das habe ich schon miterlebt.« Sie wartete, bis sie das Begreifen in Bronwyns Augen aufdämmern sah, und fuhr dann schnell fort: »*Domna*, Ihr dürft nicht um ihn weinen! Denkt daran, alle glauben, er leite den Kampf!«

Bronwyn nickte, wickelte sich in ihr Umschlagtuch und versuchte zu überlegen, was sie als Nächstes tun solle. Dann wurde ihr klar, dass sich jemand anders mit dem Problem befassen musste. Sie selbst würde vollauf beschäftigt sein … »Kommt zu mir, sobald Ihr die Verwundeten allein lassen könnt, Margolys«, sagte Bronwyn.

Draußen brach der Sturm los, und Danilys fluchte. Dicke nasse Tropfen fielen nieder und gefroren beim Aufprall. Auf ihren Befehl hin entspannten die Schützen in aller Eile ihre Bogen, um die kostbaren Sehnen zu schützen. In diesem kreiselnden Wind konnte sowieso niemand zielen.

Der Angriff schien an Schwung zu verlieren. War es möglich, dass ihnen das Wetter zu Hilfe kam? Danilys spähte vergebens in das Unwetter hinaus, fluchte von neuem und ging zur Nordmauer. Dort würden die Angreifer den Wind im Rücken haben.

Auf halbem Weg begegnete ihr ein Bote. »Sie schleppen Sturmleitern heran!«, keuchte er.

»Woher haben sie die, in Zandrus Namen? Nein, lass nur, ich weiß, das kannst du nicht wissen. Sag Dhuglar, er soll seine Pikenträger hinüberschicken, vielleicht können sie die Leitern wegstoßen, falls die Räuber so weit kommen. Verdammt sei dieses Wetter!« In ihrer Hast, selbst an die bedrohte Stelle zu kommen, rutschte sie auf einer vereisten Stelle aus und wäre beinahe gefallen.

Dann grinste sie. Sie war nicht die Einzige, die ausrutschen und fallen konnte! »Bringe Dom Cerdic zu mir, schnell!«, befahl sie dem Boten, der ihr gefolgt war.

Ihr Glück hielt an; der Bote fand ihn in der Nähe. Der Anführer von Donals Leibgarde, dachte Danilys, würde noch am ehesten den merkwürdigsten Befehlen gehorchen.

»Cerdic, habt Ihr zehn Männer übrig, die unsere größten Wasserkessel an die Nordmauer tragen können?«

»Wasser, *vai dom*?«

»Ja, Wasser. Gießt es auf die Mauern, den Boden – bei diesem Sturm wird es so glatt werden, dass die Angreifer sich selbst nicht werden aufrecht halten können, von einer Sturmleiter ganz zu schweigen.«

Cerdic sah sie groß an, dann lachte er. »Richtig!«, schrie er und war, immer noch lachend, verschwunden.

Nach dem frischen wurde bald Schmutzwasser von der Nordmauer gegossen. »Langsam – lass es frieren!«, rief Danilys. Aber das Wasser, das nicht fror, floss nach unten und verwandelte den vorher schon nassen Boden in einen Sumpf. Von Eis und Schlamm behindert, unfähig, sich gegen die von oben geschleuderten Speere zu schützen, entflohen die Räuber.

Margolys hatte die Verwundeten ihren Helferinnen unter dem Burgvolk übergeben. Sie traf im Zimmer von Bronwyn ein, als diese sich gerade tränenblind abquälte, ihr Übergewand auszuziehen. Dankbar überließ sie sich den Händen der Heilerin.

Diese Geburt war schwerer als die früheren. Der Lärm draußen hinderte Bronwyn daran, mit Margolys zusammenzuarbeiten, um ihre Atmung und ihre Anstrengungen abzustimmen. Ihr eigener Kampf und der Kampf der Männer schienen zu verschmelzen, und – gnädige Avarra! – sie war so müde. »Nur noch ein bisschen mehr, *domna,* nur noch ein bisschen. Jetzt, Herzchen, jetzt! Er ist beinahe da.« Margolys log niemals. Also noch einmal.

Das Schreien von Bronwyns erstem Sohn ging beinahe unter im Siegesgebrüll von den Zinnen der Burg.

Unten kamen die Männer in die Halle zurückgetrampelt. Ausrufe des Triumphes und das Rasseln von Rüstungen mischten sich mit Forderungen nach Essen und dem Geklapper von Töpfen.

Danilys blieb ein Stück zurück und sammelte Kraft dafür, den Helm und damit ihre Verkleidung abzunehmen. Sie hatte gefühlt, wie der Glanz sie verließ, als die Räuber entflohen, und jetzt wurde ihr ihre Müdigkeit bewusst.

Zum ersten Mal seit mehreren Stunden fragte sie sich, wo Donal sei. Anfangs hatte sie gefürchtet, sein Bote werde erscheinen, wenn es unmöglich war, dass sie den Platz wieder mit ihm tauschte, und dann hatte der Kampf ihre ganze Aufmerksamkeit beansprucht.

Jetzt machte sie sich echte Sorgen, vor allem, als es in der Halle ruhig wurde. War Donal tot? Sie wagte sich aus einem Alkoven heraus und sah Margolys auf der Estrade stehen. Sie hob triumphierend ein Bündel in die Höhe, und das Bündel gab einen kräftigen Schrei von sich. »Wir haben unsere Schlacht auch gewonnen!«, rief die Heilerin. »Seht hier Lord Donals Sohn!«

Von neuem brauste Jubelgeschrei durch die Halle. Danilys taumelte, als einer ihrer Nachbarn ihr herzhaft auf den Rücken schlug und etwas murmelte, das selbst Donal für ein wenig obszön gehalten hätte.

Sie erstickte fast unter dem Helm, aber sie behielt ihn auf. Sie brauchte Zeit zum Nachdenken. Die Menge schob sie auf die Estrade zu. Im Namen aller Götter und Göttinnen, was sollte sie sagen, wenn sie dort angekommen war?

Margolys kam ihr auf der obersten Stufe entgegen. Danilys beugte sich vor, um ihr das Baby abzunehmen, und flüsterte dabei: »Donal?« Ebenso leise antwortete Margolys: »Tot, *vai domna*.«

Die Trauer um ihn muss warten, dachte Danilys und zwang sich, die Estrade zu betreten. Wenn die Männer erfuhren, was sie getan hatte, würde sich ein Lärm erheben, neben dem das Schlachtgetöse leise war.

Nun, bisher hatte die Frechheit gesiegt, warum nicht auch jetzt! Danilys gab Margolys ihren kleinen Cousin zurück und nahm den Helm ab. »Hier ist die schlechte Nachricht nach der guten!«, rief sie. »Lord Donal ist tot!«

In der Halle wurde es für einen Augenblick vollständig ruhig. Dann füllte sie sich mit dem Gebrüll zorniger Männerstimmen, noch heiser vom Kampf, die einander fragten, was in den neun Höllen dieses Mädchen sich eigentlich denke, warum sie sie betrogen habe und was sie dagegen unternehmen sollten.

Es schien unmöglich zu sein, sie wieder zu beruhigen. Danilys' ersten beiden Versuche hatten keinen Erfolg. Sie fühlte sich einer Panik nahe. Irgendwie musste sie die Kontrolle zurückgewinnen.

»Das ist mir egal!«, überbrüllte ein Mann die anderen. »Ich weiß nicht, was hier vorgeht, aber es riecht verdammt komisch, und ich reite nach Hause! Wir wissen nicht, wie und wann Lord Donal gestorben ist!«

»Sei kein Idiot«, entgegnete ein anderer. »Willst du im Sturm umkommen oder den Räubern in die Hände laufen? Möchtest du sie darauf bringen, dass sie nachsehen kommen, was an Verteidigern noch hier ist? Ich habe genug von deinen blöden Einfällen!«

»Ja! Denkt nach! Ihr alle!«, rief Danilys in die nun folgende relative Stille hinein. »Ihr alle wisst, dass es im Kampf einen Anführer geben muss. Eine einzige Stimme muss befehlen, oder die Heerschar löst sich auf, und die Feinde töten die Männer einen nach dem anderen. Ich gedachte, die Führerschaft nur für kurze Zeit zu übernehmen, damit Lord Donal sich seine Wunden verbinden lassen könne. In allem, was ich getan habe, bin ich seinen Anweisungen gefolgt. Als keine Boten mehr von ihm kamen, musste ich weitermachen. Und wir haben gesiegt!

Mein Cousin ist tot, ja. Aber wollt ihr seine Familie mit ihm umbringen? Seine Frau, seinen Erben, den eben geborenen Sohn? Verlasst uns jetzt nicht! Gebt uns ein paar Tage, dass wir entscheiden können, wie es jetzt weitergehen soll. Dann hört uns an und entscheidet euch, ob ihr den alten Treueeid erneuern oder neue Verbindungen eingehen wollt.« Sie hielt inne, um Atem zu schöpfen, und beobachtete die Männer.

Sie waren weit davon entfernt, überzeugt zu sein, aber sie waren müde und bereit, die Sache eine Weile ruhen zu lassen. Der Mann von vorhin schüttelte jedoch den Kopf und empörte sich: »Geführt von wem? Von dir? Eine Frau kann keine Burg verteidigen.«

»Diese Frau hat es soeben getan, Freund!«, schoss sie zurück. »Und du warst unter den Ersten, die gesprungen sind, um mir zu gehorchen! Doch nun – um der Liebe aller Götter und Göttinnen willen, wir wollen alle essen und uns säubern und uns versorgen lassen.« Sie winkte Isolde, und die Haushälterin schickte ihre Mädchen mit Schüsseln voll gutem, dickem Eintopf, Nussbrot und Krügen mit Heidebier zwischen die Männer. Bald waren sie bereit, alle Probleme auf morgen zu verschieben.

Danilys zog Cerdic und die Häuptlinge der beiden größten

Clans auf die Seite und erklärte ihnen, sie müsse erst mit Bronwyn sprechen, bevor sie eine feste Entscheidung über das, was zu tun ist, fällen könne. Sie sollten sie jedoch sofort benachrichtigen, wenn es ernsthafte Unruhe unter den Männern gebe, und sich keine Gedanken machen, ob sie sie stören.

Cerdic sah sie ernst an. »Ihr braucht Euch nicht zu sorgen, *vai domna*«, sagte er. »Sie wären Narren, wenn sie jemanden verlassen würden, der beim ersten Versuch einen Kampf so gut leiten kann – und das werde ich ihnen auch sagen!«

Danilys murmelte eine Antwort, die auf schickliche Art bescheiden, aber nicht schüchtern war, und ging nach oben zu Bronwyn. Die Burgherrin lag auf der Seite und lächelte im Schlaf. Danilys zögerte, sie zu wecken. Vielleicht hatte es Zeit ...

Aber Bronwyn war eine zu starke Telepathin, um lange weiterzuschlafen, wenn jemand im Zimmer so intensiv dachte. Sie starrte Danilys einen Augenblick verwirrt an, und dann lächelte sie. »Du hast es geschafft! Ich wusste, wir hatten gesiegt, aber ich schlief ein, bevor ich herausgefunden hatte, was mit dir war. Oh, Dani, ich hätte es nicht ertragen, auch dich zu verlieren!«

Danilys trat schnell an ihr Bett und beugte sich über sie. »Dani, deine Rüstung!«, protestierte Bronwyn.

»Entschuldige, daran habe ich nicht gedacht.« Danilys wand sich aus Donals Kettenhemd, und dann umarmte sie ihre Cousine. »Wie geht es dir, *breda?* Fühlst du dich gut genug, um dich zu unterhalten?«

»O ja, ich habe mich vollständig ausgeruht, mir ist nur ein bisschen ... schwindelig.«

»Nun, ich bleibe nicht lange, oder Margolys wird mich hinausjagen. Ich muss aber wissen, ob ich deine Zustimmung habe, wenn ich weiterhin den Befehl über die Männer führe –

falls sie mich lassen –, zumindest so lange, bis wir über die Zukunft eine Entscheidung getroffen haben.«

»Ja, natürlich, ich werde es unseren eigenen Hauptleuten morgen sagen.« Keine von beiden war in diesem Augenblick geneigt, sehr weit in die Zukunft zu blicken. Schweigend saßen sie beieinander, bis Margolys kam und Danilys in ihr eigenes Zimmer und zu der gewaltigen Mahlzeit scheuchte, die Isolde hinaufgeschickt hatte. Danilys blieb gerade noch lange genug wach, um das Essen hinunterzuschlingen.

Ob durch die Gnade eines Gottes oder weil der Winter in der Tat schnell näher rückte, die nächsten paar Tage waren ruhig. Donal, Lord Rockraven, wurde beerdigt. Seine Lady weinte ein bisschen heftiger, als der Brauch es erforderte, zeigte aber mehr Vernunft, als einige, die sie kannten, erwartet hatten.

Drei Tage nach der Beerdigung traf ein Bote ein, was alle überraschte. Der Winter mochte in diesem Jahr bisher mild gewesen sein, aber kein Winter ist eine gute Zeit zum Reisen.

Der Mann bekam zu essen, und dann empfing Lady Bronwyn ihn in der kleineren Halle der Burg. Wie sie zu Danilys sagte, weigerte sie sich, in der großen Halle für irgendwen, der nicht der König selbst war, zu frieren.

So erwartete den Boten eine müde wirkende Frau in einem Raum, dessen verblichene Wandbehänge es kaum schafften, den kalten Zugwind fern zu halten. Damit schien jedes Haus, in dem er auf seiner Reise gewohnt hatte, geplagt zu sein. Nur zwei Gardisten waren anwesend, und eine weitere Frau stand an der Stelle des Friedensmanns hinter der Lady.

Danilys sah den Boten mit grimmigem Stirnrunzeln an. Was hatte der Kerl zu grinsen. Bronwyn blickte ebenfalls finster. Sie wusste, der Bote war überzeugt, sie würden sich freuen, das huldvolle Angebot seines Herrn zu vernehmen. Da irrte er sich.

Immer noch lächelnd, überreichte der Mann ein in Wachspapier eingeschlagenes Päckchen. »Lord Serrais lässt durch mich zu Eurem Verlust kondolieren, *vai domna,* und bittet darum, Euch in Eurer schwierigen Situation beistehen zu dürfen.«

Lady Bronwyn schlitzte das Päckchen mit dem kleinen Essmesser auf, das ihr vom Gürtel hing, und nahm sich Zeit beim Lesen. Einen Augenblick lang saß sie ganz still. Dann zwang sie sich zu einem Lächeln.

»Sagt Lord Serrais, sosehr ich die Ehre der Botschaft zu würdigen weiß, ist es doch für mich zu früh, Derartiges in Erwägung zu ziehen. Aber Ihr müsst müde sein. Dhuglas ...«, winkte sie einem der Gardisten. »Zeigt unserem Gast sein Quartier und sorgt dafür, dass er alles bekommt, was er braucht.«

Danilys erkannte auch ohne telepathische Fähigkeiten, dass Bronwyn die Botschaft nicht in der Halle, wo alle Anwesenden zuhören konnten, diskutieren wollte. Eine erstaunliche Zahl von Leuten schien plötzlich Rat über normale Winterprobleme zu brauchen, und es dauerte ein paar Stunden, bevor die beiden Cousinen in Bronwyns Gemächer entfliehen konnten.

Dort hockte sich Danilys auf das breite südliche Fenstersims und sah Bronwyn fragend an. Bronwyn verzog angewidert das Gesicht.

»Ein Heiratsantrag! Er muss ihn abgeschickt haben, sobald die Neuigkeit Serrais erreichte, und außerdem muss der Bote Pferde zu Schanden geritten haben, um so schnell hier zu sein. Dani, was soll ich tun? Ich will nicht wieder heiraten, und selbst wenn ich wollte, wie könnte ich?«

»Wir müssen uns etwas ausdenken, wie wir sie alle abweisen können, Bron«, erwiderte Danilys. »Von Serrais ist es unglaublich taktlos, dass er dir so früh geschrieben hat, aber andere werden ihm nach höflicherem Abwarten folgen.«

»Nun gut, dann suchen wir eine Lösung! Soll ich zum Studium nach Neskaya gehen und meine vier Kinder mitnehmen? ›Verzeihung, ich möchte mich um Aufnahme bewerben, um mein *laran* auszubilden – ja, ich weiß, ich bin rund fünfzehn Jahre zu alt. Ja, ich habe ein paar Behinderungen; das ist Liriel, das ist Linnell, der Rotkopf ist Annilys, und hier ist Donal-Rafael, der Erbe von Cuillincrest. Die Ländereien von Cuillincrest? Oh, ich konnte mich nicht recht entscheiden, was ich damit anfangen sollte.‹ Oder vielleicht könnten wir das Gerücht ausstreuen, ich sei durch ein Fieber schrecklich entstellt worden – doch ich glaube nicht, dass das viele abschrecken würde! Was sie wollen, ist das Land!« Bronwyn drehte sich um und sah ins Feuer. Ihre Schultern bebten.

Danilys sprang vom Fenstersims und lief zu ihr. »Bronwyn, nicht! Es tut mir Leid, wenn ich dummes Zeug geredet habe. Ich habe nur einen Weg gesucht, dir einen Gedanken näher zu bringen, der mir vorhin in der Halle gekommen ist, als mir klar wurde, was in dem Brief stand. *Breda?*« Sie berührte zögernd Bronwyns Schulter.

Bronwyn sah sie an. »Mir tut es auch Leid, Dani. Das hattest du nicht verdient. Was hast du denn für eine Idee?«

Sie hat nicht viel Hoffnung, dachte Danilys. *Immerhin, ich habe in letzter Zeit Übung darin bekommen, Skeptiker zu überzeugen ...*

»Bronwyn, die einzige Möglichkeit, diese lästigen Freier loszuwerden, ist, dass du bereits verheiratet bist. Nein, lass mich ausreden! Es kommt heute nicht mehr oft vor, aber du weißt, dass Frauen sich immer noch in einer Freipartnerschaft zur Ehe nehmen können. Das geschieht, um eine Frau vor genau diesen unerwünschten Aufmerksamkeiten zu schützen. Ich – ich würde dich nicht wirklich binden, weißt du. Sobald Donal-Rafael alt genug ist, um allein zurechtzukommen, oder wenn du deine Meinung über eine Wiederverheiratung än-

derst, könnten wir die Freipartnerschaft leicht auflösen.« Sie
hielt inne und wünschte sich leidenschaftlich, die Gedanken
hinter Bronwyns ausdruckslosem Gesicht lesen zu können.

Dann lächelte Bronwyn, und es war das erste richtige Lächeln seit Wochen. »Mich binden? Oh, Dani, du wirst der Ver-
lierer dabei sein! Ich sollte es dir ausreden, aber das bringe ich
nicht über mich!« Lachend und weinend umarmten sie sich.

»Es wird Klatsch geben, das weißt du«, gab Bronwyn zu bedenken, als sie die Beherrschung zurückgewonnen hatten.

»Ja, sicher. Wir kennen die Wahrheit; manche werden
glauben, wir tun es, um Donal-Rafaels Erbe zu schützen, und
was die Übrigen angeht, halte ich mich an das Sprichwort:
›Sie reden. Was reden sie? Lass sie reden!‹« Danilys grinste
und strich sich die Haare aus den Augen.

Bronwyn schlenderte zu ihrem Nähkasten hinüber. »Dani,
ich muss dir jetzt wohl doch ein Schwertgehenk sticken. Es
kann ja ein Hochzeitsgeschenk sein.«

»O ja, bitte«, lachte Danilys. »Nur nicht mit *rosa* Blümchen.
Ich hasse Rosa!«

Über Joan Marie Verba und »Dieses eine Mal«

Hier ist eine weitere Geschichte, in der es nicht um die »Amazonen« als solche geht. Vielmehr ist es eine Heldensage, die auf der »Legende von Lady Bruna« aufbaut – sie schildert die Kindheit der berühmten darkovanischen Heroine. Denen, die kleine Widersprüche zwischen Joans Bruna und meiner stören, schlage ich vor, das Schauspiel »El Cid« von Racine und den Sophia-Loren-Film unter dem gleichen Titel mit dem spanischen Original »Cantar del Mio Cid« zu vergleichen. Legenden wachsen und werden erweitert – deshalb sind sie ja Legenden.

Joan Marie Verba ist eine bezaubernde junge Frau, die ich bei einem Con in Minneapolis, Minnesota, kennen lernte, wo das Klima fast wie auf Darkover ist. Sie hat bei allen drei Starstone-Kurzgeschichten-Wettbewerben mitgemacht, und es sind Storys von ihr in *Starstone* erschienen, aber dies ist ihre erste professionelle Veröffentlichung. Sie hat einen Science-Fiction-Roman geschrieben und arbeitet an einem zweiten – genau das empfehle ich allen jungen Schriftstellern für die Zeit, in der sie Ablehnungen des ersten einsammeln. MZB

Dieses eine Mal

von Joan Marie Verba

Allira Elhalyn-Alton stand in der Eingangstür ihres Hauses und sah die Männer durch das Tor hinausreiten. Es war erst ein paar Stunden her, dass die Nachricht eingetroffen war. Dominic-Lewis, ihr Mann, hatte darauf gewartet. Baldric Kadarins Überfälle forderten einen hohen Zoll – die Menschen, die nicht auf der Stelle starben, verhungerten langsam, denn Baldric nahm Lebensmittel ebenso wie Leben. Die Ernte des vorigen Jahres war schlecht gewesen, und in diesem Jahr sah es nicht besser aus. Lord Alton hatte auf Armida Gardisten unter seinem Befehl vereinigt und ließ von Pfadfindern auskundschaften, ob Baldric wieder über die Kilghardberge komme. Endlich war es so weit. Nur ein paar jüngere Männer zurücklassend, ritt Domenic jetzt hinaus, entschlossen, dass dieser Überfall Baldrics letzter sein solle.

Alliras Älteste stand neben ihr. »Warum müssen *wir* immer zu Hause bleiben?«, bemerkte sie. Statt einer Antwort zuckte Allira resigniert die Schultern und wandte sich dem Innern des Hauses zu.

Sie dachte oft, sie hätte diese Tochter Echo und nicht Bruna nennen sollen. Noch bevor Bruna *laran* entwickelte, war sie fähig gewesen, Alliras Gedanken auszusprechen, ehe Allira selbst sie hatte laut werden lassen.

»Lady Alton?«, fragte eine Stimme, als sie über die Schwelle trat.

»Ja?« Sie drehte sich um.

Cathal di Asturien stand vor ihr, eine Stufe tiefer, so dass sie ihm auf gleicher Höhe ins Gesicht sah. »Lord Alton hat Befehl gegeben, das Tor verschlossen zu halten und ständig einen Mann Wache stehen zu lassen«, sagte er. »Bis zu seiner Rückkehr werde ich nicht ausreiten.«

Allira nickte. »Allerdings glaube ich kaum, dass Ihr Euch mit irgendetwas anderem als der Langeweile werdet herumschlagen müssen. Baldric ist zu weit weg, um uns Schaden zufügen zu können.«

»Baldric ist nicht der einzige Räuber in den Bergen, Lady«, erwiderte Cathal.

»Wir sind lange nicht von Räubern belästigt worden.«

»Trotzdem, Lady ...«

Allira winkte ab. »Ich weiß, Ihr habt Eure Befehle.«

»Ja, Lady.« Cathal verbeugte sich und stieg die Treppe hinunter.

»Ich hätte mir die Haare abschneiden und Kennards oder Gwynns Sachen anziehen sollen«, murmelte Bruna hinter Allira, sobald Cathal außer Hörweite war.

»Dein Vater hat uns gestattet, zu lernen, wie man mit einem Schwert umgeht, damit wir uns notfalls verteidigen können. Ich bezweifle, ob er dabei im Sinn hatte, wir sollten ihm in den Kampf folgen«, antwortete Allira mit ironischem Unterton.

Bruna kreuzte die Arme und wies mit dem Kopf auf die entschwindende Reihe der Reiter. »Wenn ich ein Mann wäre, dann wäre ich Erbe von Alton und würde mit ihnen reiten.«

»Und wenn ich ein Mann wäre, säße ich auf dem Thron in Thendara!«, gab Allira heftiger zurück, als es in ihrer Absicht gelegen hatte. Sie seufzte, legte den Arm um Bruna und zog sie an sich. *Bruna, kleines Echo, warum musst du mich immer an meine eigenen unerfüllbaren Sehnsüchte erinnern?* Sie küsste ihre Tochter und gab sie frei. Bruna sagte nichts, sie drehte sich nur um und ging ins Haus.

Allira saß, in eine Decke gewickelt, auf der Couch vor dem Kamin und starrte ins Feuer. Als Jungvermählte hatte sie des

Abends hier gesessen, um allein zu sein, und im Lauf der Jahre hatte sie sich daran gewöhnt, dieses Fleckchen als ihr eigenes Sanktuarium zu betrachten, wo sie ungestört nachdenken konnte, wenn die Familie und die Dienstboten schliefen.

Was sollte aus Bruna werden? Auch Allira litt unter den engen Grenzen, die den Frauen gezogen waren, aber sie liebte ihre Familie, und vor ihrer Heirat hatte ihr die Arbeit im Turm Freude gemacht. Bruna zeigte weder für die Häuslichkeit noch für das *laran* besonderes Interesse. Aber eine andere Wahl hatte sie nicht. Es war unwahrscheinlich, dass Domenic noch sehr viel länger eine unverheiratete erwachsene Tochter im Haus duldete. Bruna würde sich für den Turm entscheiden müssen, wie es Allira in ihrem Alter getan hatte. Was gab es denn sonst ...?

Eine Tür knallte zu und riss Allira aus ihren Gedanken. Sie warf die Decke beiseite, glättete ihr zerknittertes Kleid und ging aus der Halle in den Eingangsflur, um nachzusehen.

»... alle Männer, die du erreichen kannst! Beeile dich!« Damit schlug Cathal dem anderen Gardisten auf die Schulter. Der Mann, der mit dem Rücken zu Allira stand, nickte und eilte davon.

»Was ist los?«, fragte Allira ruhig.

»Männer kommen von den Höhen herunter, Lady Alton.« Cathal sprach rasch. »Ich habe Lorenze gesagt, er solle die Dienerschaft wecken und die Männer zusammenholen. Die Frauen und Kinder müssen an einen sicheren Ort gebracht werden.«

»Räuber?«

»Ich weiß es nicht, Lady, aber Vorsicht ist immer gut. Sie ziehen nicht die Straße entlang, und sie geben sich Mühe, nicht gesehen zu werden, wenn sie sich dabei auch ungeschickt anstellen.«

»Wir haben einen Keller mit einem starken Schloss auf der

Innenseite«, schlug Allira vor. »Es geht neben der Küche hinunter. Ich hole die Kinder.«

Ohne auf eine Zustimmung zu warten, lief Allira nach oben, riss die erste Tür auf, trat ans Bett der Kinderfrau und rüttelte sie wach. »Charlena, wecke alle Kinder und bringe sie nach unten in den Kräuterraum – auf der Stelle. Männer kommen in diese Richtung. Ich hole das Baby.«

Charlena sah sie mit großen Augen an, dann nickte sie, stieg aus dem Bett und zog sich einen Morgenrock über.

Die Tür zu ihrem eigenen Zimmer flog gegen die Wand und weckte Linnea auf. Sie war da, wo Allira sie zurückgelassen hatte, in dem Bettchen neben ihrem Bett. Von dem Lärm erschreckt, brüllte Linnea, bis Allira sie hochnahm. Wie üblich am Morgen war sie nass. Allira schlang ein Öltuch um sie und setzte sie auf das Bett. Sie griff nach ihrer Jacke und ihrer Hose aus festem Leder. Die Hose zog sie unter den Röcken an und band sie zu, die Jacke kam über das Kleid. Dann nahm sie ihr Schwert aus dem Schrank und gürtete sich damit. Linnea sah ihr versonnen zu und lutschte dabei am Daumen. *Nur gut, dass sie entwöhnt ist,* dachte Allira. Sie nahm Linnea mitsamt dem Öltuch auf den Arm, raffte eine Hand voll Windeln an sich und lief auf den Flur.

»Hier, Charlena, nimm das Baby.« Sie übergab ihr Linnea und die Windeln und stieg als Erste in den Keller hinunter, gefolgt von einer Schar verschlafenen Jungvolks.

»Mami, wohin gehen wir?«

»Warum trägst du dein Schwert, Mutter?«

Allira ignorierte die Fragen und strebte weiter dem Keller zu. Bruna tauchte auf, angezogen wie zur Fechtübung. Ihr Blick begegnete dem ihrer Mutter, und sie nickte.

Vor der Kellertür versammelten sich bereits die Diener mit ihren Familien. Allira entdeckte den alten Haushofmeister unter ihnen. »Eduin?«

Der Mann trat vor und strich sich mit seiner knorrigen Hand ein verirrtes Haar aus dem Gesicht. »Ja, meine Lady?«

»Sorge dafür, dass alle in den Keller gehen. Schließe dann die Tür von innen ab und komme nicht eher wieder heraus, bis jemand die Nachricht bringt, dass keine Gefahr mehr besteht.«

»Kommt Ihr nicht mit, meine Lady?«

»Nein.« Bevor Allira ein weiteres Wort hinzusetzen konnte, drängten sich Kindra und einige der anderen Kinder an sie und klammerten sich an ihre Röcke, so dass sie beinahe das Gleichgewicht verlor.

»Ich will nicht nach unten gehen, Mami, ich will hier bei dir bleiben«, sagte Kindra, und ihre Brüder und Schwestern wiederholten ihre Worte.

Allira machte sich sanft los. »Ich weiß, ihr wollt bei Mami bleiben, aber ihr müsst mit Charlena und Eduin gehen. Nun los, hört auf sie!«

Eduin bückte sich und hob Kindra hoch. »Soll dir der alte Eduin erzählen, wie er einmal ein böses Banshee überlistet hat?« Damit trug er sie die Stufen hinunter.

»Du hast doch nie ein Banshee gesehen«, meinte Kindra skeptisch.

»O doch!« Eduin drehte sich um und zwinkerte Allira zu. Dann verschwand er, sämtliche Kinder des Haushalts im Schlepptau.

Die letzte Person der Menschenmenge stieg die Treppe hinunter, und Cathal bog um die Ecke. Er stockte, als er Allira und Bruna bewaffnet und zum Kampf gekleidet sah, doch dann setzte er seinen Weg zu ihnen fort. »Auch ihr solltet in den Keller gehen, Lady Alton, Lady Bruna.«

»Wie viele Männer habt Ihr, Cathal?«

»Neun, Lady Alton. Lord Alton hat beinahe jeden, der ein Schwert zu führen versteht, mitgenommen.«

»Und wie viele Männer nähern sich uns?«

»Etwa ein Dutzend, schätze ich. Das lässt sich im Dunkeln schwer sagen, Lady.«

»Mit Bruna und mir habt Ihr elf Kämpfer, und dann stehen die Chancen ungefähr gleich.«

»Ja, Lady. Aber – habt Ihr jemals einen Menschen getötet, Lady?«

»Nein. Ihr?«

Cathal biss sich auf die Lippe. »Ich bin jetzt seit zehn Jahren in der Garde, Lady«, sagte er einfach.

»Ich habe sechsunddreißig Jahre lang trainiert, um mich gegen eine Vergewaltigung oder einen Überfall wehren zu können. Ich bin nie in die Lage gekommen, das anzuwenden, was ich gelernt habe, aber ich bin mindestens so gut wie einige der Männer, die Ihr bei Euch habt.« Sie wandte sich Eduin zu, der die Treppe wieder hochgestiegen war und im Eingang stand. »Geh hinein und verschließe die Tür. Wir kommen zu euch, sobald wir können.«

»Ja, meine Lady«, sagte Eduin und zog sich zurück. Die Tür fiel ins Schloss, und Allira hörte, wie ein Riegel zugeschoben wurde.

»Was wird Lord Alton sagen, wenn Ihr getötet werdet, Lady?«, flehte Cathal.

»Was würde er sagen, wenn die Angreifer wegen ihrer größeren Zahl euch alle töteten und dann das Haus über den Köpfen von uns Übrigen ansteckten?«, gab Allira zurück und betrat die Halle. Dort umstanden sieben Männer den Kamin am anderen Ende des Raumes. Sie drehten sich um und starrten Allira und Bruna entgeistert an. Bevor jemand ein Wort sagen konnte, stürmte ein Mann durch den Vordereingang des Hauses herein.

»Sie haben meinen Anruf mit Steinwürfen beantwortet! Jetzt erklimmen sie die Mauer. Ich habe die erste Tür verriegelt, aber es gibt andere Möglichkeiten, ins Haus einzudringen.«

Die Männer wandten sich Cathal zu. »Wenn sie schon so weit gekommen sind, ist es am besten, wir erwarten sie hier«, meinte er.

»Was ist mit den Damen?«, platzte einer heraus.

»Die Damen werden für sich selbst sorgen«, erklärte Bruna sarkastisch.

Allira fing Brunas Blick ein und lächelte. Bruna hielt ihr Schwert bereits kampfbereit in der Hand. Anders als Allira, ließ sie sich nicht von Röcken behindern, sondern trug nur Jacke und Hose aus Leder und das Schwert. Obwohl diese Kleidung einen direkt nach unten geführten Hieb oder einen heftigen Stich mit einem schweren Langschwert nicht abhalten würde, war sie doch ein guter Schutz, wenn sie von einer Klinge nur gestreift wurde. Allira hoffte inständig, das Mädchen werde seine Fußarbeit nicht vergessen ...

Ein gewaltiger Knall dröhnte durch das Haus. Die Fenster ratterten von den Schwingungen.

»Die Türen müssten alles aushalten, was sie haben«, bemerkte Allira.

»Ja, aber als Nächstes werden sie es mit den Fenstern versuchen«, antwortete Cathal aufgeregt. Das Geräusch wiederholte sich.

Dann hörte man, dass etwas zerschmettert wurde. »Sieht aus, als hätten sie die Fenster bereits entdeckt.« Bruna richtete ihr Schwert nach dem Lärm aus, der in einem anderen Raum ertönte.

Von draußen klangen Rufe herein. Die Angreifer fuhren fort, Fenster einzuschlagen, aber sie rannten nicht mehr gegen die Tür an.

»Verriegelt die Türen der Halle!«, befahl Cathal. Alle rannten zur nächsten Tür, warfen sie zu und sicherten sie. »Das wird uns zumindest ein bisschen Zeit geben«, setzte Cathal hinzu.

»Wozu soll das gut sein?«, fragte Bruna.

»Wenn sie auf Lebensmittel oder Geld aus sind«, sagte Allira, »werden sie vielleicht das Haus plündern und uns in Ruhe lassen.«

»Aye, Lady Bruna. Es ist immer besser, einen Kampf zu vermeiden, wenn es sich machen lässt. Noch nie ist ein Mann in einer Schlacht gefallen, die gar nicht erst angefangen hat.«

Alle verstummten und lauschten auf die Schritte, die durch die anderen Räume des Hauses trampelten. Allira atmete tief durch, um ihre Ängste unter Kontrolle zu bringen. Als empfindsame Telepathin nahm sie die Spannung der Männer in der Halle wahr, die von normaler Furcht bis an die Grenze der Panik reichte. Domenic hatte ihr einmal gesagt, das sei für Männer, die vor einem Kampf stehen, normal, aber Allira fand darin nur einen geringen Trost. Sie fühlte sich krank. Mit aller Willenskraft schüttelte sie das Gefühl ab. Dieses eine Mal, auch wenn es nur dieses eine Mal war, würde sie nicht beiseite geschoben und beschützt werden. Sie würde die Verantwortung für ihre eigene Sicherheit tragen, und das in vollem Bewusstsein der Gefahren und Konsequenzen.

Die Sekunden schleppten sich hin. Es juckte Allira an schlecht zu erreichenden Stellen. Sie hörte Fußbodenbretter quietschen. Die Schritte näherten sich der Halle.

Plötzlich splitterte die Tür neben Allira unter einem Axthieb und flog auf. Allira trat zur Seite. Ein Mann stand auf der Schwelle, zeigte mit dem Schwert auf Allira und sagte: »Da ist die Zauberin!«

Allira drehte sich um, schlug mit dem Schwert nach links und fand sich einem zweiten Angreifer gegenüber, der wild auf sie einhieb. Sie parierte den Streich mühelos und klopfte dem Mann leicht auf die Schulter, wie sie es mit ihren Gegnern bei den Fechtübungen täglich tat. Überrascht, dass die Lady sich so wirksam verteidigte, hielt der Mann für einen Augenblick inne. Allira wiederum erschrak darüber, dass sie eine Geste, die im Training üblich war, bei einem Mann angewendet hatte, der sie vielleicht töten würde. Auch sie zögerte – lange genug, dass der Mann sein Erstaunen überwinden und den Kampf mit wilder Heftigkeit von neuem aufnehmen konnte. Allira setzte all ihre Fähigkeiten ein und blockierte ihn in jeder Bewegung. Gerade als seine Verteidigung schwächer zu werden begann, spürte sie etwas ihre Jacke streifen. Sie sah kurz hin und entdeckte zu ihrem Entsetzen, dass ein anderer Mann sein Schwert gegen sie drückte. Allira sprang zurück; sie beabsichtigte, sich im Sprung zu vergewissern, ob Blut auf der Klinge war oder nicht. Doch sie rutschte aus und fiel zu Boden.

Ohne nach unten zu blicken, immer mit einem Auge auf die Eindringlinge, gegen die jetzt weitere Burgleute vordrangen, kam sie wieder auf die Füße und stellte sich auf einen festen, trockenen Platz. Alle Männer und Bruna hatten zu tun; Allira sah einen Gardisten, der sich gegen zwei verteidigte, und nahm einen der Feinde auf sich. Mit Befriedigung stellte sie fest, dass sich ihr Körper instinktiv richtig bewegte und ihrem Geist die Freiheit ließ, die nächsten Handlungen zu planen. Langsam entfernten sie und ihr Gegner sich von der Masse. Beide kämpften sie aggressiv. Sie hatte kein Gefühl mehr für die Zeit, bis sie eine Öffnung für eine *balestra* fand, ihre Chance nutzte und ihr Schwert dem Mann schnell durchs Herz stieß. Sekunden nachdem der Mann gefallen war, eilten zwei Gardisten herbei und beugten sich über ihn.

»Er ist tot, Lady«, stellte einer von ihnen überflüssigerweise fest. Allira blickte von dem Toten zu ihrem Schwert und wieder zurück. Dann drehte sie sich langsam um und zählte die Köpfe in der Halle. Sieben Personen standen auf den Füßen, und sie erkannte, dass sie alle zu der ursprünglichen Schar der Verteidiger gehörten. Bruna war unter ihnen.

»Bist du verletzt, Mutter?«, rief sie quer durch den Raum.

»Nein«, antwortete Allira und betrachtete ihre Kleider, die ganz voll Blut waren. Auch ihre Klinge war rot. Die Lachen vermeidend, die sich auf dem Fußboden bildeten, ging sie in die Mitte der Halle. Sie musste an den Männern vorbei, die überall herumlagen. Im Turm und auf Armida hatte sie schon Verwundete versorgt, aber etwas Ähnliches wie hier hatte sie noch nie gesehen. Sie schluckte schwer und kämpfte gegen das Erbrechen an.

»Hier, Mutter.« Bruna reichte ihr einen langen Lappen. Allira wischte sich Hände und Stirn ab, dann säuberte sie die Klinge und steckte sie in die Scheide.

»Lady Alton?«, bat Cathal um ihre Aufmerksamkeit.

»Ja?« Allira wandte sich ihm zu.

»Könntet Ihr Euch um Caradoc hier kümmern? Er ist verwundet.«

Allira ging mit ihm, sah sich den Jungen an, der kaum sechzehn war, und untersuchte ihn so behutsam wie möglich. Er stöhnte leise. Sie kam zu dem Schluss, dass ihm noch zu helfen war, und wollte sich aufrichten, um ihre Tasche zu holen, als Bruna damit leicht ihren Arm berührte. Allira nickte, nahm die Tasche, kniete sich wieder hin und verband den Jungen.

Dann nahm sie sich der anderen Männer an. Sie hatte nur Gedanken für ihre Arbeit, und so fiel ihr nicht eher auf, dass niemand mit ihr gesprochen hatte, bis sie den Arm des letzten Verwundeten verband.

»Lady Alton?«, fragte der Mann mit schwacher Stimme. Er war einer der Angreifer, nicht viel älter als Cathal. Was von seinem Hemd noch übrig war, sah verblichen und fadenkahl aus.

Allira nickte. »Ja«, bestätigte sie freundlich und fuhr mit ihrer Arbeit fort.

»Ihr seid – nicht so, wie Baldric Euch beschrieben hat«, stellte er fest.

»Oh?«, fragte Allira neugierig.

»Er sagte, Ihr wäret eine böse Zauberin und würdet mit der Macht Eures Sternensteins Dämonen ausschicken, die die Ernten vernichten.«

Allira legte dem Mann die Hand auf die Stirn, die sich heiß anfühlte. Sie riss ein sauberes Stück von einer Bandage ab, tauchte sie in eine neben ihr stehende Wasserschüssel und wrang sie aus. »Eine Matrix ist ein Telepathie-Verstärker, sonst nichts«, erklärte sie dabei leise. »Im Turm habe ich gelernt, die Telepathie zu benutzen, nicht aber, Dämonen heraufzubeschwören.« Sanft legte sie das Tuch dem Mann auf den Kopf.

Cathal trat hinter Allira und sah scharf auf den Fremden hinunter. »Wenn du mich fragst, dann ist Baldric der Dämon, der in unser Land einfällt, uns die Nahrung raubt und unsere Leute tötet.«

Der Mann blickte zu Cathal hoch. »Nein, Baldric ist ein guter Mann. Er hat uns Essen gegeben. Meine Kinder, meine Frau ... sie hungerten, bis Baldric kam. Er hat nur getötet, wenn es notwendig war ... nur wenn die Leute sich weigerten zu teilen ...«

»Sie weigerten sich, weil sie keine Lebensmittel übrig hatten, Mann! Auch wir hungern!«

»Aber wir haben gar nichts mehr! Unsere Vorräte sind aufgebraucht ... bis zur Ernte ... dauert es noch lange ... Wild ist rar. Baldric sagte, Lady Alton ...« Der Mann drehte den Kopf zur Seite und blinzelte müde. Das Tuch rutschte ihm von der Stirn; Allira nahm es und legte es ihm wieder auf.

»Pass auf, was du über Lady Alton sagst!«, warnte Cathal.

Allira seufzte. »Baldric hegt seit langem Groll gegen die Altons. Er wurde in Unehren aus der Garde entlassen, weil er einen Offizier angegriffen hatte. Ihr habt Euch ausnützen lassen, mein Freund.«

Der Mann schüttelte den Kopf und schloss die Augen. Allira erhob sich steif. Cathal fasste ihren Arm und half ihr auf die Füße.

»Ihr seht sehr blass aus, Lady«, sagte er. Als Allira nicht antwortete, setzte er hinzu: »Vielleicht solltet Ihr Euch jetzt ausruhen, Lady.«

Allira streckte sich, und ein scharfer Schmerz durchfuhr ihre linke Seite. Sie legte die Hand über die Rippen und atmete flach, und da ließ er nach.

»Was fehlt dir, Mutter?« Bruna kam zu Allira und fasste ihren anderen Arm.

»Ich weiß es nicht, ich habe an der Stelle vorher nichts gespürt ...«

»Wo, Mutter?«

»Auf der linken Seite.« Sie sah über die Halle hin. »Was ist mit all dem Blut geschehen?«

»Wir haben den Boden gesäubert, während du die Verwundeten behandelt hast. Die Toten haben wir hinter die Ställe getragen. Cathal hat einige der anderen dazu angestellt, Gräber für sie auszuheben.«

Allira schüttelte traurig den Kopf. »Die armen Menschen.«

»Sie hätten Euch getötet, Lady«, gab Cathal zu bedenken.

»Ich weiß«, sagte Allira leise. »Bruna«, bat sie ihre Tochter, »sag Eduin, er könne jetzt herauskommen. Lass die Männer, die transportiert werden können, in den Aufenthaltsraum der Gardisten bringen. Geht es nicht, sollen hier Behelfsbetten aufgestellt werden, damit sie wenigstens vom Fußboden wegkommen.« Allira sank vor Schwäche zusammen. Cathal und Bruna halfen ihr auf die Couch.

»Muss nur ausruhen«, flüsterte sie, legte sich auf die rechte Seite und schloss die Augen.

Allira hörte Stimmen. Ohne die Augen zu öffnen, blieb sie still liegen und kam zu dem Schluss, sie müsse geschlafen haben. Unter ihr war eine raue Oberfläche; sie musste immer noch auf der Couch sein. Zu müde, um die Augen zu öffnen, lauschte sie.

»Das hast du gut gemacht, Bruna, dass du Verbindung mit mir über die Matrix aufgenommen hast«, sagte eine vertraute Stimme. »Bist du auch ganz bestimmt nicht verletzt?«

»Ich habe nicht einen Kratzer abbekommen, Vater«, antwortete Bruna.

»Viele meiner Männer halten sich bei ihrem ersten Kampf nicht so gut«, erklärte Domenic. »Vielleicht hättest du ein Mann werden sollen.«

Schweigen folgte. Allira versuchte, die Augen zu öffnen, und stellte fest, dass es anstrengender war, als sie gedacht hatte. Anfangs passierte nichts anderes, als dass die Lider leicht flatterten. Sie konzentrierte sich und schaffte es, durch einen Spalt auf ihre unmittelbare Umgebung zu spähen.

Langsam wurde das Bild scharf. Vor ihr stand im rechten Winkel zu ihrem Gesichtsfeld Gabriel. Er beugte sich vor, die Hände auf den Knien. Mit der typischen Taktlosigkeit eines Elfjährigen sprudelte er hervor: »Mutter, du siehst *schrecklich* aus!«

Allira versuchte zu lachen, aber heraus kam nur ein schwaches Schnauben, gefolgt von einem Schmerz in der Seite. Sie zuckte zusammen, schloss die Augen und versuchte, ihre Atmung zu kontrollieren.

»Hier, Liebste, trink das.« Allira wollte den Kopf heben, doch sie schaffte es nicht, und dann hob ihr jemand den Kopf an. Jemand schob ihr ein Kissen unter.

»Wir mussten die Wunde an deiner Seite mit mehreren Stichen nähen, aber es hätte schlimmer sein können – deine Rippen scheinen die Klinge aufgehalten zu haben«, sagte Domenic in aufmunterndem Ton. »Eine Narbe wird allerdings zurückbleiben.«

Allira brachte ein schwaches Lächeln zu Stande. »Die Kleinen?«

»Allen Kindern geht es gut. Charlena hat die jüngeren über die Hintertreppe nach oben gebracht und ihnen erzählt, Mami schlafe. Die anderen sind hier – wie du zweifellos bemerkt hast.«

Allira wandte den Blick von Domenic ab und sah die Gesichter ihrer Kinder, die sich um die Couch drängten und sie ängstlich beobachteten.

»Baldric?«

»Wir haben ihn erledigt«, antwortete Domenic. »Die armen Teufel, die ihm folgten, waren ausgehungerter als unsere Männer. Einen richtigen Kampf kann man es kaum nennen.«

»Und jetzt?«

Domenic zuckte die Schultern und kniete sich vor die Couch. »Ich weiß es nicht, Allira. Wir haben das bisschen Essen, das wir hatten, geteilt und die Überlebenden nach Hause geschickt. Wir haben nur wenig mehr als sie, und wenn das verbraucht ist ...« Seine Stimme erstarb.

Allira versuchte, den Arm zu heben, um seine Hand zu fassen, brachte es aber nur fertig, mit den Fingern zu wackeln. Domenic sah die Geste, nahm die Hand, hob sie sanft und drückte seine Lippen darauf.

»Im Augenblick ist nur wichtig, dass du am Leben bist, Liebste.« Behutsam legte Domenic die Hand seiner Frau wieder hin. Er streichelte ihr Haar. »Du hast es sehr gut gemacht, sagen die Leute.«

»Bruna«, begann Allira schwach.

»Sie hat es auch gut gemacht.«

»So gut wie ein Mann, Vater?«, neckte ihn Bruna, die hinter der Lehne der Couch stand.

»Ja«, stimmte Domenic widerwillig zu. Für einen Augenblick sah sein Gesicht merkwürdig aus. Allira fragte sich, ob er eine Vorausschau habe, wie sie den Altons manchmal zuteil wurde. Schließlich seufzte er. »Du wirst es immer gut machen, Tochter.« Er stand auf und sah sie an.

Bruna lächelte. »Die Absicht habe ich, Vater«, meinte sie zuversichtlich.

Allira sah von ihrem Mann zu ihrer Tochter. Irgendwie beruhigt durch den Ausdruck, den sie hier wie dort sah, und die Gefühle, die sie wahrnahm, sank sie in friedlichen Schlaf.

Über Margaret Carter und »Ihr eigenes Blut«

Als ich Margaret Carters Geschichte angenommen hatte und sie um biografische Daten bat, antwortete sie mir auf lustigem Schreibpapier, das das Motto trug: »Auf die reine Theorie – möge sie niemals für irgendwen von Nutzen sein.« Darauf trinke ich.

Margaret Carter macht augenblicklich ihren Doktor der Philosophie in Englisch. Ihre Dissertation schrieb sie über das Thema: »Teufel, Gespenst oder Täuschung; Zweifel am Übernatürlichen als literarischer Kunstgriff in Schauerromanen«. Sie hat auch eine klassische Kollektion herausgegeben: *Dämonenliebhaber und seltsame Verführungen* (Fawcett, 1972), und ihre Arbeit über C. S. Lewis wurde von der Kent State University für die Anthologie Lewis als Kritiker angenommen.

Sie sagt, ihre ersten schriftstellerischen Versuche seien von Dracula inspiriert gewesen, und ihr größter Ehrgeiz sei es, einen Roman voll übernatürlichen Horrors zu schreiben. Sie ist Ehefrau eines Navy-Mannes, reichte eine Liste ihrer früheren Adressen ein, die wie ein Reiseführer für Amerika aussieht, und hat vier Söhne im Alter zwischen zwei und siebzehn.

»Ihr eigenes Blut« spielt nicht unter Freien Amazonen, setzte aber neue Parameter für Frauen, die in einer von Männern beherrschten Gesellschaft einen Platz für sich selbst schaffen wollen – und darum geht es den Freien Amazonen ja.   MZB

Ihr eigenes Blut

von Margaret L. Carter

Von dumpfem Kopfschmerz gequält, sah Gwennis über die Menge der Dienstboten und Freisassen hin, die sich in Dom Elric Serrais' Gerichtshalle drängten. Sie hatte immer noch keine klare Vorstellung davon, warum ihre Mutter Alanna sich heute Morgen so unvermittelt entschlossen hatte, sie herzubringen. Sie beide hatten keine Eingabe und keine Bitte um Gerechtigkeit vor den kleinen Ridenow-Lord zu bringen, dem sie dienten. Oder hatte Alanna im Sinn, sich bei dem *vai dom* darüber zu beklagen, dass ihr Mann Gwennis geschlagen hatte? Das schien weit hergeholt, denn auch ein Hirte hatte so viel Recht über seine Nachkommenschaft.

Abgesehen davon waren die Prügel nur die letzten und schlimmsten von hunderten gewesen. Als Gwennis am Morgen das einzige Milchtier der Familie gemolken hatte, war ihr plötzlich ein Schmerz durch den Nacken gefahren. Sie hatte gesehen, dass die Stallkatze ein Nagetier im Stroh ansprang. Nur hatte das Wissen, dass die würgende Qual in Wirklichkeit die des kleinen, zappelnden Wesens war, sie nicht davon abgehalten, sich aufschreiend zusammenzukrümmen, denn ihr war, als breche ihr eigener Hals. Die Wände des Schuppens drehten sich um sie, sie war sich vage bewusst, dass der Milcheimer umkippte und ihr Vater sie packte. Durch den neuen Schmerz der auf Kopf und Gesicht hämmernden Fäuste hörte sie ihn die gewohnte Beschimpfung brüllen: »Du von sechs Vätern gezeugtes Balg mit nichts als Federn im Kopf! Glaubst du, Milch kommt aus dem Boden wie Wasser?«

Nachdem ihr Vater an seine Arbeit gegangen war, hatte Gwennis die neuen Male ihrer Mutter gezeigt, deren einzige

Bemerkung lautete: »Es wird schlimmer. Eines Tages wird er dich umbringen.« Das wurde in sachlichem Ton gesprochen, denn der Vorfall war zu gewöhnlich, um Emotionen darauf zu verschwenden.

Manchmal fragte sich Gwennis, warum sie nicht bereits zu der Schwachsinnigen geworden sei, für die ihr Vater sie hielt. Diese Anfälle mit ihren unabänderlichen Folgen plagten sie schon zwei Jahre lang, seit sie dreizehn geworden war. Ihre erste Erfahrung hatte die Geburt ihres jüngsten Bruders zum Anlass. Während Alanna sich fast ohne ein Stöhnen unter den Händen der Hebamme keuchend abmühte, hatte sich Gwennis in ihrem Dachbodenbett zusammengekrümmt und bei jeder neuen Wehe geschrien. Ihr Vater Piedro, der auch vor dieser Nacht nie freundlich zu ihr gewesen war, hätte sie wegen des Lärms geohrfeigt und aus dem Haus gejagt. Bald war sie sich bewusst, dass sie den Schmerz einer jeden leidenden Kreatur, ob Mensch, ob Tier, innerhalb einer Entfernung von rund hundert Fuß mitempfand. Das einzige Gute an diesem Fluch waren seine begrenzte Reichweite und die Tatsache, dass er sich auf Wesen beschränkte, die ein Bewusstsein besaßen. Gwennis brauchte nicht den Tod von jeder Fliege und jedem Floh zu teilen. Gezwungen, sich selbst zu schützen, hatte sie gelernt (wenn ihr so viel Zeit blieb, sich zu sammeln), in das Zentrum der Qual hineinzugreifen und sie auf mentale Weise zu dämpfen. Trotzdem wurde sie mindestens ein- oder zweimal alle zehn Tage dafür bestraft, dass sie Geschirr zerbrochen oder, desorientiert, wie sie war, eine Gemüsepflanze anstatt eines Unkrauts ausgerissen hatte, so häufig waren die Attacken. Sie hatte auch festgestellt, dass sie es nicht länger über sich brachte, Fleisch zu essen. Wegen dieser Abneigung und wegen der Anfälle nannten ihre Mutter und ihre Schwestern sie kränklich und »wunderlich«. Piedro hingegen beschuldigte sie, sich vor der Arbeit zu drücken und (was nicht recht verständlich war) »sich etwas einzubilden« – als habe man Anlass, stolz zu sein, wenn man dauernd im ungeeignetsten Augenblick ohnmächtig wurde!

Im Lauf des Vormittags wurde Gwennis es bald müde, die Ohren anzustrengen, um die Einzelheiten der Beschwerden ihrer Nachbarn aus dem Stimmengesumm in der Halle herauszuhören. Sie und Alanna standen in einer Ecke, warteten darauf, dass sie an die Reihe kämen, nahmen ab und zu einen Schluck aus den Wasserschläuchen, die sie mitgebracht hatten, und knabberten ein paar Stücke Trockenobst. Gwennis hatte Dom Elric noch nie so aus der Nähe gesehen. Er war ein großer, magerer Mann, dessen bronzenes Haar fast völlig zu Grau verblichen war. Sie wusste nichts von ihm, was über das allgemeine Gerede hinausging, und es hieß, er sei gerecht und großzügig. Viermal verheiratet gewesen, war er jetzt Witwer mit nur einem überlebenden Kind, einem Jungen, noch keine fünf Jahre alt. Der Junge, so ging das Gerücht, litt an einer seltsamen Krankheit, an der er wahrscheinlich sterben würde, lange bevor er erwachsen war. Dom Elrics Besitz war klein, und es war nicht damit zu rechnen, dass er eine fünfte Familie fand, die ihm eine Tochter zur Frau gab. Sein mutmaßlicher Erbe war ein *Emmasca*-Cousin, und seine verwitwete, kinderlose Schwester führte ihm den Haushalt. Gwennis hatte die *vai domna* nie gesehen, aber gehört, nach dem frühen Tod ihres Gatten habe die Dame sich dem Befehl ihres Bruders, ein zweites Mal zu heiraten, widersetzt und stattdessen ein skandalöses Leben gewählt.

Um die Mittagszeit war die Halle bis auf Dom Elrics Hausdiener und ein paar Nachzügler, die ihre Kinder und Habseligkeiten zusammensuchten, leer. Alanna zog Gwennis nach vorn und hieß sie, sich vor dem Hochsitz des Lords zu verbeugen. »*Vai dom*, ich möchte unter vier Augen eine Gunst von Euch erbitten.«

Er runzelte die Stirn, doch nicht unfreundlich. »Ich kann mich nicht an Euren Namen erinnern, *mestra*.«

»Ich bin Alanna, die Frau Piedros, Eures obersten Hirten. Es geht um meine älteste Tochter hier.«

Gwennis, die vom Kopfweh immer noch benommen war, wunderte sich, wie ihre Mutter hatte auf den Einfall kommen können, sich über Piedros Härte bei dem Herrn zu beklagen. Wenn ein Mann seine Kinder nicht gerade ermordete, hatte niemand das Recht, sich einzumischen. Gwennis spürte Dom Elrics hellgraue Augen auf sich ruhen, als könne er ihren Schädel öffnen und ihr ins Gehirn sehen. Erschauernd dachte sie, dass er es vielleicht wirklich konnte. Hatten nicht alle Angehörigen der Hastur-Sippe Zauberkräfte?

Nach kurzem Nachdenken sagte er: »Nun gut. Ich will mit Euch im Büro des *coridom* sprechen.«

Ein paar Minuten später führte ein offensichtlich nicht damit einverstandener Haushofmeister Mutter und Tochter in ein kleines, einfaches Zimmer, dessen Möbel hauptsächlich aus einem Schreibtisch und zwei niedrigen Sofas bestanden. Dom Elric setzte sich und winkte ihnen, es ihm nachzutun. »Ihr braucht nicht zu stehen, wenn wir allein sind. Was ist das jetzt für eine wichtige Angelegenheit? Ich hoffe, sie ist wichtig genug, um diesen Unsinn zu rechtfertigen.«

»Ich wollte Euch nur eine Peinlichkeit ersparen, *vai dom*«, erwiderte Alanna. Gwennis staunte über die schlaue Unverschämtheit, die sie an ihrer Mutter gar nicht kannte. »Das ist meine Tochter Gwennis. Sie wurde zu Mittwinter vor fünfzehn Jahren beim Fest gezeugt. In der Nacht lag ich bei mehreren Männern, einschließlich meinem Verlobten. Nur einer von ihnen kann ihr dies gegeben haben.« Sie fasste nach einer Locke von Gwennis' feuerfarbenem Haar.

Gwennis stand da wie gelähmt, bestürzt über ihre eigene Naivität. Die ganze Zeit hatte sie Piedros Lieblingsschimpfwort »von sechs Vätern gezeugt« für eine Beleidigung ohne tiefere Bedeutung gehalten. Kein Wunder, dass ihr Vater – nein, Pflegevater – ihren Anblick verabscheute. Und ein fast ebenso großes Wunder wie ihre eigene Abstammung war, dass ihre abgearbeitete Mutter mit dem faltigen Gesicht und dem spülwasserfarbenen Haar einmal hübsch genug gewesen sein musste, um einen Edelmann in Versuchung zu führen. Und wiederum, wer konnte sich vorstellen, dass dieser ernste Lord sich so leichtfertig amüsierte?

Dom Elric sagte: »Was ist Euer Begehren, *mestra*? Wenn Ihr wollt, dass ich sie anerkenne, dann hättet Ihr die Sache vor fünfzehn Jahren zur Sprache bringen sollen.«

Alanna sah ihn ausdruckslos an. »Daran habe ich nie gedacht, *vai dom*.«

Das war die einfache Wahrheit, erkannte Gwennis. Alles, was die Frau wollte, war, ihre Tochter auf eine Weise loszuwerden, die ihr eigenes Gewissen entlastete. Alanna fuhr fort: »Sie hat Anfälle, sie ist zu kränklich für die Arbeit draußen. Mein Mann schlägt sie, und ich fürchte um ihr Leben. Ich bitte Euch, ihr irgendeine Stellung im Großen Haus zu geben, wo sie ohne Angst tätig sein kann. Sie ist nicht kräftig, aber sie hat geschickte Hände und ist nicht so einfältig, wie sie aussieht.«

Gwennis wand sich bei der unfreundlichen Beschreibung, Wer würde sich einfallen lassen, ein Milchtier oder ein *chervine* aufgrund dieser Spezifikation zu kaufen?

Nach einer der nachdenklichen Pausen, die charakteristisch für ihn waren, rief Dom Elric den *coridom*, der gleich außerhalb der Tür wartete, und befahl: »Bitte Domna Calinda her.«

Kurze Zeit später betrat eine Frau mittleren Alters, die ebenso groß war wie ihr Bruder, das Zimmer. Überrascht stellte Gwennis fest, dass ihr kastanienbraunes Haar kurz geschnitten war wie das eines Jungen, obwohl ihr Kleid das einer Lady war. »Calinda«, sagte Dom Elric, »kannst du ein neues Mädchen brauchen?«

Nach einem scharfen Blick auf ihn musterten die Augen der Dame Gwennis von oben bis unten. »Kannst du nähen, Mädchen?«

Alanna antwortete für sie. »Natürlich keine eleganten Sachen, aber in einfachen Näharbeiten ist sie gut.«

Domna Calinda wandte sich ihrem Bruder zu. »Wir könnten sie anstellen, das Leinenzeug auszubessern.«

»Sehr gut«, sagte Dom Elric. »Du bleibst hier, Kind. Geh mit Domna Calinda, und sie wird dich in deine Pflichten einweisen.«

Gwennis' Mutter umarmte sie steif. »Morgen bringe ich dir deine Kleider. Arbeite fleißig und mache der *vai domna* keinen Ärger.« Sie war gegangen, bevor Gwennis ganz begriffen hatte, was sich abspielte.

Die Lady gab einen Ton von sich, den man fast ein Schnauben hätte nennen können. »Komm, Mädchen, bleib hier nicht mit offenem Mund stehen.«

Wenn Gwennis' neues Leben als Dienerin im Großen Haus einsam war, wurde sie sich der Tatsache doch nicht völlig bewusst. Sie hatte sich auch zu Hause einsam gefühlt. Noch bevor die Krankheit sie befallen hatte, war sie als die Älteste und als Zielscheibe von Piedros Missmut von den jüngeren Kindern abgesondert gewesen. Und in den beiden letzten Jahren war die Entfremdung zwischen ihr und ihren Schwestern noch größer geworden. Sie grollten ihr, weil sie nicht so schwer arbeiten konnte, und ein bisschen war auch abergläubische Furcht vor ihrer »Wunderlichkeit« dabei. Wirkliche Zuneigung gab es nur zwischen ihr und ihrem Baby-Bruder, der eher ein Schoßtier als ein Freund war. Die ständig überarbeitete Alanna hatte auch weder Zeit noch Lust, für ihre »merkwürdige«

Töchter besondere Fürsorge aufzuwenden. Was die materiellen Dinge betraf, so fand Gwennis ihr Bett im Schlafraum der Dienerinnen luxuriös, nachdem sie ihr Leben lang den Dachboden einer aus zwei Räumen bestehenden Hütte mit vier Schwestern geteilt hatte. Es gab auch mehr und abwechslungsreicher zu essen im Großen Haus. Die Arbeit fiel ihren geschickten Fingern leicht. Das Beste war, dass sie keine Angst mehr haben musste, geschlagen zu werden. Unter Domna Calindas Regiment gab es keine körperlichen Misshandlungen und nicht einmal Beschimpfungen. In den ersten acht Tagen ihrer neuen Tätigkeit hatte Gwennis tatsächlich nicht einen einzigen »Anfall«.

An den Sommermorgen setzten sich die Mädchen, wenn die Sonne die dünne Decke des über Nacht gefallenen Schnees weggetaut hatte, mit ihrem Nähzeug oft in den Burghof unter die Obstbäume. Eines Tages erzählte eine der anderen beiden Dienerinnen, die mit Ausbesserungsarbeiten beauftragt waren, Gwennis etwas über die Familie des Lords.

Nach einem vorsichtigen Blick zur inneren Tür sagte Hilary, eine schmächtige Blondine: »Du bist nun beinahe zehn Tage hier, Gwen. Was hältst du von Domna Calinda?«

Die Zumutung, ein Urteil über die Dame des Hauses auszusprechen, entsetzte Gwennis. Bisher hatte sie für die Schwester des Lords nichts anderes als Dankbarkeit empfunden, denn wenn auch ihr Aussehen sie einschüchterte und ihre Stimme ausgesprochen scharf war, grausam war sie nie. Gwennis murmelte: »Die *vai domna* ist immer freundlich zu mir gewesen.«

»Natürlich, aber hast du dir noch nie Gedanken über ihr Haar und ihre – nun – diese männliche Art, die sie an sich hat, gemacht?«

Das hatte Gwennis tatsächlich getan, aber sie war viel zu schüchtern, um das geradeheraus zuzugeben. Sie räumte nur ein: »Ich habe noch nie gesehen, dass das Haar einer Dame auf diese Art geschnitten war.« Dabei hielt sie die Augen auf das Bettlaken gerichtet, das sie säumte.

Hilary freute sich über die Gelegenheit, einer Neuen den Klatsch beizubringen, den das übrige Personal längst kannte. »Vermutlich hast du auch noch nie von den Freien Amazonen gehört.«

So erschrocken, dass sie den Kopf hob, erwiderte Gwennis: »Ganz so unwissend bin ich nicht. Ich weiß, dass es sie gibt, wenn auch sonst nichts weiter. Frauen, die wie Männer leben – ist *das* der Grund ...?«

Hilary nickte. »Domna Calinda ist eine von ihnen. Als ihr Mann jung gestorben war, wollte sie nicht wieder heiraten. Sie lehnte den Mann ab, dem Dom Elric sie versprochen hatte. Man sagt, er sei wütend gewesen, als sie weglief und sich den Amazonen anschloss.«

Ysabet, das andere Hausmädchen, ein paar Jahre älter, setzte hinzu: »Dann starb die letzte Frau des *vai dom* im Wochenbett, und Domna Calinda kehrte zurück. Beinahe hätte er sie von seiner Tür vertrieben. Ich war hier – es war eine schreckliche Szene.«

»Doch dann ließ er sie bleiben?«, fragte Gwennis, wider Willen neugierig geworden.

Hilary zuckte die Schultern. »Ihm blieb nichts anderes übrig. Wie sollte er ohne Frau für ein Neugeborenes sorgen? Außerdem hatte sie bei den Amazonen gelernt, die Arbeit eines Schreibers zu tun.«

»Sie ist nur des kleinen Lerrys wegen zurückgekommen«, sagte Ysabet. »Ich glaube nicht, dass sie es sonst ertragen würde.«

»Was denn?«, fragte Gwennis.

»Der *vai dom* verzeiht ihr nicht, dass sie eine Amazone ist, und lässt sie nie vergessen, dass sie der Familie Schande macht. Ich nehme an, sie wird nur so lange bleiben, bis das arme Kind stirbt.«

»Was nicht mehr lange dauern wird«, seufzte Hilary.

Gwennis hatte immer nur flüchtige Blicke auf den Jungen erhascht, wenn er an schönen Morgen unter den Augen seiner Kinderfrau im Hof spielte. »Was fehlt ihm?«

»Was, weißt du das nicht?« Aus Ehrfurcht vor dem traurigen Thema dämpfte Hilary die Stimme. »Er leidet an einer Krankheit des Blutes. Bei jeder winzigen Schnittwunde besteht Lebensgefahr. Er ist schon mehr als einmal beinahe gestorben.« In diesem Augenblick öffnete sich die Tür. Hilary warf einen Blick zurück und nahm ihre vernachlässigte Arbeit auf.

Lerrys Kinderfrau Mhari kam aus dem Haus und führte den jungen Lord an der Hand. Er war klein für sein Alter, nicht viel größer als Gwennis' Bruder, aber abgesehen davon hätte ein zufälliger Beobachter nicht erraten, dass er kränkelte. Trotzdem war diese Tatsache sofort an dem ängstlichen Geflatter der Kinderfrau zu erkennen, als er seine Hand aus ihrer befreite und begann, auf einem Fuß von einem Pflasterstein zum nächsten zu hopsen.

Mhari setzte sich auf eine Bank in die Nähe der drei Mädchen. »Wenn er nur begreifen würde, dass er vorsichtig zu sein hat«, sagte sie. »Andererseits muss unbedingt vermieden werden, ihm vor allem Angst zu machen.« Sie fuhr fort, jede seiner Bewegungen zu beobachten, während sie gleichzeitig über das bevorstehende Mittsommerfest redete. Dazwischen zwitscherte sie dem Jungen ständig Warnungen zu, die ihren Wunsch, ihm keine Angst zu machen, Lügen straften. Gwennis, die die Nervosität der Frau ansteckend fand, ertappte sich dabei, dass sie Lerrys verstohlen aus dem Augenwinkel betrachtete.

Seines Hüpfseils müde, kletterte er auf eine der Steinbänke

an der Wand und versuchte, ein niedrig hängendes Büschel von Schwarzbeeren zu erreichen. »Lerrys, komm sofort herunter!«, befahl Mhari. Ein scharfer Ton war an die Stelle ihrer gewohnheitsmäßigen Ermahnungen getreten. Wie jedes normale Kind schielte er zu ihr hin, ob sie es ernst meine, und kroch einen oder zwei Zoll höher. »Lerrys, ich habe dir gesagt, du sollst herunterkommen!« Mhari stand auf und ging zu ihm.

Da die begehrten Beeren immer noch außerhalb seiner Reichweite waren, setzte Lerrys ein Knie auf den unteren Sims der Wand. »Nein – lass das!« Er drehte sich grinsend zu seiner Kinderfrau um, und ein Fuß rutschte ab. Vergeblich versuchte er, sich mit beiden Händen an der rauen Oberfläche der Wand festzuhalten, und Mhari streckte einen Augenblick zu spät die Arme nach ihm aus. Sich drehend, als wolle er sich abfangen, fiel der Junge auf das Kopfsteinpflaster.

Das Jammergeschrei des Kindes durchbohrte Gwennis, und gleichzeitig explodierte der Schmerz in ihrem Kopf. Lerrys schrie weniger aus Schmerz als aus Furcht – wenn er auch noch zu klein war, um zu begreifen, dass er vorsichtig sein musste, war er doch groß genug, um sich an die Folgen früherer Verletzungen zu erinnern –, aber auch der Schmerz war real. Gwennis drückte die Hände an die Schläfen. Ihre Gedanken suchten nach der Quelle der Qual und quetschten sie zusammen, als wollten sie sie auslöschen. Der Schmerz war wie eine Lehmkugel in ihren Fäusten, und sie presste sie zu einem Steinchen und dann zu einem Nichts zusammen. Irgendwie gehörte Blut dazu, das nicht gestillt werden konnte, bis sie es zu seinem Ursprung zurückzwang und ihm zu fließen verbot. Als endlich die rote Flut zu einem Tröpflein eingedämmt war, wurde sich Gwennis ihres eigenen Wimmerns bewusst und verstummte.

Gleichzeitig sah ein kleiner Teil ihres Ichs, wie Mhari das Kind an sich riss und rief: »Holt Domna Calinda – schnell!«

Lerrys hatte sich die Lippe aufgerissen und die Nase angestoßen, und Blut strömte aus beiden Verletzungen. Nicht der Rede wert bei einem normalen Jungen, waren sie offenbar gefährlich für ihn. Die Dame des Hauses eilte herbei und sah erstaunt, dass die Blutung von selbst langsamer wurde.

Als ihr Anfall vorüber war, spürte Gwennis, dass Domna Calindas Augen auf ihr ruhten. »Du«, flüsterte die Dame.

Jetzt weiß sie von meiner Krankheit, dachte Gwennis unglücklich, und wird mich wegschicken. »Verzeiht mir, *vai domna* – nur eine Sekunde der Schwäche – es wird nicht wieder vorkommen.«

Die Lady achtete gar nicht auf ihre Worte. »Wie lange hast du dieses *laran* schon, Mädchen?«

»Ich weiß nicht, was Ihr meint, meine Dame – *laran* ist nur für die Hastur-Sippe.«

Domna Calinda beugte sich vor und sagte in hartem Flüsterton: »Und wie nennst du dich selbst – mit diesem Haar? Meinst du, ich kann nicht erraten, warum mein Bruder so plötzlich Interesse für die Tochter eines Hirten zeigte?«

In der Verwirrung schien niemand diesen Wortwechsel bemerkt zu haben. Domna Calinda nahm Mhari den schluchzenden Jungen ab und zog die Beine seiner Lederhose hoch. »Avarra gebe, dass er diesmal keine blauen Flecken davongetragen hat. Am besten bringst du ihn nach oben ins Bett.« Sie begleitete den Jungen und die Kinderfrau ins Haus, ohne einen weiteren Blick für Gwennis zu haben. Gwennis nahm ihre Näharbeit und versuchte, so zu tun, als sei sie nur beim Anblick des Blutes in Panik geraten.

In dieser Nacht wurde Gwennis von einer Hand auf ihrer Schulter geweckt. Sie fuhr in ihrem schmalen Bett hoch und sah Mhari, eingehüllt in einen abgetragenen Morgenrock, angestrahlt vom Licht einer Öllampe, die sie in der Hand trug.

»Steh auf! Der *vai dom* will, dass du in Master Lerrys' Zimmer kommst.«

Gwennis streifte Jacke und Rock über und fuhr mit den Füßen in die Pantinen. Dabei murmelte sie bestürzt und nur halb wach: »Aber ich weiß doch gar nicht, wo es ist.«

Mhari führte sie durch dunkle Korridore in einen Teil der Burg, der ihr fremd war. Hier lagen die Räume des Lords. Dem Mädchen kam der Gedanke, Dom Elric habe von ihrer Anfälligkeit gehört und wolle sie hinauswerfen. Erst später erkannte sie, wie absurd die Vorstellung war, der Lord werde ein Hausmädchen höchstpersönlich entlassen, und das um Mitternacht. Mhari zog Gwennis in Lerrys' Schlafzimmer, ohne anzuklopfen. Domna Calinda und Dom Elric waren beide anwesend, Letzterer noch vollständig angezogen. Es konnte also doch noch nicht sehr spät sein.

»Komm her, Mädchen«, befahl die Dame, als Gwennis an der Tür stehen blieb.

Sie näherte sich dem Bett, in dem Lerrys bleich und in einem benommenen Halbschlaf lag. Irgendwo im Hintergrund spürte sie das dumpfe Pochen des Schmerzes. Dom Elric sagte: »Ich hörte von meiner Schwester, du habest ein *laran,* das die Leiden meines Sohnes lindern kann.«

»Das hat sie – hat sie gesagt, *vai dom.* Aber ich weiß gar nichts über Zauberei.«

»Nun, du musst es versuchen.« Er schlug die Bettdecke zurück, zog das Nachthemd des Jungen hoch und enthüllte ein Knie, auf dem sich ein Fleck in dunklem Purpur zeigte. »Wenn er sich verletzt, blutet er oft stundenlang unter der Haut. Kannst du diese Blutung stillen, wie du es mit der anderen gemacht hast?«

Gwennis taumelte fast körperlich unter dieser Forderung. Nie zuvor hatte sie versucht, ihren Fluch mit ruhiger Überlegung zu kontrollieren. Der Lord verlangte von ihr, nach dem

Schmerz zu fassen, statt vor ihm zu fliehen. Sie war sich nicht sicher, ob sie den Mut aufbrachte, diese Folter durchzustehen. Aber sie sagte nur: »Ich weiß es nicht, *vai dom*. Das habe ich noch nie gemacht.«

»Dann tu dein Bestes.« Er seufzte.

Gwennis spürte Domna Calindas bohrenden Blick, wandte sich ab und konzentrierte sich auf das verletzte Bein des Kindes. Beinahe sofort verblassten das Zimmer, das Bett und der Umriss von Lerrys' Körper. Sie sah nur noch den dunklen Klumpen des Schmerzes. Anders als bei den ersten Wunden war die Blutung nicht übermäßig stark. Gwennis hätte sich ohne Schwierigkeiten davon befreien und sich zurückziehen können. Stattdessen musste sie hineintauchen. Mit einem langen, zittrigen Atemzug rückte sie in Gedanken näher heran, bis sie die Verletzung als eine sich träge in Spiralen bewegende Strömung in einem stagnierenden Teich sah, die sie anzuziehen, hinunterzuziehen, zu ertränken drohte. Gwennis brauchte alle Willenskraft, um nicht zu fliehen.

Jetzt war auch sie körperlos, nichts als ein schwebender Funke Bewusstsein. Über die Oberfläche des dunklen Wassers dahingleitend, erkannte sie die Quelle von Schmerz und Blut als eine Lücke in dem Schlick auf dem Boden des Teiches, aus der ein Strom stinkenden Morasts gurgelte. Ihre Angst davor, verschlungen zu werden, konnte sie nur überwinden, indem sie freiwillig hineintauchte. Sie warf sich in die tiefe Mitte des Teiches und blockierte den Abfluss mit ihrem eigenen Sein – sie stellte es sich als einen Lichtpunkt vor, der ihr Ich enthielt. Obwohl das Gift sie beinahe erstickte, konzentrierte sie sich darauf, Licht auszugießen, um es zu neutralisieren. Einen Augenblick darauf versiegte der Strom. Das rhythmische Pochen des Schmerzes wurde langsamer und verschwand.

Sie hatte gewonnen! In einem Ausbruch von Freude stieg sie nach oben. Doch statt sich in ihrem Körper wieder zu finden, schwebte sie über Lerrys' Bett. Sie sah das Kind, Mhari, Dom Elric, Domna Calinda und sich selbst, zusammengesunken in einem Sessel. Sie bemerkte, dass ihre Augen glasig in Trance blickten und die Kinderfrau ihre Schultern stützte, als könne sie sich nicht allein aufrecht halten.

Domna Calinda sagte: »Sieh nur, sie hat es geschafft! Ich habe noch nie so viel Kraft in einem so jungen Menschen gesehen – und sie hat nicht einmal eine Matrix.«

Dom Elric fasste Gwennis' Schulter. In ihren Körper zurückgeschleudert, war sie blind vor Schwindel, und der Raum drehte sich um sie. Durch das Summen in ihren Ohren hörte sie ihn sagen: »Kind, du hast mir einen großen Dienst erwiesen. Dank dir wird mein armer Junge, ganz gleich, wie oft dies passiert, so lange leben, wie die Götter es ihm erlauben – auch wenn er vielleicht nicht zum Mann heranwachsen wird. Du bist meine *Nedestro*-Tochter ...«

Die Lady unterbrach ihn. »Jetzt ist nicht der richtige Zeitpunkt, um von diesen Dingen zu sprechen. Siehst du nicht, in welchem Zustand sie ist?«

Er schüttelte sie ab. »Ich muss es sagen. Kind – Gwennis – du bist meine Tochter, und ich werde dich als solche anerkennen. Ich werde dafür sorgen, dass du eine gute Heirat machst, und dein Sohn wird mein Erbe sein.«

Domna Calinda half Gwennis auf die Füße. »Genug davon. Komm, Mädchen, du musst schlafen.«

Gehorsam machte Gwennis einen Schritt weg vom Bett. Sofort schwoll das Summen in ihrem Kopf zu einem Brüllen an, und Gräue hüllte sie ein.

Als ihr Bewusstsein zurückkehrte, spürte sie sofort, dass die Bettwäsche an ihrer Haut nicht der grobe Stoff aus dem Schlafsaal der Dienstboten war. Sie zögerte, die Augen zu öffnen, denn sie hatte Angst, der Schwindel lauere auf sie. Deshalb lag sie ein paar Sekunden still und lauschte. Jemand, der neben dem Bett saß, wechselte mit raschelnden Röcken die Stellung. Gwennis wusste, bevor sie es sah, dass Domna Calinda da war. Sie befand sich in einem kleinen, aber gut möblierten Zimmer mit verblassten Teppichen an den Wänden und Vorhängen um das Bett, auf dem eine Daunensteppdecke lag. Die Dame sah sie an und hielt eine Tasse mit etwas Heißem.

»Kannst du dich aufsetzen?«, fragte sie. »Du musst trinken und essen.« Automatisch gehorchte Gwennis ihrer Herrin. Das Zimmer machte einen Satz, und ihr Magen tat es ihm nach. Sie wandte den Kopf von der ihr hingehaltenen Tasse weg.

»Du musst«, wiederholte die Lady. »Die Anwendung von *laran* entzieht dem Körper alle Kraft.«

Das Mädchen nahm die Tasse mit dem dampfenden Rindentee und verzog das Gesicht, stellte aber schon beim ersten Schluck überrascht fest, dass seine Wärme beruhigte. Als sie die Tasse halb leer hatte, wurde ihr nicht mehr übel beim Anblick einer Schüssel Nussbrei mit viel Honig, die ihr als Nächstes angeboten wurde. »Ist es wirklich *laran*, meine Lady?«

»Ja, und sehr starkes«, gab sie herb zurück. »Würden andernfalls all diese Umstände gemacht?«

Langsam wurde Gwennis klar, warum sie in einem eigenen Zimmer lag und von der Dame des Hauses bedient wurde, aber sie war noch lange nicht so kühn, dass sie weitere Fragen gestellt hätte. Domna Calinda befahl ihr zu schlafen und ging, und nun fiel Gwennis das Versprechen Dom Elrics ein – er wolle sie anerkennen und ihren Sohn zu seinem Erben machen. Wenn sie je einen Sohn haben sollte – die ganze Situation kam ihr traumartig vor. Vor diesem Tag hatte sie selbst nur halb daran geglaubt, sie sei Dom Elrics Tochter. Jetzt hatte sie Leute ihrer eigenen Art, ihres eigenen Blutes gefunden oder war vielmehr von ihnen gefunden worden. Ein Platz würde für sie geschaffen werden, sie würde dazugehören. Ihre »Krankheit« war merkwürdigerweise nicht länger ein Fluch, sondern eine Gabe. Warum war sie dann nicht glücklicher? Vielleicht würde sie glücklich sein, wenn sie sich an die Idee gewöhnt hatte, wenn der Traum für sie Wirklichkeit geworden war.

Eine Weile schlief sie. Zwei Stunden später wurde sie von neuem aus dem Schlaf gerüttelt. Dom Elric und Domna Calinda standen beide an ihrem Bett. »Steh auf, Kind«, sagte der Lord. »Lerrys hat wieder innere Blutungen – wir brauchen dich.«

Auch diesmal, als Gwennis sich aufsetzte, drehte sich das ganze Zimmer um sie, schlimmer als zuvor. Sie hatte das Gefühl, es könne in jedem Augenblick anfangen, so schnell zu kreisen, dass es sich von dem Haus losreißen und durch die Nacht davonfliegen werde.

Domna Calinda sagte: »Du brauchst nicht zu kommen, Mädchen. Elric, man kann nicht von ihr erwarten, dass sie so bald schon wieder arbeitet.«

»Hör auf, dich einzumischen!«, fuhr er sie an. »Ich habe dir bereits gesagt, wir haben keine Wahl.«

Gegenstand eines Streits zu sein beunruhigte Gwennis noch mehr als die Übelkeit erregende Desorientierung. Sie umklammerte den Bettpfosten und versuchte aufzustehen. »Ich werde kommen ...« Das Wirbeln verstärkte sich. Sie wurde mit Gewalt aus ihrem Körper geworfen. Sofort sah und hörte sie mit blendender Klarheit, während alle anderen körperlichen Empfindungen gnädigerweise ausgelöscht waren. Irgendwo unter der Decke hängend, sah sie auf Dom Elric und Domna Calinda nieder, die sich vor ihrem schlaffen Körper stritten.

»Siehst du?«, sagte die Lady. »Wenn du so weitermachst, wirst du sie umbringen, ohne dass dein Sohn einen Nutzen davon hätte. Ich bin keine *leronis,* aber ich weiß recht gut, was die Schwellenkrankheit anrichten kann. Und es heißt, je stärker das *laran,* desto größer die Gefahr.«

»Ihre Kraft ist das, was Lerrys in diesem Augenblick braucht«, sagte Dom Elric. »Und für ihn werde ich alles riskieren.«

»Einschließlich des Lebens dieses Kindes, das zu unwissend ist, um auch nur zu ahnen, was du von ihm verlangst? Und wenn sie stirbt, was wird dann aus deiner Hoffnung auf einen Erben?«

»In dieser Notlage bin ich nur, weil du nicht den schicklichen Begriff von der Loyalität gegenüber deiner Familie hast. Wenn du deine Pflicht getan und wieder geheiratet hättest ...«

»Ich habe meine ›Pflicht‹ einmal auf dein Gebot hin getan – einen Mann geheiratet, den ich kaum kannte, und eine Totgeburt gehabt, die mich beinahe das eigene Leben gekostet hätte. Als Lorills Tod mir die Freiheit gab, sah ich darin eine zweite Chance aus der Hand der Göttin.«

»Und verschleudertest sie an diese Amazonen. Unnatürliche Weiber – es müsste gesetzlich verboten werden, dass sie Frauen lehren, selbstsüchtige Wünsche über die Belange des eigenen Blutes und Clans zu setzen.«

Irgendwann während dieser Diskussion sah Gwennis, dass ihr Körper auf das Bett gehoben wurde, und spürte, wie ihr Bewusstsein in ihn einsank. Trotzdem war ihr, als höre sie die beiden Stimmen immer noch, während die Sprecher die Korridore entlanggingen, und sehe sie durch Wände, die vor ihren Blicken zu Transparenz zerschmolzen.

»Selbstsüchtig?«, gab Domna Calinda zurück. »Ist es bei einer Frau Selbstsucht, wenn sie das Recht auf die freie Wahl ihres eigenen Schicksals verlangt, ein Recht, das allen Männern von Geburt an zusteht?«

»Was heißt hier freie Wahl? Meinst du, ich habe rein zum

Vergnügen vier Frauen genommen? Aber ich weiß, wie wichtig es ist, einen Erben meines eigenen Blutes zu haben, auch wenn du es nicht weißt.«

»Dann bist du ein Tor, Bruder. Und dieses Mädchen wird deiner Torheit geopfert werden, so wie ich beinahe geopfert worden bin. Das arme Ding, wahrscheinlich wird sie es für eine große Ehre halten, dass sie verheiratet wird, um dir einen Enkel zu geben!«

Gwennis folgte ihnen mit ihrem merkwürdig erweiterten Sehvermögen in Lerrys' Zimmer, wo Mhari am Bett des Jungen weinte. Gwennis spürte die Verletzung des Kindes als ein fernes, dumpf-rotes Pulsieren. Es war, als strecke sie Phantom-Fühler aus und streichele das wehe Glied, bis das Rot zu kühler Klarheit verblasste.

Dann war sie zurück in dem Bett mit den Vorhängen, fest eingeschlossen in ihrem Körper, und ziellose Empfindungen fluteten wie Wellen über sie hin. Sie sehnte sich, wieder in diesen körperlosen Zustand zu entfliehen, doch sie konnte den Weg nicht finden und fühlte sich gefangen. Lautlos schrie sie ihre Qual hinaus, für wie lange, wusste sie nicht. Endlich fasste eine Hand die ihre.

Als ihr Kopf sich klärte, war es immer noch dunkel. Domna Calinda, deren Umriss eine einzige Kerze erhellte, saß wieder am Bett.

»Ich – ich glaube, ich habe Euch gerufen, meine Lady.«

Domna Calinda nickte. »Ich habe dich gehört, obwohl mein eigenes *laran* nicht der Rede wert ist.«

»Es tut mir Leid, dass ich eine solche Plage bin.«

»Plage?«, schnaubte die Dame. »Mein Bruder hält dich für ein Geschenk vom Herrn des Lichts.«

»Wie geht es dem kleinen Jungen?«

»Gut, zumindest im Augenblick.«

Die Augen niederschlagend, zwang Gwennis sich, ihre neuen Zweifel auszusprechen. »*Vai domna,* ich bin mir nicht sicher, ob ich einen Edelmann heiraten möchte oder – oder was der *vai dom* sonst für mich plant.«

Domna Calindas scharfer Blick verriet Gwennis, die Lady wusste, dass sie den Streit von vorhin belauscht hatte. »Und was möchtest du stattdessen tun, mein Mädchen?«

»Ich hörte Euch von den Freien Amazonen sprechen – dass sie die Frauen ihr Geschick wählen lassen.«

»Dann möchtest du zu den Entsagenden gehen?«

»Ich weiß es nicht«, sagte Gwennis. »Als Kriegerin zu leben – und den Männern für immer zu entsagen ...« Obwohl, dachte Gwennis, ihre bisherigen Erfahrungen mit Männern in ihr keine große Sehnsucht geweckt hatten, sie besser kennen zu lernen.

Die Lady sagte mit einem dünnen Lächeln: »Komme ich dir wie eine Schwertfrau vor? Wir üben alle ehrenhaften Berufe aus. Unser ganzes Glaubensbekenntnis besteht darin, dass alle Frauen unterschiedlich sind, ebenso wie die Männer. Du, zum Beispiel, bist vielleicht für die Heilkunst bestimmt.«

Dieser Gedanke traf Gwennis wie eine Offenbarung; sie hatte sich nie irgendeine besondere Fähigkeit zugetraut. »Meint Ihr, das könnte ich?«

»Mag sein – wer weiß? Man braucht dazu mehr als nur *laran.* Was nun die Abwendung von allen Männern betrifft, so ist das auch ein Missverständnis. Viele Entsagende gehen Freipartner-Ehen ein. Wir schwören nur, niemals das Eigentum eines Mannes zu werden oder Kinder für den Stolz eines Hauses oder Clans zu gebären.«

Gwennis dachte kurz daran, dass Dom Elric, obwohl er es zweifellos gut meinte, sie nur ihres neu entdeckten *laran* wegen wollte. An ihr selbst war er ebenso wenig interessiert wie ihr Pflegevater. Hier war eine Chance, zu lernen, was dieses Selbst wirklich war. »Ja – ich möchte gern zu ihnen gehen.«

»Wenn das dein aufrichtiger Wunsch ist, kann ich dir den Weg zum Gildenhaus von Serrais beschreiben. Bringst du es fertig, einen Tag lang allein durch die Gegend zu wandern? Du musst vor Sonnenaufgang gehen, ohne jede Begleitung, sogar ohne ein Reittier, wenn Elric nichts merken soll. Er wird außer sich sein vor Wut, wenn er feststellt, dass du verschwunden bist.«

Gwennis erkannte die Warnungen als erste Prüfung ihrer Entschlossenheit, ihrer Bereitschaft, ohne den Schutz zu leben, den eine »schwache Frau« normalerweise beanspruchen konnte. (Sie nahm einen kurz aufblitzenden, unausgesprochenen Zweifel wahr: »Dieses Mädchen benimmt sich wie ein Rabbithorn in den Klauen eines Banshees. Das Gildenhaus ist kein Asyl für Unfähigkeit.«) »Ich werde tun, was ich muss, meine Lady. Aber – aber Lerrys. Wenn ich jetzt gehe ...«

»Dann ist er nicht schlimmer dran als in der Zeit, ehe du kamst. Ich bin nicht die Bewahrerin deines Gewissens, Gwennis, aber zweifellos weißt du nicht, wie gefährlich ein unausgebildeter Telepath sein kann. Später magst du in einer Verfassung sein, in der du ihm besser helfen kannst.«

Zum ersten Mal hatte die Lady sie mit ihrem Eigennamen angeredet. Gwennis warf die Decke zurück und stand auf. Diesmal wurde sie nicht von Schwindel erfasst. »Dann will ich ins Gildenhaus gehen. Und ich werde zurückkommen, falls Dom Elric mich haben will, um meinem Halbbruder zu helfen – nachdem ich meinen eigenen Weg gefunden habe.«

Über Susan Holtzer und »Die Nase des Kamels«

Eine hervorstechende Eigenart der darkovanischen Kultur ist die ausgesprochene Technophobie. Das hat nicht allzu intelligente Leser zu dem Schluss verführt, ich selbst sei entweder Technophobin oder Libertarierin.

Nichts könnte weiter von der Wahrheit entfernt sein. Ich verdanke die Fortsetzung meiner Existenz und die von mindestens zweien meiner Kinder der Technologie, und den Libertarianismus halte ich (wenn auch vielleicht nicht in der Theorie, so doch in der Praxis) für eine scheußliche Variante des sozialen Darwinismus mit der These vom »Überleben der Reichsten«.

Warum habe ich dann die Darkovaner mit so viel Abscheu vor der Technik und einer Regierung ausgestattet? Nun, damals schien es mir eine gute Idee zu sein; Darkover ist vor allem ein Gedankenexperiment« (um in der Sprache der Philosophie zu reden), und zumindest auf dem Papier und in der Phantasie funktioniert die darkovanische Kultur. Susan Holtzer hat die darkovanische Technophobie hergenommen und mit ein bisschen Haarspalterei eine amüsante Geschichte verfasst, wie man eine Bresche für die Technologie schlagen kann.

Susan sagt: »Ich habe jede vorstellbare Art von Non-Fiction geschrieben, auch während der drei unfruchtbaren Jahre, als ich einen Sauhaufen von mittleren Managern davon zu überzeugen versuchte, dass es das Wort *Tutee* nicht gibt.« (Ist ein Tutee einer, um den sich ein Tutor kümmert? Das Wort sollte es dann aber geben; eine derartige Lücke fordert Wortneubildungen und Sprachschnitzer heraus.) Sie nennt sich »einen politischen Ausbrenner der Sechziger, der mehr Realität in der Science-Fiction als im zeitgenössischen Amerika findet.« (Nichtsdestotrotz ist sie ein Fan der Green Bay Packers und würde lieber ihren rechten Arm hergeben als ihr geliebtes New York. Okay, sie ist Linkshänderin, aber viel zeitgenössischer als das kann einer nicht gut sein.)

Doch wollen wir jetzt nicht weiter über die Natur der Realität in der Science-Fiction und im zeitgenössischen Amerika, sondern über Susans Versuch nachdenken, auf Darkover (eine begrenzte) Technologie einzuführen.

MZB

Die Nase des Kamels

von Susan Holtzer

Elinda beugte sich tiefer über den Motor des Luftwagens, so dass ihr Gesicht nur noch ein paar Zoll von den sich drehenden Rotoren entfernt war. Benutze alle deine Sinne, hatte Sam gesagt. Nun, ihre Augen verrieten ihr nichts, und ihre Nase entdeckte nur den normalen Geruch von überhitztem Treibstoff. Sie legte den Kopf auf die Seite und lauschte.

»Nun?«, fragte der Mann hinter ihr ungeduldig.

»Ich glaube ...« Sie zögerte. »Die Zündungseinstellung ist nicht in Ordnung.«

»Aye, aber warum?«

»Das muss doch am Mikroprozessor liegen, oder?«

»Ach ja?«

»Es liegt am Mikroprozessor, jawohl!«, erklärte Elinda. »Diagnose: Mikroprozessor ist zu ersetzen.«

»Verdammt!« Sein Zorn ließ sie zusammenzucken. »Hör richtig hin!« Er stieß sie nach vorn, bis ihre Nase den Motor fast berührte. »Hörst du schlecht, Mädchen? Dieser tiefe, schnurrende Ton – das ist Metall auf Metall.«

Sie konzentrierte sich, schloss die anderen Geräusche des Raumhafens aus. Nach einer Weile seufzte sie. »Natürlich. Und der Mikroprozessor spinnt, weil er versucht, die Bewegung der Stange zu kompensieren.« Sie zeigte darauf. »Diese da.«

»Richtig!« Sam McCanns sommersprossiges Gesicht strahlte sie an. »Aus dir wird doch noch ein Techniker, auch wenn du ein Mädchen und eine Barbarin bist.« Elinda fasste seine Worte so auf, wie sie gemeint waren, als Kompliment, denn sie wusste, für den stämmigen Terraner war jeder ein Barbar, der Maschinen nicht liebte und nicht verstand. Das Wort wandte er unparteiisch auf Männer und Frauen, auf Darkovaner und Terraner an.

»Komm.« Er schloss die Haube über dem widerspenstigen Motor. »Ertränken wir den Ölgeschmack in einem Glas guten terranischen Biers. Ich lade dich ein.«

Sie schlenderten über die weite Betonfläche, und er musterte sie mit einem eigentümlichen Blick. »Du bist schon eine merkwürdige Darkovanerin, weißt du.«

»Und ob ich das weiß«, lachte Elinda. »Wenn mein Vater richtig böse auf mich wurde, pflegte er zu sagen, ich sei schon verkehrt aus dem Mutterleib gekommen.«

»Jedenfalls bist du der einzige Mensch auf Darkover, der sich entschlossen hat, unsere Technik zu studieren. Ja, sicher, ein paar von euch Freien Amazonen arbeiten in unserer medizinischen Abteilung, aber außer dir ist keine auch nur entfernt an mechanischen Dingen interessiert. Ich kann mir bloß nicht vorstellen«, sagte er ernsthaft, »wie du darauf gekommen bist, *dass* du dich dafür interessierst.«

»Daran ist mein Bruder schuld«, antwortete Elinda. »Als ich sieben Jahre alt war, kam er mit einem kleinen Modell eines Hubschraubers nach Hause, das er in der Handelsstadt gekauft hatte. Es war nur ein Spielzeug, eine Kuriosität; nach ein paar Tagen schenkte er es mir.« Sie hielt inne. Die alten Erinnerungen stiegen wieder auf.

»Dann sah ich eines Tages einen richtigen Hubschrauber über uns hinwegfliegen, und ich konnte nicht verstehen, warum er flog und meiner nicht. Also zerlegte ich das Modell und setzte es wieder zusammen und versuchte, das herauszufinden. Danach nahm ich die Wasserpumpe auseinander, um zu sehen, wie *sie* funktionierte. Dafür bekam ich von meinem Vater zum ersten Mal Schläge.«

Sie setzte nicht hinzu, dass sie sich damals entschlossen

hatte, den Eid der Entsagenden zu leisten. Jemand hat einmal gesagt, jede Freie Amazone habe ihre Geschichte, und jede Geschichte sei eine Tragödie. Nun, ihre war wahrscheinlich weniger tragisch als die meisten anderen. Sie suchte nach einem neuen Gesprächsthema und nahm eine flüchtige Bewegung wahr.

»Was, in aller Welt, ist denn das?«

»Wo?« Sie hatten die betonierte Fläche des Raumhafens verlassen und nahmen eine Abkürzung über den Hof der Unterkünfte für Durchgangsreisende. »Meinst du den Jungen auf dem Fahrrad?«

»Fahrrad?« Elinda hatte zu Beginn ihrer Ausbildung einen umfassenden Schlafkurs in der terranischen Sprache erhalten, aber an dieses Wort erinnerte sie sich nicht.

»Ein Kinderspielzeug, auf dem man fahren kann.«

»Ich möchte es mir ansehen.« Sie lief über den Hof bis zu der Stelle, wo sie einen Jungen beobachten konnte, der in Kreisen auf dem seltsamen Gerät herumkurvte. Es bewegte sich viel zu schnell, als dass Elinda den Mechanismus deutlich hätte erkennen können.

»Kannst du ihn bitten anzuhalten?«, fragte sie Sam, der gutmütig die Schultern zuckte und dem Jungen winkte.

»Macht es dir etwas aus, wenn sich die Dame dein Rad ansieht?«

»Nein, Sir.« Der Junge hielt vor ihnen an und stieg mit Schwung ab. »Es ist ein Himalaja-Rennrad. Sehen Sie? Fünfzehn Gänge, hydraulische Bremsen und Filene-Getriebe. Diese Ausführung brauche ich auf Castel – dahin sind wir unterwegs.«

Elinda kniete sich neben dem Rad auf den Boden, ohne an ihre Würde oder das raue Pflaster zu denken, und untersuchte das Gerät. »Ich verstehe«, sagte sie mehr zu sich selbst als zu den anderen. »Alles wird mit diesen Kabeln bewerkstelligt.

Antriebskette, Zahnrad-Übersetzung, Bremsen ...« Sie sah zu dem Jungen hoch. »Wie schnell fährt es?«

»Auf ebenem Boden beinahe 50«, erklärte er stolz.

»Fünfzig Stundenkilometer?« Elinda stand auf und begegnete Sams amüsiertem Blick mit aufgeregtem Gesichtsausdruck.

»Sam, ich möchte mit Cholayna sprechen. Kommst du mit? – Hab vielen Dank«, sagte sie zu dem verblüfften Jungen. »Komm, Sam.« Mann und Junge zuckten die Schultern und grinsten sich an, und Sam ließ sich von Elinda in Richtung des Terranischen HQ fortziehen.

»*Was* möchtest du?« Cholayna Ares beugte sich über ihren Schreibtisch und starrte das auf der anderen Seite sitzende Mädchen an.

»Fahrräder. Das sind mechanische Geräte mit Pedalen, die mit den Füßen getreten werden, und man kann damit fahren.« Elinda nahm sich einen Schreibstift und fing an, eine Skizze zu zeichnen. Cholayna verkniff sich das Lachen und hob die Hand.

»Lass nur, ich weiß, was Fahrräder sind. Aber, um alles in der Welt, zu welchem Zweck brauchst du eins?«

»Nicht eins, mehrere. Für das Gildenhaus. Siehst du nicht, wie wunderbar sie uns zustatten kämen?«

»Am besten klärst du mich auf«, sagte Cholayna trocken.

»Denk doch nach!«, sprudelte Elinda hervor, ohne den Ton der anderen Frau zu bemerken. »Sie sind schnell, sie sind leise, sie sind sauber. Sie brauchen nicht gesattelt oder gefüttert oder gestriegelt oder in den Stall gebracht zu werden. Und sie werden niemals krank oder müde und bekommen keine Koliken.« Ihre Worte prasselten wie die von einem Feuerwerkskörper wegstiebenden Funken. »Oh, natürlich können sie die Pferde nicht ersetzen, nicht auf langen Reisen, aber für unsere unaufhörlichen kleinen Besorgungen wären sie ein Geschenk der Göttin. Und einige Straßen in der Innenstadt von Thendara sind so überfüllt, dass man kaum zwei Pferde aneinander vorbei bekommt, während ein Fahrrad längst nicht so viel Platz beansprucht.«

Fahrräder! Cholayna Ares, Chefin des Nachrichtendienstes auf Darkover, was den zweithöchsten terranischen Rang auf dem Planeten darstellte, dachte über das Mädchen und seine Bitte nach. Sie wusste, Elinda n'ha Mardra besaß hinter ihrem unschuldigen Mondgesicht den wohl schärfsten Intellekt, den sie unter den Darkovanern gefunden hatten, und vielleicht, dachte Cholayna, den schärfsten Intellekt auf Darkover. Elindas IQ ging über die Werte der üblichen Skala hinaus, ihr Kreativitätsindex lag höher als Cholaynas eigener, und sogar ihre Geschicklichkeit auf technischem Gebiet lag um die 95 Punkte.

Aber Fahrräder! Schließlich war das Kind erst siebzehn.

»Bei Pferden ist das Problem, dass man so viel Zeit braucht, um sie fertig zu machen«, fuhr Elinda fort. »Ich habe schon erlebt, dass Marisela Minuten und Minuten verschwendete, weil sie sich nicht entscheiden konnte, ob sie schneller am Ziel sein würde, wenn sie zu Fuß ging oder wenn sie sich erst damit aufhielt, ein Pferd zu satteln.«

»Hast du darüber mit anderen Mitgliedern deiner Gilde diskutiert?«, fragte Cholayna neugierig.

Elinda schüttelte den Kopf. »Ich habe heute Nachmittag zum ersten Mal ein Fahrrad gesehen.«

»Meinst du, deine Schwestern werden deine Begeisterung teilen?«

»Warum denn nicht? Freie Amazonen haben keine Angst vor Neuerungen. Wenn etwas besser funktioniert, benutzen wir es.« Cholayna nahm die unbewusste Arroganz des Mädchens zur Kenntnis und lehnte sich nachdenklich auf ihrem Stuhl zurück.

Unser größtes Problem hier ist der Widerstand der Darkovaner gegen Maschinen. Sie weigern sich nicht nur, sie selbst zu benutzen, sie verbieten uns sogar, dass wir sie außerhalb der Terranischen Zone benutzen. Aber der Bann bezieht sich auf *motorisierte* Geräte. Soweit sie sich erinnern konnte, wurden Fahrräder im Vertrag nicht erwähnt. Innerlich schüttelte sie sich vor Lachen – wer wäre auch auf den Gedanken gekommen?

Also Fahrräder. Nicht als bedrohlich angesehene, nicht verbotene mechanische Geräte. Sie konnten die Straßen Thendaras füllen und sogar die konservativsten Darkovaner an die Anwesenheit von Maschinen gewöhnen.

»Die Nase des Kamels«, murmelte Cholayna.

»Wie bitte?«, fragte Elinda.

»Eine Sage, die wir auf Alpha haben«, antwortete Cholayna. »Sie handelt von einem großen, stinkigen Wüstentier, das es mit List schaffte, in ein Zelt eingelassen zu werden, indem es in kleinen Abschnitten um Obdach bat.«

»Ich verstehe«, nickte Elinda, und Cholayna stellte mit einiger Überraschung fest, dass Elinda tatsächlich verstand.

»Fahrräder.« Cholayna lachte. »Wird ein halbes Dutzend genügen?«

»Was wird der Alte – Verzeihung, was wird der Koordinator dazu sagen?«, fragte Sam zweifelnd.

»Russ Montray? Keinen Ton. Haben Sie nichts davon gehört? Sein Versetzungsgesuch ist genehmigt; er wird gehen, sobald ein neuer Legat ernannt worden ist. Im Augenblick ist er so glücklich, dass er zu allem Ja sagen würde.« Sie wandte sich an Elinda. »Gib mir eine Woche Zeit.«

Die Fahrräder, die Cholayna lieferte, waren eher eine Variante als eine Kopie des Himalaja-Rennrades. Elinda hatte um breite, nagelsichere Ballonreifen, einen stabilen Rahmen aus einer

Magnesiumlegierung und eine Fünfgangschaltung gebeten. Das Modell war nicht so schnell wie das des Jungen, aber praktischer für das raue Kopfsteinpflaster auf den Straßen Thendaras. Sie hatte noch einen Tragekorb über dem hinteren Rad hinzugefügt und die waagerechte Stützstange niedriger anbringen lassen, damit Röcke, falls eine Amazone sie bevorzugte, nicht unschicklich hochgezogen würden.

Sie führte ihren Gildenschwestern die Fahrräder mit einem atemlosen Enthusiasmus vor, der zu ihrer Bestürzung nur in geringem Ausmaß geteilt wurde. Ein paar Frauen erklärten sich einverstanden, die fremdartigen Geräte auszuprobieren, und nach einer oder zwei Fahrten in die Stadt lehnten auch sie sie entschieden ab. Zehn Tage später musste Elinda zugeben, dass ihre wunderbaren Fahrzeuge kein ungetrübter Erfolg waren.

»Ich möchte mir heute Vormittag auf dem Markt neue Stiefel bestellen«, sagte Torayza eines Morgens beim Frühstück. »Hat jemand Lust mitzukommen?«

»Ich fahre mit dir«, meldete sich Elinda. »Ich bin dort mit Sam verabredet.«

»Danke, aber ich gehe zu Fuß«, erklärte Torayza fest. »Ich bin nicht in der Stimmung, mich verhöhnen und mir Steine nachwerfen zu lassen.«

Elinda zuckte die Schultern. »Ignoriere diese *cralmacs*. Warum ärgerst du dich über sie?«

»Wir können sie nicht ignorieren, und du solltest es auch nicht tun«, fiel Fellina ein. »Ehrlich, Eli, du machst uns alle zum Gespött.« Rund um den Tisch wurden Zustimmungen gemurmelt.

»Das stimmt.« Rafaella sah Elinda finster an. »Ich habe die Absicht, Mutter Lauria beim nächsten Haustreffen darum zu bitten, dass sie die Geräte verbietet.«

»Ich habe nicht das Recht, einen solchen Befehl zu erteilen«, fiel Mutter Lauria ein. »Es ist keine Eidesangelegenheit, und ich habe auch keine Autorität dieser Art über freie Frauen. Niemand wird gezwungen, die Geräte zu benutzen.«

»Das tut auch niemand mehr außer Elinda«, erklärte Rafaella zornig. »Trotzdem, wird eine von uns gedemütigt, bedeutet das eine Demütigung für uns alle.«

»Solange Elinda sich anständig benimmt und keinen Ärger heraufbeschwört, steht es uns nicht zu, ihr Vorhaltungen zu machen.«

»Es wird aber Ärger geben«, behauptete Rafaella. »Die Leute verlangen schon, der Rat solle die Geräte aus der Stadt verbannen.«

Elinda sah unglücklich auf ihren Teller nieder. Sie war so sicher gewesen, ihre Schwestern würden sich über die neuen Fahrzeuge ebenso freuen wie sie. Und nun stand zu befürchten, dass sie nicht einmal mehr ihr eigenes Rad benutzen durfte.

»Ich war überzeugt, sie würden begeistert sein«, sagte sie traurig zu Sam, als sie ihn auf dem Marktplatz einholte.

»Du bist deiner Zeit voraus, das ist alles.« Er wendete sein Rad. »Los, fahren wir zum Raumhafen um die Wette.«

Lachend sausten sie durch die engen Straßen. Die Hohnrufe der Passanten, die Elinda immer ignoriert hatte, wurden für sie zu einer Herausforderung, ihre Geschwindigkeit zu steigern. An einer Ecke raste Sam, tief über den Lenker gebeugt, triumphierend an ihr vorüber und ging als Erster in die Kurve.

Elinda hörte das Gebrüll, bevor sie sah, was passiert war. Sie entdeckte Sam in einem Durcheinander von Pferden und Männern und sich drehenden Rädern. Ein Tieflader lehnte schief an dem Gebäude zu ihrer Rechten, und seine aus Baumstämmen bestehende Fracht war über die Straße gerollt.

Elindas Fahrrad schleuderte wild. Sie riss verzweifelt an der Lenkstange und kämpfte darum, das Gleichgewicht zu bewahren. Endlich gewann sie die Kontrolle zurück. Sie schoss an einem mit offenem Mund dastehenden Arbeiter vorbei, auf den Lastwagen hinauf, in einem unmöglichen Winkel über die schräg stehende Oberfläche und gelangte mit scharrenden Reifen wieder hinunter auf die Straße. Jetzt hatte sie Spielraum und konnte anhalten.

»Sam!« Sie sprang ab und kletterte über den Holzhaufen. »Bist du verletzt?«

Er lag auf dem Boden, halb unter und halb über seinem Fahrrad, und ein Bein hatte sich in der Kette verfangen. Rings um ihn schrie eine Gruppe von wütenden Arbeitern Flüche und Drohungen. Sam schüttelte benommen den Kopf und versuchte aufzustehen, aber das Fahrrad drehte sich und rutschte und warf ihn auf den Rücken. Die Arbeiter hörten mit ihren Schimpfreden auf und brüllten vor Lachen.

»Zandrus Höllen!«, rief Elinda auf Darkovanisch. »Ihr lacht, wenn ein Mann verletzt wird?«

»Mir ist nichts passiert«, sagte Sam, der mehr ihren Ton als ihre Worte verstand, mit schwachem Lächeln. Er entwirrte sich aus dem widerspenstigen Fahrrad, kam mit ziemlichen Schmerzen auf die Füße und massierte sich die Schulter.

»Und was ist mit meinen Männern?« Ein bulliger, dunkelhaariger Mann trat vor und stellte sich, Sam verächtlich ignorierend, Elinda gegenüber. »Sollen sie wehrlose Zielscheiben für die Angriffe elender *Terranan*-Maschinen sein, die sämtliche Straßen unsicher machen?«

»Jeder kann einen Unfall haben, Dom Kennet, auch auf einem Pferd.« Elinda sprach freundlich, sie war entschlossen, Streit zu vermeiden. Ausgerechnet Kennet, so ein Pech! Zu ihrer Bestürzung hatte sie in ihm einen hiesigen Baumeister erkannt, der die lauteste und feindseligste antiterranische Stimme Thendaras war. »Er hat die Xenophobie zu einer Kunstform erhoben«, hatte Cholayna einmal von ihm gesagt.

»Ein Pferd würde nicht rücksichtslos durch die Straßen trampeln und erwarten, dass ihm jedermann aus dem Weg springt, und es würde auch nicht blindlings in eine Gruppe Unschuldiger hineindonnern. Ein Pferd wird niemals zum Verräter an seiner Natur –« er warf böse Blicke auf die Lederkleidung der Amazone »– und auch nicht an seiner eigenen Art, indem es sich mit ihren Feinden verbündet.« Diesmal richteten sich seine Augen finster auf Sam, der hilflos die Schultern zuckte und eine Verbeugung andeutete.

»Elinda, was, zum Teufel, sagt er?«

»Das wirst du gar nicht wissen wollen«, entgegnete sie bitter auf Terranisch. Dann schaltete sie wieder auf Darkovanisch um. »Ich entschuldige mich bei Euch, Dom Kennet. Mehr kann ich nicht tun.«

»Aber der Rat kann mehr tun.« Diesmal sprach Kennet mit grimmiger Befriedigung. »Nach diesem Vorfall wird er wohl einsehen, dass derartig unanständige, unnatürliche Maschinen aus Thendaras Straßen verbannt werden müssen. Oder wollt Ihr behaupten, Euer obszönes Gerät sei besser als ein Pferd?« Die Männer hinter ihm zollten seinem Sarkasmus mit höhnischem Lachen Beifall.

»Unter bestimmten Bedingungen, ja«, erwiderte Elinda, rot im Gesicht vor Zorn.

»Unter bestimmten Bedingungen ...« Kennet sprach langsam, auf Wirkung bedacht, und die Männer wieherten vor Vergnügen. »Vielleicht seid Ihr geneigt, diese Behauptung auch zu beweisen?« In einer Reflexbewegung flog Elindas Hand an ihr Messer, aber Kennet grinste und schüttelte den Kopf. »Oh, nicht mit Stahl, *mestra*. Aber ... wie wäre es mit einem Wettrennen? Eure obszöne Maschine gegen mein Pferd?« Sein Grinsen wurde noch breiter.

»Was ist denn jetzt los?«, fragte Sam nervös.

»Er hat mich gerade zu einem Wettrennen herausgefordert – Fahrrad gegen Pferd«, teilte Elinda ihm auf Terranisch mit.

»Das musst du mit diesem Fahrrad verlieren. Vergiss es, Mädchen. Besser, wir entschuldigen uns und sehen zu, dass wir weiterkommen.«

»Das kann ich nicht machen, Sam. Und auf jeden Fall ...« Nachdenklich betrachtete sie die grinsenden Männer, das große Zugpferd, den Lastwagen, der wie betrunken an dem Gebäude lehnte.

»Elinda, mach keine Dummheiten. Dein Fahrrad kann ein Pferd nicht schlagen.«

»Seht sie euch an!«, rief Kennet mit lauter Stimme. »Sie muss sogar für eine Ehrenangelegenheit die Erlaubnis ihres terranischen Herrn einholen.«

»Seine Ehre steht ebenfalls auf dem Spiel«, gab Elinda auf Darkovanisch zurück, und dann sagte sie wieder auf Terranisch: »Sam, kann ich ein paar schwere Maschinen vom Raumhafen benutzen, um eine Bahn anzulegen?«

»Ja-a, ich glaube schon. Ach, sicher.« Er warf die Hände hoch. »Aber du setzt dich dabei in die Nesseln, Mädchen.«

»Vielleicht auch nicht.« Und zu Kennet: »Ich sagte, unter bestimmten Bedingungen. Seid Ihr bereit, das Rennen unter bestimmten Bedingungen durchzuführen?«

»Unter allen Bedingungen, die es Euch gefällig ist, zu nennen, *mestra*.« Seine Augen glitzerten. »Und der Einsatz?«

»Wenn ich gewinne, werdet Ihr *und Eure Männer* vier mal zehn Tage lang für jede Strecke, die kleiner ist als die halbe Länge der Stadt, Fahrräder statt Pferde benutzen. Und es wird nicht mehr davon gesprochen, dass sie aus der Stadt verbannt werden sollen.«

»Aber setzen wir einmal den Fall, dass Ihr verliert?«

»Dann bekommt Ihr die Fahrräder. Alle. Wir wollen dann nicht mehr in der Stadt damit herumfahren, und Ihr erhaltet ein Vermögen an Metall, das Ihr zu Eurem Gebrauch einschmelzen könnt.«

»Abgemacht! Wo und wann?«

»In fünf Tagen ab heute. Am Rand der Terranischen Zone, hinter dem Raumhafen.«

»*Su serva, mestra.*« Er verbeugte sich ironisch. »Bitte, sorgt dafür, dass die Maschinen dort sind, damit ich sie gleich zum Einschmelzen mitnehmen kann.«

»Oh, sie werden da sein, *vai dom,* damit Ihr und Eure Männer darauf wegfahren könnt. Komm, Sam«, fuhr sie auf Terranisch fort. »Machen wir uns an die Arbeit.«

»Um was hast du gewettet?«, fragte Sam. Sie schoben ihre verbeulten Fahrräder auf den Raumhafen zu. »Elinda, wie willst du das Cholayna beibringen? Du kannst doch nicht einfach terranisches Eigentum weggeben.«

»War das denn nicht unser Ziel? Wir wollten die Darkovaner an Maschinen gewöhnen!«

»Mädchen, Mädchen, du glaubst doch nicht etwa, dass du *siegen* wirst?«, ächzte Sam. »Was du da hast, ist kein Himalaja-Rennrad; es ist ein ungefüges, langsames Transportmittel.«

»Siegen werde ich trotzdem«, behauptete sie. »Und du wirst mir dabei helfen. Hör zu.« Sie sprach in raschem Tempo auf ihn ein, und nach ein paar Augenblicken veränderte sich Sams Gesichtsausdruck. Als sie das Tor des Raumhafens passierten, grinste er breit.

Am Tag des Rennens erschien Kennet pünktlich, umgeben von einem prahlerischen Gefolge und nicht auf dem Zugpferd, sondern auf einem edlen Renner. Beim Anblick des schlanken Tieres verpuffte Elindas Selbstvertrauen.

»Oh, Sam! Das ist ein Syrtis-Rennpferd!«

»Ja, und ich möchte behaupten, dass dein Gegner damit einen schweren Fehler macht«, beruhigte Sam sie. »Dieses Tier ist an perfekte Bedingungen gewöhnt – eine schöne glatte Bahn, einen erfahrenen Rennreiter und all das. Es wird vielleicht schon vor deinem Fahrrad scheuen, ganz zu schweigen von der Bahn selbst.«

»Da magst du Recht haben.« Elinda betrachtete das große Oval und versuchte, ihren Optimismus zurückzugewinnen. »Ich wünschte, es wären ein paar von meinen Schwestern hier.«

»Sie hätten sich damit keine Verzierung abgebrochen«, murmelte Sam ärgerlich.

»Sie wollten meine Niederlage nicht mit ansehen, hat Rafaella gesagt.«

»Nun, zumindest eine von ihnen hat ihre Meinung geändert.«

Elinda folgte der Richtung von Sams Blick zu der dunklen Haut und der schwarzen terranischen Uniform von Cholayna Ares. Neben ihr stand eine Frau in der Lederkleidung der Amazonen.

»Mutter Lauria! Die Göttin segne sie, sie muss es für ihre Pflicht halten, anwesend zu sein. Oh, Sam, ich muss siegen.« Sie umarmte die ältere Entsagende. »Danke, dass du gekommen bist. Jetzt kann ich gar nicht mehr verlieren.«

»Ich glaube, du würdest auch ohne mich siegen, *chiya*, obwohl ich mich freue, dass ich dabei sein kann.« Sie lächelte freundlich. »Was mich betrifft, so habe ich volles Vertrauen zu deinem Verstand.« Ihr Ton verriet, dass es Streit innerhalb der Gilde gegeben hatte, und Elinda bekam Gewissensbisse.

»Mutter, ich möchte nicht der Anlass zu Zwistigkeiten unter meinen Schwestern werden.«

»Das wirst du auch nicht«, erklärte Mutter Lauria fest. »Sie werden einsehen, dass du niemals Schande über die Gilde bringen würdest.«

»Komm, Elinda«, unterbrach Sam. »Es geht los.«

Elinda ging zu der Stelle, wo Flaggen die Startlinie markierten. Plötzlich wurde ihr bewusst, welche Verantwortung sie so unbekümmert auf sich geladen hatte, und das Rennen hörte auf, ein Spiel zu sein.

Kennet saß auf seinem Pferd und sah hochmütig über ihren Kopf weg. Ein großer Mann mittleren Alters in der rauen Tracht eines *cristofero* trat vor und hob die Hand.

»Ich bin Vater Domiel, *mestra.*« Er verbeugte sich vor Elinda. »Man hat mich gebeten, als Zeuge an diesem Rennen teilzunehmen. Habt Ihr etwas dagegen einzuwenden?«

»Durchaus nicht«, antwortete Elinda mit echter Erleichterung. »Ihr wisst doch, dass die Kampfansage ›unter bestimmten Bedingungen‹ lautete?«

»Ja.« Der Mann nickte, und Elinda entdeckte einen Schimmer von Rot in dem ergrauenden Haar. »Ich werde mir jetzt den Austragungsort ansehen, wenn es Euch recht ist.«

»Natürlich.« Elinda ging mit ihm zu der Bahn, und Kennet folgte ihnen zu Pferde, gleichgültige Blicke um sich werfend. Doch als er die Bahn erblickte, riss er an den Zügeln und stellte sich in den Steigbügeln auf.

»Zandrus Höllen! Was ist das für ein Trick?«

»Trick, Dom Kennet?« Elinda zuckte die Schultern. »Das sind die Bedingungen, die ich setze. Vater Domiel?« Sie blieb stehen, während die Männer sich die Bahn ansahen, die sie und Sam geschaffen hatten.

Sie war eher rund als oval und hatte einen Umfang von beinahe 300 Metern. Die Oberfläche der eigentlichen Reitbahn, sechs Meter im Durchmesser, war ziemlich glatt mit gerade genug Gras, dass Elindas Reifen griffen. Eine breite weiße Linie trennte die Oberfläche in eine innere und eine äußere Spur.

Und die ganze Bahn stand in einem Winkel von 30 Grad schräg.

»Meine Bedingungen«, sagte Elinda. »Dreimal rund um die Bahn, Start und Ziel bei den Flaggen, die Teilnehmer dürfen die Mittellinie nicht überqueren. Vater Domiel stellt den Sieger fest.«

»Das ist absurd!«, polterte Kennet. »Wie kann jemand ein Rennen auf einer Bahn liefern, die schräg ist wie ein ... wie ein Erdrutsch? Das Risiko für das Pferd ist nicht akzeptabel.«

»Erklärt Dom Kennet also, dass es Bedingungen gibt, unter denen ein Fahrrad besser ist als ein Pferd?«, fragte Elinda kühl. »Wenn ja, gibt er sich geschlagen.«

»Nein!«, tobte Kennet. »Meiner Meinung nach könnt Ihr mit Eurem scheußlichen Gerät ebenso wenig auf einer solchen Bahn fahren!«

»Um das herauszufinden, sind wir ja hier. Vater Domiel?«

»Die Bedingungen sind nicht für beide Teilnehmer gleich«, stellte der Mann fest. »Die innere Spur ist kürzer als die äußere.«

»Ich überlasse die innere Dom Kennet«, sagte Elinda sofort. Sie zog die Außenbahn auf jeden Fall vor – wenn das Pferd ausglitt und fiel, wollte sie sich nicht unter ihm befinden.

»Dann gibt es keine Einwände.« Vater Domiel zeigte ein ausdrucksloses Gesicht, aber er sah Elinda mit nachdenklich zusammengekniffenen Augen an, und sie meinte, seine Unterlippe ganz kurz zittern zu sehen. Um keine weitere Diskussion aufkommen zu lassen, begab sich Elinda an die Startlinie.

Ihr Fahrrad zwischen den Beinen, stand sie am höchsten Punkt der Bahn, und die Räder zeigten beinahe senkrecht nach unten. Sie wusste, das war der schwierigste Teil – wenn sie ins Schleudern geriet und fiel oder für einen Augenblick die Kontrolle verlor, würde sie über die Mittellinie nach unten rutschen und hatte dann sofort verloren.

Kennet hielt mit wütendem Gesichtsausdruck die Zügel in

beiden Händen. Hinter ihm brüllten seine Männer zotige Aufmunterungen.

»Haltet den Mund, ihr Trottel!«, rief er ihnen zu, als das Pferd auf der Bahn ausglitt und, ebenem Boden zustrebend, zurückweichen wollte. Er zwang sich zur Ruhe, klopfte dem Tier den Hals und lenkte es nach unten auf die innere Spur. Doch als er es seitlich zum Hang drehte, rebellierte es und tänzelte vor Unbehagen.

»Nehmt bitte eure Plätze ein.« Vater Domiel hob die Flagge. Als er sie senkte, verlagerte Elinda ihr ganzes Gewicht nach vorn und schoss den Hang hinunter. Sie drehte die Lenkstange nach oben, fühlte die Räder rutschen, trat auf die Rücktrittbremse, um die Abwärtsfahrt zu verlangsamen, und dann war sie parallel zu dem Hang, die weiße Trennlinie befand sich zu ihrer Rechten, und sie bewegte sich auf der Bahn vorwärts. Sie beugte sich vor, erhöhte die Geschwindigkeit und spürte den Wind an ihren Ohren vorbeipfeifen. In einem unmöglichen Winkel an der schiefen Oberfläche der Bahn klebend, ging sie in die Kurve.

Erst nach der zweiten Kurve, nahe dem Ende ihrer ersten Runde, wagte sie, aufzublicken und Ausschau nach ihrem Konkurrenten zu halten. Sie sah ihn und bekam einen solchen Lachanfall, dass sie beinahe das Gleichgewicht verloren hätte.

Kennet hatte die erste Kurve noch nicht erreicht. Durch pure Willenskraft hielt er sein Pferd auf der Bahn, aber er konnte nichts tun, dass es diese unnatürliche Oberfläche akzeptierte. Mit protestierend zurückgelegten Ohren bewegte sich das Pferd in kurzen Stakkato-Ausbrüchen, und andauernd stieß es auf der vergeblichen Suche nach der Waagerechten den Kopf nach unten.

Elinda sauste an Pferd und Reiter vorbei in ihre zweite Runde. Natürlich würde Kennet nicht so leicht aufgeben. Aus der Kurve am anderen Ende sah sie, dass er dem Tier die Sporen unbarmherzig in die Flanken stieß. Es tat einen Satz und stolperte hangaufwärts. Dadurch ermutigt, benutzte Kennet die Sporen noch einmal. Das war dem Pferd zu viel. Es wieherte laut und versuchte, sich aufzubäumen. Dann rutschten beide nach unten gerichteten Hufe auf der glatten Oberfläche aus, das Pferd fiel und rollte dem Mittelpunkt der Bahn entgegen. Kennet sprang ihm verzweifelt aus dem Weg.

Elinda ging in ihre dritte und letzte Runde und beobachtete voller Schadenfreude, wie Mann und Pferd auf dem staubigen Boden herumzappelten und beide versuchten, dem anderen auszuweichen.

Zum dritten Mal kam sie unter den triumphierenden Rufen von Sam und Cholayna an Vater Domiels Flagge vorbei. Sogar Mutter Lauria schwang die Arme und lachte laut. Elinda fuhr nach oben und von der Bahn hinunter und kam vor ihren Freunden wackelnd zum Halten. Plötzlich merkte sie, wie furchtbar erschöpft sie war.

»Geht es dir gut, *chiya?*« Mutter Lauria stützte Elinda, und Sam nahm ihr das Fahrrad ab.

»Ja, danke.« Die Reaktion ließ Elinda kichern.

»Du bist dir doch klar darüber, was du getan hast«, sagte Cholayna streng.

»Was?«, fragte Elinda ängstlich.

»Du hast alle deine Fahrräder verloren«, lachte Cholayna und zeigte auf die wütenden Gesichter von Kennets Männern. »Jetzt müssen wir noch einmal ein Dutzend von den Dingern anfertigen lassen, und wie, zum Teufel, soll ich *den* Posten des Budgets dem neuen Legaten erklären?«

Über Patricia Shaw-Mathews und »Mädchen bleiben Mädchen«

Pat Mathews wurde mit zehn Jahren Science-Fiction- und 1963 Darkover-Fan (sie verrät uns nicht, wie viele Jahre dazwischen liegen). Als Fan aktiv ist sie seit 1975. Sie hat eine Reihe von Darkover-Erzählungen geschrieben. Als Erste wurde die einen Markstein setzende Amazonen-Geschichte »Es gibt immer eine Alternative« in *Der Preis des Bewahrers* veröffentlicht; weitere Arbeiten von ihr folgten in *Schwert des Chaos* und der Anthologie *Greyhaven*. Ihre ersten Geschichten erschienen unter dem Namen Patricia Mathews; jetzt nennt sie sich Patricia Shaw-Mathews, um Verwechslungen mit der Schriftstellerin Patricia Mathews, der Autorin von *Love's Tender Fury* und vielen anderen Romanen dieses Genres, zu vermeiden. Pat hat auch eine intelligente Studie über C. L. Moore in Tom Staicar's Anthologie *The Feminine Eye* geschrieben.

Sie ist verheiratet und hat zwei Töchter, zwei Katzen, einen Hund und ein Meerschweinchen. Wenn sie gerade nicht für sie alle sorgt, ist sie Buchhalterin und bildet sich zur Buchprüferin aus. Sie gesteht, dass sie den Witz über das Steuerformular für außerirdische Lebewesen aufgebracht hat. 1040-ET.   MZB

Mädchen bleiben Mädchen

von Patricia Shaw-Mathews

Eure Kindheit hat euch Ketten angelegt«, sagte Gildenmutter Julienne von Port Chicago zu den frisch gebackenen Amazonen, und Dalise n'ha Dionie stieß ein schnaubendes Lachen aus.

»Mir nicht«, zischte sie in scharfem Flüstern dem Karottenkopf zu ihrer Linken zu.

»Nun, versucht haben sie es«, räumte Catlyn n'ha Dorilys kichernd ein.

Ariane n'ha Linnet lehnte sich mit selbstzufriedenem Grinsen zurück. »Meine Leute kannten mich dafür zu gut«, sagte sie und lehnte sich noch ein bisschen weiter zurück. Ihr Stuhl kippte um und warf sie zweien ihrer neuen Eidesschwestern in den Schoß. Das ganze Zimmer wackelte vor Gelächter. Gildenmutter Julienne versuchte ohne Erfolg, Ariane, Catlyn und Dalise einen kalten Blick aus nur einem Auge zuzuwerfen.

Es war kein viel versprechender Anfang.

Catlyn war klein und schlank mit karottenfarbenem Haar und veilchenblauen Augen. Sie hatte das lose, beutelige Kostüm, das man ihr gegeben hatte, anprobiert, fünf Minuten lang versucht zu glauben, man erwarte tatsächlich von ihr, dass sie das Zeug trage, und sich dann daran gemacht, die offensichtlichen Mängel des Modells zu korrigieren. Wie die Gildenmutter widerstrebend zugeben musste, sah sie beinahe schick aus.

Dalise hatte sich ihre Kleidung bequemer gemacht, indem sie die Hosenbeine hochrollte und die Jackenschöße um ihre eindrucksvolle Taille festband. Sie war eine große, verschlafen wirkende junge Frau mit einer Überfülle an dunklem Haar und farblosen Augen. Ariane, ihre unzertrennliche Gefährtin, hatte sich keine Mühe gegeben, ihre Tracht zu verändern. Sie sah die Gildenmutter mit all der leeren Hübschheit eines terranischen Werbeplakats an, und ihr vorzüglich durchtrainierter Körper war untadelig nach den Vorschriften des Gildenhauses bekleidet. Warum nur kam sich die Gildenmutter wie ein Jäger vor, der ein Banshee am Schwanz gefasst hält?

Mit uncharakteristischer Zurückhaltung wartete Dalise, bis sie durch die Länge des Raumes von der Gildenmutter und der Versammlung getrennt war, bevor sie explodierte: »Sechs Monate hinter Mauern! Ich bin der Gilde beigetreten, um dem zu entrinnen!«

»Von der Falle in den Kochtopf«, stellte Catlyn angewidert fest. »Nun, Kinder, wie gefällt euch unsere neue Erzieherin?«

»Ihr habt den Baum vor unserem Zimmer nicht bemerkt«, sagte Ariane zusammenhanglos. »Diese Vorschrift mit den sechs Monaten ist für solche erlassen worden, die sich nicht zu benehmen wissen. Ihr werdet gehört haben, dass sie das gesagt hat. Na, wir wissen uns zu benehmen. Offiziell kann sie das natürlich nicht zugeben, also – was sie nicht weiß, tut keiner von uns weh.«

Dalise kicherte. »Richtig!«

Eine ziemlich lange Zeit arbeiteten Ariane, Catlyn und Dalise abwechselnd in Küche und Stall, lernten zu lesen, zu schreiben und Waffen zu benutzen und befolgten die Hausregeln. Muster-Amazonen konnte man sie nicht nennen. Davon gab es, Avarra sei Dank, nur eine im Gildenhaus von Port Chicago, die den für sie bedauerlich unpassenden Namen Allegra n'ha Felicitas trug und sich die Aufgabe gestellt hatte, Missstände aufzudecken. Die Fronten waren bald abgesteckt.

Gildenmutter Julienne war nichts anderes übrig geblieben, als die drei Neuen von der Anklage freizusprechen, sie hätten

ihrer unseligen Schwester den Spitznamen »Allergica« ange-
hängt; nur eine ihrer Frauen, die terranische Medizin studier-
te, konnte den Ausdruck kennen. Aber als Allergica-Allegra
weinend in das Büro der Gildenmutter platzte und einen sehr
schlechten Geruch von sich gab, richtete sich der Verdacht,
ihr einen Streich gespielt zu haben, sofort auf sie. Unglücklicherweise wusste das Opfer es auch.

»Du musst diese drei Unruhestifterinnen loswerden!«, verlangte Allegra unter Tränen.

Man verlangte nicht, dass die Gildenmutter etwas tue. Mutter Juliennes Gesicht blieb ruhig, wie sie es durch lange
Übung gelernt hatte. »Was haben sie angestellt?«, fragte sie
und faltete die Hände.

»Sie haben mir Stallmist auf die Matratze gelegt!«, tobte Allegra. Gildenmutter Julienne hielt die Lippen ganz fest zusam-
mengepresst. Als sie sich wieder traute zu sprechen, sagte sie:
»Wenn ich das beweisen könnte, würde ich ihre Häute an die
Wand nageln. Aber sie haben seit mehr als zehn Tagen keinen
Stalldienst mehr gehabt, und eine Entsagende würde sich
während ihrer hausgebundenen Zeit sehr verdächtig machen,
wenn sie einen Eimer Mist durch das Port-Chicago-Haus trü-
ge. Bring mir einen Beweis, mein Kind, und ich will gern etwas unternehmen.«

»Du wirst ihn bekommen«, versprach Allegra und stürmte
hinaus.

Kurz danach forderte die Lehrerin im waffenlosen Kampf
während des Trainings Allegra auf, ein paar Griffe vorzufüh-
ren. Allegras Augen glänzten unter ihrem kurz geschnittenen
Haar. »Eine von euch soll heraufkommen, damit ich es euch
zeigen kann. Du da! Prachtstück!«

Ariane fragte nicht erst, wer Prachtstück sei, sondern stand
sofort auf und schlenderte in den Ring. Allegra begann mit einem einfachen, aber wirksamen Griff – und fand sich flach

auf dem Rücken liegend wieder. Ihr ordentlich gekämmtes Haar war ganz durcheinander. Ariane lächelte. »Das war's«, stellte sie knapp fest und kehrte an ihren Platz zurück.

An diesem Abend zog sich Ariane in ihrem gemeinsamen Dachzimmer des dritten Stocks ihr bestes Amazonen-Kostüm an und nahm aus dem Kasten mit ihren privaten Besitztümern einen Beutel Kupfermünzen. »Ich finde, es ist Zeit für eine Feier, meint ihr nicht?«, fragte sie.

Dalise grinste. »Ich habe auch etwas Geld übrig«, erklärte sie triumphierend, »und bin dabei.«

Catlyn, deren bester Anzug jetzt eine hochelegante Angelegenheit war, steckte eine Stoffblume in ihr lockiges rotes Haar. Dalise schmierte großzügig Butter auf den Fensterrahmen. Er öffnete sich ohne ein Quietschen.

Ariane, die Athletin, war als Erste draußen, dann kam Dalise, bei der jeder Schritt auf einem Ast ein nervenzerfetzendes Wagnis war, dann Catlyn. Die beiden kleineren Mädchen halfen Dalise über die Mauer, und sie gingen, um Port Chicago zu erkunden.

Sie wanderten über den Flohmarkt, kauften Essen an Ständen, kicherten, als sie den Bezirk der roten Laternen durchquerten, und gelangten schließlich an die Terranische Enklave, wo sie die seltsamen Lampen und Fahrzeuge betrachteten. Auch ein Raumschiff stand da. Plötzlich sagte eine Stimme auf Darkovanisch, aber mit schlechter Aussprache: »Hallo, möchtet ihr gern das Schiff ansehen?«

Sie drehten sich um. Zwei junge Männer in merkwürdigen Uniformen lächelten sie an. Nur Dalise dachte für einen Augenblick an die ständigen Warnungen der Gildenmutter, sich nicht mit fremden Männern einzulassen und keine Einladungen anzunehmen; Ariane und Catlyn hatten sie vollständig vergessen. Ariane streckte die Hand aus. »Ariane n'ha Linnet«, sagte sie.

»Dave Mittelstadt, Chuck Baker, Linda Sanchez und Bob Johnson.« Der erste junge Mann dehnte die Vorstellung auf zwei weitere Personen aus, die gerade das Schiff verließen. Alle waren gleich gekleidet.

»Wo ist hier ein nettes Lokal, in dem man ein Glas trinken kann?«, erkundigte sich Chuck Baker.

Dalise, die in jedem Ort, an dem sie weilte, wusste, wo man etwas zu essen und zu trinken bekommt, führte sie in das Weiße Cralmac. »Wir sind Auszubildende im ersten Jahr beim Vermessungsdienst«, erklärte Linda Sanchez unterwegs.

Drei Biere und eine gehörige Menge von Knabbergebäck später fragte Dalise: »Was macht der Vermessungsdienst?«

»Er erkundet neue Welten«, antwortete Linda Sanchez. »Erforscht neue Zivilisationen. Sucht Planeten auf, die noch kein Mensch betreten hat. Und dabei fällt mir etwas ein. Wo ist eigentlich …?«

»Der Schuppen in der Gasse hinter dem Abfallhaufen«, gab Dalise Auskunft. »Die Arbeit beim Vermessungsdienst muss Spaß machen. Ich wünschte, ich wäre Terranerin.«

Bob Johnson stieß sie mit dem Ellenbogen an. »Halte darüber den Mund, Schätzchen, aber gerüchtweise verlautet, der Kommandeur denke daran, Eingeborenen den Eintritt in den Dienst zu erlauben. Das Problem dabei ist, dass die meisten planetengebundenen Völker auch kulturgebunden sind. Was mich daran erinnert …« Er trank sein Glas aus und bestellte noch ein Bier. »Warum kann niemand auf diesen gottverlassenen Grenzwelten eine anständige Pizza machen?«

Linda Sanchez kam von dem Häuschen hinter dem Weißen Cralmac zurück und machte sich daran, einen vollen Krug und einen vollen Teller zu leeren. »Nimm ein bisschen ab, und ich glaube, du könntest es versuchen. Chuck, kannst du dem Skipper nicht von den dreien hier erzählen? Mal sehen, was passiert.«

»Woher sollen wir wissen, ob sie dann auch kommen?«, fragte Chuck Baker.

Catlyn und Ariane sahen sich an. »Wir kommen«, versicherten sie den Terranern.

Alle sieben schwankten Arm in Arm die Straße hinunter und sangen: »Mutter war Bewahrerin in dem Turm von Arilinn ...«, als Allegra, die an diesem Morgen mit Melken an der Reihe war, mit zwei vollen Eimern aus dem Stall kam. Die Amazone kannte ihre Pflicht.

»Ariane! Catlyn! Dalise! Meldet euch sofort bei der Gildenmutter und gebt einen vollständigen Bericht über dieses schändliche Benehmen ab! Ihr seid euch wohl überhaupt nicht im Klaren darüber, welche Folgen euer schändliches Benehmen ...«

»Das ist das zweite Mal«, stellte Catlyn mit Interesse fest. »Meint ihr nicht, sie sollte sich ein paar neue Wörter einfallen lassen?«

»Bedeutet euch der gute Ruf, den wir mit solcher Mühe in Jahrhunderten aufgebaut haben, denn gar nichts? Skandalös betrunken! Verkehr mit fremden Männern!«

»Zum Verkehr haben wir gar keine Gelegenheit bekommen«, widersprach Ariane ihr in aller Gemütsruhe.

»Mit Terranern! Außenweltlern!«

Die vier jungen Vermessungsleute hätten es mit einem Mann aufgenommen, fanden aber, dass hier die Vorsicht der bessere Teil der Tapferkeit sei. Auf Darkovanisch konnten sie es mit Allegra, die die Nachbarschaft zusammenschrie, doch nicht aufnehmen. »Bis auf bald, Mädchen«, sagte Dave Mittelstadt und entfloh.

Gildenmutter Julienne war nicht erfreut. Hinter geschlossenen Türen sagte sie: »Die Vorschrift einer Hauszeit von sechs Monaten hat ihren Grund. Frauen, die nicht unter dem Schutz ihrer Familien leben, müssen lernen, äußerste Diskretion walten zu lassen und absolut nichts zu tun, was möglicherweise einen Schatten auf den Ruf der Gilde werfen könnte. Andernfalls bekämen die Leute eine falsche Vorstellung von uns, und das bedeutete Ärger für alle Beteiligten. Wir haben nichts dagegen, wenn ihr gelegentlich zusammen ausgeht – nachdem ihr gelernt habt, euch schicklich zu benehmen! Entsagende betrinken sich nicht in aller Öffentlichkeit, sie fangen keine Unterhaltung mit fremden Männern an und lassen sich nicht von ihnen einladen, und sie machen unserer Welt keine Schande, indem sie sich vor Terranern wie Straßenmädchen aufführen! Habt ihr mich verstanden?«

Ariane schloss den Mund, der während der ganzen Strafpredigt offen gestanden hatte. »Ja, völlig, Gildenmutter!«

Julienne nickte. »Gut. Ihr habt euch wie Kinder benommen. Ihr werdet wie Kinder behandelt werden. Für die nächsten vierzig Tage bleibt ihr außer für die Unterrichtsstunden, die euch zugewiesene Arbeit und die Mahlzeiten auf eurem Zimmer. Ihr könnt gehen.«

Diesmal warteten sie mit dem Explodieren, bis sie in ihrem Zimmer waren. »Aber wir haben doch gar nichts Böses getan!«, jammerte Dalise.

»Doch.« Catlyn zeichnete mit dem Schreibstift, den sie für schriftliche Hausaufgaben benutzte, eine am Galgen hängende Frau auf die Wand. »Wir haben die Sechs-Monats-Vorschrift gebrochen. Und wir haben uns erwischen lassen.«

»Allergica ist ein Schmutzfleck auf dem Gesicht der Gilde«, meinte Ariane matt.

»Kein Schmutzfleck, ein Haufen Scheiße«, fiel Catlyn heftig ein. »Wisst ihr schon, dass sie mich dauernd meines *Haars* wegen meldet?«

»Das tut sie nur, weil ihres nicht so schön ist wie deins«, antwortete Dalise. Sie sahen sich alle drei an und grinsten.

Ihre Tür war nicht abgeschlossen, und die Gildenehre verbot einen Wachposten. Catlyn, die Kleinste und Behändeste, öffnete sie mitten in der Nacht und schlich sich auf der Suche nach einem Rasiermesser, mit dem sie ihre Rache ausüben könnten, in die Abstellkammer. »Ich konnte keins finden«, entschuldigte sie sich später. »Aber ich habe etwas mitgebracht, das uns davor bewahren wird, uns zu Tode zu langweilen.«

»Wo willst du denn Papier hernehmen?«, fragte Dalise.

Catlyn zuckte die Schultern. Ariane sah sich im Zimmer um. »Das ist ein sehr trister Raum«, meinte sie. »Die Wände könnten ein bisschen Dekoration vertragen.«

So staunte das ganze Gildenhaus über die Fügsamkeit, mit der die drei Übeltäterinnen die Strafe hinnahmen. Sie waren sehr fleißig beim Unterricht und kamen ihren verschiedenen Pflichten gewissenhaft nach.

Den Plan, Allegra den Kopf zu rasieren, hatten sie für eine Weile zurückgestellt.

Zehn Tage nachdem sie im Morgengrauen erwischt worden waren, rief die Gildenmutter sie zu sich. Sie war so zufrieden mit ihnen, wie sie es aller Wahrscheinlichkeit nach jemals würde sein können. »Der terranische Koordinator in Port Chicago hat mit mir darüber gesprochen, er wolle darkovanische Frauen zum Vermessungsdienst zulassen, *falls* wir ihm beweisen, dass wir uns zwischen den Welten zu benehmen wissen und befähigt sind, die Arbeit zu lernen. Anscheinend haben wir euch für die Idee zu danken. So ist doch noch etwas Gutes bei eurer Eskapade herausgekommen.«

Die drei sahen sich voller Freude an. Dann fuhr die Gildenmutter fort: »Das erste versuchsweise Kontingent wird bestehen aus Allegra n'ha Felicitas, Bruna n'ha Callista ...«

»Nicht Bücherwurm Bruna!«, schrie Dalise auf.

»Dalise n'ha Dionie!«, fuhr Gildenmutter Julienne sie an. »Wenn du nicht lernst, deine Impulsivität und dein Temperament zu zügeln, wirst du nie auch nur die Chance bekommen, mit dem Kommandeur des Vermessungsdienstes zu reden! Terraner legen großen Wert auf das Lesen und Schreiben. Ich habe die ausgewählt, die darin gut sind und uns bestimmt nicht durch eine unüberlegte Handlung Schande machen werden.«

»Die Terraner, die wir kennen gelernt haben, schienen sich nicht viel Gedanken über Ehre und Schande zu machen«, sagte Ariane und lehnte sich auf ihrem Stuhl zurück. »Sie amüsierten sich, genau wie wir.« Sie lehnte sich zu weit zurück, und ihr Stuhl kippte um. Treuherzig meinte sie: »Das ist mir kein einziges Mal passiert, während ich mit ihnen zusammen war.«

Gildenmutter Julienne kam zu dem Schluss, es sei hoffnungslos. »Nun, ich dachte nur, ihr würdet es gern wissen wollen«, sagte sie und entließ sie wieder.

Sie kehrten in ihr Zimmer zurück. Auf der Wand prangte jetzt ein Bild mit einem Paar beim Picknick, hinter ihnen ein wütender Bulle und in einer Ecke ein kleiner Junge, der nackt badete. Allegra war von dem Bullen in eine andere Ecke geschleudert worden und lag dort in sehr unwürdiger Stellung. Gedankenverloren zeichnete Catlyn ein Raumschiff mit einem Hintergrund aus Sternen und Monden.

Das Wandbild wurde fertig, kurz bevor die Zeit ihres Zimmerarrests zu Ende ging. Ariane zählte ihre wenigen noch übrigen Kupfermünzen. »Das muss gefeiert werden«, erklärte sie. »Und diesmal wird man uns nicht erwischen, da Allergica inzwischen Missstände bei den Terranern aufdeckt.«

Dalise fasste nach ihrem besten gestickten Hemd. »Dann los!«, jauchzte sie.

Wieder kletterten sie den Baum hinunter und über die Mauer. Mit der schwachen Hoffnung, ihre Freunde oder auch andere Terraner zu treffen, machten sie sich zum Raumhafen auf. Sie mussten an dem Haus der roten Laternen vorbei, und ein draußen herumlungernder Zuhälter rief sie an: »Sucht ihr Arbeit, Mädchen? Ich kann euch welche beschaffen.« Dem ließ er unter Gegacker Bemerkungen über ihr Aussehen folgen. Seine Mädchen, die aus den Fenstern hingen, zollten ihm durch ihr Lachen Beifall.

Ariane sah Dalise an. Sie näherte sich ihm von links, Dalise von rechts, und schon lag der Zuhälter am Boden. Er versuchte, ein Messer zu ziehen, und schleuderte ihnen eine Vielzahl phantasievoller Flüche entgegen, beginnend mit Verunglimpfungen ihrer sexuellen Neigungen. Und die Mädchen riefen Schimpfwörter und machten unanständige Geräusche, verließen ihre Fenster aber nicht.

Arianes Faust krachte gegen den Kiefer des Zuhälters, worauf er von neuem zu Boden ging. Inzwischen hatte Catlyn ein Töpfchen mit roter Farbe ergriffen und schmückte die Mauer des Bordells mit einem frechen Slogan: AMAZONEN AN DIE MACHT! Dann liefen sie davon.

Am Raumhafen angekommen, lachten sie immer noch. Als sie um eine dieser rechtwinkligen terranischen Ecken biegen wollten, kam ihnen von der anderen Seite ein Terraner entgegen und stieß mit Dalise zusammen, so dass beide umfielen.

Der Terraner stand auf. »Ich bitte um Verzeihung, *mestra*«, sagte er steif in formellem Darkovanisch.

Dalise rieb sich den Kopf. »Tut mir Leid. Ich hätte besser aufpassen sollen. He! Wenn Ihr Terraner seid, kennt Ihr dann vielleicht Linda Sanchez, Bob Johnson, Dave Mittelstadt und Chuck Baker?« Sie sprach die fremden Namen sehr sorgfältig aus. »Sie sind bei der Vermessung. Einer von ihnen wollte seinem Kommandeur über uns berichten.«

Der Terraner sah die Mädchen nachdenklich an. Catlyn bemerkte plötzlich, dass ihre Hände ganz voll roter Farbe waren. Sie kicherte. »Nur ein kleines Kunstwerk.«

Ariane reichte dem Fremden die Hand und sagte in dem reinen, flüssigen, formellen Darkovanisch des Hochadels: »Ihr ehrt unser Haus, Sir ...?«

»Randolph Lawrence, *mestra*. Gibt es noch eine Organisation ähnlich den Entsagenden von Port Chicago, von der ich bisher nicht gewusst habe?«

»Wir sind vom Gildenhaus in Port Chicago«, antwortete Ariane. »Kennt Ihr unsere Freunde?«

Randolph Lawrence zog ein schwarzes, viereckiges Gerät aus der Tasche und berührte es. Eine Reihe Buchstaben des terranischen Alphabets kroch über den Schirm ... Ihnen mit den Augen folgend, fragte er: »Kennt ihr Mestra Allegra n'ha Felicitas und Mestra Bruna n'ha Callista?«

»Den Bücherwurm und Allergica«, nickte Dalise. »Besser, als mir lieb ist.«

»Sie sind unsere Schwestern in der Gilde.«

»Stiefschwestern. Böse.«

Lächelnd bot Randolph Ariane den Arm. »Junge Damen, ich würde sehr gern einmal mit eurer Gildenmutter sprechen. Könntet ihr das arrangieren?«

Ein schriller Schrei zerriss die Nacht. »Da sind sie!«, rief der wütende Zuhälter. Hinter ihm kamen zwei Männer in der schwarz-grünen Uniform der Stadtgarde und, mit grimmigem Gesicht, Gildenmutter Julienne.

»Ich glaube, das ist schon arrangiert«, stellte Catlyn fest.

Gildenmutter Julienne presste die Hände fest zusammen, als wolle sie sie daran hindern, die drei Übeltäterinnen mit Ohrfeigen einzudecken. »Ich fürchte, das bedeutet das Ende eurer Laufbahn in der Gilde«, sagte sie sehr ruhig, »es sei denn, ihr könnt den Wunsch und die Fähigkeit nachweisen, Disziplin zu halten.«

»Verzeiht mir, *mestra*, wessen haben sie sich schuldig gemacht?«, fragte der Terraner.

Gildenmutter Julienne biss sich auf die Lippe. »Tut mir Leid, das ist eine interne Angelegenheit, Sir. Nicht einmal der terranische Koordinator darf über die Gildendisziplin richten. Beziehungsweise den Mangel an Disziplin.«

»Mein Hurenhaus!«, schrie der Zuhälter. »Sie haben mein ganzes Hurenhaus mit Amazonen-Slogans beschmiert, und ihr Lesben werdet dafür bezahlen!«

Der terranische Koordinator fing an zu lachen. »Ich schlage vor, dass sie es einfach säubern. Unter der Aufsicht ihrer Gildenschwestern natürlich. Ich bin sicher, zwei meiner Schülerinnen können dafür lange genug vom Unterricht beurlaubt werden. Und dann, *mestra*, würde ich mit Euch gern über die Möglichkeit reden, diese drei jungen Damen für den Vermessungsdienst anzuwerben. Ihre Fähigkeit, mit terranischem Personal auszukommen, haben sie gewiss unter Beweis gestellt!«

Kurze Zeit später sagte Randolph Lawrence unter dem Schild des Weißen Cralmacs: »Wir waren kurz davor, das Projekt abzublasen, und wollten den Gedanken, darkovanische Frauen für den Vermessungsdienst anzuwerben, fallen lassen, als diese drei auftauchten. Ihr müsst wissen, *mestra*, dass man im Vermessungsdienst mit allen Rassen und Kulturen arbeiten muss, von denen viele unterschiedliche Sitten und Verhaltensweisen haben. Dazu gehört die Fähigkeit, mit Leuten, die einem anderen Sittenkodex folgen, zurechtzukommen, und leider muss ich sagen, dass die Kandidatinnen, die Ihr mir schicktet, sich als viel zu kulturgebunden erwiesen.«

Die drei Mädchen hatten den Ausdruck schon einmal gehört; Gildenmutter Julienne musste nach seiner Bedeutung fragen. Der terranische Koordinator antwortete: »Starr, überkontrolliert, unfähig, die leiseste Verletzung dessen zu dulden, was die Heimatwelt unter Anstand versteht. Sie hatten nicht die kleinste Chance, über die Grundausbildung hinauszukommen. Diese drei hingegen ...«

»Diese drei sind ganz und gar unfähig, Disziplin zu wahren«, unterbrach die Gildenmutter ein bisschen traurig.

Der terranische Koordinator erinnerte sich an eigene Erlebnisse und lächelte. »Militärische Disziplin?«, fragte er liebenswürdig.

Zum ersten Mal, seit Ariane, Catlyn und Dalise zu ihnen gekommen waren, grinste die Gildenmutter breit. »Ich glaube, wenn sie erst einmal ihre Grundausbildung bei uns abgeschlossen haben, wäre es eine ausgezeichnete Idee! Aber nur, wenn ihr mir schwört, dass ihr euch zusammennehmt, bis eure sechs Monate um sind!«

Ganz ernst erklärte Ariane: »Ich schwöre es, Gildenmutter.« Schließlich waren es ja nur noch ein paar Monate, und *der Koordinator* hatte keinen solchen Eid von ihr verlangt. Sie fing an, sich zu überlegen, welche Streiche man wohl an Bord eines Raumschiffs veranstalten könne.

Über Susan Shwartz und »Wachsende Schmerzen«

Eine Geschichte von Susan Shwartz erschien zum ersten Mal im *Preis des Bewahrers*, und seitdem war sie mit Arbeiten in dem Science-Fiction-Magazin *Analog* und vielen Anthologien vertreten, darunter zweien, die sie selbst herausgegeben hat: *Hecate's-Cauldron* (DAW 1982) und *Habitats* (DAW 1984).

Man könnte meinen, »Wachsende Schmerzen« sei als Gegenpol zu einer anderen Geschichte in dieser Anthologie geschrieben worden, nämlich zu Pat Mathews' »Mädchen bleiben Mädchen«. Hier wiederholt sich das Thema aus *Gildenhaus Thendara,* dass Außenseiter einer bestimmten Gesellschaft, die ins Gildenhaus eintreten, dort ebensolche Anpassungsschwierigkeiten haben können wie da, wo sie hergekommen sind. Die beiden Erzählungen kommen zu einem ähnlichen Schluss, sind aber so verschieden wie ihre Autorinnen.

Susan Shwartz lebt als Single in New York und arbeitet in der Werbung und den Medien. MZB

Wachsende Schmerzen

von Susan Shwartz

Sei still, Catriona, oder du musst den Raum verlassen«, befahl Mutter Rayna.

Im Musikzimmer war es kalt, aber Catriona n'ha Mhari zitterte nicht deswegen, sondern vor Zorn. Sie sprang auf die Füße. Die anderen Entsagenden aus ihrer Schulungsgruppe drängten sich zusammen, und bei den meisten flossen bereits Tränen. Die Waffenmeisterin hatte Doria einen Feigling genannt. Die Köchin hatte Pavella der Faulheit beschuldigt. Und sie war eine Wichtigtuerin genannt worden, deren Zunge in der Mitte festhänge und an beiden Seiten plappere, nur weil sie Fragen gestellt hatte.

»Verwöhntes Baby, setz dich hin und halt den Mund, bis wir dir sagen, du sollst aufstehen!«

Catriona hatte es satt, im Haus eingesperrt zu sein, sie ertrug die Schulungssitzungen nicht mehr, und am meisten ging es ihr auf die Nerven, dass sie jederzeit angesprochen werden konnte, wenn sie lernen wollte. Man warf ihr vor, sie höre nicht zu oder denke nicht nach, und das nur, dachte sie grollend, weil sie die Dinge nicht auf ihre Art sah.

Der Zorn ließ das Bild vor ihren Augen verschwimmen, und sie musste schlucken, damit ihre Stimme nicht bebte. »Ich habe genug davon! Und ich habe auch von euch genug! Ich glaube, es macht euch Spaß, uns zu Spielen mit euch zu zwingen, die wir nicht gewinnen können. Wenn Sheera sich die Haare bürstet, ist sie eitel, wenn sie es nicht tut, ist sie schlampig. Wenn ich Fragen stelle, bin ich unverschämt, aber wenn ich gehorche, tue ich es nur, um mich Liebkind zu machen. Glaubt ihr wirklich, wir müssen das erdulden, um frei zu sein?

Ich habe schon freundlichere Worte von Trockenstadt-Händlern gehört!«

Die älteren Frauen reagierten mit empörten Ausrufen auf diese letzte Behauptung, von der Catriona selbst sehr wohl wusste, dass es nichts als Bosheit von ihr war. Aber das geschah ihnen recht, dachte sie. Sie hob ihre rau gewordene Hand, warf ihr kragenlanges rotes Haar zurück und schrie ebenso laut: »Genug! Ich gehe weg von hier, und das könnt ihr euch in den Hals stopfen, bis ihr daran erstickt!«

Mutter Lauria, eine der ältesten Frauen im Gildenhaus Thendara, seit langem von ihrem Amt zurückgetreten und sehr geliebt, sah mit alterstrüben Augen auf.

»Wohin willst du gehen, *chiya?*«, fragte sie. Ihre Stimme war so sanft, dass Catriona fürchtete, sie werde anfangen zu weinen. Dann würde ihre Entschlossenheit dahinschmelzen, sie würde versprechen, es noch einmal zu versuchen, und man würde sie zu einer echten kleinen Amazone ummodeln, genau wie andere darkovanische Mädchen zu Ehefrauen erzogen wurden.

»Zu den *Terranan!*«, zischte sie. »Und wenn ich euch alle über den Rand einer Klinge wieder sehe, wird es früh genug sein.«

Manche Menschen lernen nur durch ihr Handeln. Aber, Kind, sei vorsichtig mit dem, was du dir wünschst. Du könntest es bekommen. Laurias Lippen bewegten sich nicht, und niemand sonst schien ihre Worte zu hören. Catriona erkannte, dass der seltsame, unausgebildete Teil ihres Verstandes sie den Gedanken der alten Frau entnommen hatte. Das war wieder *laran* gewesen. Das *laran* hatte sie als Kind kränklich gemacht, verwundbar gegen Anschuldigungen, sie spioniere. Als sie älter wurde, merkte sie, dass es nur eine andere Art des Sprechens war – und sie träumte davon, mehr darüber zu lernen, in Neskaya, das den Ruf hatte, auch solche mit *laran* begabten Personen aufzunehmen, die keine echten Comyn waren. Sie ging hin, und die *leroni* wollten nicht einmal mit ihr reden. Mit dem Aufstieg und Fall des Verbotenen Turmes hatten sich die Zeiten auf gefährliche Weise verändert.

Was war ihr da noch übrig geblieben? Sie war nicht Comyn; eine Heirat mit einem Mann, der ihre eigentümlichen Gaben teilte, lag außerhalb ihrer Reichweite, selbst wenn sie sich gewünscht hätte zu heiraten. Eine Ehe mit einem der Kopfblinden wäre wie eine Paarung mit einem Cralmac gewesen: unvorstellbar. Catriona hatte überlegt, welche andere Wahl sie hatte, und war ins Gildenhaus gekommen. Sie hatte gehofft, hier Wissen zu erwerben, das sie unabhängig von den Launen von Vormund, Turm, Hastur oder sonst jemandem machen würde. Entsagende lernten, was sie wollten, gingen, wohin sie wollten – sogar unter die Terraner. Catriona hatte einen Pflegebruder, halb Terraner und ganz im Stich gelassen, bis ihre Familie ihn aufgenommen und ernährt hatte. Glücklicher Ann'dra. Mit vierzehn war er zum Raumhafen gegangen, hatte seinen abgetragenen Kilt gegen schwarzes Leder und sein Messer gegen einen der verbotenen Laser des Terranischen Imperiums eingetauscht. Jetzt sprach er sowohl mit Darkovanern als auch mit Terranern, vielleicht sogar mit den seltenen, exotischen Nichtmenschen, die durch die schmalen Straßen der Handelsstadt glitten.

Ann'dra hatte versprochen, ihr zu helfen, dass auch sie Arbeit bei den *Terranan* fand. Als sie das gegenüber den anderen Frauen erwähnte, hatte man ihr den Eid vorgehalten ... *dass ich keinen Mann um Schutz bitten werde.* Das war kein Schutz! Ann'dra wollte nur die Chancen ausgleichen, aber das sahen sie nicht ein.

Sie hatte das Musikzimmer verlassen, und ihre Füße klapperten mit würdeloser Geschwindigkeit auf den breiten Stufen, die zur vorderen Halle führten. Sie rutschte aus und wäre beinahe der Länge nach gegen die schwere, dunkle Holztür gefallen. Das Wissen, wie lächerlich jemand aussieht, der treppauf fällt, gab ihr die Kraft, die Türflügel weit aufzustoßen und einen dramatischen Abgang zu bewerkstelligen. Der Krach, mit dem sie zufielen, ließ bei der Hälfte aller Häuser auf der Straße die Fensterläden klappern.

Leichter Regen fiel vom verhangenen, violetten Abendhimmel und kühlte ihr Gesicht. Kleine Monde leuchteten grün herab. Die durchscheinenden Fensterscheiben des Gildenhauses und die Pfützen auf der Straße warfen das letzte trübe Licht der blutigen Sonne zurück.

Und was jetzt?, dachte Catriona.

Sie trat zurück und suchte nach dem Turm des Terranischen Hauptquartiers. Obwohl die gedrungenen, überhängenden Dächer dieses Viertels von Thendara einen großen Teil des Himmels verdeckten, sah sie ihn schließlich in seiner ganzen arroganten Höhe emporragen. Sie brauchte ihn nur im Auge zu behalten. Hatte sie erst einmal das erreicht, was bei den *Terranan* als Tor galt, würde sie ihren Namen und den ihres Pflegebruders nennen. Er würde *ausgerufen* werden (so lautete das Wort), und dann würde er kommen und ihr helfen, eine anständige Arbeit zu finden, bei der sie mit Terranern reden und die großen Schiffe sehen konnte – vielleicht sogar die Welten, von denen sie gekommen waren. Sie hatte sich bereits ein bisschen Terranisch angeeignet, nicht nur die Flüche, über die sie und ihre Freundinnen gekichert hatten, sondern wichtige Ausdrücke wie *medizinische Technologie, Computer, Handelsbeschränkungen* und *Kolonien*. Der Göttin sei Dank, dass sie so schnell lernte!

In der Nähe der Terranischen Zone veränderten sich die Straßenlaternen sehr merkwürdig. Zunächst einmal gab es mehr von ihnen, und sie leuchteten in einem bedrückenden Gelb, ganz anders als das gemütliche Dämmerlicht des Gildenhauses. Unter dem scharfen Licht warfen Männer (und ein paar Frauen) in dem glatten schwarzen Leder der Raumpolizei, anstößige Laser an den Hüften, unmöglich lange Schatten und starrten sie unverschämt an, eine Fremde, dünn für ihr Alter und – was uncharakteristisch für sie war – unsicher.

Die erste Frau, an die sie sich um Auskunft wandte, hatte Mitleid mit ihr. »Falls Ihr zum *Checkpoint* wollt«, sagte sie in katastrophalem *cahuenga*, »da geht es entlang.«

Der Wachposten beäugte sie misstrauisch, bis er zu dem Schluss kam, sie sei tatsächlich ein Mädchen. Seine Gefälligkeit verbunden mit seiner Skepsis, was ihre Erklärung betraf, banden ihr die Zunge. Seine Augen musterten ihren dünnen Körper von oben bis unten, und sie versteifte sich vor Entrüstung. Glaubte er wirklich, sie sei schwanger und versuche Ann'dra hereinzulegen, dass er das Kind anerkenne? Sie blinzelte die Zornestränen weg und hielt sich vor, dass sie, mit seinen Augen betrachtet, in Wahrheit Ketten trug. Geduldig wiederholte sie ihre Geschichte, bis sie den Mann schließlich so weit hatte, dass er Ann'dra *ausrufen* ließ.

Und war es nicht Zandrus Pech, dass er dienstlich unterwegs war? Catriona entzog dem Wachposten ihre Hand, die er nicht gerade väterlich streichelte, und ging wieder. *Andrew* (wie man ihn hier nannte), wurde innerhalb von zehn Tagen zurückerwartet. Das hatte gerade noch gefehlt.

Was im Namen der Sieben Höllen sollte sie bis dahin anfangen?

Kein Wunder, dass die Entsagenden sie einen Hitzkopf genannt hatten. Sie war aus dem Gildenhaus fortgelaufen, ohne Mittel, ohne rechten Plan ... oh, was hatte sie eine Menge zu lernen! Vielleicht hatten die Frauen im Musikzimmer versucht, sie vor den Folgen ihrer Unbesonnenheit zu schützen. Vielleicht hatten sie Recht, wenn sie sagten, unter diesem roten Haar stecke kein Gehirn, sondern nur Feuer und Rauch.

Sie hätte ihre Flucht besser vorbereiten sollen. Jetzt würde sie Pläne machen müssen.

Catriona holte tief Atem und bereute es sofort. Ihr Magen knurrte und erinnerte sie daran, dass sie das Abendessen ausgelassen hatte, um sich an dem Apfelwein und den Kuchen, die üblicherweise nach den Schulungssitzungen verteilt wurden, gütlich zu tun. Ohne rechte Hoffnung steckte sie die Hand in die Tasche. Sie hatte sehr wenig Geld, und das, was sie hatte, musste sie für eine Unterkunft aufbewahren, bis sie Arbeit fand. Welche Fähigkeiten konnte sie anbieten? Körperliche Kraft, Begabung zum Erlernen von Sprachen, Erfahrung mit dem Messer, mit Pferden und *chervines* – wenn es zum Schlimmsten kam, konnte sie Geschirr spülen. Das Gildenhaus hatte sie in all dem ausgebildet, und damit rührte sich zum ersten Mal ihr Gewissen, das sie ihr Leben lang quälen sollte, wegen des gebrochenen Eides.

Nachdenklich rieb sie sich das Ohr, und dann lächelte sie. Ihr Ohrring, wie ihn jede Entsagende trug, war das Geschenk einer Eidesschwester. Er war aus Kupfer und würde ein hübsches Sümmchen bringen, wenn sie ihn versetzte. Der Gedanke tat weh, ebenso ihre Überzeugung, dieser Schmuck stehe ihr nicht mehr zu. Sie gelobte sich, ihn wieder auszulösen, sobald sie eine legale Beschäftigung gefunden hatte, auch wenn sie den Ohrring wahrscheinlich nie wieder tragen würde.

In den Straßen um die Terranische Zone fand sie einen Händler, der zu arm, um wählerisch, aber den terranischen Sicherheitskräften zu nahe war, um ein Dieb zu sein. Er hatte ein kluges Gesicht und kastanienbraunes Haar, im Terranan-Stil kurz geschnitten, und er sprach Darkovanisch mit einem Akzent, der in Catriona den Verdacht hervorrief, es sei nicht seine Muttersprache. Er feilschte auch nicht, wie es ein normal betrügerischer Kaufmann tun würde. *Wenn du schon Pferde stiehlst, dann stehle reinrassige,* dachte Catriona und steckte nach einem Handel von fünf Minuten vergnügt die Münzen ein. Dann fiel ihr auf, wie er ihr Haar betrachtete, wie sein Blick von da auf ihren Hals niederglitt. Sie musste sich beherrschen, dass sie nicht die Hand hob und die dünne Kupferkette berührte, die sie seit ihrer vergeblichen Reise nach Neskaya immer getragen hatte. *So viel können wir dir nicht verweigern*, hatte die *leronis* gesagt. An der Kette hing ein Lederbeutelchen, und darin lag, obwohl sie sie nicht benutzen konnte ...

Einmal hatte sie mitgehört, wie Domna Keitha und eine andere von der Schwesternschaft über die ungesunde Neugier der *Terranan* in allem, was *laran* betraf, sprachen. Sie war errötet, weil sie einen der Matrix-Kristalle trug: ein Spielzeug vielleicht, nutzlos, da sie nicht darin ausgebildet war, es zu benutzen, nicht einmal das Halbwissen besaß, das einem der Klatsch manchmal zuträgt. Die Unterhaltung brach in dem Augenblick ab, als Catriona in Hörweite kam. Sie spürte, dass viele Leute ungern über *laran* oder die Comyn sprachen, vor allem nicht vor ihr, die sie rothaarig und verkrampft und voller wunderlicher Vorstellungen war. Früher hatte sie nach einem wilden Traum oder bevor sie blutete Schwindelanfälle und Ohnmachten gehabt, doch das war, Evanda und Avarra seien gepriesen, vorbei.

Dieser Händler zeigte zu viel Neugier wegen der Kette. Er hob eine dünne Augenbraue, streckte den Zeigefinger aus und berührte mit ihm beinahe den in ihrer Jacke verborgenen Beutel.

Das Licht in dem schäbigen Laden wurde rot, Catriona fühlte Schweiß an ihren Rippen hinunterlaufen, hörte das Knistern von Flammen, und dann ... *Der eine Mann war groß, und sein Haar war hell wie das eines Trockenstädters, wo es nicht schon grau war. Der andere Mann war schmächtiger, sein Haar zeigte das Rot der Comyn, obwohl es stark mit Weiß durchsetzt war. Sie standen neben Zwillingsschwestern, und*

Flammen umloderten sie und kamen näher und näher. An-
fangs suchten die vier Menschen nach einem Fluchtweg, dann
rückten sie eng zusammen und blickten in einen großen blauen
Kristall, in dem das Gesicht einer dunkleren Frau erschien,
warnend ... und dann hüllten die Flammen sie ein. Sie waren
verschwunden ...

Überwältigt von der Warnung, dem Bedauern und, ja, einem seltsamen Triumphgefühl schwankte Catriona und führte
die Hand an die Stirn.

»So?«, murmelte der Pfandleiher. »Noch eine vom Verbotenen Turm?«

Er hatte seine Hände unter der Ladentheke, und der Blick in
seinen Augen gefiel Catriona gar nicht. Sie schüttelte den
Kopf und ging schnell davon.

Gleich darauf verdammte sie ihre Schwäche. Offenkundig
war sie in etwas hineingeplatzt, das sehr gefährlich aussah.
Mal sehen, ob ich verschwinden kann, dachte sie. Dreimal bog
sie unvermittelt ab und gab sich Mühe, dass es wie unabsicht-
lich aussah. Sie warf einen Blick zurück. Niemand schien ihr
zu folgen. Sie ging an Verkaufsständen und schmalen Laden-
fronten vorbei. Als sie der Feuchtigkeit wegen den Kragen
hochschlug, hörte sie das alte Gemurmel hinter sich: »*Tallo*«,
dazu bösere Wörter, gezischte Bemerkungen über Feuer, verbotene Kräfte, einen niedergebrannten Turm ... Sie musste unbedingt ihr Haar bedecken.

Vor einem Kleiderladen blieb sie stehen und suchte in den
Körben, die praktisch mitten auf der Straße auslagen, bis sie
eine gebrauchte Mütze fand. Sie fragte nach dem Preis.

Zu ihrer Verwunderung sagte man ihr, man würde sich
nicht im Traum einfallen lassen, Geld von ihr zu nehmen oder
ihr eine so unwürdige Mütze zu geben ... süße Avarra, man
wollte ihr tatsächlich die Marlpelzmütze schenken, die an der
Wand ausgestellt war! Eine so vornehme Mütze würde sie ver-

dächtig machen. Schließlich kam es zu einem Kompromiss. Catriona nahm eine dicke, warme Wollmütze an, die mit weniger prächtigem Rabbithornfell besetzt war. Nachdem sie ihr rotes Haar bedeckt hatte, machte sie sich auf die Suche nach einer Imbissstube.

Die Vorsicht verlangte, dass sie nachdachte, bevor sie einfach in die erste hineinspazierte. Die hier sah zu teuer aus. Wenn Ann'dra zehn Tage lang fortblieb, musste sie auf ihr Geld aufpassen. Außerdem, dachte sie mit Galgenhumor, wenn sie ihr Haar bedeckte, musste sie für Essen und Unterkunft bezahlen. Eine zweite Garküche wirkte schmutzig, und sie hatte keine Lust, von verdorbenem Essen krank zu werden. Die nächste war nur zur Hälfte besetzt und recht sauber, wenn auch schäbig. So ging sie hinein. Die Würste, die im Hintergrund kochten, dufteten wundervoll, aber sie bestellte Brei, heiße Milch und Honig zum Hineinrühren, lauter Dinge, die nahrhaft und billig waren.

Als sie den zweiten Becher der gesüßten Milch in Angriff nahm, hatten sich Hunger und Aufregung so weit gelegt, dass sie an andere Dinge denken konnte. Zum Beispiel an ihren gebrochenen Eid. An ihren Jähzorn, der sie hässliche Worte zu ihren Schwestern sagen ließ. Wenigstens war ihre Eidesmutter nicht dabei gewesen. Wie enttäuscht würde Devra sein, wenn man es ihr berichtete!

Catriona schniefte in ihren Becher. Dann wischte sie sich trotzig die Nase. *Fang jetzt bloß nicht mit Heimweh an,* ermahnte sie sich. *Zurückkehren kannst du nicht mehr.* Wie alle Predigten taugte auch diese wenig dazu, ihr neuen Mut zu machen. Göttin, wie würde sie die Zukunft vermissen, die sie weggeworfen hatte! *Ja, Mädchen, nun wirst du dir selbst Eidesmutter und Schwestern sein müssen!*

Sie gelobte sich, Freunde unter den *Terranan* zu finden. Auch das gab ihr nicht viel Auftrieb. Jemand hatte Wasser auf dem Tisch verschüttet und es nicht weggewischt. Die Pfütze spiegelte die Lichter wider und ihr angestrengtes, blasses Gesicht. Das Wasser kräuselte sich, und sie stellte mit Entsetzen fest, dass sie schon wieder weinte.

Denk an etwas anderes als an dein klägliches Ich, Catri! Sie sah sich um. An dem Tisch hinter der Familie mit den beiden kleinen Jungen saß ein großer Mann, der sich vorbeugte und mit einer Frau sprach, dessen konservative Kleidung ihren eindrucksvollen Zügen eigentlich nicht gerecht wurde. Sie kam Catriona bekannt vor, obwohl da ein Ausdruck von einem kürzlich erfahrenen, fast unerträglichen Leid war, den zu sehen wehtat. Die Frau rückte ihren Becher mit Apfelwein zur Seite und sah ihrem Gefährten in die Augen. »Ich habe dir gesagt, du sollst *cahuenga* sprechen.« Sowohl der Blick als auch die Worte erregten Catrionas Aufmerksamkeit.

»Ich finde immer noch, es ist dumm, wenn wir uns in aller Öffentlichkeit treffen.«

»Dummköpfe überleben bei dem Spiel nicht lange«, fuhr die Frau ihn an. »Wo versteckt man eine Nadel am besten? Zwischen anderen Nadeln. Wo versteckst du einen Darkovaner? Zwischen anderen Darkovanern. In der Terranischen Zone wäre ich eine Kuriosität, die Spionin, die über die Mauer gestiegen und« – sie grinste zynisch – »aus der Kälte gekommen ist. Oder, was auch vorkommen mag, vor dem Feuer davongelaufen ist.«

»Quäle dich nicht selbst, Mags«, bat ihr Gefährte und legte die Hand über die ihre. Sie zog sie automatisch zurück. »Nun gut, du sagst, du habest gewusst, ihnen werde ein Unglück zustoßen. Nicht etwa, dass ich das glaube, aber gehen wir einmal von dieser Hypothese aus. Wenn du sie aufgesucht hättest, wärest du nur mit den anderen verbrannt ...«

Die Hand der Frau ballte sich zur Faust, und ihre Lippen pressten sich zusammen. Halt ... die Erscheinung in dem Kristall, der große Mann und der Lord sahen in den Kristall, und darin tauchte das Gesicht der Frau auf, die Mags genannt wurde ... Das war kein richtiger Name.

Catriona machte sich auf ihrem Stuhl ganz klein. *Ihr seht mich nicht,* dachte sie in den Raum hinein. Für einen Augenblick blitzten Lichter auf, und ihr Gleichgewichtssinn versagte. Jetzt wusste sie, dass man sie nicht mehr sah.

»Was hast du vor?«, fragte der Mann. »Dieser neue Legat ist, was die Rückgratlosigkeit angeht, schlimmer als Montray. Der Mann würde sich auch dann nicht einmischen, wenn keine Comyn in die Sache verwickelt wären. Kann deine Gilde dich verstecken?«

»Du wirst meine Schwestern nicht hineinziehen!« Die Frau sprach leise. Ihre dunklen Augen blitzten. »Ich kann mich ihnen jetzt nicht aufdrängen. Wie die politische Situation zurzeit ist, muss man damit rechnen, dass Fanatiker jeden Außenseiter angreifen.«

»Dann ist dir vermutlich klar, Magda, was dir allein noch übrig bleibt.«

Die Frau ließ den Kopf sinken, als habe sie alle Energie, allen Kampfgeist verloren. »Ich weiß. Ich muss Darkover verlassen, nach Alpha gehen und vielleicht die nächste Generation von Nachrichtendienstleuten unterrichten ... Und weißt du auch, was ich ihnen als Erstes beibringen werde? Ich werde sie lehren, niemals die Menschen zu lieben, mit denen sie arbeiten.«

Exil ... ein lebender Tod, fern von meiner Welt, meinen Erinnerungen, meinen geliebten Menschen ... nein, ihrer Asche. Die Qual der Frau fachte Catrionas wildes Talent an und ließ sie zusammenzucken.

»Wahrscheinlich werde ich es überleben«, sagte die Frau.

»Ich verlange dein Wort, dass du an Bord des nächsten von hier startenden Schiffes sein wirst.«

Der Mann stand auf. Sie blickte zu ihm hoch. »Verlangst du auch einen Eid? Den des Dienstes oder den der Gilde?«

Er machte eine halbe Verbeugung. »Dein Wort genügt mir, Margali – wie immer.« Damit entfernte er sich schnell. Catriona wusste, dass er mit der Menschenmenge draußen verschmelzen würde. Verstecke eine Nadel zwischen anderen Nadeln, wie die Frau Margali gesagt hatte. Dann fügte sich alles andere, was sie gesagt hatte, zusammen. Catriona erkannte, dass sie die legendäre Margali n'ha Ysabet belauscht hatte, über die ältere Entsagende viele Geschichten zu erzählen wussten – sie sei Mitglied des Verbotenen Turmes oder Comyn oder Terranan oder tot oder alles auf einmal. Catriona war es nicht gelungen, die Geschichten auf einen Nenner zu bringen.

»Komm heraus, kleine Spionin.« Margalis Stimme traf Catrionas Ohren wie ein kalter Windstoß aus den Hellers. Es war unmöglich, ihr nicht zu gehorchen. Deshalb ging Catriona zu dem Tisch der anderen Frau hinüber.

»Du hast unser Gespräch mit angehört, und ich meine nicht, mit deinen Ohren«, sagte sie. »Nein, du Dumme, nimm deine Mütze nicht ab. Ich weiß, welche Farbe dein Haar hat.« Sie musterte Catriona. »Hat das Gildenhaus dich auf die Suche nach mir geschickt? Göttin, was für junge Dinger setzt man heutzutage dafür ein! Du siehst nicht alt genug aus, um den Eid vor mehr als drei Monaten abgelegt zu haben.«

Catriona errötete und ärgerte sich über sich selbst.

»Wenn das wahr ist, was, bei allen kalten Höllen Zandrus, machst du dann außerhalb des Gildenhauses?«

»Ich bin weggelaufen«, gestand Catriona. Margali sah sie an wie eine der Hausmütter und wartete auf den Rest der Geschichte. »Sie haben mich ständig kritisiert, ich würde lauschen, wenn es mein *laran* war. Sie sagten, ich solle Fragen stellen, und wenn ich es einmal tat, sagten sie, ich solle den Mund halten. Was lernt man dabei anderes, als ihren Vorschriften zu gehorchen, und wie unterscheidet sich das davon, einem Mann zu gehorchen? Deshalb bin ich aus einer Schulungssitzung hinausgestürmt. Und jetzt bin ich meineidig geworden ...« Sie endete mit einem jämmerlichen kleinen Schniefen.

Erstaunlicherweise lächelte Margali fast. »Da sitzt du tatsächlich schön in der Patsche. Es ist, als seiest du einer Lawine entronnen, nur um in ein Banshee-Nest zu stolpern. Was du gehört hast, könnte dich teuer ...« Sie brach ab und legte der Jüngeren die Hand auf den Arm. »Ich hätte mich abschirmen sollen. Aber mach dir keine Sorgen, wenigstens nicht über die Gilde. Während meiner Hauszeit kam ein Mann – ich glaube, sein Name war Shann Mac-Sowieso, aber danach müsstest du Keitha fragen – und versuchte, seine Frau zurückzuholen. Er hatte Schwertkämpfer angeheuert und griff das Haus an. Der eine ergab sich, aber ich war so blind vor Zorn, dass ich ihn trotzdem tötete. Es war verdammt nahe daran, dass ich dafür hinausgeworfen wurde. Sag mir, *chiya*, hast du deinen Wutanfall jetzt überwunden? Könntest du zurückgehen und aus ehrlichem Herzen um Verzeihung bitten?«

Wenn das Mädchen nicht mehr gesehen wird, vergessen sie sie, und dann ist eine Unschuldige weniger in Gefahr. Es überraschte Catriona schon nicht mehr, dass sie Margalis Gedanken so deutlich las.

»Sie würden mich nicht wieder aufnehmen«, sagte Catriona. »Aber mein Pflegebruder arbeitet bei den *Terranan*, und ich hatte die Absicht, zu ihm zu gehen. Nicht, um mir von ihm helfen zu lassen«, erklärte sie voller Verachtung für diese Vorstellung, »er sagte jedoch, ich könne lernen, die gleiche Arbeit wie er zu tun.«

Margalis Geist berührte den ihren, griff nach einer Visualisierung von Ann'dra und zog sich zurück. »Ich kenne ihn. Er wird tun, was er dir versprochen hat. Aber möchtest du nicht lieber in den Zivildienst eintreten, ohne ein solches Chaos hinter dir zurückzulassen?«

Catriona konnte nicht anders als nicken. Der Segen der Gilde bedeutete ihr sehr viel. Margali zögerte, als wäge sie die Risiken gegeneinander ab. Offenbar kam sie dann zu einer Entscheidung.

»Komm mit. Ich werde dich zurückbringen. Abgesehen von der Peinlichkeit wird es nicht allzu schlimm werden. Und um dir die Wahrheit zu sagen, Kind, ich finde, dass du die Peinlichkeit verdient hast.«

Catriona folgte Margali zur Tür hinaus. Sie hätte sich schämen müssen, dass sie die Frau erst belauscht und sie dann mit ihren kindischen Problemen belästigt hatte, während Margali selbst sich in Lebensgefahr befand! Aber ein tieferes Gefühl sagte ihr, auch Margali wünsche sich, ins Gildenhaus zurückzukehren ... *Ich möchte Keitha und Lauria und all die anderen, die sich an meine Shaya erinnern, wieder sehen, bevor ich ins Exil gehe, vielleicht für immer.*

Sie hatten die Hälfte des Weges durch die nassen, engen Straßen zurückgelegt, die sich jetzt mit einer Art glitzerndem Nebel füllten, als Margali stehen blieb. »Hörst du das?«

Catriona brachte es fertig, nicht zu fragen: »Nein, was denn?«, und Margali belohnte sie mit einem kleinen, anerkennenden Nicken. Sie stand ganz still, versuchte, mit all ihren Sinnen wahrzunehmen, was Margali alarmiert hatte, ein Rascheln von Kleidungsstücken oder Schritte weicher Sohlen oder Veränderungen in den Nebelschwaden.

»Dieses eine Mal wäre ich froh, die Stadtgarde zu sehen«, flüsterte Margali. »Ja, ich weiß, *dass ich keinen Mann um Schutz bitten werde* ..., aber es ist ihre Aufgabe. Ich habe keine Lust, mich hier von einer Bande Fanatiker aufspießen zu lassen, die entschlossen sind, die Letzte des Verbotenen Turmes auszulöschen. Und ich will verdammt sein, wenn ich zulasse, dass du mit mir getötet wirst. Ich glaube, es ist besser, wir ändern unsern Plan, Kind. Wenn sie uns angreifen und ich rufe, dann läufst du weg!«

Wollte sie ihr eigenes Leben wegwerfen?, dachte Catriona. Margali versuchte, ihr zu helfen; sie musste ihr beistehen. »Ich werde nicht gehen!«, sprudelte sie trotz Margalis Stirnrunzeln hervor. »Ich bin kein Kind! Ich bin Catriona n'ha Mhari, und auch wenn ich in meiner Wut meinen Schwestern im Gildenhaus davongelaufen bin, dich werde ich nicht im Stich lassen.«

Margali schüttelte den Kopf. »Also erziehen sie die Mädchen immer noch richtig«, bemerkte sie. »Doch wie ich sehe, bist du unbewaffnet davongelaufen. Sehen wir einmal, wie gut du damit bist.« Sie zog ein Messer aus ihrem Stiefel und reichte es dem Mädchen. »Wir gehen weiter, aber beim kleinsten Zeichen deckst du meinen Rücken, und ich decke deinen.«

Catriona zwang sich, gemessenen Schrittes die Straße hinunterzuwandern, näher und näher an das Gildenhaus heran. Die Stelle zwischen ihren Schulterblättern, wo ein geworfenes Messer sie treffen würde, zitterte. Jetzt sah sie die geschnitzte Tür, die sie erst vor ein paar Stunden zugeschmettert hatte. Plötzlich überfiel Catriona eine Ahnung. Sie stieß Margali zur Seite. Dann hörte sie ein Messer dicht neben ihr an eine Mauer klirren.

»Zeigt euch, ihr Schufte!«, rief Margali. Es klang beinahe, als sei sie erleichtert, dass das Schleichen und Horchen jetzt ein Ende hatte. Aber es waren sechs, und sie blickten entschlossen drein.

»Lauf zur Tür und läute die Glocke«, befahl Margali und zog ihr langes Messer. Während die Agentin sich den Männern stellte, stürzte Catriona vorwärts und läutete die Glocke, die von Zuflucht suchenden Frauen benutzt wurde. Dann rannte sie zurück, um Margali zu helfen. Drinnen erklangen Schritte, sie hörte die Waffenmeisterin nach Schwertern rufen und erinnerte sich an ihren Schwur: »Wenn ich euch über den Rand einer Klinge wieder sehe, wird es früh genug sein.«

Früh genug: Genau das war es. Catriona war nie glücklicher gewesen, die grimmigen Gesichter der Waffenmeisterin und ihrer Schwestern zu sehen. Margali hakte den Fuß hinter das Knie eines Mannes und schickte ihn zu Boden. Dann beugte sie sich über ihn, um ihm den Todesstoß zu versetzen.

Rache. Catriona fing Margalis Gedanken auf. *Die Rache ist mein, aber wenn ich sie hier nehme, gefährde ich alle meine Schwestern.*

»Heb dein dreckiges kleines Schwert auf«, zischte sie. »Es ist genug Blut vergossen worden.« Sie spuckte auf den Boden und sah zu der Stelle hinüber, wo die anderen Entsagenden die übrigen Männer niederwarfen. Mit einer verächtlichen Geste rief sie: »Und jetzt verschwindet hier!«

Frauen umringten Margali und Catriona, drängten sie die Treppe hinauf und in die Eingangshalle. Margali erklärte, und Catriona hörte zu. Plötzlich kam Lauria, von Keitha geführt, in die Halle, und Margali schluchzte in ihren Armen. Sie klammerte sich an die kleinere, schwächere Frau wie ein Mädchen, das gerade eben den Eid abgelegt hat. Nach langer Zeit hob sie den Kopf.

»Ich konnte Jaelle nicht retten, aber wenigstens – diese junge Schwester. Erinnert ihr euch an sie?«

Catriona nahm ihre Mütze ab. Ohne den Ohrring fühlte sich ihr Ohr im Licht nackt an. »Ich habe ihn versetzt«, gestand sie. »Ich wollte mit dem Geld Essen und Unterkunft bezahlen, bis ich Arbeit bei den *Terranan* fand ... Ich wollte nur mit ihnen reden, von ihnen lernen, was ich kann, und ... oh, das ist alles ganz gleichgültig, es tut mir *Leid*. Und dann traf ich Margali, und ...«

Wortlos umarmte die alte Frau Catriona. Ihre Wangen waren nass.

»Catriona hat die Angreifer gehört, bevor ich etwas merkte. Und nur ihretwegen ist es mir jetzt nicht mehr gleichgültig, ob ich lebe oder tot bin«, erklärte Margali. »Sag mir, Keitha, erinnert sie dich an jemanden, den du einmal gekannt hast?«

»Ihr Temperament ist ebenso ungestüm wie deins«, bemerkte Keitha. »Oder Jaelles.«

»Das finde ich auch. Und ich finde, dieser ganze Planet ist soeben zu heiß für sie geworden. Wenn ich heute Abend ein Schiff besteige, sollte sie besser mit mir kommen. Ich werde ihre Schulung beenden, und ihr wird ihr Wunsch erfüllt. Vielleicht wird sie es sogar müde, mit Leuten zu reden – und fängt an, stattdessen zuzuhören. Sollte das geschehen, werden wir eine gute Arbeiterin gewinnen – und eine Schwester, auf die wir stolz sein können.« *(Und anfangen, mein Mädchen, kannst du damit, dass du lernst, dein* laran *ein wenig zu kontrollieren – und dein Temperament auch!)*

Eine Reihe bewaffneter, wohlhabend wirkender Entsagender begleitete ihre Schwestern zum Checkpoint und ließ sie dort in der Sicherheit der *Terranan*-Wachposten und der gelben Lichter zurück. Margali und Catriona schlugen die Richtung zum Startplatz ein. Catriona keuchte auf, als der Gleitweg unter ihren Füßen anruckte, und klammerte sich ans Geländer, als er sie in steilem Winkel zur Eingangsschleuse des Schiffes brachte.

Im Innern des Schiffes zuckte sie nicht mit der Wimper angesichts des Sperrfeuers von Fragen und Untersuchungen. Ein Arzt impfte sie mit einer Schachtel voller Nadeln, die summten und stachen. Danach war ihr Arm heiß und geschwollen, und im Kopf fühlte sie einen dumpfen Schmerz.

»Du brauchst die Medikamente, um den Sprung durchzustehen«, erklärte Margali, Catriona war zu benebelt, als dass sie gefragt hätte, was »Sprung« zu bedeuten habe.

»Möchtest du dich hinlegen?«, fragte Margali.

Es würde interessant sein, ihre Kabine zu erkunden, und der Gedanke an ein weiches, ruhiges Bett war ungeheuer verlockend. Trotzdem schüttelte Catriona den Kopf, bereute, das getan zu haben, und ging an ein Bullauge. Sie war kein Baby, und ihr würde nicht übel werden.

Aber als das Schiff in den violetten Himmel stieg und sie von Darkover wegtrug, füllten sich Catrionas Augen mit Tränen. Ganz plötzlich hatte sie schreckliche Angst. *Was habe ich getan?,* fragte sie sich.

Ihr fiel ein, was die alte Lauria gesagt hatte: »Sei vorsichtig mit dem, was du dir wünschst; du könntest es bekommen.«

Dann sah sie aus dem Bullauge auf die unzähligen flammenden Sterne – und erkannte, dass sie es bekommen hatte.

Über Jaida n'ha Sandra und
»Der Eid der Freien Amazonen: Terra, technische Periode«

Jaida, deren ursprünglicher Name Kim lautet, ist seit ihrem siebzehnten Jahr Mitglied meines Haushalts und meine Pflegetochter. Sie hat ihren Namen als Erste *amtlich* auf die Amazonen-Version abgeändert, wahrscheinlich wegen eines Familienstreits, ob sie im College den Namen ihres biologischen Vaters, ihres Stiefvaters oder den Mädchennamen ihrer Mutter tragen solle. Vernünftigerweise schickte sie sie alle zum Teufel und wurde einfach Jaida. Tochter Sandras.

Bei einem Amazonen-Workshop, der vor ein paar Jahren hier in Berkeley stattfand, präsentierte Jaida eine »moderne« oder »terranische« Version des Eides, der in meinen Gedanken die Grundlage für die Brückengesellschaft und als Hintergrund für den jüngsten Darkover-Roman *Die Schwarze Schwesternschaft* benutzt wurde.

Jaida sieht mit ihrem roten Haar und ihren grünen Augen ganz wie eine Darkovanerin aus. Man könnte sie für die Romilly aus *Herrin der Falken* halten. Sie ist Absolventin von UC Berkeley und für die höheren Fachsemester in Linguistik nach Australien gegangen.   MZB

Der Eid der Freien Amazonen:
Terra, technische Periode

von Jaida n'ha Sandra

Von diesem Tag an verzichte ich auf das Recht zu heiraten, außer als Freipartnerin. Kein Mann soll mich besitzen, und ich will in keines Mannes Haus als seine Mätresse wohnen. *Auch werde ich keinen Mann gegen seinen Willen an mich binden oder festhalten.*

Ich schwöre, dass ich bereit bin, mich zu verteidigen, wenn man mich mit Gewalt angreift, und dass ich mich an keinen Mann um Schutz wenden werde.

Ich schwöre, dass ich von diesem Tage an nie wieder unter dem Namen eines Mannes bekannt sein werde, sei er Vater, Vormund, Liebhaber oder Gatte, sondern einzig und allein als Tochter meiner Mutter.

Ich schwöre, dass ich mich von diesem Tag an keinem Mann hingeben werde, wenn es nicht mein freier Wille, mein eigenes Begehren und der von mir gewählte Zeitpunkt sind. Ich werde niemals mein Brot als Objekt der Lust eines Mannes verdienen, *und ebenso wenig werde ich meine Sexualität dazu benutzen, ein menschliches Wesen zu manipulieren oder in eine Falle zu locken.*

Ich schwöre, dass ich von diesem Tag an einem Mann ein Kind nur dann gebären will, wenn es zu meiner eigenen Freude, zu dem von mir gewählten Zeitpunkt und aus freier Wahl geschieht. Ich werde niemals ein Kind aus Gründen gebären, die Erbe und Erbfolge, Haus und Clan, Stolz und Nachruhm betreffen. Ich schwöre, dass ich allein darüber bestimmen werde, wie und wo ein Kind von mir aufgezogen werden soll, und das ohne Rücksicht auf die Stellung oder den Stolz eines Man-

nes, aber unter Berücksichtigung des Bedürfnisses, Vaterliebe zu beweisen, das ein Mann haben mag.

Von diesem Tag an enden für mich alle Verpflichtungen, die ich gegenüber einer Familie, einem Haushalt, einer Gesellschaft oder einer Kirche hatte, sofern diese unbedingten Gehorsam von ihren Mitgliedern verlangen, und beschwöre, dass ich da, wo es mir mein Gewissen gebietet, kämpfen werde, um jene Gesetze zu ändern, die einer zu großen Anzahl lebender Wesen Schaden zufügen.

Ich werde an keinen Mann Rechtsansprüche stellen, dass er mich beschütze, mich ernähre oder mir helfe. Eine Treuepflicht habe ich nur gegenüber meiner Eidesmutter, *meinen bewährten Freundinnen* und meinem Arbeitgeber, solange ich bei ihm beschäftigt bin.

Jede einzelne Freie Amazone soll für mich wie meine Mutter, meine Schwester oder meine Tochter sein, geboren aus einem Blut mit mir, und keine Frau, die ernsthaft meine Hilfe sucht, soll sich vergebens an mich wenden.

Ich schwöre, dass ich von diesem Augenblick an nur den Gesetzen meines Gewissens und des göttlichen Geistes, den rechtmäßigen Befehlen meiner Eidesmutter, meiner wahren Lehrerinnen und meiner gewählten Anführerin gehorchen werde. Ich werde keinem Mann erlauben, über mich zu richten oder den Weg zu bestimmen, den mein Leben nehmen soll. Und wie ich immer wachsam sein will, damit ich alle Versuche, mich zu beherrschen oder Macht über mich zu gewinnen, vereitele, werde ich mich ebenso bemühen, immer ehrlich und ehrenhaft in meinem Umgang mit allen anderen Wesen zu sein. Wenn ich meinen Eid nicht halte, dann werde ich mich der Strafe unterwerfen, die meine Lehrerinnen über mich verhängen, und sollte ich das nicht tun, dann mag sich die Hand jeder Frau gegen mich erheben, und möge ich tapfer im letzten Gericht und in der Gnade der Göttin sein.

Darkover bei Knaur

Knaur

Ein Darkover-Roman

Die Wiederentdeckung: Das Terranische Imperium entdeckt den Planeten Darkover wieder und meldet Rechte auf ihn als ehemalige Kolonie an. Gleichzeitig wächst auf Darkover aber auch die Unzufriedenheit mit den althergebrachten Traditionen. Ein Bürgerkrieg scheint unausweichlich, als sich eine der Domänen mit den Terranern verbünden will ...

Nach den Comyn: Obwohl die Terraner mittlerweile einen Raumhafen auf dem Planeten eingerichtet haben, bleibt Darkover weitestgehend vom restlichen Universum abgeschnitten. Der Kampf zwischen Tradition und Aufbruch führt zu immer neuen Kämpfen und Auseinandersetzungen ...

Der Marguerida Alton-Zyklus: Margaret Alton denkt, sie würde den Planeten ihrer Eltern zum ersten Mal betreten, als sie nach Darkover kommt. Bald schon aber häufen sich die Beweise dafür, dass ihre Erinnerungen manipuliert wurden ...

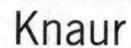

Knaur

Ein Darkover-Roman

Anthologien: Die Darkover-Anthologien wurden von Marion Zimmer Bradley gemeinsam mit dem amerikanischen Fanclub, den »Friends of Darkover«, herausgegeben. Die Kurzgeschichten beschäftigen sich mit neuen oder auch bekannten (Neben-)Figuren des Zyklus, schlagen Brücken zwischen den einzelnen Romanen oder vertiefen die große Geschichte des Planeten und seiner Bewohner weiter.

Der Preis des Bewahrers
Schwert des Chaos
Rote Sonne
Die vier Monde
Die Freien Amazonen
Die Schwesternschaft des Schwertes
Planet der blutigen Sonne
Die Domänen
Die andere Seite des Spiegels

Knaur

Ein Darkover-Roman

DAVID DRAKE

DAS REICH DER INSELN

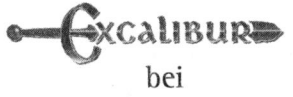

bei

Knaur

JOHN MARCO

DAS IMPERIUM VON NAR

Band 1: Die Jäger des Tharn

Band 2: Die Paladine des Dunkels

Band 3: Die Armee der Raben

Band 4: Das Banner der Rache

Band 5: Die Heiligen des Schwertes

Weitere Bände in Vorbereitung.

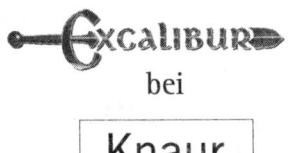

bei

Knaur

KRISTINE KATHRYN RUSCH

DIE BÜCHER DER FEY

Band 1: Die Felsenwächter

Band 2: Das Schattenportal

Band 3: Der Thron der Seherin

Band 4: Die Nebelfestung

Band 5: Der Schattenprinz

Band 6: Die Erben der Macht

Weitere Bände in Vorbereitung.

bei

Knaur

JANE WELCH

RUNENZAUBER

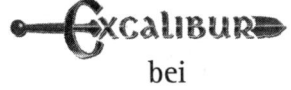

bei

Knaur